古典文獻研究輯刊

十 編

曾 永 義 主編

第 3 冊

北宋新黨文人文學研究

吳 肖 丹 著

國家圖書館出版品預行編目資料

北宋新黨文人文學研究／吳肖丹 著 -- 初版 -- 新北市：花木蘭
文化出版社，2014〔民 103〕
目 4+292 面；19×26 公分
（古典文學研究輯刊 十編；第 3 冊）
ISBN 978-986-322-904-9（精裝）
1.宋代文學 2.文學評論
820.8   103014141

ISBN-978-986-322-904-9

9 789863 229049

古典文學研究輯刊
十 編 第三冊   ISBN：978-986-322-904-9

北宋新黨文人文學研究

作　　者　吳肖丹
主　　編　曾永義
總 編 輯　杜潔祥
副總編輯　楊嘉樂
編　　輯　許郁翎
出　　版　花木蘭文化出版社
社　　長　高小娟
聯絡地址　235 新北市中和區中安街七二號十三樓
　　　　　電話：02-2923-1455／傳真：02-2923-1452
網　　址　http://www.huamulan.tw 信箱 hml 810518@gmail.com
印　　刷　普羅文化出版廣告事業
初　　版　2014 年 9 月
定　　價　十編 18 冊（精裝）新台幣 32,000 元

北宋新黨文人文學研究

吳肖丹　著

作者簡介

吳肖丹，廣東潮州人，文學博士，廣州文藝批評家協會成員。師從戴偉華教授從事唐宋文學
研究，在《華南師範大學學報》、《南昌大學學報》等期刊發表學術論文 10 篇，參與國家社會
科學專案 1 項，曾獲「廣東省研究生學術論壇優秀論文」等獎勵，在《羊城晚報》等報刊發表
專論 10 餘篇。

提　　要

　　學界對熙豐黨爭、北宋黨爭與文學的關係、舊黨文人及文學的研究，比較充分，但對新黨
文人及文學的研究則未全面展開。新黨文人是一個龐大的群體，以支持參與熙豐變法、在變法
引發的文人分野中從屬王氏一派的中央官僚爲主體，這些對政壇產生過重大影響的人物，不乏
學術與文學皆有突出成就者。自南宋以來「君子不道」的處境及因此導致的新黨文人詩文集的
散佚，使新黨文人及文學在文學史上處於被遮蔽的狀態。作爲改革派，新黨文人與保守的舊黨
文人在地域文化傾向、出身階層和學術取向上存在許多差異。他們大多通過科舉入仕，不乏狀
元、舉進士甲科的英才，以文學、經術爲畢生事業，有豐富的著述；新舊黨人不因政見影響的
交往，比比皆是。

　　本書擇取了創作材料較爲充分的新黨文人，大體以他們與王安石、熙豐變法的關係爲序展
開探討。王荊公體與新學的精神有密切的聯繫。其他新黨文人稟性各異，學術各有所長，仕途
經歷、心態也有所不同，兼之地域、家族、交遊等多種因素，都與他們文學創作有千絲萬縷的
關係，是本書多角度展開文學研究的基礎。這些文人展示了新黨文人多樣化的群體生態，也以
突出的成就證明了他們文學史上的重要地位。

目次

緒論　北宋新黨文人
——文學史上被遮蔽的群體

　　熙豐變法，是影響北宋政治局面的重大舉措，它將士大夫自慶曆新政因政見而引發的黨爭推向一個新的階段，開啓了長達半個多世紀的朋黨之爭，延續時間之長、波及範圍之廣、產生影響之烈，在歷史上極爲突出。正如柳詒徵先生指出的：「蓋宋之政治，士大夫之政治也。政治之出於士大夫之手者，惟宋爲然。」〔註1〕黨爭政治中士大夫既有主動發起參與者，亦有欲中立者而爲其裹挾不能自己，將當時仕途上絕大部分的文人驅使到兩個對立的陣營，兩大力量裏又各有派別，由舊黨攻訐新黨開始，凡事必以己方爲是，非此即彼，無調和協商之可能，至後期甚至演變至依靠統治者的信任掌權，迫害對手、排擠同盟。新舊黨皆以眞儒自命，治國必以行自身政治理想而無兼容之量，雖處於士大夫參政條件最爲優渥的時代，仍脫離了朝政國計的部分事實，深陷黨爭的泥沼，雖有制度上的缺陷，也是文人思維的痼疾使然，身處黨爭的文人，命運、心志與創作也因此開拓了另一層空間，他們與黨爭的關係之密切超越了其他朝代，他們後世流傳的文壇名聲也因此判若雲泥。

第一節　「君子不道」到被遮蔽的文學史地位

　　熙豐變法中士大夫因政見不同而漸次判分的兩黨，學界將支持王安石變法的文人稱爲新黨，反對變法的文人稱爲舊黨。新黨士大夫與舊黨士大夫的

〔註1〕柳詒徵《中國文化史》第二編第十九章《政黨政治》，三聯書店，2007 年，第521 頁。

主體性質並無不同，因爲他們「大都是集官僚、文士、學者三位於一身的複合型人才」，「政治家、文章家、經術家三位一體，是宋代『士大夫之學』的有機構成」〔註2〕，新黨群體雖從政治角度劃分，也應有文學垂範，因黨爭與文學的互動，新黨的言論也不應如今日所見多爲間接材料，在以文學取士的時代，欲與人才濟濟的舊黨爭長短的新黨無相當才俊可表，也不符合事實，但文學史就是如此自然地略過這部分文人。文學的研究，從地域上講，有強勢文化區、弱勢文化區〔註3〕，從群體上講，尤其是與文人命運攸關政治群體，有顯在的群體和被遮蔽的群體，新黨文人在文學接受史上被刻意忽略，不過數代便已成定局。下文眞德秀的議論，在揭示他們被遮蔽的事實上很有代表性：

> 東山先生楊伯子嘗爲余言：某昔爲宗正丞，眞西山以直院兼玉牒宮，嘗至某位中，見案上有近時人詩文一編，西山一見擲之曰：「宗丞何用看此？」某悚然問故，西山曰：「此人大非端士，筆頭雖寫得數句詩，所謂本心不正，脈理皆邪，讀之將恐染神亂志，非徒無益。」某佩服其言，再三謝之。因言近世如夏英公、丁晉公、王岐公（王珪）、呂惠卿、林子中（林希）、蔡持正（蔡確）輩，亦非無文章，然而君子不道者，皆以是也。〔註4〕

至眞氏時，新黨文名已湮沒，眞氏才要與後輩強調他們「亦非無文章」，是不受主流話語歡迎。自命君子的理學家刻意不提新黨的文學，讓其處於被遮蔽的狀態，其毀滅性不亞於官方詔令禁燬。從他的議論看，新黨的王珪、呂惠卿、林希、蔡確也是文學家，但被道學家列爲小人，讀其文章也有精神污染的可能，所以「君子不道」。

新黨文人參政進而參與黨爭，政治清算勢必打壓文人、消滅其言論。黨爭政治對文學的踐踏是酷烈的，士大夫們從深文周納爲黨爭服務擴大到從禁燬「立言」去消滅對手，一路朝非理性的道路飛奔，新黨文人的文章、學術的命運，與黨爭的起落基本一致。文字獄如「烏臺詩案」、「車蓋亭詩案」、「神宗實錄案」，新舊黨對異黨文字傳播的打擊不相伯仲。黨禁對異黨的學術、文學等直接進行全面封殺，進而排擊對手，愈演愈烈，始於舊黨，元祐「更化」禁燬「荊公新

〔註2〕 王水照《宋代文學通論》，河南大學出版社，1997年，第27頁。
〔註3〕 戴偉華《地域文化與唐代詩歌》，中華書局，2006年，第161頁。
〔註4〕 羅大經《鶴林玉露》甲編卷2，中華書局，1983年，第34頁。

學」，而紹聖「紹述」新黨則禁「元祐學術」，至崇寧「新學」被用作專制的工具，禁「元祐學術」，也順帶禁了不少新黨文人的文字。逮至宋室南渡，統治者「最愛元祐」，「新學」被推下神壇，「紹興更化」，舊黨得到平反，尤其是洛、蜀兩黨的門生故舊得到起用，「江西詩派」、「蘇軾詞派」、「道學文派」相繼崛起，而新黨卻後繼乏人，「新學」發展停滯，並再次被秦檜黨歪曲利用，至理宗朝，道學黨主政，程系道學確立正統位置，「新學」在道學派抱團攻擊下漸失科場顯學地位，並徹底地被清除出思想界，新黨文人文學名聲不彰。自此，道學從在朝到在野，掌握了主流話語權，編排門戶宗派，指點評論文壇，餘響綿延元、明、清，舊黨文字隨道學大昌而進一步得到整理傳播，新黨文字在「不道」的傳統下，甚至不用官方直接禁燬其文字，便逐漸淡出了文學史。

　　除了黨爭，學術之爭對新黨文人文學的遮蔽更是決定性的。對新黨文人文字的一大打擊在南渡初，統治者和理學家將亡國的責任推到了王安石變法頭上，其邏輯牽強，但卻影響深遠，大量杜撰醜化新黨文人形象的筆記，也逐漸出現。靖康起用的元祐後人歪曲事實，左右朝堂論斷，程頤弟子楊時的議論堪爲代表：

> 蔡京以繼述神宗爲名，實挾王安石以圖身利，故推崇安石，加以王爵，配享孔子朝廷。然致今日之禍者，實安石有以啓之也。謹按安石昔爲邪說，以塗學者耳目，敗壞其心術者，不可縷數，姑即一二事明之。昔神宗皇帝稱美漢文罷露臺之費，安石乃言：「陛下若能以堯、舜之道治天下，雖竭天下以自奉，不爲過也。」夫堯、舜茅茨土階，其稱禹曰「克儉於家」，則竭天下者，必非堯、舜之道。後王黼以三公領應奉司，號爲享上，實安石自奉之說有以倡之也。其釋《兔罝》之末章，則曰：「以道守成者，役使群眾，泰而不爲驕；宰制萬物，費而不爲侈。」《詩》之所言，止謂能持盈，則神祇祖考安樂之，無後艱耳。而安石獨爲異說。後蔡京輩爭以奢僭相高，輕費妄用，以導人主，實安石此說有以倡之也。伏望追奪王爵，明詔中外，斥配享之像，使邪說淫辭，不爲學者之惑。〔註5〕

學案中楊時這段議論，來自他靖康元年的《上欽宗皇帝書》，清算「新學」不遺餘力，對理學的壯大影響巨大。他雖指明蔡京「挾王安石以圖身利」，下文

〔註5〕黃宗羲原著、全祖望補修，陳金生、梁運華《宋元學案》卷二十五《龜山學案》，中華書局，1986年，第946頁。

仍把是非顛倒，「然致今日之禍者，實安石有以啓之也」，邏輯混亂，難怪胡宏不解史書爲何載此「迂闊」之論，胡安國指出此乃「直取王氏心肝底儈子手段」〔註6〕，爲排擊異黨異學，不問手段。楊時與同時理學家類似的議論連篇累牘，他們群起奪取新學科場地位的行爲也受到了士子的抵制，但是王安石被推下神壇，爲道學地位上昇打開了一個缺口。

更大的打擊來自朱熹的論斷，奠定了後世論調基礎，他雖不能不肯定王荊公人格，但卻徹底否定其思想學術及擁護這種學術的新黨文人，在道學一統天下甚至成爲文化桎梏的後世，便只存在他這一個結論。貌似一分爲二客觀平和，實則對新黨新法全盤否定：

> 公以文章節行高一世，而尤以道德經濟爲己任。被遇神宗，致位宰相。世方仰其有爲，庶幾復見二帝三王之盛。而公乃汲汲以財利兵革爲先務，引用凶邪，排擯忠直，躁迫強戾，使天下之人，囂然喪其樂生之心，卒以群奸嗣虐，流毒四海。至於崇寧、宣和之際，而禍亂極矣。〔註7〕

認爲王安石禍國的邏輯與楊時無二，朱熹類似的分析還有很多，他及其他抱團的理學家的論斷，將新學新黨推入不復之地。若論官方禁燬，新舊黨文學受到的打擊相當，但新學遭遇蔡京、秦檜的歪曲利用，致新黨文字遭受牽連，破壞巨大；至於道學排擠「新學」，奪取顯學位置，對新黨心術文字採取「君子不道」的價值引導，致新黨無文無名傳世，影響尤烈。這種「不道」的後果，嚴重影響了後人對真實學術史、文學史的整理，使後人形成這樣的錯覺：舊黨一直爲主流公義擁戴、文學卓著；新黨文人爲姦邪小人時而妨道、無文傳世，並在這樣的錯覺下將新黨文學成就被遮蔽的狀態延續下去。

新黨文人文學被遮蔽的狀態在宋後固化下來，偶有文人發現他們的成就，並爲此驚歎，像胡應麟感歎：「李定、舒亶，世知其爲凶狡亡賴，而不知其皆留意文學。」〔註8〕可見新黨文人「凶狡亡賴」、不知文學的形象已深入人心，這當中既有學派的偏見，也有陳陳相因的言論累積。元人撰《宋史》「最推崇道學，而尤以朱元晦爲宗」〔註9〕，就認爲朱熹的論斷是「天下之公言」

〔註6〕 朱熹、李幼武《宋名臣言行錄》外集卷八楊時第四頁，順治辛丑雲林銘刊本。
〔註7〕 朱熹《楚辭後語》卷六《〈寄蔡氏女〉第四十七》，《楚辭集注》，第 229 頁。
〔註8〕 胡應麟《詩藪》雜編卷5，上海古籍出版社，1979 年，第 315 頁。
〔註9〕 錢大昕《廿二史考異》卷八十，江蘇古籍出版社，1997 年，第 1494 頁。

〔註10〕，著史專取舊黨文人言論，對舊黨歪曲新黨文人的筆記材料直接取用，甚至將九名新黨文人列入《姦臣傳》。被視為亂臣賊子、姦佞小人及相關人物的思想言論、詩文創作遑論保存、研究。在理學獨尊的明清兩代，這一現象更不可能得到改變，像四庫館臣論王安石就直接以朱熹的論斷為準：「朱子《楚辭後語》謂安石致位宰相，流毒四海，而其言與生平行事心術略無毫髮肖（似）。夫子所以有於予改是之歎，斯誠千古之定評矣。」〔註11〕政治、文學雖處於不同的領域，有不同的評價標準，但因為文人參政的緣故，他們的言論命運也與政治緊緊捆綁在一起，有些被捧上神壇，成為思想獨裁的工具，有些因為政治業績被權力話語所否定，進而生平事蹟湮沒，文學、學術被否定，這是自古政治權力凌駕於文學、學術的一條邏輯，因人廢言，在文學史對新黨文人的遮蔽上得到了最好的體現。

第二節　正名的迫切與困境

　　北宋新黨文人這一群體，從南宋以來，受到的正面評價遠遠未能與他們的成就相匹配。正如蔡上翔指出那樣，「荊公受謗七百有餘年」〔註12〕，其《臨川集》紹興十年重刻已有浙閩二本，卷數互異，其他新黨文人被視為姦邪小人，他們的文學作品也不能得到很好的保存，被文學史遺忘也是自然的了。從歷史的真實和被遮蔽的差距看，為新黨文人正名，對新黨文人整個群體到各個個體進行充分的研究是有迫切的需求的。從文學史的研究現狀看，也決定了不能以偏概全，僅研究舊黨文人文學，以之反映北宋中後期士大夫生活命運、思想修養、文藝學術的整體全貌。北宋中後期文學的發展，肯定也有活躍在政壇上新黨文人的參與建樹，他們的文學創作、評論是有突出的成就還是不值一提，與舊黨文人文學有什麼異同，對當時的文壇起到什麼影響？當然需要深入考察，還原歷史，而不是繼續保留空白或過分拔高。作為一個政治群體，新黨文人在文學上未必如政治上一樣有共同傾向，有群體特徵，但是作為一個同有被遮蔽命運的群體，搜集現存有限的文獻，尊重歷史的真實，給予他們客觀合理的評價，分析他們之間的異同，辨別他們的創新與守

〔註10〕脫脫等《宋史》卷327《王安石傳》，中華書局，1977年，第10548頁。
〔註11〕《四庫全書總目提要·臨川集》，《影印文淵閣四庫全書》，上海古籍出版社，1987年，第4冊，第135頁。
〔註12〕蔡上翔《王荊公年譜考略》，上海人民出版社，1973年，第165頁。

舊之處，對於爲新黨文人正名，對於文學史的書寫，是迫切的需要。

新黨文人的界定，與新法、黨爭緊密聯繫，它包含了以下幾個方面的考慮：首先，作爲相對激進的變革派，他們在變革的意識，變革的方向、設想，對新法的支持上，有相近之處；其次，在熙豐變法中扮演的角色，有言論上捍衛支持者，參與建設決策者，推動實行法令者之分，既有緊密聯繫也有所區別；其三，政治立場的變化，熙豐間倡導新法的文人，可能在哲、徽朝有改弦易轍者，而哲、徽朝打著新法旗號的文人，未必符合新法初衷，從影響力、持續性等因素考察，應以熙豐間支持新法並能在黨爭中堅持個人立場的文人爲主要研究對象。此外，以黨爭爲參考，熙豐年間受舊黨人物攻擊，元祐四年五月被榜之朝堂，被指爲王安石、呂惠卿、蔡確親黨，主持支持「紹述」，甚至被蔡京列入崇寧三年黨籍的部分文人是界定新黨文人的重要條件。必須指出，新黨文人眾多，本研究的新黨文人以任職中央的上層新黨文人爲主體，對於在基層推行新法的下層官員，限於材料不足，故不列入考察。此外，宋代多以文臣任武職，研究對象有部分文人曾任過武職的，不影響我們稱之爲文人。

近年來，學界對北宋黨爭與政治、黨爭與文學的關係研究，碩果累累，但是，這類研究中，無論是歷史、政治，還是文學研究，都主要圍繞黨爭事件去展開論述，具體到文人文學的研究，也集中在王安石身上，對其他新黨文人只是連帶關注，獨立的研究才剛剛起步，文學創作的社會政治、經濟背景的研究較爲完備了，但是文學創作主體和文學作品的研究還有待深入，辨析長期以來連篇累牘的批判、從有限的文獻去考證事實，需要謹慎客觀，才不至於犯了爲正名而過分拔高的錯誤。總的來說，目前與本書相關的歷史、政治研究和文學研究如下，歷史政治研究因爲論述豐富，僅擇要簡述，對新黨文人文學的集中研究，截至本書再次修改，又有新的研究成果，都將予以呈現。

一、歷史、政治研究

近代以來，國內外史學界關於熙豐變法的研究成果非常豐富，據學者統計，僅在 20 世紀，單是「研究、評議王安石的傳記、變法史實的傳記、變法史實的著作」便達 90 餘種，發表論文千餘篇〔註13〕。但是研究新黨文人群體

〔註13〕李華瑞《王安石變法研究史》，人民出版社，2004 年，第 1 頁。

的成果，數量較少，且尚未系統地展開，這方面相關的研究主要有：梁啓超的《王安石傳》第十八章略考論王安石的用人和交友凡 39 人〔註14〕，當中大部分都是新黨文人，梁啓超對他們的政績品格大多作出了正面的評價，並且指出了史書傳記對他們生平記載、評論的錯漏之處。羅家祥的《朋黨之爭與北宋政治》在圍繞政治與黨爭展開論述時，對新舊黨人的政見、矛盾等作出了客觀的評價，指出一向受史書稱揚的舊黨文人徇私苟且、滅裂偏激的弊端，肯定了新黨文人的才能和品德；此外，2008 年湖南師範大學羅煜的碩士論文《「熙豐新黨」考》界定了「熙豐新黨」的概念，並從熙寧、元豐間的宰輔、三司使、翰林學士、御史中丞中遴選出熙豐黨人，根據這些人物的參政事蹟，劃定一個在改革中作用突出、影響較大的政黨。

對新黨文人個體在變法、黨爭中的歷史研究，除了集中在王安石身上外，也側重了呂惠卿、章惇、蔡確、沈括、曾布、蔡京等幾個與重大歷史事件關係密切的文人。

對王安石的研究：李華瑞的《王安石變法研究史》一書已經對九百年來王安石及熙豐變法的研究史做了詳細的梳理，並仔細辨析了各類專家論著的研究方法、特點及異同，本書不重複論述。在王安石研究中必備的文獻有：宋詹大和的《王荊文公年譜》、清顧棟高的《王荊國文公年譜附遺事》和清蔡上翔《王荊公年譜考略》。這三種書對王安石的生平事蹟以及部分文學創作的考述審慎，被收入中華書局 1994 年裴汝誠點校本《王安石年譜三種》。此外，梁啓超的《王荊公傳》運用近代學術眼光去評價王安石及其推行的新法，批駁了史書多處不實之處；鄧廣銘的《北宋政治改革家王安石》也在史料辨偽和考證方面著力〔註15〕，肯定了王安石的改革措施和思想品格；漆俠的《王安石變法》（增訂本）在二十世紀六十年代研究的基礎上增補了新論〔註16〕，作者以紮實的經濟史研究基礎，對新法作了充分的分析。這三部著作是近現代研究王安石政治生涯的重要作品，也是我們對王安石文學創作展開研究不可或缺的參考資料。

對呂惠卿的研究：汪征魯主編的《呂惠卿研究》收錄有關呂惠卿研究的學術論文 50 篇，這些論文就呂惠卿與王安石的關係、呂惠卿在變法中的作用、

〔註14〕梁啓超《飲冰室合集》第 7 冊《王荊公》，中華書局，1989 年，第 163 頁。
〔註15〕鄧廣銘《北宋政治改革家王安石》，河北教育出版社，2000 年。
〔註16〕漆俠《王安石變法》（增訂本），河北人民出版社，2001 年。

呂惠卿的政治才能、學術水平以及家族世系等問題展開探討。其中，為呂惠卿翻案的成果較多，比較突出的論文有高紀春的《關於呂惠卿與王安石關係的幾點考辨》，辨析了有關王、呂交惡的史料〔註17〕，認為「皆緣國是」的爭端才是王、呂矛盾所在，而非大量史料指出的二人品行不端的緣故；呂一燃的《呂惠卿與王安石變法》分析了史籍中呂惠卿被歪曲的形象〔註18〕，並作出辨偽，肯定了呂惠卿在熙豐變法中制定推行新法、排除阻力、穩定局面的傑出貢獻。這些論著，對我們在史料辨偽和重新認識新黨文人的工作起到重要的引導作用。

對章惇的研究：對章惇的研究相對較少，大部分論文都考論了章惇在變法中的建設事蹟，指出他的政治才能和優良品質，為章惇翻案，認為他不應被列入《宋史》的《姦臣傳》，其中，陳玉潔的《試論章惇》〔註19〕、李濟民的《略論章惇》〔註20〕、喻朝剛的《章惇論》〔註21〕，就是這一類文章。黃錦君的《章惇歷官年譜》、《章惇傳論——從章惇的宦海沉浮看北宋中後期政治風雲》〔註22〕兩篇文章從微觀和宏觀的角度對章惇的政治生涯作了較為詳細的考論，是近年研究章惇的力作。

對蔡確的研究：在相關的黨爭、政治研究中，對致蔡確於死地的「車蓋亭詩案」文字獄研究較多，認為蔡確遭罪出於舊黨的極端迫害，以這一事件為北宋黨爭走向極端化的開端〔註23〕，但對蔡確其他政治活動的研究相對較少。2006 年河北大學孫澤娟的碩士論文《蔡確研究》對蔡確進行了史學專題研究，詳細考論了蔡確生平，分析了其前期對變法的貢獻和後期政治表現上的不足。

對曾布的研究：針對北宋歷史研究的熱點，大多數論文都集中討論曾布熙豐間市易司事件和哲、徽朝提倡中立的政治活動，如沈履偉的《曾布與熙

〔註17〕 高紀春《關於呂惠卿與王安石關係的幾點考辨》，《河北大學學報》（社科版），1997 年 9 月。
〔註18〕 呂一燃《呂惠卿與王安石變法》，《史學月刊》，2003 年第 2 期。
〔註19〕 陳玉潔《試論章惇》，《河南大學學報》，1983 年第 1 期。
〔註20〕 李濟民《略論章惇》，《唐都學刊》，1988 年第 4 期。
〔註21〕 喻朝剛《章惇論》，《史學集刊》，1997 年第 1 期。
〔註22〕 黃錦君《章惇歷官年譜》，《宋代文化研究》第八輯，巴蜀書社，1999 年；《章惇傳論——從章惇的宦海沉浮看北宋中後期政治風雲》，《宋代文化研究》第九輯，2000 年。
〔註23〕 羅家祥《朋黨之爭與北宋政治》，華中師範大學出版社，2002 年。

寧變法》〔註24〕、羅家祥的《曾布與北宋哲宗、徽宗統治時期的政局演變》〔註25〕、張邦煒的《關於建中之政》〔註26〕，都是這方面的力作，學界大致有較一致的論調，認爲曾布在這些政治事件中既有持平之論也有個人意圖，不能簡單看待。此外，熊鳴琴的碩士論文《曾布與北宋後期黨爭》從黨爭角度分析了曾布的生平、家族、仕途與黨爭的密切關係，認爲在黨爭與曾氏家族，尤其是與曾氏三兄弟曾鞏、曾布、曾肇的關係上，曾布的處理頗費用心，盡力維護了家族的利益。

　　對沈括的研究：因爲沈括在科技史上的突出地位，對他的研究很豐富，但主要集中在科技文化方面。張蔭麟的《沈括編年事輯》是一個開端〔註27〕，爲充分研究沈括奠定了堅實的基礎；徐規的《「沈括編年事輯」校略》〔註28〕、《〈沈括研究〉前言》、《沈括事蹟編年》、《沈括前半生考略》〔註29〕展開了對沈括全面的研究，對史料竭澤而漁、仔細辨僞，充實了沈括的生平研究，盡可能還原了與沈括的相關的歷史，尤其側重沈括前半生特殊的經歷對科技成就的影響。針對二十世紀八十年代及之前對沈括研究的熱潮，包偉民爲沈括研究的豐富成果，整理了《沈括研究論著索引（1926 年～1983 年）》一書〔註30〕，方便從科技、音樂、醫藥等各個角度研究沈括的學者查找資料。對沈括的生平研究很多，祖慧的《沈括與王安石關係研究》、《沈括評傳》是近年的力作〔註31〕，在前人研究的基礎上，以豐富的史料，對沈括自然科學和人文科學方面的成就進行梳理，探討了他的科學思想和人文思想，並對他在中國科學史及政治史上的地位加以評論。

　　對蔡京的研究：因爲蔡京權姦的身份，對他的研究也較多，但較爲零散，主要論及蔡京的權術、書法、推行的茶鹽法以及與周邦彥的關係等，其中，

〔註24〕沈履偉《曾布與熙寧變法》，《歷史教學》，2004 年第 8 期。

〔註25〕羅家祥《曾布與北宋哲宗、徽宗統治時期的政局演變》，《華中科技大學學報》（社科版），2003 年第 2 期。

〔註26〕張邦煒《關於建中之政》，《四川師範大學學報》（社科版），2002 年第 6 期。

〔註27〕張蔭麟《沈括編年事輯》，《清華學報》，1936 年 11 卷 2 期。

〔註28〕徐規《「沈括編年事輯」校略》，《申報文史》，1948 年 3 月 6 日 13 期。

〔註29〕徐規《仰素集》，杭州大學出版社，1999 年。

〔註30〕包偉民《沈括研究論著索引（1926 年～1983 年）》，《沈括研究》，浙江人民出版社，1985 年。

〔註31〕祖慧《沈括與王安石關係研究》，《學術月刊》，2003 年 10 月。《沈括評傳》，南京大學出版社，2004 年。

黃純豔的《論北宋蔡京經濟改革》認爲蔡京聚斂的部分經濟措施〔註 32〕，能被南宋及元明所繼承，則源於其順應了商品經濟發展、財政結構轉變和中央集權強化的新形勢；馬莎《周邦彥獻詩蔡京辨正》考證了周邦彥獻詩的時間爲大觀三年禮樂制作完畢時〔註 33〕，出於職務所需；2007 年吉林大學江雪的碩士論文《蔡京書法研究》從純藝術角度審視蔡京的書法，評價蔡京在北宋書壇的地位，對蔡京存世書法、考訂作品真僞及流傳情況作了分析。

　　對其他新黨文人的研究：漆俠的《王雱：一個早慧的才華橫溢的思想家》〔註 34〕，肯定了王雱對佛道兩家思想的探索，在辯證法哲學等方面的建樹，對《莊子》注、《南華經》注的研究有充實啓發意義；陳培坤的《試論曾公亮的歷史功績》〔註 35〕，史愛君的《略論曾公亮》〔註 36〕，都針對學界對曾公亮關注不足的現狀，論述了曾公亮在變法中的重要作用；牛維鼎的《論趙挺之——一個正直的封建改革家》〔註 37〕，針對在李清照研究中把趙挺之作爲反面對照的誤區，以史實論證趙挺之優秀的政治品格；郭文佳的《呂嘉問與市易法》〔註 38〕，分析了呂嘉問在推行市易法中重要作用；2010 年于士倬的碩士論文《薛向與「均輸法」》梳理了薛向仕宦經歷，探究作爲均輸法訂立、推行的主持官員薛向本人在「均輸法」推進過程的作用，汪天順的《論薛向經營北宋西、北國防》指出了在變法前薛向對陝西、河北邊疆治理的重大作用〔註 39〕；2006 年暨南大學吳自力的碩士論文《陸佃研究》對陸佃的家世、家風，生平、交遊、思想及與王安石的關係做了考論，肯定了陸佃的政治、學術成就；2012 年河北大學孫曉東《李清臣研究》論及李清臣的家世、才幹，爲他從仁宗朝到徽宗朝的政治活動做了梳理，考證其著述、評價其文學成就。

〔註 32〕黃純豔的《論北宋蔡京經濟改革》，《上海師範大學學報》，2002 年第 5 期。

〔註 33〕馬莎《周邦彥獻詩蔡京辨正》，《學術研究》，2007 年第 5 期。

〔註 34〕漆俠《王雱：一個早慧的才華橫溢的思想家》，《中國史研究》，2000 年第 4 期。

〔註 35〕陳培坤《試論曾公亮的歷史功績》，《福建師範大學學報》（社科版），1983 年第 4 期。

〔註 36〕史愛君《略論曾公亮》，《史學月刊》，1993 年第 6 期。

〔註 37〕牛維鼎《論趙挺之——一個正直的封建改革家》，《安徽教育學院學報》（社科版），1986 年第 1 期。

〔註 38〕郭文佳《呂嘉問與市易法》，《安徽史學》，2002 年第 3 期。

〔註 39〕汪天順《論薛向經營北宋西、北國防》，《寧夏社會科學》，2009 年第 4 期。

二、文學研究

　　從文學上對新黨文人群體進行宏觀討論，目前只有黨爭與文人、文學的相關研究，這方面的著作有蕭慶偉的《北宋新舊黨爭與文學》、沈松勤的《北宋文人與黨爭》和鞏本棟的博士論文《北宋黨爭與文學》。沈著考察黨爭的視野擴及整個北宋歷史，在第五章論及黨爭與文人分野時，列出「王安石與新黨文人群」一節，羅列了部分新黨文人的著述情況，指出他們也有不少文學創作的事實，通過對王安石、呂惠卿、曾布幾個家族文學創作情況的簡要評論，肯定以王安石為中心的文人群體取得的文學成就，並論述了新黨文人涉案的「車蓋亭詩案」與「嘉禾篇詩案」。沈著給予新黨文人文學高度的肯定，但在具體討論北宋黨爭與文學創作互動等問題上，除了論及王安石的詩風外，基本以舊黨文人文學為中心，對新黨文人文學尚未充分展開討論。

　　蕭著則取熙豐新舊黨爭為討論重點，在論及北宋的黨爭與文禍時，也陳述了「車蓋亭詩案」與「嘉禾篇詩案」。此書在分熙豐、元祐、紹聖三個時期討論文人文學時，除了討論蔡確車蓋亭詩的詩風、王安石晚年時風的變化外，其他大部分內容都是以蘇軾、蘇轍、黃庭堅、秦觀等文人為主體，在討論黨爭與詩話、與文人心態的關係時，主要圍繞蘇黃及其門人展開，不足以全面呈現當時文壇風貌，其文後附錄針對這種情況，增加了對新黨文人的關注，首先為新黨文人呂惠卿、章惇、蔡確、張商英、蔡京五人做了年表，其次探討了《清波雜志》這部被稱為傾向新黨文人中的筆記中對新黨文人的描述。沈松勤、蕭慶偉二人，師出同門，選題相近，在相近的研究思路上，能各出灼見，可見北宋黨爭與文人、文學這一命題的豐富內涵，而兩部著作皆側重舊黨文人文學的研究，主要緣於新黨文人相關的文獻與舊黨的相比實在懸殊，也展現了我們深入挖掘新黨文人文學的困境。

　　此外，南京大學鞏本棟的博士論文《北宋黨爭與文學》，探討了北宋黨爭與三派文論形成的密切關係，對我們的研究有角度上的借鑒意義。對新黨文人群體的學術討論有方笑一的《北宋新學與文學──以王安石為中心》〔註40〕，指出了新學以復古為創新的特點、統一思想的局限，筆墨基本集中在王安石身上。

　　對新黨文人文學的個體研究，主要集中在那些留存詩文較多的文人身上：

〔註40〕方笑一《北宋新學與文學──以王安石為中心》，上海古籍出版社，2008年。

對沈括的研究：王驤的《沈括存佚詩彙輯》〔註41〕、李裕民《沈括親屬、交遊及佚著》〔註42〕對沈括的佚著、佚詩做了補充，吳宗海的《沈括詩歌訂誤》、《沈括詩疑》、《沈括詩補》通過對文獻的檢索〔註43〕，對《全宋詩》收錄的沈括詩歌作出補訂。對沈括的文學進行論述的則有楊渭生的《略述沈括的文學成就》〔註44〕，但是尚未深入揭示沈括詩文與其經歷、個性的密切聯繫，對其詩文做出確切評價。

對陸佃的研究：相對集中在對陸佃《埤雅》和《鶡冠子解》學術價值的討論上，如孫福喜的《陸佃〈鶡冠子解〉研究》〔註45〕、夏廣興的《陸佃的〈埤雅〉及其學術價值》〔註46〕，都肯定了陸氏深厚的文獻修養和在訓詁學上的成就。2010年華東師範大學余瓊霞的碩士論文《陸佃及〈陶山集〉考述》，認爲《陶山集》內容豐富，詩文並存，諸體賅備，可與宋史相印證，補其不足，並將陸佃的生平行事與《陶山集》參照，考察他的交遊情況、《陶山集》的內容及其詩文成就。

對曾氏兄弟的研究：有李俊標的《曾布〈水調歌頭〉大曲述略》〔註47〕，指出曾布用新水調創作的《水調歌頭》大曲開有宋詞曲新風，增強大曲的敘事、抒情功能，是非常成功的嘗試與創新；呂肖奐、張劍的《論北宋南豐曾氏家族的詩詞創作》〔註48〕，指出曾布在詞曲史上的重要地位，還有曾肇「詩如詞」的邊緣化特點。2012年杭州師範大學朱昌豪的碩士論文《曾肇研究》對曾肇作品的存佚和眞僞做了考證，考述了其交遊，分析了其古文的奏議、書牘和雜記以及四六的特色。

對張商英的研究：2006年四川大學羅淩的博士論文《無盡居士張商英研究》，把張商英置於社會歷史文化背景下作了深入的個案研究，探討了他「憂

〔註41〕 王驤《沈括存佚詩彙輯》，《鎮江師專學報》（社科版），1985年第3期。

〔註42〕 李裕民《沈括親屬、交遊及佚著》，《山西大學學報》，1987年第4期。

〔註43〕 吳宗海《沈括詩歌訂誤》、《沈括詩疑》、《沈括詩補》，分載於《江海學刊》，2003年第1期、第2期、第3期。

〔註44〕 楊渭生《略論沈括的文學成就》，《杭州大學學報》，1984年12月。

〔註45〕 孫福喜《陸佃〈鶡冠子解〉研究》，《齊魯學刊》，2000年第3期。

〔註46〕 夏廣興《陸佃的〈埤雅〉及其學術價值》，《上海師範大學學報》，1994年第1期。

〔註47〕 李俊標《曾布〈水調歌頭〉大麯述略》，《中國韻文學刊》，2008年第3期。

〔註48〕 呂肖奐、張劍《論北宋南豐曾氏家族的詩詞創作》，《2008年詞學國際學術研討會論文集》，第1頁。

國而不惜官」的風範，推動宋代三教融合的作用，在張商英的生平考述、著述整理、詩文輯佚等方面作了充分的工作，尤其對其禪道修養做了深入的考察分析，但對其文學創作尚未作出分析評價。

對李清臣的研究：是北宋文學成就突出的文人，朱剛的《論李清臣的賢良進卷》對李清臣賢良進卷的寫作時間進行考證〔註 49〕，分析其進卷內容體系結構，並指出其近西漢文學風格，以小見大，對李清臣還有整個新黨文人群體的文學成就作出充分肯定。此文論述紮實，研究角度和研究思路值得借鑒。

對舒亶的研究：舒亶留存的詩詞較多，周建國的《論新黨舒亶及其文學創作》對舒亶的品格、個性作了分析〔註 50〕，著重考察了他參與「烏臺詩案」的過程，探討了他筆下對故鄉風物的描寫，高度肯定了他的文學成就；李世忠的《論舒亶詞》認為舒亶的詞在內容題材上深化了蘇軾開創的「士大夫化」抒情方式，形式上也表現出打破詩詞界域的努力〔註 51〕。

對王珪的研究：詩文成就也較高，谷曙光的《論王珪「至寶丹」體詩》針對王珪的館閣詩風作了論述〔註 52〕，指出他詩歌好用金玉字眼，精巧工整的富貴習氣。

此外，姚大勇《蔡京詩詞補遺》〔註 53〕，檢索筆記詩話，對《全宋詩》收錄的蔡京詩作了補充，張宏明、譚慶龍的《北宋蔣之奇五言律詩題刻研究》〔註 54〕，根據題刻，收錄了蔣之奇的一首佚詩。

從研究現狀看，對北宋新黨文人文學的研究尚未全面展開，而新黨文人「君子不道」的名聲到在文學史上被遮蔽的地位，亟待充分從宏微觀角度進行研究，為其正名，而上述的研究成果，解決了部分問題，也為下一步全面解決問題提供了參照和啟示。

對照現今對舊黨文人的研究，結合文獻，對新黨文人群體的政治學術研究，確有不少迫切需要正名的地方。一是南北文化對立的淵源，熙豐變法，

〔註49〕朱剛《論李清臣的賢良進卷》，《第二屆宋代文學國際學術研討會論文集》，第695頁。

〔註50〕周建國《論新黨舒亶及其文學創作》，《文學遺產》，1997年第2期。

〔註51〕李世忠《論舒亶詞》，《浙江社會科學》，2009年第9期。

〔註52〕谷曙光《論王珪的「至寶丹」體詩》，《文學遺產》，2005年第5期。

〔註53〕姚大勇《蔡京詩詞補遺》，《江海學刊》，2000年第4期。

〔註54〕張宏明、譚慶龍《北宋蔣之奇五言律詩題刻研究》，《東南文化》，1993年第5期。

處於南北學術思想各自獨立成熟的節點上，新舊黨的對立呈現出南北政治實用主義與文化道德理想主義的差異，而非新黨擅權亂政擾民；二是從階層看，相對舊黨，新黨文人出身官僚家族的比例較小，他們在熙豐間「驟進」代表了新進的階層，也造就新的文官家族〔註 55〕，但並不意味他們是投機弄權的小人，他們大多比舊黨強調公平、反對特權，在聯姻、用人等重大的家族事務上，較少顧慮家族裙帶關係。隨著愈演愈烈的黨爭，新舊黨人家族的發展都受到了影響，詩書傳家得以延續的新黨文人家族也僅有南豐曾氏、山陰陸氏數家；三是荊公新學與理學的對立，這兩種學術皆是北宋新儒學發展的產物，新學興起本有廣泛的支持，它與政治結合「託古改制」，推導切實的經濟手段，與理學此消彼長，隨著黨爭極端排他化，經歷了建構、異化、固化、衰落的過程，而非一時興起的學術壟斷或黨錮手段；四是歷史對新黨文人群體評價、刻畫的陳陳相因，因統治者、舊黨後人和理學家的長期合力打擊，新黨文人的思想、行為長期處於被貶抑、扭曲的狀態，這種論調形成的過程及原因，值得檢討。

為新黨文人文學正名則面臨更多的問題：首先，新黨文人不是逐利的不學無術之輩，他們大多通過科舉入仕，不乏狀元、舉進士甲科的人才，他們與舊黨文人一樣，擅長文學、經術，才識過人。從當時文壇的一些評論看，新黨文人也多翰苑之才，史書中記載了他們出色的文學才能及事蹟，除了王安石，像李清臣、王珪、章惇、蔣之奇等可與舊黨優秀的文學家並列而無愧色的新黨文人不在少數，只是後世不道；其次，北宋中後期文壇並非無新黨的聲音，實際上新黨文人也有豐富出色的著述，只是因為舊黨文人的文學作品大多保存整理較好，為後代文學選本錄用較多，加上「江西宗派」、「詩盛元祐」等說法，而新黨文人文學作品散佚嚴重，造成舊黨獨擅文學的印象。文本的缺失也是我們今天文學史對新黨文人研究不足的重要原因，詩文集是展開文學研究的基礎，通過對新黨文人文集、詩集版本收錄、流傳情況的大致梳理，可見新黨文人文學被接受的概況，本書也確定有較多作品留存的文人是研究的重要對象；第三，新舊黨人並非敵我對立，更無君子小人之分，他們不因政見影響的私下交往唱和，比比皆是，而新黨文人之間的唱和，除

〔註 55〕包弼德《斯文——唐宋思想的轉型》將北宋的「士」的精英身份屬性譯為「學者——官員」，確定其身份決定因素為政事，劃分其社會成分文官家族。江蘇人民出版社，2001 年，第 37 頁。

了與王安石的唱和，大多難以見到事蹟記載或詩篇留存，數人的唱和，文獻更少，「送程師孟知越州」和「題《江干初雪圖》」是有較多新黨文人參加的唱和事件，呈現了唱和文人相近的心跡與志趣。

　　爲新黨文人文學正名必須回到文本，以現有新黨文人的文集、詩集爲本，結合時人、後人對新黨文人文學成就的評論，參照時風與他們的仕途心態，找出差異與類似、獨創與因循，對新黨文人文學作出客觀評價，並側重關注以下問題：首先，王安石作爲新黨的領袖，是研究每個文人的師友交遊或詩文創作繞不開的相關人物，新黨文人在參政態度、政治見解、學術傾向乃至詩風、文風與王安石有一定的聯繫。其次，文人們的政治理想、仕途心態、參政行爲，也是與他們文學相關的重要主題，新黨文人在政治上銳意變革，在文學上是追求新變還是崇尚復古？政治上熙豐間被超拔起用、元祐間被打擊壓抑、紹聖間又主持報復、崇寧間分化禁錮，與他們的心態、文學又有何聯繫？第三，在歐陽修等引領平易暢達的文風、梅堯臣等開創平淡自然的詩風之後，新黨文人與舊黨文人一樣，各人因自身氣質的差異，或再現傳統、或脫胎換骨，他們對傳統有何繼承發展？相對於舊黨「元祐」文學的盛況，新黨人物又有何相似或相對的特色？本書選取較有代表性的文人進行個案研究，通過這些新黨文人的文學史地位、文學特徵及文學成就分析爲新黨正名。在他們的創作中，我們側重關注的問題都有著不同程度、不同角度的解答，在文人與文學的關係探討中，文人個性、命運、交遊等，呈現了新黨文人文學的生態與微妙關係。在文人關係上，王安石對彭汝礪、陸佃學術的影響、對曾肇、陸佃、沈括詩風的啓發，對張商英、章惇參政精神的影響，展現了新黨文人群體在精神、文藝上的共性。在命運、心志與詩風文風的關係上，彭汝礪諍臣風範與隱逸情結的互補、陸佃逐臣戀闕的心跡與朦朧詩風的結合、張商英參政的熱情與縱橫文筆的呼應、沈括長期沉淪下僚的經歷與審慎的詞章的呼應、章惇改革的魄力與大膽的批判、蒲宗孟豪奢的習氣與任性隨意的文風、蔣之奇的事功精神與考據詞章、曾肇持重的性格與深沉的文思，彰顯了新黨文人政治品格與詩文風格的密切聯繫。在北宋中後期的文壇上，新黨文人的文學創作手法與舊黨文人一樣，既有差異與類似、也有獨創與因循，詩歌上，彭汝礪重復古詩簡樸的意旨，沈括追求餘味不絕的晚唐風韻，張商英、蔣之奇長於俗白的韻語，王安石的門生陸佃朦朧詩法義山溯子美、曾肇精於用事對仗，各從「王荊公體」中得其師法；文法上，沈括鎔鑄古奧

的辭章，蔣之奇遊歷山水作考據文字，彭汝礪、曾肇延續平實的文風，張商英、章惇、蒲宗孟三人則行文縱橫，大手筆王珪、李清臣都獨步文壇，與舊黨一流文人相比毫不遜色。

通過新黨文人文學群體和個案研究，爲他們正名，是還原北宋中後期文學史不可或缺的工作。將新黨與舊黨進行比較，將新黨文人個體放在政治歷史變化的歷程中去考察其心志與文風變化之關係，可以發現，新黨文人的抱負胸襟、理想責任以及行止品格並未如史書筆記所載的那樣污濁低下，而是與舊黨文人一樣有優異過人處，也有不盡善處；他們的學術文風也帶有時代的風軌，有著不可磨滅的成就。文學史在書寫北宋文學的繁榮局面中，新黨文人不應是空白的部分。通過對新黨文人文學的考察，我們足以檢討如下問題：其一是學術與政治結合產生的極端排他性，兼以地域、家族、階層種種因素，對文人的名聲論定影響巨大，後人對新舊黨文人的評價差異，是歷史公正書寫的弔詭；其二是因人廢言的價值評判，在文學批評史上作用巨大，知人論世，障礙重重。這是新黨文人群體長期被遮蔽和正名之艱難交給我們的沉甸甸的題目。

第一章　新黨文人與北宋中後期政治

第一節　「新黨」定義的發展

　　兩宋政治生活中，「黨」是一個關鍵的名詞，君主與士大夫共治天下，「黨」的構成是文人這一參政主體，不像前朝後代一樣摻雜了宦官、外戚等成分。黨爭是貫穿文人政治生活的一條主線，熙豐變法引發的新舊黨爭及其影響，綿延近百年。朋黨一說雖深為統治者所忌諱，但有歐陽修《朋黨論》發明「君子有朋」開啓「君子」、「小人」之爭，所以，熙豐黨爭新舊黨都有結黨之實並著力攻擊對方「小人」結黨，也並不諱言己方是「君子」之黨，像程頤回顧變法說：「新政之改，亦是吾黨爭之有太過，成就今日之事，塗炭天下，亦須兩分其罪可也。」〔註1〕蘇轍也說：「府縣嫌吾舊黨人，鄉鄰畏我昔黃門。」〔註2〕這裡的舊黨人是指舊日當政的人物。

　　現今所謂的「新黨」、「舊黨」都是後來學者根據當時士大夫的政治傾向和行為所進行的歸類，因為文人參政處在一系列事件的發展中，他們的思想行為也在不斷髮生變化，將生態複雜的文人歸到某一黨這個界定也具有籠統性。

　　以「新黨」指朝中熙寧新法的支持者，以「舊黨」指新法的反對者，當

〔註1〕 程顥、程頤《二程集·河南程氏遺書》卷2上，中華書局，2004年，第28頁。

〔註2〕 蘇轍《欒城集》後集卷4《九日獨酌三首》其一，上海古籍出版社，1987年，第1189頁。

是近代學界的發明，此「新」與熙豐「新法」相關聯，而與「新學」的關係則不是那麼密切。宋人並無近代這種觀念，文獻多「王、呂之黨」指今人所謂新黨，以「元祐諸公」指人所謂的舊黨，如楊希閔評價舊黨曰：「諸公務欲攻去王、呂之黨，而不知自己亦在朋黨中。」〔註3〕。

「新黨」一詞，文獻不多見，並無特指，像《宋史・韓宗武傳》引韓宗武於徽宗即位後日食上書：

> 執政大臣，人懷異志，排去舊怨，以立新黨，徒爲紛紛，無憂國忘家之慮。

此處「新黨」指的是「新的朋黨」，沒有特殊的涵義。相對的詞語「舊黨」，在史書中也不多見，也無特指，僅用其字面義「舊日的朋黨、黨羽」，像有一例在語境中是指今日我們所謂的新黨，《宋史・蘇轍傳》取蘇轍自傳《潁濱遺老傳下》：

> 自元祐初，一新庶政，至是五年矣。人心已定，惟元豐舊黨，分佈中外，多起邪說，以搖震撼在位。

在古人詩文中，「新黨」、「舊黨」二詞的出現率不高，沒有特指內涵，像清人吳綺有七言古詩《青山下望黃將軍墓道》〔註4〕，以元祐間棄熙豐黨人收復失地綏靖，外族入侵，邊將得不到支持殉難的故事，表達對當時邊事的憤惋，其詩曰：「宮門夜半傳黃紙，盡逐元豐舊黨人。」稱熙豐新黨人物爲「舊黨」，但也是舊日當政人物的意思。

有比較明確的「新黨」概念的出現，至遲到民國年間，錢穆在《國史大綱》提出「熙寧新黨」一說〔註5〕。自20世紀80年代以來，考慮到變法時間的跨度等因素，學者逐漸發展出「熙豐變法」、「熙豐新法」、「熙豐新黨」等涵蓋較爲全面的概念〔註6〕。

「新黨」一詞，寬泛模糊的定義是「熙豐新法的支持者」，本書研究的「新黨」，有所特指。首先，它以「熙豐新黨」爲主，包括了大部分的王安石、呂惠卿之黨、「熙寧新黨」，也包括從神宗朝堅持新法立場到徽宗朝的新黨，熙

〔註3〕 詹大和等《王安石年譜三種》，中華書局，1994年，第685頁。
〔註4〕 吳綺《亭皋詩集》，見《林蕙堂全集》卷十四。《影印文淵閣四庫全書》，上海古籍出版社，1987年，第1314冊，第334頁。
〔註5〕 錢穆《國史大綱》（修訂本）下冊，商務印書館，1996年第3版，第581頁。
〔註6〕 胡昭曦1984年發表的《熙豐變法經濟措施之再評價》最早採用「熙豐變法」一詞，《西南師範大學學報》1984年第4期。

豐間倡導新法的文人，可能在哲、徽朝有改弦易轍者，而哲、徽朝打著新法旗號的文人，有些已背離新法初衷，從在北宋中後期政治影響力、持續性等因素考察，應以熙豐間支持新法並能在黨爭中堅持個人立場的人物爲主要研究對象。

　　其次，新法的支持者上到宰輔下到庶民，而對新法的制定、推行、捍衛影響最大的是朝廷中的官員，本書的「新黨」以任職中央的上層士大夫爲主，在基層推行新法的下層官員，因文獻、篇幅所限，暫不列入本書考察範圍。

　　所以，本書的研究對象「新黨文人」指的是熙寧、元豐間支持新法並能堅持這一立場的擔任過朝廷中央官員的文人，即中央官僚隊伍的改革派文人，包括任武職的文人。

第二節　新黨與新法——中央官僚隊伍的改革派文人

一、熙豐變法與新舊黨矛盾的不可調和

　　新舊黨是變法的產物，但早在變法前，雙方文人因政治立場、改革目標的差異已有抱團之勢，隨著王安石熙寧元年越次入對、熙寧二年拜相，雙方的矛盾日漸明朗化。新黨的組成多年輕的改革派，舊黨則包括以韓琦爲代表的元老重臣和程顥爲代表的政見相異者，前者與新黨的矛盾主要在利益上，因新法的推行對這些官僚家族並無益處，他們重視資歷、堅持守舊，像富弼被改革派斥爲「合流俗」、「收人譽」、「必誤天下事」〔註7〕，在改革中必將被削減權力；後者與新黨的矛盾主要在變革內容上的分歧，他們以道德理想爲改革目標，輕視法度經濟等實務，像程顥參與了變法初制置三司條例司的工作，後又退出，他和程頤的道學有很大一部分內容就是建立在後期對新學新法的批判上。隨著新法的設計推行，讓許多文人在這場大變革中逐漸找到自己的立場，正如王安石說的：「法之初行，異論紛紛，始終以爲可行者，呂惠卿、曾布也；始終以爲不可行，司馬光也。餘人則一出一入爲爾」〔註8〕。新舊黨文人立場的判分，是在相互辯論發展到攻訐中逐漸形成的，在「論議爭

〔註7〕　徐自明撰，王端來校補《宋宰輔編年錄校補》卷 7 熙寧二年十月丙申富弼罷相條，中華書局，1986 年，第 404 頁。

〔註8〕　王稱撰，孫言誠、崔國光點校《東都事略》第 95 卷列傳七十八《曾布傳》，齊魯書社，1998 年，第 818 頁。

煌煌」〔註9〕中，有明確了政治取向的理性因素，也有純屬意氣的非理性因素。

兩黨文人非理性過激的行為、極端排他的攻訐愈演愈烈，是文人分野、矛盾深化的推手，即便有傾向中立的文人，也會被捲入爭端，被歸入一方。而在勢成水火、各不相容的形勢下，人事變動、獄案興起進一步激化矛盾，將文人帶入了黨爭不可調和的深淵。

新黨群體的形成，與新法的建設推行有天然的關係，也與舊黨在變法中的輕視抵制、意氣攻擊不無關聯。宋神宗繼位後第三個年頭，熙寧二年二月，王安石除參知政事，成立制置三司條例司，由樞密院陳升之與王安石並領其事，開始醞釀變法；七月，淮、浙、江、湖六路行均輸法，是為第一項新法。此前，朝廷派遣侯叔獻等八人考察各路農田、水利、賦役利害，以及將興學校，罷詩賦，以經義取士提出討論。變法工作開展迅速，而攻擊也十分猛烈，富弼、韓琦等元老對王安石及支持變法文人極力醜詆〔註10〕，富弼與王安石同月第二次入相，上書神宗曰：「今中外之務漸有更張，大抵小人惟喜生事，願深燭其然，無使有悔。」〔註11〕從慶曆新政間「俱少年執政，頗務興作」到一言蔽之以論新法「小人惟喜生事」，可見這些元老已經成為因循守舊的力量。熙寧二年，同知樞密院范純仁論奏了王安石許多罪狀，其中一條便是「鄙老成為因循之人」〔註12〕，參與興作變法，對他們穩固的地位來說，只會增加參政風險；不參與變法，讓新人進入政壇主持變革，又必將威脅他們「老成」尊貴地位。所以元老及其門生故舊格外強調資歷，懷著對變化的恐懼，極力攻擊反對守舊的新黨，攻擊尚未出臺的新法。

但是，神宗皇帝改革的意願堅定，勢必導致採取這種極端不合作態度的舊官僚在新政中被冷落，及銳意進取的新黨人物的進用。魏泰《東軒筆錄》載：

> 王荊公秉政，更新天下之務，而宿望舊人議論不協，荊公遂選用新進，待以不次，故一時政事不日皆舉，而兩禁、臺閣、內外要權，莫匪新進之士。〔註13〕

〔註9〕 歐陽修《鎮陽讀書》，《居士集》卷二，《歐陽修全集》，中華書局，1001年，第14頁。

〔註10〕 邵博《邵氏聞見後錄》卷20，中華書局，1983年，第155頁。

〔註11〕 脫脫等《宋史》卷313《富弼傳》，中華書局，1977年，第10255頁。

〔註12〕 楊仲良《宋皇通鑒長編紀事本末》卷58《呂誨劾王安石》，《續修四庫全書》上海古籍出版社，2002年，386冊，第489頁。

〔註13〕 魏泰《東軒筆錄》卷5，中華書局，1983年，第57頁。

新黨人物從中下層被超拔擢用，也從熙寧二年開始，二月，薦呂惠卿爲條例司詳檢文字；九月，擢曾布爲檢正中書五房公事；十一月，命韓絳制置三司條例；次年四月，擢李定爲監察御史裏行、謝景溫爲侍御史知雜事。而從「一時政事，不日皆舉」看來，人事上的變動極大地推進了變法的局勢。

擢升對政治改革抱有熱情責任、富有才能的「新進」到重要的職位上，是變法人事上的必備條件，而以司馬光爲首的政見不同者，則從道德角度將這種舊黨不合作情況下的用人措施渺小化，曲解王安石的變法爲權術手段，而一眾新進也成了急功近利、趨炎附勢的小人：

> 王介甫引用新進資淺者，多藉以官，苟爲己盡力，則因新進擢；或小有忤意，則奪借官而斥之；或無功、無過，則暗計資考及常格，然後遷官……〔註14〕

支持新法逐漸新進的的文人，也慢慢在異見者的攻擊下被醜化爲一個「逐利」的「小人」群體，像蘇軾就以輕蔑的口吻談論措置變法的過程，攻擊其求利：「使六七少年日夜講求於內，使者四十餘輩，分行營幹於外。……夫制置三司條例司，求利之名也；六七少年與使者四十餘輩，求利之器也。」〔註15〕富弼動輒上章請辨「君子」、「小人」，以新進者爲「不恥不仁，不畏不義，不見利不動，不威不懲」的小人〔註16〕；據《司馬光奏議》，司馬光從熙寧三年開始到元豐八年共上 10 疏非毀新黨、新法；呂公著熙寧三年「數言事失實」，罷御史中丞，但他堅持面聖，「又求見，言『朝廷申明常平法意，失天下心，若韓琦因人心如趙殃舉甲，以除君側惡人，不知陛下何以待之？』因涕泣論奏，以此爲社稷宗廟安危存亡所繫。」〔註17〕程顥在熙寧三年指出：「蓋自古興治，雖有專任獨決能就事功者，未聞輔弼大臣人各有心，睽戾不一，致國政異出，名分不正，中外人情交謂不可，而能有爲者也。況於措置沮廢公議，一二小臣實與人計，用賤陵貴，以邪防正者乎？」〔註18〕道出新進的新黨人物觸怒「老成」的關鍵之

〔註14〕司馬光《涑水記聞》卷 16，中華書局，1989 年，第 309 頁。
〔註15〕蘇軾《蘇軾文集》卷 25《上神宗皇帝書》，中華書局，1990 年，第 730～731 頁。
〔註16〕此句出處文題，趙汝愚《國朝諸臣奏議》卷 15 作《上神宗皇帝論內外大小臣不和由君子小人並處》，呂祖謙《宋文鑒》卷 45 作《論辯邪正》。
〔註17〕李燾《續資治通鑑長編》卷 210，熙寧三年四月戊辰條，中華書局，1986 年，第 5097 頁。
〔註18〕李燾《續資治通鑑長編》卷 210，熙寧三年四月乙卯條，中華書局，1986 年，第 5103 頁。

處，除了支持變法外，就在於他們等級資歷低淺，不能與舊黨相提並論。

　　舊黨攻擊新黨，短於分析新法條文的得失，也不屑理性看待逐利的經濟內容，而是從道德倫理的角度做文章，一味偏離主題糾纏，早在濮議之爭中司馬光等就以誣韓琦、歐陽修私德獲勝，這種非理性的對話方式在熙豐變法爭論中又得到了發展，把矛盾推向深化。變法早期，他們極力尋找新黨私德可疑之處加以發揮，甚至不惜歪曲事實，侮辱新黨人格，以達到阻止新法目的，像爲了驅逐在臺諫的李定，司馬光、胡宗愈、蘇頌、陳薦、薛昌朝、林旦等人交章極力彈劾他不孝，不爲生母服喪，但實際上「定不自知所生，以爲乳母。及卒，或以語定，定請於父，父固以爲非所生，定心疑之，乃解官侍養，以喪自居，而不敢明言。及下江東、淮南體量，而兩路奏定實解官侍養，即不言曾乞持所生母心喪。」〔註19〕但是李定的名聲受質疑，也不能繼續擔任言職，甚至這無中生有的罪名也被寫入史書。

　　由於舊黨的攻擊阻撓，新黨從希望與舊黨共事轉向爲維護新法進行反擊。熙寧四年，富弼因破壞青苗法落使相，臺諫官職也逐漸由新黨人物充任；熙寧六年，范鎮、呂誨、歐陽修、富弼、司馬光、王陶、韓琦、文彥博、張方平等人相繼「引疾」、「致仕」、「求散地」，離開京城〔註20〕。此後，新黨一直抵制舊黨回朝任要職，以祠官等閒職處有異議者，並對破壞變法者進行打擊，牽連最廣當爲蘇軾「烏臺詩案」。

　　同時，新黨內部因爲遭受攻擊壓力、追求政績的方式以及部分文人品格的缺陷，也出現了不和諧，熙寧七年，曾布、呂惠卿因市易司事起紛爭，熙寧八年，王安石、呂惠卿關係破裂，這對變法產生了不良的影響，但是新黨對新法方向的堅持是不變的。羅家祥先生因此指出，新黨內部在道德修養、人格特徵、志趣情懷、才能見識等諸方面均參差不齊，可劃分爲三個層次，分別以王安石爲代表，以曾布、呂惠卿、呂升卿爲代表，以鄧綰、練亨甫、曾旼、方希益等爲代表〔註21〕。

〔註19〕李燾《續資治通鑑長編》卷213，熙寧三年七月丁未條，中華書局，1986年，第5173頁。
〔註20〕脫脫等《宋史》卷322《楊繪傳》，中華書局，1977年，第10449頁。
〔註21〕羅家祥《朋黨之爭與北宋政治》，華中師範大學出版社，2002年，第63～65頁。

二、熙豐變法的中央新黨隊伍

　　新進的群體在熙豐變法中扮演的角色，大致有參與建設決策、推動實行法令、言論上捍衛支持新法之分，與他們實際擔任的職務相關。在此期間，一開始支持新法但後來站到舊黨隊伍裏的文人應當排除，他們包括：呂公著、蘇轍、程顥、李常〔註22〕，而在實行變法期間對具體的問題有意見但能整體上肯定變法的人物，也屬於新黨，像曾布對呂嘉問推行市易法不當就進行了調查、參劾。下面從官職的角度對這一群體作出整理〔註23〕，《宋史》繼承了舊黨辨忠奸的標準，對參與了變法的文人，扭曲褒貶，但變法事無鉅細，多予以發揮，所以本節材料多參考《宋史》。

　　從熙寧二年到元豐八年，位居宰輔多為新黨人物，有曾公亮、韓絳、王安石、王珪、呂惠卿、元絳、蔡確、章惇、張璪、蒲宗孟、王安禮、李清臣。其中，從熙寧二年二月到元豐五年四月新官制實行前，擔任過同平章事的有韓絳、王安石、王珪，擔任過參知政事的有王安石、韓絳、呂惠卿、元絳、章惇；而從元豐五年四月到元豐八年三月哲宗即位，擔任過上書左僕射兼門下侍郎的有王珪、蔡確，擔任過右僕射兼中書侍郎的有蔡確、韓縝，擔任過門下侍郎的有章惇，擔任過中書侍郎的有張璪，擔任過尚書右丞的有蒲宗孟、王安禮，擔任過尚書右丞的有王安禮、李清臣。其中，王安石是新法的主持建設者；韓絳號「傳法沙門」〔註24〕，呂惠卿號「護法善神」〔註25〕，都是新法的有力建設者、推行者；蔡確、章惇、張璪、蒲宗孟也參與了新法的制定推行，立場鮮明，蔡確雖參劾過不少新黨人物，但堅持新法，受到元祐黨人的嚴厲打擊〔註26〕；章惇也受王安石推薦，元祐初力保免役法，哲宗親政，欲復熙豐法度，首用章惇〔註27〕；張璪，初名張琥，在熙寧初唐坰彈奏王安石文中與李定並列「安石爪牙」〔註28〕，深治鄭俠案，奉行新法，詳定元豐官制、學官制，為元祐黨人劉摯參劾「初奉安石，旋附惠卿，隨王珪，黨章

〔註22〕呂公著贊成變法，程顥參與了制置三司條例司的工作。
〔註23〕2008年湖南師範大學羅煜碩士論文《「熙豐新黨」考》為熙豐間中書門下宰執、樞密院使、翰林學士、臺諫官員做了表格，本書名單參考了其部分內容。
〔註24〕脫脫等《宋史》卷327《王安石傳》，中華書局，1977年，第10548頁。
〔註25〕同上。
〔註26〕脫脫等《宋史》卷471《蔡確傳》，中華書局，1977年，第13698頁。
〔註27〕同上，第13711頁。
〔註28〕脫脫等《宋史》卷327《王安石傳》附《唐坰傳》，中華書局，1977年，第10552頁。

悖，詔蔡確」〔註 29〕，蒲宗孟由神宗親自提拔爲三司提舉帳司官，助呂惠卿行手實法，力詆司馬光〔註 30〕；元絳、李清臣、王珪則贊同、奉行新法，元絳乃熙寧初唐坰彈奏王安石文中「安石頤指氣使，無異家奴」的一員，擅長政務，《宋史》稱其「在翰林，詔事王安石及其子弟」〔註 31〕；李清臣「熙、豐法度，一切釐正，清臣固爭之」，紹聖初主持恢復新法〔註 32〕；王珪元豐間爲神宗所用，抵制舊黨返朝，亦甚得力〔註 33〕；曾公亮對新法「一切聽順，而外若不與之者」〔註 34〕；王安禮是能臣，不反對新法。

出於權力制衡，神宗世的樞密使或知院事基本由舊黨人物擔任。新黨人物擔任過副職同知樞密院事的有薛向、韓縝、安燾，擔任過樞密副使的有韓絳、蔡挺、王韶、曾孝寬。薛向是新法的重要建策者，他任江、浙、荊、淮發運使，推行均輸法，是理財的能臣，「河、洮用兵，縣官費不可計，向未嘗乏供給」〔註 35〕；蔡挺軍事過人，是蕃漢青苗、助役法的草創者，其施行的涇原訓兵法被推廣，推行置將法〔註 36〕；王韶實行「和戎」戰略，力主開熙河，首倡市易法〔註 37〕；曾孝寬乃曾公亮之子，深得王安石賞識，奉行新法得力〔註 38〕；韓縝是韓絳之弟，於邊事有名聲〔註 39〕；安燾能「平心奉法」，行事溫和〔註 40〕。

鹽鐵、度支、戶部三司，主管財政經濟，三司使地位，僅次於參知與樞

〔註 29〕脫脫等《宋史》卷 328《張璪傳》，中華書局，1977 年，第 10570 頁。

〔註 30〕脫脫等《宋史》卷 328《蒲宗孟傳》，中華書局，1977 年，第 10571 頁。

〔註 31〕脫脫等《宋史》卷 343《元絳傳》，中華書局，1977 年，第 10907 頁。

〔註 32〕脫脫等《宋史》卷 328《李清臣傳》，中華書局，1977 年，第 10562～10563 頁。

〔註 33〕脫脫等《宋史》卷 312《王珪傳》：「先是，神宗謂執政曰：『官制將行，欲新舊人兩用之。』又曰：『御史大夫，非司馬光不可。』珪、確相顧失色。珪憂甚，不知所出。確曰：『陛下久欲收靈武，公能任責，則相位可保也。』珪喜，謝確。帝嘗欲召司馬光，珪薦俞充帥慶，使上平西夏策。珪意以爲既用兵深入，必不召光，雖召，將不至。已而光果不召。」中華書局，1977 年，第 10242 頁。

〔註 34〕脫脫等《宋史》卷 312《曾公亮傳》，中華書局，1977 年，第 10234 頁。

〔註 35〕脫脫等《宋史》卷 328《薛向傳》，中華書局，1977 年，第 10587 頁。

〔註 36〕脫脫等《宋史》卷 328《蔡挺傳》，中華書局，1977 年，第 10575～10576 頁。

〔註 37〕脫脫等《宋史》卷 328《王韶傳》，中華書局，1977 年，第 10579～10581 頁。

〔註 38〕脫脫等《宋史》卷 312《曾公亮傳》附《曾孝寬傳》，中華書局，1977 年，第 10234 頁。

〔註 39〕脫脫等《宋史》卷 315《韓縝傳》，中華書局，1977 年，第 10301 頁。

〔註 40〕脫脫等《宋史》卷 328《安燾傳》，中華書局，1977 年，第 10565 頁。

密副使。熙寧二年在三司外另設立三司制置條例司，置舉常平司直接隸屬司農寺，並於次年將制置條例司歸中書，由司農寺推行新法。三司地位雖有所削弱，但與司農寺、各路提舉常平司都是關乎新法財政的重要部門。自熙寧三年四月至元豐八年三月，擔任過三司使、權三司使，權發遣三司使者，基本都屬新黨人物，有薛向、曾布、元絳、章惇、沈括、李承之、趙卨、安燾。其中，曾布也是新法制定推動的極重要人物，先後歷崇政殿說書、判司農寺、檢正中書五房公事、修起居注、知制誥、「與呂惠卿共創青苗、助役、保甲、農田之法」，條析駁斥韓琦，王安石謂：「法之初行，異論紛紛。始終以爲可行者，呂惠卿、曾布也；……」〔註 41〕作爲免役法的最終制定者，元祐間極力阻止司馬光廢法〔註 42〕；沈括由中書檢正官進用，疏濬汴河、參預詳定三司令敕，至兩浙主持水利、往河北察訪保甲、戶馬，對於新法的建設推行也盡心盡力，並提出中肯的改良意見，因此受到呂惠卿等人的攻擊〔註 43〕；李承之「嘗建免役議」，察訪淮浙常平、農田水利、差役事，察訪陝西，糾正新法推行不當處〔註 44〕；趙卨「和戎」有功，檢括閒田、徵募騎兵，奉行保甲法，主強國開邊，但元祐間「朝廷許還葭蘆、米脂、浮屠、安疆四砦，以卨領分畫之議」，所以與韓縝一樣飽受非議〔註 45〕。熙寧二年五月至元豐八年三月判司農寺、同判司農寺、權判司農寺的新黨人物有呂惠卿、曾布、鄧綰、李承之、熊本、張諤、李定、張琥、蔡確、曾孝寬、舒亶、王居卿。李定不爲李常所欺瞞，直言青苗法便民，公開維護新法不遺餘力，炮製了「烏臺詩案」〔註 46〕；熊本擁護新法，平蠻數有軍功〔註 47〕；張諤《宋史》無傳，其舉進士文被王安石批評不合經義，但仍爲王安石、呂惠卿所舉薦〔註 48〕，與

〔註 41〕王稱撰，孫言誠、崔國光點校《東都事略》第 95 卷列傳七十八《曾布傳》，齊魯書社，1998 年，第 818 頁。
〔註 42〕脫脫等《宋史》卷 471《曾布傳》，中華書局，1977 年。第 13714 頁。
〔註 43〕脫脫等《宋史》卷 331《沈括傳》，中華書局，1977 年，第 10654 頁。
〔註 44〕脫脫等《宋史》卷 310《李承之傳》，中華書局，1977 年，第 10178 頁。
〔註 45〕脫脫等《宋史》卷 332《趙卨傳》，中華書局，1977 年，第 10687 頁。
〔註 46〕脫脫等《宋史》卷 329《李定傳》，中華書局，1977 年，第 10602 頁。
〔註 47〕脫脫等《宋史》卷 334《熊本傳》，中華書局，1977 年。第 10730～10732 頁。
〔註 48〕如李燾《續資治通鑒長編》卷 236，熙寧五年閏七月乙卯條：「岳州司戶參軍張諤爲崇文校書，諤前舉官入高等，王安石言其可用也。」沈括《夢溪筆談》卷九：「武昌張諤好學能議論，常自約仕至縣令則致仕而歸。後登進士第，除中允，諤於所居營一舍，榜爲『中允亭』，以志素約也。後諤稍稍進用，數年間爲集賢校理、直舍人院、檢正中書五房公事、判司農寺，皆要官，權任漸

鄧綰、呂嘉問相近，行事不光明，落職較早，建樹少；張琥即張璪，前文已述；王居卿事蹟不多，但判司農寺建言不少，是能吏〔註49〕。

學士院地位僅次兩府，翰林學士職掌詔令，分享宰相的論政之權，對典章制度、時事議論、人事處理都起到重要作用。熙寧二年二月至元豐八年三月間任翰林學士、翰林學士承旨也以新黨人物居多，有王珪、元絳、曾布、呂惠卿、陳繹、鄧綰、沈括、許將、鄧潤甫、蔡延慶、李清臣、章惇、蒲宗孟、李定、張璪、王安禮。陳繹贊成新法，也是熙寧初唐坰彈奏王安石文中「安石頤指氣使，無異家奴」的一員，「爲政務摧豪黨」、抑兼併〔註50〕；鄧綰曾任侍御史雜事兼判司農寺，支持變法，推行新法有序，參劾富弼不散青苗錢，但有反復之跡〔註51〕；鄧潤甫爲新法「排斥議論」得力，治鄭俠獄〔註52〕；許將深得神宗賞識，於新法的軍政有建樹、推行保甲法得力，持論公平，元祐間「每討熙、豐舊章以聞」〔註53〕；蔡延慶爲熙帥、渭帥，守邊出色，訓兵有法，不反對新法〔註54〕。

宋代御史臺與諫院「臺諫合流」，元豐五年改官制，罷廢諫院，以左右散騎常侍、左右諫議大夫、左右司諫、左右正言爲諫官。臺諫是黨爭言論發表重地，從熙寧四年新黨逐漸掌握了臺諫力量開始到元豐八年三月，御史中丞皆由新黨官員擔任，有鄧綰、李中師、鄧潤甫、蔡確、李定、徐禧、舒亶、黃履。李中師在河南推行免役法，要求富弼等同出錢，得朝廷嘉獎，建議戶馬法〔註55〕；徐禧獻《治策》二十四篇支持新法，「以布衣充檢討」，擁護呂惠卿，力主邊事，致靈武之敗〔註56〕；舒亶得張商英推薦，在熙河括田有政

重。無何，坐事奪數官歸武昌。未幾，捐館，送終於太子中允，豈非前定？」中華書局，1986年，第5731頁。

〔註49〕脫脫等《宋史》卷331《王居卿傳》，中華書局，1977年，第10647頁。

〔註50〕脫脫等《宋史》卷329《陳繹傳》，中華書局，1977年，第10614頁。

〔註51〕脫脫等《宋史》卷329《鄧綰傳》，中華書局，1977年，第10597頁。

〔註52〕脫脫等《宋史》卷343《鄧潤甫傳》，中華書局，1977年，第10911頁。

〔註53〕脫脫等《宋史》卷343《許將傳》，許將受神宗賞識，「自太常丞當轉博士，超改右正言；明日，直舍人院；又明日，判流內銓：皆神宗特命，舉朝榮之」。中華書局，1977年，第10908～10909頁。

〔註54〕脫脫等《宋史》卷286《蔡延慶傳》，中華書局，1977年，第9636頁。

〔註55〕脫脫等《宋史》卷331《李中師傳》，中華書局，1977年，第10644～10645頁。

〔註56〕脫脫等《宋史》卷334《徐禧傳》，中華書局，1977年，第10721頁。

績，治鄭俠、蘇軾獄，參劾不少新舊黨人〔註57〕；黃履與蔡確、章惇相善，直言敢諫，但受元祐黨人攻擊，紹聖排擠反對新法者甚力〔註58〕。從熙寧三年四月至元豐八年三月任臺諫官員的新黨人物甚多，維護新法較爲突出的有謝景溫，張商英、彭汝礪、林希、蔡卞、安惇。謝景溫熙寧三年入臺諫，司馬光以之爲王安石「鷹犬」，唐坰彈奏王安石文稱「臺官張商英乃安石鷹犬」；張商英熙豐間在朝時間不長，元祐間受到排擠，「紹述」主張打擊舊黨〔註59〕；彭汝礪對新法及新舊黨有較爲客觀的看法，但從他的交遊與建言看，應當歸入新黨〔註60〕；林希以文名，紹聖初草舊黨謫命〔註61〕；蔡卞乃王安石學生、女婿，力主王學，輔助哲宗「紹述」〔註62〕；安惇深治同文館獄，推行「紹述」〔註63〕。

　　講筵、國子監及爲推行新學所設立的經義局是新黨推行新學的機構，從熙寧三年九月到哲宗即位前，擔任崇政殿說書的有曾布、李定、王雱、沈季長、黃履、陸佃、蔡卞。任過判國子監、兼管國子監、管勾國子監、國子監直講的新黨人物有朱明之、常秩、崔公度、陸佃、龔原、呂惠卿、李定、曾肇、沈季長、彭汝礪、黃履、孫諤、徐禧、張璪、沈銖、葉濤、滿中行、王沇之、蔡卞、梅灝、舒亶、畢仲衍。除提舉、修撰及同修撰外，任經義局檢討的有餘中、朱服、邵剛、葉唐懿、葉林、練亨甫、徐禧、吳著、陶臨、劉涇、曾旼、劉谷等。其中上文未分析而《宋史》有傳、在變法中又較爲重要的人物有王雱、陸佃、龔原、曾肇、葉濤，王雱是王安石之子，對新法、新學有獨到見解〔註64〕；陸佃、龔原師事王安石，建構新學，在政治上傾向新黨，維護王安石〔註65〕；曾肇乃曾鞏、曾布之弟，其政事傾向新黨而較曾布

〔註57〕脫脫等《宋史》卷329《舒亶傳》，中華書局，1977年，第10603～10604頁。

〔註58〕脫脫等《宋史》卷328《黃履傳》，中華書局，1977年，第10572～10574頁。

〔註59〕脫脫等《宋史》卷351《張商英傳》，中華書局，1977年，第11095～11907頁。

〔註60〕羅家祥《朋黨之爭與北宋政治》將彭汝礪歸入舊黨，沈松勤《北宋文人與黨爭》將彭汝礪歸入新黨，但考察彭汝礪生平的言論及其交遊，可以斷定其爲新黨人物，詳見本書第四章。

〔註61〕脫脫等《宋史》卷343《林希傳》，中華書局，1977年，第10913頁。

〔註62〕脫脫等《宋史》卷472《蔡卞傳》，中華書局，1977年，第13729頁。

〔註63〕脫脫等《宋史》卷471《安惇傳》，中華書局，1977年，第13717頁。

〔註64〕脫脫等《宋史》卷327《王雱傳》，中華書局，1977年，第10551頁。

〔註65〕脫脫等《宋史》卷343《陸佃傳》，卷353《龔原傳》，中華書局，1977年，第10917～10920頁，第11151頁。

中立〔註66〕；葉濤乃王安國女婿，紹聖初草元祐大臣貶責製詞〔註67〕。

在熙豐間曾任三司、翰林院、臺諫長官的新黨人物在紹聖、元符間已經位列宰輔，因政治氣候複雜多變，影響此後政治的則不全是熙豐新黨的力量延續，而是摻雜了打著新法旗號、附和宋徽宗、蔡京等的文人，只能作爲考察新黨文人的一個參考。根據《宋宰輔編年錄》整理的新黨宰輔則分時段予以呈現：紹聖年間：李清臣、鄧潤甫、章惇、曾布、許將、蔡卞、林希、黃履；元符年間：黃履、李清臣、蔣之奇、曾布、陸佃、章楶；崇寧年間：許將、溫益、蔡京、趙挺之、張商英、吳居厚、安惇、張康國、鄧洵武、劉逵、何執中。

當中在熙寧新政有突出地位的新黨人物有李清臣、鄧潤甫、章惇、曾布、許將、蔡卞、林希、黃履、蔣之奇、陸佃、蔡京、趙挺之、張商英、吳居厚、安惇。除上文已列出的人物外，蔣之奇雖未參與新法的制定，但在推行免役法、興修水利、管理財賦上政績卓著，「爲部使者十二任，六典會府，以治辦稱」，能使「公私用足」〔註68〕；趙挺之元祐間在郡治試圖推行市易法，被黃庭堅、蘇軾彈劾，又坐不論蔡確出知徐州，紹述排擊舊黨有力，是擁護新法的人物〔註69〕；蔡京在熙寧間由胞弟蔡卞乞請得以進用，元祐初又得司馬光賞識五日盡廢免役法，元符、崇寧間以新法之名行黨錮、打壓異己，他在政治上投機，但從政治主張和親故關係看，還應當列入新黨〔註70〕；吳居厚「奉行新法，盡力核開田，以均給梅山徭」，「天子方興鹽、鐵，居厚精心計，籠絡鉤稽，收羨息錢數百萬」〔註71〕，善於理財。

從上文列舉的新法推行期間新黨人物出任職官的情況看，新黨人物有的專事一職，如陸佃主修經義、彭汝礪擔任諫官，有的則兼具多方面才能，如呂惠卿、蔡確對新法多有建策，又任詞臣。從這些新黨人物就職的領域及影響，我們大致可以列出一個主要的新黨中央官員的名單，它包括：王安石、王雱、呂惠卿、曾布、曾肇、韓絳、韓縝、李定、謝景溫、王珪、元絳、蔡確、章惇、張璪、蒲宗孟、李清臣、薛向、安燾、王韶、陳繹、蔡挺、沈括、

〔註66〕脫脫等《宋史》卷319《曾肇傳》，中華書局，1977年，第10392～10396頁。
〔註67〕脫脫等《宋史》卷355《葉濤傳》，中華書局，1977年，第11182頁。
〔註68〕脫脫等《宋史》卷343《蔣之奇傳》，中華書局，1977年，第10917頁。
〔註69〕脫脫等《宋史》卷351《趙挺之傳》，中華書局，1977年，第11093頁。
〔註70〕脫脫等《宋史》卷472《蔡京傳》，中華書局，1977年，第13721～13727頁。
〔註71〕脫脫等《宋史》卷343《吳居厚傳》，中華書局，1977年，第10921頁。

鄧綰、熊本、舒亶、許將、鄧潤甫、鄧洵武、黃履、林希、安惇、吳居厚、彭汝礪、張商英、陸佃、龔原、徐禧、蔡卞、蔡京、趙挺之、蔣之奇、李承之、王安禮、曾孝寬、李中師、趙卨、王居卿、葉濤、張諤、曾孝寬。這些文人是本書主要的研究對象，他們的生平與文學較下層文人清晰，也是研究新黨文人群體的政治、文學的傑出樣本。

第三節　新黨與黨爭
——從熙豐到崇寧年間的文人分野

　　北宋朋黨之爭，士大夫尤其是元祐黨人「同我者謂之正人，異我者疑爲邪黨」〔註72〕的觀念對判別黨派有重要的影響。舊黨指斥支持新法的人物爲朋黨，自變法開始已沸沸揚揚，而此後隨著對立面的排擊或自覺或被動地捲入報復的黨爭活動，使新黨這一群體具有共時上的鮮明性和歷時上的複雜性。新黨人物，有支持新法，但在人事言論上溫和執中者，也被舊黨一面打倒，如彭汝礪；有參與新法建設不多，與王、呂交集不多，但主動打壓舊黨援引新黨者，則如李清臣。所以，熙豐年間受舊黨人物攻擊與反擊，元祐四年被榜之朝堂，紹聖元符年間主持支持「紹述」，甚至被蔡京列入崇寧三年第三次新增入元祐黨籍的部分文人是界定新黨文人的重要參考。下面分時段予以呈現。

一、熙豐年間

　　熙寧初，以君子自居的舊黨，充分運用臺諫「許風聞言事者，不問其所從來，又不責言之必實。若他人言不實，即得誣告及上書詐不實之罪，諫官、御史雖失實亦不加罪」的權利〔註73〕，肆意攻訐，劃分你我，製造黨論。《續資治通鑒長編》卷二一○熙寧三年四月己卯條引呂本中《雜說》：

　　　　正叔嘗說新法之行，正緣吾黨之士攻之太力，遂至各成黨與，
　　　　牢不可破。且如青苗一事，放過何害？伯淳作諫官，論新法上令至

〔註72〕元祐四年五月范純仁上《論不宜分辨黨人有傷仁化》疏云：「竊以朋黨之起，蓋因趨向異同。同我者謂之正人，異我者疑爲邪黨。……」脫脫等《宋史》卷314《范純仁傳》，中華書局，1977年，第10288頁。
〔註73〕李燾《續資治通鑒長編》卷210，熙寧三年四月壬午條引王安石語，中華書局，1986年，第5106頁。

中書議，伯淳見介甫，與之剖析道理，氣色甚和，且曰：「天下自有順人心的道理，參政何必須如此做。」介甫連聲謝伯淳曰：「此則極感賢誠意，此則極感賢誠意。」此時介甫亦無固執之意矣，卻緣此日張天祺至中書力爭，介甫不堪，自此彼此遂分。

舊黨的「攻之太力」，導致了「各成黨與」，而且，兩黨的陣營隨著攻訐與反擊日漸明晰。熙寧二年五月，御史中丞呂誨進《上神宗皇帝論王安石奸詐十事》，其一就是「朋奸之迹甚明」〔註74〕；熙寧三年四月張戩抨擊韓絳「左右徇從王安石，與為死黨，遂參政柄。李定邪諂。自幕官擢臺職。陛下惟安石是信。今輔以絳之詭隨，臺臣又得李定之比，繼繼其來，牙蘖漸盛。」〔註75〕熙寧三年八月，司馬光奏王安石「以姻親謝景溫為鷹犬」〔註76〕；熙寧四年七月，楊繪彈劾曾布「其緣王安石姻家而進」，指王安石「親故則用」〔註77〕；熙寧四年八月，唐坰論王安石黨人「曾布等表裏擅權」，「王珪曲事安石，無異廝僕」，「元絳、薛向、陳繹，安石頤指氣使，無異家奴，張琥、李定為安石爪牙，臺官張商英乃安石鷹犬」〔註78〕。

熙寧八年，王安石與呂惠卿交惡，新黨內部有所謂「王黨」、「呂黨」之分，蔡承禧參劾呂惠卿文稱：「立黨結朋，……如章惇、李定、徐禧之徒，皆為死黨；曾旼、劉涇、葉唐懿、周常、徐伸之徒，又為奔走。」〔註79〕

二、元祐年間

元豐八年三月，神宗去世，舊黨紛紛回朝，並要求「盡罷察案」，「指群臣之姦黨」〔註80〕，八月，監察御史王言叟指出未能廢新法，是「忠賢少而

〔註74〕趙汝愚《宋朝諸臣奏議》卷109，上海古籍出版社，1999年，第1180頁。
〔註75〕李燾《續資治通鑒長編》卷210，熙寧三年四月壬午條，中華書局，1986年，第5106頁。
〔註76〕李燾《續資治通鑒長編》卷214，熙寧三年八月乙丑條，中華書局，1986年，第5194頁。
〔註77〕李燾《續資治通鑒長編》卷225，熙寧四年七月丁酉條，中華書局，1986年，第5471頁。
〔註78〕脫脫等《宋史》卷327《王安石傳》附《唐坰傳》，中華書局，1977年，第10552頁。
〔註79〕李燾《續資治通鑒長編》卷269，熙寧八年十月庚寅條，中華書局，1986年，第6582頁。
〔註80〕呂公著《上哲宗乞選置臺諫罷御史察案》，見趙汝愚《宋朝諸臣奏議》卷53，上海古籍出版社，1999年，第584頁。

姦邪眾，陰為朋黨沮隔於其中」，「不屏群邪，太平終是難致」〔註81〕，開始非毀攻擊新黨，此後，彈奏之詞開始將一些新黨文人組合起來。朱光庭論奏「章惇罔欺肆辨，韓縝挾邪冒寵」〔註82〕，以蔡確、章惇、韓縝為「三奸」，與司馬光、范純仁、韓維對立〔註83〕；蘇轍彈劾「左僕射蔡確險佞刻深，以獄吏進；右僕射韓縝識闇性暴，才疏行污；樞密使章惇雖有應務之才，而其為人，難以獨任」，「張璪、李清臣、安燾、皆斗筲小人，持祿固位」，請予罷黜，「上以肅正群臣異同之論，下以彈壓四海奸雄之心」〔註84〕。在元祐元年九月丙辰司馬光去世當日，王言叟上疏，要求「果於去奸，審於進賢」，指出蔡確、章惇、韓縝、呂惠卿等「大奸」已去，所存「柔佞之徒」則有張璪、安燾和李清臣等〔註85〕。《長編》卷三五九至卷三六九從元豐八年八月至元祐元年幾乎都是舊黨竭力發揮穿鑿醜詆新黨的彈文，並直指新黨「固結朋黨」，將蔡確、章惇貶離朝廷，劾罷韓縝、安燾、張璪、林希、李清臣、張商英等人，並予以密切防範，像車蓋亭詩案後，新黨文人雖多已逐離朝廷，但劉安世、梁燾等人仍謂：「（章）惇與蔡確、黃履、邢恕素相交結，自謂社稷之臣，天下之人指為四凶。」〔註86〕

元祐四年，舊黨臺諫炮製「車蓋亭詩案」，迫害蔡確，並開列蔡確、王安石親黨名單，「榜之朝堂」〔註87〕，意在全面根除新黨勢力。畢沅《續資治通鑑》記載梁燾進名單如下：

> 初，梁燾等之論蔡確也，密具確及王安石之親黨姓名以進，曰：
>
> 「臣等竊謂確本出王安石之門，相繼秉政，垂二十年。群小趨附，深根固蒂。謹以兩人親黨，開具於後：

〔註81〕 李燾《續資治通鑑長編》卷359，元豐八年九月戊午條，中華書局，1986年，第8589頁。

〔註82〕 李燾《續資治通鑑長編》卷360，元豐八年十月己丑條，中華書局，1986年，第8605頁。

〔註83〕 李燾《續資治通鑑長編》卷367，元祐元年閏二月己丑條，中華書局，1986年，第8848頁。

〔註84〕 楊仲良《宋皇通鑑長編紀事本末》卷97《逐小人》上，《續修四庫全書》上海古籍出版社，2002年，第387冊，第138頁。

〔註85〕 李燾《續資治通鑑長編》卷387，元祐元年九月丙辰條，中華書局，1986年，第9415頁。

〔註86〕 劉安世《盡言集》卷5《章惇強買朱迎等田產事》之七，中華書局，1985年，第60頁。

〔註87〕 王明清《玉照新志》卷一，中華書局，1985年，第1頁。

　　　　確親黨：安燾、章惇、蒲宗孟、曾布、曾肇、蔡京、蔡卞、黃
履、吳居厚、舒亶、王覿、邢恕等四十七人；

　　　　安石親黨：蔡確、章惇、呂惠卿、張璪、安燾、蒲宗孟、王安
禮、曾布、曾肇、彭汝礪、陸佃、謝景溫、黃履、呂嘉問、沈括、
舒亶、葉祖洽、趙挺之、張商英等三十人。」〔註88〕

王明清《玉照新志》則謂名單是當時宰相呂大防與臺諫梁燾、劉安世一起商
定，「蔡確親黨」乃「六十人」〔註89〕，但未開具黨人名單。呂大防力主蔡確
有黨，並予以排擊，范純仁當時論奏有曰：「臣昨日簾前見呂大防奏蔡確黨人
甚盛，欲陛下留意分別。」〔註90〕舊黨內部呂大防與梁燾、劉安世、劉安詩
等是這份名單的制定者，這份名單的制定，有很大主觀臆造成分，清人蔡上
翔指出：「自神宗崩，哲宗以十齡幼主新立，而向攻濮議之人，與攻新法之人，
皆一時並進，而元祐之局一變。要之安石本無黨也。惟元祐攻行新法之人，
必以黨安石為名，而怒如水火，迭加竄逐。視前攻濮議攻新法尤甚。故其後
攻元祐者，不得不以紹述為名。而若是黨安石，而其實安石無黨也。」〔註91〕
見於這份名單而未在第二節中論及的人物有呂嘉問、葉祖洽、王覿。呂嘉問
屬行新法，提舉市易司，執行過苛是熙寧七年一大公案〔註92〕；葉祖洽贊成
變革，支持新黨〔註93〕，都可列入新黨主要人物；王覿持論公正，認為「法
無新舊，惟善之從」，反對青苗法，但贊成免役法及經義取士〔註94〕。

〔註88〕　畢沅《續資治通鑒》卷八一，元祐四年五月丙戌條，梁燾進蔡確、王安石親
　　　　黨名單。上海古籍出版社，1988年。
〔註89〕　王明清《玉照新志》卷一：「元祐黨人，天下後世莫不推尊之。紹聖所定止七
　　　　十三人，至蔡元長當國，凡所背己者皆著其間，殆至三百九人，皆石刻姓名
　　　　頒行天下。其中愚智圇淆，不可分別，至於前日詆譽元祐之政者，亦獲廁名
　　　　矣，唯有識講論之熟者，始能辨之。然而禍根實基於元祐嫉惡太甚焉。呂汲
　　　　公、梁況之、劉器之定王介甫新黨呂吉甫、章子厚而下三十人，蔡持正新黨
　　　　安厚卿、曾子宣而下六十人，榜之朝堂。范淳父上疏以為殲厥渠魁，脅從罔
　　　　治。范忠宣太息語同列曰：『吾輩將不免矣！』……」中華書局，1985年，第
　　　　1頁。
〔註90〕　畢沅《續資治通鑒》卷八一，元祐四年五月丙戌條，上海古籍出版社，1987
　　　　年，第423頁。
〔註91〕　蔡上翔《王荊公年譜考略》，上海人民出版社，1973年，第196～197頁。
〔註92〕　脫脫等《宋史》卷355《呂嘉問傳》，中華書局，1977年，第11188頁。
〔註93〕　脫脫等《宋史》卷354《葉祖洽傳》，中華書局，1977年，第11167頁。
〔註94〕　脫脫等《宋史》卷344《王覿傳》，中華書局，1977年，第10943頁。

三、紹聖、元符年間

　　元祐八年九月，高太后去世，哲宗親政。楊畏遵哲宗之命，「即疏章惇、安燾、呂惠卿、鄧溫伯（潤甫）、李清臣等行義，各加品題，且密奏書萬言，具言神宗所以建立法度之意，乞召章惇爲宰相，上皆嘉納焉」〔註95〕。隨後，李清臣、鄧溫伯首先被起用，「清臣首倡紹述，溫伯和之」〔註96〕；接著翟思、上官均、周秩、劉拯、張商英還朝爲臺諫、黃履出任御史中丞，章惇被任命爲宰相，蔡卞、曾布也相繼還朝。元祐九年改元紹聖，表明哲宗與新黨恢復神宗事業的用意，在蔡京的建議下，哲宗仿熙寧初設制置三司條例司，專門置局講求紹述事宜，並由張康國、鄧洵武「看詳厲害事以聞」〔註97〕。但是在哲宗的積怨和新黨人物的報復心理驅使下，對舊黨的打擊也全面展開，新黨針對舊黨元祐間設立「訴理所」，成立「管勾看詳訴理所」，安惇起到了重要作用；翟思首先發起「神宗實錄案」；邢恕則興「同文館獄」，爲蔡確報怨。新黨內部，黨魁曾布、章惇、蔡卞又各有矛盾。

四、建中靖國、崇寧年間

　　元符三年元月，哲宗病逝，徽宗即位，參用部分舊黨，而新黨中偏向中立的人物也得到擢用，李清臣、黃履、郭知章、陸佃、曾肇、龔原、蔣之奇得以起用，開始「建中靖國」。但隨著崇寧元年四月蔡京回朝，元祐黨人和新黨中的異議者，皆受到迫害，安燾、李清臣等人遭到貶責〔註98〕，「崇寧黨禁」期間，宋廷先後立黨人碑，第一次在崇寧元年九月，第二次在崇寧二年九月，第三次在崇寧三年六月。第三次立元祐黨人碑在前兩次的元祐黨人基礎上，又增加了元符黨人及元符上書入「邪等」者共309人，由「皇帝書而刊之石，置於文德殿門之東壁，永爲萬世臣子之戒」〔註99〕，於全國各路立碑，由蔡京書之。這些「元祐姦黨」，具有寬泛的意義，指的是違背徽宗、蔡京集團意

〔註95〕楊仲良《宋皇通鑒長編紀事本末》卷101《逐元祐黨》上，《續修四庫全書》上海古籍出版社，2002年，第387冊，第169頁。

〔註96〕楊仲良《宋皇通鑒長編紀事本末》卷100《紹述》，《續修四庫全書》上海古籍出版社，2002年，第387冊，第160頁。

〔註97〕同上，第165頁。

〔註98〕楊仲良《宋皇通鑒長編紀事本末》卷121《禁元祐黨人》上，《續修四庫全書》上海古籍出版社，2002年，第387冊，第303～304頁。

〔註99〕楊仲良《宋皇通鑒長編紀事本末》卷122《禁元祐黨人》下，《續修四庫全書》上海古籍出版社，2002年，第387冊，第313～319頁。

志的人物及群體，也包含了許多在政治上能秉持公議、爲徽宗蔡京所不容的新黨文人，即王明清《玉照新志》所謂「至於前日詆訾元祐之政者，亦獲廁名矣」〔註100〕。這些人有曾任宰臣執政官的曾布、李清臣、安燾、陸佃、黃履、張商英、蔣之奇，有曾任侍制以上官的曾肇、王覿、上官均、龔原、葉祖洽、葉濤、郭知章，有「爲臣不忠」者二人，即章惇、王珪。上官均、郭知章二人也未見於第二節論述，都是中立偏於新政的人物，上官均議論公正，元祐爲舊黨所排擠，紹聖得以進用〔註101〕；郭知章論事亦有見解，紹聖論治元祐棄地罪、恢復免役法，重修《神宗實錄》，主新黨之政〔註102〕。

通過對熙豐間受舊黨人物攻擊，元祐間被貶黜、榜之朝堂、紹聖元符間被起用到崇寧被列入黨籍的文人的羅列，我們大致可以歸納出一個新黨主要人物的名單，它包括：王安石、王安禮、呂惠卿、韓絳、韓縝、李定、謝景溫、曾布、曾肇、王珪、元絳、薛向、陳繹、張璪、張商英、徐禧、章惇、蔡確、李清臣、安燾、林希、蒲宗孟、蔡京、蔡卞、黃履、吳居厚、邢恕、舒亶、安惇、王覿、彭汝礪、呂嘉問、沈括、趙挺之、鄧潤甫、鄧洵武、安惇、陸佃、龔原、蔣之奇、葉祖洽、上官均、郭知章、王覿。

以新黨文人在新法、黨爭中的作用及影響爲基本線索，整理出的兩個主要新黨人物名單爲基礎，再參考《宋史》歸入列傳人物事蹟及評論，以中進士與位列侍制等爲參考，我們基本可以劃定一個比較完整的主要新黨文人名單，它包括受史書鞭撻非毀，歸入《姦臣傳》的蔡確、邢恕、呂惠卿、章惇、曾布、安惇、蔡京、蔡卞共 8 人，還包括主持、奉行、支持新法受《宋史》扭曲攻擊、嚴屬貶斥者，分別爲：王安石、王雱、李清臣、張璪、黃履、蒲宗孟、李定、鄧綰、鄧洵武、舒亶、陳繹、徐禧、鄧潤甫、林希、蔣之奇、吳居厚、張商英、王珪、趙葉祖洽、李中師、呂嘉問、王居卿、曾公亮、曾孝寬等24 人；較爲中立而因近新黨受《宋史》薄責或用以攻擊新法者，包括：王安禮、安燾、蔡挺、王韶、薛向，沈括、熊本、元絳、許將、韓絳、韓縝、謝景溫、陸佃、龔原、曾肇、彭汝礪、趙挺之、上官均、郭知章、王覿、趙卨、李承之等22 人。

〔註100〕王明清《玉照新志》，中華書局，1985 年，第 1 頁。

〔註101〕脫脫等《宋史》卷 355《上官均傳》，中華書局，1977 年，第 11178～11180頁。

〔註102〕脫脫等《宋史》卷 355《郭知章傳》，中華書局，1977 年，第 11196～11198頁。

第二章 北宋新黨文人群體特徵
——以舊黨爲參照

第一節 地域：新黨文人多南人的統計及其文化背景

　　新黨文人多南人的說法，錢穆先生的議論最具代表性，他指出：「新法之招人反對，根本上似乎還含有一個新舊思想的衝突，所謂新舊思想之衝突，亦可以說是兩種態度之衝突，此兩種態度，隱約表現在南北地域的區分上。新黨大率多南方人，反對派則大率是北方人」〔註1〕。從這個論斷看，熙豐新舊黨爭是自宋初以來南北學術差異、政治地位競爭從隱性到顯性的表現，包含了三組矛盾：新舊思想的矛盾、守舊與改革態度的對立、南北地域學術特點的相異，落到實體上就是南方文人和北方文人的矛盾，當然這個地域上的區分是取一個占大多數的值，而且還要考慮文人成長的地域，因爲占籍地域對文人思想的影響可能大於籍貫所屬的地域。

　　錢穆先生這一大致的判斷是否成立，下文將以本書所要考察的新黨主要文人作爲樣本做一粗略的統計，並與相對的主要舊黨文人做一比較，地域歸屬以籍貫爲主。

一、新黨多南人的統計

　　以本書第一章列出的主要新黨文人爲樣本，按《元豐九域志》的地域排

〔註1〕錢穆《國史大綱》（修訂本）下冊，商務印書館，1996年，第581頁。

列順序，以四京及京東、京西、河北、陝西、河東五路爲北方，其餘爲南方，
列表如下：

南北	府　路	人數	具體信息
北	東京開封府	5	韓絳、韓縝（開封府雍丘縣）、安燾、陳繹、李中師
	南京應天府	1	蔡挺（應天府宋城縣）
	北京大名府	1	李清臣（大名府魏縣）
	京東東路	3	蔡延慶（萊州膠水縣）、王居卿（登州蓬萊）、趙挺之（密州諸城）
	京東西路	2	李承之（濮州）、邢恕（鄭州陽武）
	京西南路	0	
	京西北路	0	
	河北東路	0	
	河北西路	0	
	陝西永興軍路	1	薛向（河中府萬泉縣）
	陝西秦鳳路	0	
	河東路	0	
合計		13	
南	淮南東路	3	張璪（滁州全椒縣）、李定（揚州）、王覿（泰州如皋）
	淮南西路	1	呂嘉問（壽州）
	兩浙路	7	元絳（杭州錢塘縣）、沈括（杭州錢塘縣）、舒亶（明州慈谿）、蔣之奇（常州宜興縣）、陸佃（越州山陰）、龔原（處州遂昌）、謝景溫（富陽縣）
	江南東路	3	王韶（江州德安縣）、彭汝礪（饒州鄱陽）、熊本（饒州鄱陽）
	江南西路	9	王安石、王雱、王安禮（撫州臨川縣），曾布、曾肇（建昌軍南豐），鄧潤甫（建昌軍南城縣），徐禧（洪州分寧縣），吳居厚（洪州），郭知章（吉州龍泉）
	荊湖南路	0	

南北	府　　路	人數	具體信息
南	荊湖北路	0	
	成都府路	5	王珪（成都府華陽縣、後徙舒）、趙禼（州依政縣）、鄧綰、鄧洵武（成都府雙流縣）、張商英（成都府雙流縣）
	梓州路	1	安惇（廣安軍）
	利州路	1	蒲宗孟（閬州新井縣）
	夔州路		
	福建路	12	呂惠卿（泉州晉江縣），曾公亮、曾孝寬（泉州晉江縣），蔡確（泉州晉江縣），章惇（建州蒲城縣，徙蘇州），許將（福州閩縣），黃履（邵武軍），蔡卞、蔡京（興化仙遊），林希（福州福清縣），上官均（邵武軍）、葉祖洽（邵武軍）
	廣南東路	0	
	廣南西路	0	
合計		42	

　　從上表可見，南人與北人的比例超出了 3∶1，北人除了趙挺之、邢恕外，多在變法前已有一定的資歷；而南人很大部分是在熙寧初由較低的職位超拔起用的新人，他們當中很多人的仕履延續到哲宗親政後甚至徽宗朝。

　　熙豐舊黨主要成員包括崇寧三年元祐姦黨碑中曾任宰臣執政官和曾任待制以上官的舊黨人物、熙豐年間反對新法得力的大臣[註2]，擇取標準爲：一是反對新法；二是元祐間被起用；三是「紹述」被打擊，崇寧被列入姦黨碑，並與不爲蔡京所用而被列入黨籍的人物區別開來；四是南渡後得到高宗的褒獎或紹興間得到追贈。從這些與新黨主要文人大致相當的標準看舊黨文人有：司馬光、文彥博、呂公著、呂大防、劉摯、范純仁、韓忠彥、梁燾、王岩叟、蘇轍、鄭雍、傅堯俞、趙瞻、韓維、孫固、范百祿、胡宗愈、劉奉世、范純禮、蘇軾、劉安世、范祖禹、朱光庭、趙君錫、馬默、孔武仲、孔文仲、吳安持、錢勰、李之純、鮮于侁、趙彥若、孫覺、錢勰、王若欽、孫陞、韓川、賈易、呂希純、范純粹、呂陶、豐稷、張舜民、鄒浩、陳次升、富弼、范鎮、韓琦等。本書僅分南北列表如下：

〔註2〕「元祐姦黨碑」參見楊仲良《宋皇通鑑長編紀事本末》卷122《禁元祐黨人》下，《續修四庫全書》上海古籍出版社，2002年，第387冊，第313～319頁。

南北	人數	具體信息
北	24	司馬光（陝州夏縣），文彥博（汾州介休），呂大防（京兆藍田），劉摯（滄州東光），韓琦、韓忠彥（相州安陽），梁燾（鄆州須城），王言叟（大名清平），鄭雍（京東開封府襄邑），傅堯俞（鄆州須城），趙瞻（祖籍亳州永城，父爲太子賓客，徙鳳翔），韓維（開封府雍丘縣），孫固（鄭州管城），劉安世（大名魏人），朱光庭（河南偃師），趙君錫（洛陽），馬默（單州成武），吳安持（建州浦城），李之純（滄州），趙彥若（青州臨淄），王欽臣（應天宋城），韓川（陝人），張舜民（邠州），富弼（河南）
南	20	呂公著（壽州），范純仁、范純禮（吳縣），蘇軾、蘇轍（眉山），胡宗愈（常州竟陵），劉奉世（臨江），孔文仲、孔武仲（臨江新喻），錢勰（杭州），孫覺（高郵），孫陞（高郵），顧臨（會稽），賈易（無爲），呂陶（成都），豐稷（明州），鄒浩（常州晉陵），陳次升（仙遊），鮮于侁（閬州），范鎮（成都華陽）

從上表可見，舊黨中北人和南人的比例大於 1：1。而且舊黨黨魁，身居宰輔的人物多是北人，同新黨陣營一樣，北人的資歷較長，而南人中資歷較長的呂公著、范純仁、胡宗愈等人，祖上或父輩已經顯貴，他們生長於北方，接受的文化與他們日常交往的北人更爲接近，把他們劃分爲北人更爲準確，所以舊黨總體上是北人占多數，而且同新黨一樣，北人資歷較長。

通過對新舊黨主要文人籍貫的粗略比較可以看出，新黨多南人，舊黨多北人，新舊黨爭可以說是南人占主體和北人佔優勢的兩個陣營的衝突。

此外，從這兩個表看，熙豐新黨和舊黨陣營中南人新進較多的現象，可以作爲北宋中後期南方入仕隊伍壯大的一個佐證，這是南北文人爭勝達到一個高峰的標誌，也預示著足以產生力量相當的矛盾雙方。南北人的矛盾，不止表現於「始出一二大臣所學不同」〔註3〕，而在於這背後深厚的文化土壤，生長出兩種思想，不能相容。

二、南北文化背景差異與黨爭的關係

宋代南北方文化土壤不同帶來的學術差異、政治競爭，自立朝初便深刻存在，主要表現在北人以文化上的保守及政治上的敵視姿態，對抗隨著科舉取士後來居上的南人，而南人則主兼容務實，逐漸佔據了思想和政治的主流。

〔註3〕脫脫等《宋史》卷 377《李樸傳》徽宗即位初，李樸總結黨爭原因指出：「熙寧、元豐以來，政體屢變，始出一二大臣所學不同，後乃更執方圓，互相排擊。」中華書局，1977 年，第 111655～1165631 頁。

在北宋新儒學發展的背景下，北方的儒學以「洛學」爲代表發揮了傳統的倫理道德思想以規人心，而被視爲不純粹的南方儒學以「荊公新學」爲代表，則借鑒了法家、釋家的思想以製法令。到熙豐變法時，南北學術皆處於成型階段，新舊黨的交鋒，確是受到了南北文化差異的深刻影響，從某種意義上講，熙豐黨爭也是南北學術差異與人才爭勝日漸激烈的表現。

（一）政治實用主義與道德理想主義的差異

宋初南方文人的代表，是由南唐、吳越歸宋的文人，如楊億、錢惟演等，以博識多聞與工於辭藻見長，北方至太宗朝，有周翰、柳開等提倡道德，是尊儒崇道的傳統積久使然，以治經修身爲務。文章與道德，南北各有所長，學術上的差異主要體現在文風上的爭勝，以北方文人抨擊五代文風和「西崑體」爲開端。總體上講，南人傾向博學而支離，富才學而少道理，學術靈活而切於實用；北人追求擬古，嚴謹而有系統，但流於空疏的道德高調，也暴露了不切實際的弊病。

北宋中期南北文化有融合的一面，更多的是南人的積極改造，南人胡瑗、范仲淹、歐陽修以南人靈活平易的學術思想，將儒學推向經世致用，在政治實用的範圍內逐步重建儒道。在學術上，胡瑗開創了宋學的先河，推行因材施教的教育；在文學上，歐陽修開創了平易暢達、宜於載道的文風；在政治上，范仲淹銳意改革，推動慶曆新政。南北文化至仁宗朝在南人的經營中得到某種程度的調和，發揮出積極的一面。這一時期代表北方學術、被後世推爲理學鼻祖的周敦頤，也並非只是潛心構建道學體系，而以勤於吏治、斷獄嚴明知名。

迨至熙寧，爲統治者所採納，眞正影響社會生活的是南人李覯代表的政治實用主義，「斥心性之空談，究富強之實務」，王安石與李覯同爲江西人，雖然與李覯並無特別的交往，但是他託古變法的理論這是這股政治實用思潮的產物。在新法之初，北方學者首爲異議，以高調的理想主義批判變法，學術代表邵雍、二程，司馬光，參加慶曆新政的北人富弼、文彥博與反對慶曆新政的王拱辰等，聚集起一個與中央抗衡的文化圈子〔註4〕，他們雖然沒有話

〔註4〕葛兆光《中國思想史》第二卷，復旦大學出版社，2002年，第195～96頁。當時的活動主要有：元豐三年，文彥博發起「洛陽五老會」，成員有范鎮、張宗益、張問、史炤。元豐五年，文彥博發起耆英詩會，有富弼、席汝言、王尚恭、趙丙、王慎言、文彥博、劉幾、馮行己、楚建中、王拱辰、張問、張

語權力，但憑著在道德倫理評價上佔領制高點的策略，營造了位愈卑而聲愈高影響效果。司馬光也是在此期間的活動中，得到了巨族故家的信賴期望，聲望俞高，「凡居洛陽十五年，天下以爲眞宰相」〔註5〕，他的「朔學」字面便有北方學術之義。

熙豐時期圍繞變法的紛爭凸顯了南北思想學術中一直存在的政治實用主義與道德理想主義的分歧，北方學者最突出的論調就是「義」、「利」之辨，譴責新黨言「利」，以倫理道德攻擊政治策略〔註6〕，但其實和南方學術沒有在一個層面上對話。像司馬光也強調經世致用，但他卻將「道義」與新法經濟管理的物質截然對立起來，認爲政治改革不重在於立法，而在於求道德高尚的人才，司馬光與神宗有一段論法的對話很有代表性，司馬光指出漢代凡是治理得當的時期都是恪守舊法，凡是有所變革都不如守舊，認爲得人比變法重要：

> 上（神宗）曰：「人與法，亦相表裏耳。」（司馬）光曰：「苟得
> 其人，則無患法之不善。不得其人，雖有善法，失先後之施矣。故
> 當急於求人，而緩於立法也。」〔註7〕

神宗的得人立法並重觀很客觀，而司馬光則偏重得人，恰與變法的精神相悖，放到現實中，他擇人的具體標準沒有定下來，只有高調的理想是難以眞正用於現實的。所以，南人占大多數的改革者，則直斥北人過於高調的道德要求如「壁上行」，神宗也感慨「今一輩人所謂道德，非道德也」〔註8〕。

在變法期間，南北學術矛盾達到了高峰，變法是主因，而南北學術的成型也是重要因素。北方有影響力的儒學大師相繼出現，理學的前身洛學及相關的朔學都汲汲追求爲道德倫理的提倡尋求更充分的抽象理論支持，在當時雖處於非主流地位，但其領袖在北方的元老官僚中很受歡迎。因爲在後世被推爲正統學術，他們的學術譜系也非常清楚，從黃宗羲《宋元學案》的涑水學案、明道學案、伊川學案、橫渠學案、范呂諸儒學案等譜系，可以整理出一個龐大的北

　　壽、司馬光：元豐六年，文彥博又邀程珦、司馬旦、席汝言辦「洛陽同甲會」。
　　同年，司馬光發起「眞率會」，參加者主要有司馬旦、席汝言、王尚參、楚建
　　中、王愼言等。

〔註5〕 脫脫等《宋史》卷336《司馬光傳》，中華書局，1977年，第10767頁。
〔註6〕 葛兆光《中國思想史》第二卷，復旦大學出版社，2002年，第213～214頁。
〔註7〕 江少虞《宋朝事實類苑》卷一五，上海古籍出版社，1980年，第182頁。
〔註8〕 李燾《續資治通鑒長編》卷214，中華書局，1986年，第5217頁。

人舊黨人物及其親故的群體，可見他們的學術傳播只局限於某些圈子。南方的學術，荊公新學被黃氏列入學略，似乎無足重輕，但這只是因爲作爲道學的對立面，它被視爲不純粹的儒學。從當時歷史的實況看，他和李覯的政治實用思想接受範圍很廣，王安石未掌權前江寧講學，從師者眾，受到更多有志參政的學子追隨，在當時社會上的影響深遠，更直接推動了上到統治者下到年輕士子支持的變法。新學創立本身爲政治改革張目的意圖明顯，但爲了說服參政者，他採取了託古改制的手法，在復古尊經的道路上也汲取了北方學術重視道德修身的特點，在政治行爲上，王安石以個人高潔的品行，充分突出了儒學道德實踐的意義，可以說從內容到策略上都具有實用的色彩。相對北人的新儒學，南人的新儒學更有創新，也更具實踐意義，但是儒學本身固有的「道不同，不相爲謀」的極端排他性，使雙方失去了對話包容可能，對於強調純粹的理學來說，更是以狹隘的標準來要求變法，所以針對變法，司馬光不惜與王安石反目，程顥認眞研究「新學」〔註9〕，尋找推翻它的理論和機會。

　　余英時將宋代的政治文化劃分爲三個發展階段，認爲熙寧士大夫與皇權共治天下從前期的「坐而言」轉入「起而行」，以王安石的進退之美爲宋代文人主體意識覺醒的重要標誌，並以此後至南宋朱熹的時代爲「後王安石的時代」〔註10〕。荊公新學通過對經典的闡釋，在歐陽修等發展的政治實用道路上建立起理論體系，又以實際行動影響社會，是南方學術獨立的標誌，日漸成熟的理學也以參與反對變法的陣營彰顯了它的存在。但是，理學還遠未能影響現實，從熙豐開始到朱熹將道導入「日用而不知」的實用視野，理學的發展都繞不開王安石，都離不開對南人學術的批判參照。

　　在熙豐時期，南人的實用政治主義的成熟乃至廣泛的應用，最大程度凸顯了與停留在高論的北方道德理想主義者的差異，並以具體的改革條文觸動理學者的神經，這是新舊黨人紛爭一個重要原因。

（二）北方人才與南方人才對政治空間的爭奪

　　在政治空間上，雖然自唐代以來門閥的地位削弱，中原世家的影響力逐

〔註 9〕據程顥、程頤《二程集·河南程氏遺書》卷 2 上記載程顥「於新學極精，今日有所問，能盡知其短而持之，介父（王安石）之學，大抵支離，伯淳（程顥）嘗與楊時讀了四遍。其後盡能推類而通之，」「如今日，卻要先整頓介甫之學」。中華書局，2004 年，第 38、28 頁。
〔註10〕余英時《士與中國文化》，上海人民出版社，2003 年，第 519～520 頁。

漸消失，但是，皇權所依靠的開國重臣多北人，這些重臣漸漸形成了新的官僚家族，在皇子的擁立上，往往有定策之功，深得皇權信賴，像李清臣《韓太保惟忠墓表》指出：「考諸國史，則累朝將相頗多河北之人」，並列舉了趙普、曹彬、潘美、李昉、王旦、張泳、柳開、李沆、張知白、宋綬、韓琦這樣一個名單，而韓琦、呂公著、司馬光等這些舊黨首領就參與了擁立神宗父親英宗的過程，有定策之功。宋代雖然推行科舉，北方故家後代的政治本位思想仍相當牢固，「天聖以前，選用人才，多取北人，……故南方士大夫沉抑者多。」〔註11〕，像宰相呂蒙正就勸太宗不可提拔張「江東士人之俊」〔註12〕，隨著南方文人入仕的數量不斷增長，起先占主流地位的北人產生了危機感，像寇準的事例很有代表性：

> 晏殊……景德初，張知白安撫江南，以神童薦之。帝召殊與進士千餘人並試廷中，殊神氣不懾，援筆立成。帝嘉賞，賜同進士出身。宰相寇準曰：「殊江外人。」帝顧曰：「張九齡非江外人邪？」〔註13〕

> ……時新喻人蕭貫與（蔡）齊並見，齊儀狀秀偉，舉止端重，上意已屬之。知樞密院寇準又言：「南方下國人不宜冠多士。」齊遂居第一。上喜謂準曰：「得人矣。」特召金吾給七騶，出兩節傳呼，因以為例。準性自矜，尤惡南人輕巧，既出，謂同列曰：「又與中原奪得一狀元。」齊，膠水人也。〔註14〕

到眞宗朝，掌握主要權力的北人抱守地域偏見，輕視南人，但「奪得」一詞，可見南北人才競爭激烈，南方才俊的崛起使北人頗感壓力。更深層的原因是科舉在維護官僚家族的延續中有重要的作用，北方權臣取士貶抑南人，才能維護北方家族的利益，延續優勢地位。北人這種對南人的防範壓制實際上並未隨著南人科舉入仕隊伍壯大而消減，至仁宗朝，司馬光甚至提出「將南省考試舉人，各以路分糊名，於逐路每十人解一人等事」的取士法〔註15〕，以控制科考表現優秀的南人入仕數量，遭到歐陽修的極力反對。在朝堂上，有才能的南人也會受到黃河流域大家族壟斷勢力的排擠，像宰相王旦以南人不能為相為由，反對

〔註11〕陸游《論選用西北士大夫箚子》，《渭南文集》卷3第2頁，汲古閣刊本。
〔註12〕李燾《續資治通鑑長編》卷34，中華書局，1986年，第754頁。
〔註13〕脫脫等《宋史》卷311《晏殊傳》，中華書局，1977年，第10195頁。
〔註14〕李燾《續資治通鑑長編》卷84，中華書局，1986年，第1920頁。
〔註15〕司馬光《貢院乞逐路取人狀》，見《全宋文》卷1188，巴蜀書社，2006年，第3頁。

相南人王若欽，王若欽深受眞宗賞識也要推遲十年拜相，其他相位有實力的競爭者丁謂，陳彭年等南人也被北人醜化爲「姦邪險僞」的「五鬼」。可見變法前南人入仕、升職都較北人艱難，須具備比北人更爲突出的才能。

至神宗朝，從上文統計看，南人高層官員數量超越北人，失去了優勢地位的北人對南人的敵意有增無減，而後來居上的南人雖不至於憑空敵視北人，但也有抵制北人施加壓力的要求。熙寧黨爭，有擁立皇子之功的北方世家，固守老成，反對新黨的驟進，以空泛的道德自居「君子」，排斥「小人」的務實改革，便包含著以北人爲尊貴高尚、以南人爲低下奸險的意味，像熙寧元年十月丙申神宗「以陳升之同平章事，升之既相，帝問司馬光：『近相升之，外議云何？』對曰：『閩人狡險，楚人輕易。今二相皆閩人，二參政皆楚人，必將援引鄉黨之士，充塞朝廷，風俗何以更得淳厚。』」〔註16〕這種約等於「北人君子、南人小人」的表述邏輯，毫無根據，只有成見和畏懼，它以毫無依據的道德判斷爲藉口，是意在維護北人官僚之間盤根錯節的家族利益。事實上，在政壇上南人並不如北人愛援引親故，先天的家世政治資本劣勢也決定了他們無法堂而皇之爲鄉黨謀求美差，下文將論及這一點。

除了南人的後來居上的威脅外，新黨推行全面改革，重現分配社會資源，更是觸犯了擁有特權的北方故家在經濟上、仕進上的利益。所以，不少北人杜撰怪談，以攻擊南人泄私憤，像邵雍之子邵伯溫，得司馬光、范純仁、呂公著等賞識，他的《邵氏聞見錄》多此類不經之說：

> 祖宗開國所用將相皆北人，太祖刻石禁中曰：「後世子孫無用南士作相、內臣主兵。」至眞宗朝始用閩人，其刻不存矣。嗚呼，以藝祖（趙匡胤）之明，其前知也。

> 康節先公先天之學，……平居於人事機祥未嘗輒言。治平間。與客散步天津橋上，聞杜鵑聲，慘然不樂，客問其故，則曰：「洛陽舊無杜鵑，今始至，有所主。」客曰：「何也？」康節先公曰：「不二年，上用南士爲相，多引南人，專務變更，天下自此多事矣。」客曰：「聞杜鵑何以知此？」康節先公曰：「天下將治，地氣自北而南；將亂，自南而北。……自此，南方草木皆可移，南方疾病瘴癘

〔註16〕馮琦原編，陳邦瞻增訂《宋史紀事本末》卷8，神宗熙寧元年十月丙申條，中華書局，1977年，第42頁。

之類，北人皆苦之矣。」至熙寧初，其言乃驗，異哉。〔註17〕

邵氏筆記僞造的材料不少，此二說出於黨爭，用以攻擊後來入相的南人尤其是王安石的用意很明瞭。刻石爲戒之說，已可存疑，託邵雍所發的南北地氣之說，更是無稽之談。這些記載無論眞實與否，從邵雍之子、司馬光弟子的口中說出，作爲北方本位論的有力證據，已經折射出政治上有先天優勢的舊黨群體在南方才俊崛起中感到競爭的威脅，在變法中預感將逐漸喪失特權的恐慌心理。

相對於北人的種種敵視貶低南人的言論，南人卻罕有區別南北、將北人一棍子打倒的偏激看法。因爲從參政條件上看，統治者是北人，主流話語也是立足北方本位思維，南人若強調南北區別、甚至攻擊北人，只會增加他們面對北方官僚世家的阻力，帶來不必要的矛盾，況且從南人入仕數量急劇增長的實際看，逐漸佔據優勢的南人也無必要攻擊正在削弱的北方勢力。

具體到政見上，南人北人的政見不可能是截然的分開對立，南人的理念裏有北人支持，北人的觀點也有南人擁護。像慶曆新政，南人范仲淹、歐陽修與北人富弼等聯合起來改革，而南人呂夷簡與北人張方平、王拱辰等則聯合起來加以阻撓。所謂南人北人的區分不是地域籍貫那麼簡單，而與家族利益關係密切。熙寧前期，南人北人都是主張改變弊政的，正如朱熹所說，「新法之行，諸公實共謀之，雖明道先生不以爲不是，蓋那時也是合變時節」，「《呂氏家傳》載「荊公當時與申公極相好，新法亦皆商量來，故行新法時，甚望申公相助」。〔註18〕承北人偏見的《宋史》是這樣描述王安石與舊黨人物的交往的：「安石本楚士，未知名於中朝，以韓、呂二族爲巨室，欲藉以取重。乃深與韓絳、絳弟維及呂公著交，三人更稱揚之，名始盛。」〔註19〕雖曲解王安石交友的用意，但也指出了北方官僚家族在政壇上的勢力，當他們共擧的改革觸犯到故家大族的利益，給了新進階層——南人占多數的階層重新分配政治資源的機會時，才逐漸導致了故交反目，從群體的利益角度看南北判分是不可避免的。

在北宋南北文化的對立與融合中，有這樣一個大致的趨勢，北人保守，

〔註17〕 邵伯溫《邵氏聞見錄》，中華書局，1983 年，第 4 頁，第 215 頁。

〔註18〕 黎靖德《朱子語類》卷 130《本朝四·自熙寧至靖康用人》，中華書局，1986年，第 3097 頁。

〔註19〕 脫脫等《宋史》卷 327《王安石傳》，中華書局，1977 年，第 10543 頁。

倡倫理道德高論，多官僚世家，在政治上持本位論，敵視南人，但思想未爲統治者所採納，政治地位也日益削弱；南人兼容，重經世致用，主動建樹，隨著政治隊伍的壯大，也尋求重新分配社會資源的機會。熙豐時期，南方文人入仕的隊伍壯大到了一定程度，政治實用主義爲統治者所倡導，南北的差異在改革中的碰撞是不可避免的，也是新舊黨紛爭的重要原因。

第二節　階層：科舉制度下故家大族與新進階層的仕途空間

從階層上看，新舊黨人分別主要來自於北方的故家大族與南方的地方精英，從屬於不同的階層，舊黨多來自北方故家，祖父輩都是顯宦，有先天的政治經濟優勢；新黨則多來自眞宗、仁宗朝經科舉躋身仕途的新興階層，他們是隨著南方經濟開發發展起來的精英階層。20 世紀六七十年代，熙豐變法的階級性被追捧爲研究熱點，借新舊黨人物所處的階層差異大做文章，階層差異不宜跨大但它是確實存在的。從史實看，新黨人物多自科舉入仕立家，少有顯赫的祖父輩，他們多是北宋中期崛起的南方地方文化精英，憑著政治上出色的表現帶動了家族的發展；舊黨人物多來自北方故家，家族在北宋早期已有一定的官僚背景，他們除了科第還有門蔭等途徑關係可以入仕，更爲重視龐大家族的利益。在北方本位的政治環境中，南北人對於家族的建設和維護也有不同觀念，這也直接導致了在黨爭過程中朝廷用人的差異。

一、熙豐新舊黨人出身的差異

論新舊黨人的階層，第一要素就是出身，以上文歸納的新舊兩黨主要人物爲例，54 名新黨人物，除了曾孝寬、薛向是以蔭得官，徐禧是以布衣被神宗賞識、超拔進用之外，其他人都是由進士入仕，並以嘉祐年間的進士爲多。從新黨文人的祖、父輩任官情況，聯繫其社會背景及姻親、後代情況看，他們較少有顯赫的家族背景，祖、父輩聲名也不顯著，大多是地方文化精英，依靠自身的才能進入仕途，屬於新興的政治群體，他們之間的聯姻也不如舊黨那樣多，後代子孫也很少因爲他們或家族的力量得官，他們的家族因爲良好的文化修養在地方具有一定聲望。新黨文人出於巨族顯宦之後的，僅有韓絳、韓縝、李承之、蔡延慶、呂嘉問等寥寥幾人，而且都是北人世家之後，

韓絳、韓縝父韓億，官至同知樞密院事；李承之父李迪爲眞、仁兩朝宰相；蔡延慶乃仁宗朝參知政事蔡齊從子，蔡齊即上文寇準爲北人奪得的一個狀元，呂嘉問爲河南呂氏家族的異類，以蔭補入仕。其他北人還有蔡挺出自宋城蔡氏家族，「世以明經仕進」〔註20〕，祖父蔡陟仕至國子博士，父蔡希言官至泗州軍事推官，也屬門第較高；王珪曾祖王永，事太宗爲右補闕，季父罕官至光祿卿。南人則出身低微得多，且上溯祖輩無多少顯赫的地位，像呂惠卿父習吏事，爲漳浦令，終光祿卿；王安石、王安禮父王益，官至都官員外郎；章惇父章俞起家至職方郎中，這些人在新黨文人中已屬出身較高。此外出身於貧寒官宦家庭的，如曾布、曾肇祖父曾致堯官至戶部郎中，少年喪父，靠兄長曾鞏任地方官維持家計，陸佃父陸軫官至太傅，「居貧苦學，夜無燈，映月光讀書」〔註21〕。此外，還有張璪，宋史說是南唐張洎後代。「早孤，鞠於兄環，欲任以官，辭不就。未冠登第」〔註22〕，元絳，「祖德昭，仕吳越至丞相」，「九歲謁荆南太守，試以三題，上諸朝，貧不能行」〔註23〕，祖上都是降宋的南方臣子，地位不可與北方大族相匹。其他人大多出身較舊黨寒微，到新黨文人這一輩才開始聞達，像安燾父安日華，「本三班院吏」〔註24〕，地位卑微；彭汝礪則來自農家；王韶「起孤生」〔註25〕。

　　新黨文人的進用，沒有出身的優勢，意味著他們受到提拔得有非常的才幹，他們除了文學才能出衆、支持熙寧變法以外，還契合了神宗改革需要有處理實際政務能力人才的需要，並非如史書所言靠獻媚於王安石。他們擔任的職務都是需要超強管理創新能力的崗位，像章惇起初才幹文學爲王安石、神宗賞識，但是他的眞正進用是在突發事件中凸現了傑出的才能，「三司火，神宗御樓觀之，惇部役兵奔救，過樓下，神宗問知爲惇，明日命爲三司使」〔註26〕；又如薛向是理財高手，爲軍事提供了堅強的支持，「神宗知向材，以爲江、浙、荆、淮發運使。……河、洮用兵，縣官費不可計，向未嘗乏供給。及解

〔註20〕 張方平《樂全集》卷40《宋故樞密直學士贈尚書禮部侍郎蔡公墓誌銘》，《影印文淵閣四庫全書》，上海古籍出版社，1987年，第382冊第1頁。
〔註21〕 脫脫等《宋史》卷343《陸佃傳》，中華書局，1977年，第10917頁。
〔註22〕 脫脫等《宋史》卷328《張璪傳》，中華書局，1977年，第10570頁。
〔註23〕 脫脫等《宋史》卷343《元絳傳》，中華書局，1977年，第10907頁。
〔註24〕 脫脫等《宋史》卷328《安燾傳》，中華書局，1977年，第10565頁。
〔註25〕 脫脫等《宋史》卷328《王韶傳》，中華書局，1977年，第10579頁。
〔註26〕 脫脫等《宋史》卷471《章惇傳》，中華書局，1977年，第13712頁。

嚴，上疏乞戒將帥裁溢員，汰冗卒、省浮費、節橫賦，手敕褒納」〔註27〕；陳繹進用則是因爲神宗認爲「繹論事不避權貴」〔註28〕；王韶是以《平戎策》得神宗賞識；蔡挺是以練兵、均稅法得神宗讚賞；沈括於禮制天文無所不通，神宗多從詢問；狀元許將被歐陽修預言前途不可限量，受神宗召對後，「自太常丞當轉博士，超改右正言；明日，直舍人院；又明日，判流內銓：皆神宗特命，舉朝榮之」〔註29〕，他在軍事才能傑出，在使遼時還展現了超過遼人的箭術。

　　張劍、呂肖奐《兩宋黨爭與家族文學》指出新黨文人的家族有臨川王氏、晉江呂氏、南豐曾氏、眞定韓氏、錢塘沈氏、南陽謝氏、泉州蔡氏、仙遊蔡氏、蒲城章氏、新津張氏等，但稱他們爲家族僅是因爲在熙豐間家族開始有一二新黨文人聞達，這與舊黨的故家大族從宋初積累的家世無法相比擬。到了元祐間、崇寧間，因爲黨爭的關係，這些所謂的家族更是少有後人躋身上流。

　　舊黨文人多來自主要的官僚家族，他們的親族，在熙豐前已經憑著先天的優勢，盤踞要路，元祐間更是憑藉統治者的倚賴，不循常規進身。不少舊黨文人家族與宗室有密切關係，是皇帝的親信，像文彥博，父文洎「以儒學進，歷十三官，所至以強值勤敏、振利攘害，名聞達不可掩」，仁宗張貴妃父張堯封是其門客〔註30〕，文彥博歷仁、英、神、哲四朝，「窮貴極富」，八子皆歷顯官〔註31〕；像韓維「神宗封淮陽郡王、潁王，維皆爲記室參軍。王每事咨訪，維悉心以對，至拜起進趨之容，皆陳其節」。從舊黨文人拜官的經歷看，他們特殊的出身使仕途順利，銓選順利，不用放到偏遠的地方去勘磨，較易取得中央清閒的要職，也較得統治者信任，像元祐初高太后堅持提拔不協人望的胡宗愈就是突出一例。舊黨的進用也不用具備出色的行政能力，而是靠家族親故影響朝廷的勢力，他們甚至鄙視政治實務操作，像司馬光爲故家大族所極度推崇，他一再稱自己愚鈍，並以迂愚爲美德，他以不諳政事爲由，熙寧三年二月三辭樞密副使，刻畫自己：

〔註27〕脫脫等《宋史》卷328《薛向傳》，中華書局，1977年，第10588頁。
〔註28〕脫脫等《宋史》卷329《陳繹傳》，中華書局，1977年，第10614頁。
〔註29〕脫脫等《宋史》卷343《許將傳》，中華書局，1977年，第10908～10909頁。
〔註30〕梅堯臣《碧雲騢》，《碧雲騢》一書是否梅堯臣所作，今人和宋朝的學者意見不一，參見孫雲清《〈碧雲騢〉新考》，《宋史研究集刊》，浙江古籍出版社，1986年，第341～344頁。此處姑列於梅堯臣名下。
〔註31〕脫脫等《宋史》卷313《文彥博傳》，中華書局，1977年，第10462頁。

　　　　自髫齓至於弱冠，杜門讀書，不交人事。仕官以來，多在京師，
　　少歷外任，故於錢穀、刑獄、繁劇之務，皆不能爲，況爲軍旅，固
　　所不習。獨於解經述史、及以愚直補過拾遺，不避怨怒，則庶幾萬
　　一或有可取。〔註32〕

雖謙虛自己對繁雜政務的不熟悉，但並無自慚之意，而是認爲讀經修史、勸
諫皇帝遵守儒家倫理道德才是士大夫所爲，鄙薄新黨文人改革推行的實務。
元祐間他極力廢除他毫無所長領域的新法，正是這一觀念的體現。他是舊黨
一個突出的例子，證明不具備政治才能但憑著幾大家族的支持、統治者的信
任，也能左右政壇。

　　從新舊黨人的出身看，新黨鄙視舊黨因循守舊，舊黨敵視新黨躁進，也
是階層不同使然，而非僅僅是政見不同或個性的差異。

二、階層轉化的可能性及新舊黨的對策差異

　　在北宋，官僚地主的地位流動性相對唐代進一步增大，求仕者通過科舉
轉化成官僚的機會較之前代又更高了，貴賤、貧富處在一種微妙的矛盾關係
中。唐末五代之際，隨著莊園經濟向租佃經濟的轉化，加上科舉制度的推行，
至宋初，魏晉的門閥士族風氣逐漸消失，代之以文人家族。同時，北宋商品
經濟高度發展，「田制不立」、「不抑兼并」的土地政策以及「取士不問家世」
的科舉制度，使各階層轉化身份的可能性大爲增加〔註33〕，程頤所說的「本
朝無世臣」、「無百年之家」的狀況固然誇張〔註34〕，但豪族的規模、延續時
間都不及前代，像宋代繼世爲相的家族僅有呂氏、韓氏、史氏三大家族〔註35〕。

　　正是在這樣的背景下，社會增加了「賤不必不貴」〔註36〕的地位轉換機
會，失去了「士庶天隔」的穩固保障〔註37〕，官僚家族鞏固自身地位的難度

〔註32〕司馬光《辭樞密副使第三道箚子》，《全宋文》卷1197，巴蜀書社，2006年，
　　　　第151頁。
〔註33〕正如張載所說：「今驟得富貴者，止能爲三四十年之計，造宅一區及其所有，
　　　　既死則眾子分裂，未幾蕩盡，則家遂不存。」見張載，《張載集》，《經學理窟·
　　　　宗法》，中華書局，1978年，第259頁。
〔註34〕程顥、程頤《二程集·河南程氏遺書》卷17、卷15，中華書局，2004年，第
　　　　174、143頁。
〔註35〕張邦煒《宋代婚姻家族史論》，人民出版社，2003年，第347頁。
〔註36〕劉跂《學易集》卷6《馬氏園亭記》，中華書局，1985年，第72頁。
〔註37〕沈約《宋書》卷42《王弘傳》，中華書局，1974年，第1311～1312頁。

也相應增加，求仕者爭取機會躋身官僚的隊伍日益壯大，二者之間的隱形矛盾並未較前代減少，而是表現得更為多樣、複雜。新黨主張的新法，摧兼併、抑豪強，是一次重新分配社會資源的改革，表達了求仕階層在貴賤轉換的可能性擴大的情況下，用行政手段進一步削弱故家大族特權勢力的要求。故家大族本身已經極力避免自然的淘汰衰落，對這種不利家族穩固的行政手段採取奮力抵抗。典型的例子就是熙寧新法「免役法」的興廢，「免役法」廢除命官、形勢戶的免役特權，要求他們繳納助役錢，大部分舊黨官僚紛紛反對，而新黨李師中至河南府，「富弼告老家居，中師籍其戶等，令與富民均出錢」〔註 38〕，官僚家族覺得受到了侮辱，而司馬光執政後更是不顧舊黨蘇軾、蘇轍和新黨章惇的力爭，任用蔡京，五日盡廢「免役法」。正是出於對世家大族命運的關注，程顥、程頤等雖不重視政治事務，卻熱衷於討論「宗子法」，為故家大族的特權延續尋找理論支持。總的來說，舊黨文人多出身階層較高，要求守舊固位，也更關注家族利益；新黨多屬新進階層，要求進一步的破除特權、加速轉換，但因為階層背景較為簡單，對於自身尚未成型的家族並無太多迴護，出身階層的差異導致對家族態度的不同，在新舊黨文人家族聯姻與仕進的問題上得到了充分的體現。

1. 聯姻門第的差異

　　新黨文人出身寒微者多，家庭聯姻狀況也記載甚少，他們地位上昇以後，聯姻的對象也多是南方的地方文化精英家族，從門戶相當的角度看，無高攀低就的特殊之處，從政治立場看，也不一定相同，從姻親關係結構看，也主要是一點輻射幾家。相對而言，舊黨文人的家族聯姻，擇門第挑人才，往往是幾大家族相互聯姻又向外輻射，其中關係龐大複雜又有較明確的利益共同體性質，舊黨出身於階層較高的家族，聯姻重要的標準「貴人物相當」〔註 39〕，就是有相當的政治實力，以姻親建立政治網絡，保證家族穩固發展，也有少量「以才擇婿」，青睞出色的求仕者以擴充家族人才，這種選擇是單向的貴擇賤。作為新進階層為主的新黨文人，挑選世家聯姻的資格也並不多，而他們也更傾向於與自身相當的新進階層聯姻，主要包括以科舉仕進為目標的下層官吏家庭和注重詩書教育的地主家庭，這些聯姻對象對他們家族利益的作用尚不十分明確。

〔註 38〕　彭百川《太平治迹統類》第 15 冊卷 21，江蘇廣陵古籍刻印社，1981 年，第 14 頁。

〔註 39〕　袁採《睦親》，《袁氏世範》卷 1，中華書局，1985 年，第 17 頁。

　　舊黨故家的聯姻，大多數非常注重門第，像胡宗愈之父胡宿嫁女，「皆適士族」﹝註40﹞，韓琦家族與孫固家族聯姻，也在於二家「望匹勢敵」﹝註41﹞，呂氏作爲北宋極顯赫的豪門巨族，「天下之人，談衣冠之盛者，必以呂氏爲世家」﹝註42﹞，與其家聯姻的衣冠舊族有王旦家族、蘇頌家族、宋敏求家族、韓琦家族、吳充家族、梁適家族、趙概家族等，還有新興官僚家族曾公亮家族。選擇出色的登第者，典型如富弼與其他高官爭奪「自鄉舉至廷試皆爲第一」的馮京爲婿，最後獲勝﹝註43﹞，宋人徐度曾經總結道：「本朝公卿多有知人之明，見於擇婿與辟客。蓋趙參政昌言之婿爲王文正公旦，王文正之婿爲韓忠憲億、呂惠穆公弼之婿爲韓文定忠彥，李侍郎虛己之婿爲晏元獻殊，晏元獻之婿爲富文忠弼、楊尚書察，富文忠之婿爲馮宣徽京，陳康肅堯咨之婿爲賈文元昌朝。……如此之類，不可悉數，皆拔於稱人之中。」﹝註44﹞這些例子值得記載，是因爲從傑出的登第者中擇婿的這些特例，相對於大族聯姻，還是少之又少。大族之間的聯姻，盤根錯節形成一個複雜的關係網，出於對家族的維護，組成舊黨中堅的故家大族之間的聯姻，把他們連結成一個龐大利益乃至文化共同體，抵抗被削弱與淘汰。

　　相對於舊黨，新黨文人，與稱得上地方文化精英的家族聯姻，也是屈指可數，簡單而未成氣候，而新黨文人家族之間的小部分聯姻，對他們的政壇表現影響甚弱。從史料上看，新進階層佔了較大比例的新黨，在聞達前家族尚未壯大、地位尚未提高。他們的聯姻，大多如普通地主家庭因地域之便通婚，並無太多故事可供小說記載，被載入史冊的就更少了。最特別的例子就是蒲宗孟將他非常出色的六妹嫁給周敦頤作繼室，蒲氏在四川也是家道殷實的地方文化精英，當時周敦頤任合州通判，南下拜訪蒲宗孟，他們共同論道三日三夜，周敦頤令蒲宗孟折服並引爲知己﹝註45﹞，於是便爲自己眼光很高

﹝註40﹞歐陽修《贈太子太傅胡公墓誌銘》，見歐陽修撰，李逸安點校《歐陽修全集》卷35，中華書局，第519頁。

﹝註41﹞孫固「有季女，愛之甚，與其妻魯國夫人高擇其配，貴族家以少年公子來請婚者，相比肩立，莫能當公意，最後以歸故大丞相忠獻魏國韓王之第三子」，見趙鼎臣《竹隱畸士集》卷19《孫令人墓誌銘》，《影印文淵閣四庫全書》，上海古籍出版社，1987年，第1124冊第280頁。

﹝註42﹞王珪《呂諫議公絳墓誌銘》，見《華陽集》，中華書局，1985年，第1379頁。

﹝註43﹞杜大珪《名臣碑傳琬琰集》下編卷16《馮文簡公京傳》，《影印文淵閣四庫全書》，上海古籍出版社，1987年，第450冊第747頁。

﹝註44﹞徐度《卻掃編》卷上，中華書局，1985年，第37頁。

﹝註45﹞蒲宗孟《濂溪先生墓碣銘》。

的妹妹做媒。到元豐時期，隨著新黨文人地位的提高，聯姻範圍也逐漸擴大，但主要因家族壯大需要時間發展傳承，他們還不具有像舊黨結成廣闊複雜的家族網絡的資本。王安石家族的姻親關係在新黨中算是比較複雜的例子，常被拿來討論其與政治的關係，其實王氏家族聯姻的情況相對舊黨世家並不複雜，其他新黨文人的姻親關係則更爲簡單，王安石尚未顯赫時，王家與當地烏石崗吳家世通婚姻，隨著王氏家族地位陞遷，其聯姻對象也較爲廣闊，王安石的三個妹妹分別嫁給才學俱優的張奎、朱明之、沈季長，兩個弟弟與南豐曾氏和富陽謝氏聯姻，王安國娶曾布之妹，王安禮則娶謝絳之女，兩個女兒也分別嫁給蒲城吳充之子吳安持和仙遊蔡卞，吳充與王安石爲同年、同科、同僚，蔡卞是王安石非常欣賞的學生，王安石二子娶普通人家女子。這其中，曾布、蔡卞、謝絳、朱明之、沈季長都支持變法，但王氏與曾氏聯姻是因爲曾鞏、王安石同門的關係，而曾鞏並非贊同新法，蒲城吳氏是偏向舊黨的，也不完全是政治影響了聯姻。除了出身世家的小部分新黨文人，其他文人的聯姻情況也比較簡單，比較特別的如李清臣十四歲鄉試和省試名列高等，拜訪韓琦後，韓琦非常欣賞他，「以兄之子妻之」〔註46〕，但他與韓琦的政治傾向並不一致，總的來說，新黨文人因爲家族尚未形成氣候，聯姻並沒有出現舊黨家族那種明顯維護家族政治利益的傾向。

2. 取士用人的差異

新黨與舊黨所代表的階層，主要的對立關係就體現在對待科舉取士的不同態度上，而對待科舉的不同態度乃至設計的不同想法，出自於兩個階層在仕進空間上的競爭。到 11 世紀中期，北方官僚家族已將幾代人通過科舉和恩蔭等其他方式送進仕途，而南方寒族主要通過科舉在入仕，並開始在科舉入仕的人數上超越了世家，南人入仕從眞宗朝占 30% 到仁宗朝占 50%，已漸漸後來居上，到神宗朝這一比例達到了 60%〔註47〕，而南人任宰輔的比例也從眞宗朝的 1／5 發展到仁宗朝的 2／5，到神宗朝已有 4／5〔註48〕。新興階層要求限制門蔭，廣納人才，重視經世致用的才能，所以支持更爲公平的科舉取士；而官僚家族本來就有維持不斷膨脹的親族利益的壓力，在此情況

〔註46〕脫脫等《宋史》卷 328《李清臣傳》，中華書局，1977 年，第 10561 頁。
〔註47〕賈志揚《中國宋代學術的荊棘之門》第 129〜134 頁，轉引自包弼德《斯文──唐宋思想的轉型》，第 74 頁。
〔註48〕楊遠《北宋宰輔人物的地理分佈》第 165、186 頁，轉引自包弼德《斯文──唐宋思想的轉型》，第 74 頁。

下倍感威脅，進而拋出德行重於才學的觀點，企圖修改科舉的部分細則或限制科舉取士的權力，維護北方官僚家族利益，這是北宋改革時期，不同派系及其主要論調形成的基礎，上文論及南北文化背景不同時已指出。早在慶曆新政，南人范仲淹就指責北人呂夷簡提拔官員偏袒故家；北人在科場競爭處於下風后，司馬光又提出逐路取均等人數的取士法，遭到歐陽修的極力反對。而熙寧初，司馬光與王安石對科舉改革的建議，充分體現了官僚家族與新進群體的不同訴求，司馬光提出只允許由朝廷官員推薦候選人應舉，提高了參加科舉考試的門檻，這一時期，朝廷官員還大多出自舊黨故家，但已感覺到南人入仕數量增加的競爭壓力，這建議無疑是為朝官後代大開方便之門；而王安石則試圖建立分級的學校制度以廣納人才，對待求仕的文人要相對更加平等。

作為一個新進群體，新黨文人在此後紛繁的黨爭中難以建立起綿延數代入仕的家族盛況，即是臨川王氏、福建呂氏這樣出過顯赫人物的家族也只興盛一時，在當權時期，他們對後代親族的利益的維護也不突出，可以說恪守了他們主政時的用人方針，他們的親人主要以科舉入仕，子弟也未徇私佔領清要職位。新法推行，參與新法的王氏、呂氏裙帶關係最為醒目，但是從當時王安石孤立無援的處境，以及他的親友門生進身、任職情況看，並無挾恩越軌的地方。因為新法施行本身就備受挑揀攻擊，所以新黨文人大多言行一致，很好的執行了避親藉制度〔註 49〕，像王安石執政，其親家吳充、女婿蔡卞都辭諫職，其兒子王雱、弟弟王安禮雖非常出色，也不得重用，其弟子、女婿等也不過參與了新學建設，並未出任要職。又如被舊黨攻擊為禽獸的李定，《宋史》稱他：「於宗族有恩，分財振贍。家無餘貲，得任子，先及兄息，死之日，諸子皆布衣」〔註 50〕。對於宗族儘其自身能力照顧，但並不敢使用職權逾越規則。沒有家族的牽連，新黨的用人也沒有像舊黨一樣注重出身，以籠統的「德行」等不可量化的擇人標準為親族開便利之門，甚至在可以給已經通過朝廷選拔的親人便利的時候，也沒有利用，最典型的例子是章惇獨相七年，「不肯以官爵私所親，四子連登科，獨季子援嘗為校書郎，餘皆隨牒

〔註49〕徐松《宋會要輯稿》第 97 冊職官 63《避親嫌》清晰地展現了宋代避親製形成的過程，「諸職事相干或統攝有親戚者，並迴避」，職事統攝指官員有上下級關係，職事相干包含較廣，最常見的是執政官親屬不得擔任臺諫官和兩制官。中華書局，1957 年影印本，第 1～16 頁。

〔註50〕脫脫等《宋史》卷 329《李定傳》，中華書局，1977 年，第 10603 頁。

東銓仕州縣，訖無顯著」〔註51〕，章惇季子章援元祐三年蘇軾知貢舉時爲省元，異議不多，章持紹聖四年禮部試第一，進入殿試，但因爲是宰相的兒子，無端受質疑，結果又因身份被避嫌對待，深感委屈，據載：

> 紹聖丁丑，章持魁南省，時有詩：「何處難忘酒？南宮放榜時。有才如杜牧，無勢似章持。不取通經士，先收執政兒。此時無一盞，何以慰愁眉。」紹興間，秦伯暘魁多士，汪彥章啓賀其父，以「南宮進士」對「東閣郎君」，尚疑爲譏己，其敢顯斥如前之詩乎？韓持國寶元間偕兄弟應進士舉，預南省奏名，而下第士子有「韓家四子連名」之嘲，蓋以其父忠憲公見在政路也。時殿試尚黜落，有司因故黜之，公後遂不復試，而兄弟皆再登第。故潞公薦公，謂南省曾預高薦。繼萬內外制，知貢舉，至登門下省，不更賜出身。初亦召試玉堂，不就。公之五世孫元吉尚書，特書引於《桐陰舊話》甚詳。貴游子弟，當考其素業，不應例待以膏梁。唐李德裕初不緣科甲顯。〔註52〕

周煇也認爲不能因身份否定才學，「不應例待以膏梁」，身爲執宰之子對於章持的名聲和入仕反倒是一種拖累，他的詩中提到「不取通經士，先收執政兒」，從引文的下文文意看，應該是指當時的輿論質疑章持奪魁，認爲宰相的兒子擠佔了真正有學問人的名額，推測章持殿試還會是第一，而通曉道學的胡安國之輩會受到不公正對待，但事實上，作爲元祐舊黨後人，胡安國即使在紹述的背景下不詆毀元祐，還是得到了殿試第三名，而章持則屈居其下〔註53〕。

　　新黨代表的階層，在改革制度、強化中央集權的過程中，他們客觀地推動了以科舉限制官僚世家膨脹的作用，從而爲求仕者取得更多公平的機會。而且，在科舉改革上，廢除諸科，只重注重真才實學的進士科，在考試內容上注重經義策論，並無偏向南人長於詩賦的地方。

　　相對而言，舊黨對待朝廷取士用人帶上更多階層利益色彩。元祐更化，舊

〔註51〕脫脫等《宋史》卷471《章惇傳》，中華書局，1977年，第13714頁。
〔註52〕周煇《清波雜志》，中華書局，1994年，第168頁。
〔註53〕趙與時《賓退錄》卷十：「紹聖四年殿試，考官得胡安國之策，定爲第一。將唱名，宰執惡其不詆元祐，而何昌言策云『元祐臣僚，不知君臣之義，父子之恩』，擢爲首選；方天若策云『當是時，鶴髮宵人，棋布要路。今家財猶未籍沒，子孫猶未禁錮』，遂次之；又欲以章惇子爲第三，哲宗命再讀安國策，親擢爲第三。……」上海古籍出版社，1983年，126頁。

黨紛紛互相引薦回朝，將新黨盡數驅逐，「布宣恩德」、「便於人情」〔註54〕，「尊優老成」〔註55〕，司馬光「又立十科薦士法」〔註56〕，兩制、侍從以上可以十科之目推薦擢官員，即所謂「連名薦士」，而「被舉之士，未必皆賢，朝廷不復銓量，往往即加擢任，遽離常調，遂得美官」〔註57〕。違反避親製度，放寬用人要求，爲故家子弟開方便之門，在舊黨執政期間是非常嚴重的現象。元祐初，韓維首先發揮大道理爲不避親的做法開脫：「方今人才難得，幸而可用之人又以執政故退罷。若七八執政各避私嫌，甚妨賢路！」〔註58〕這番話從另一個角度看，就是證明舊黨權要之間存在密切的聯姻網絡。舊黨回朝，未按正規程序遴選臺諫官員，章惇以執政親嫌反對范純仁、范祖禹入臺諫，受到攻擊，高太后明言：「執政於親戚無迴避之理！如用人合公議，雖親何害？」〔註59〕於是，「請託之風熾，僥倖之門開」、「士大夫徇私情，廢公法」〔註60〕，舊黨故家紛紛爲子孫謀求官職，如文彥博、呂公著、韓維、呂大防、范純仁，爲子弟或親友奔走張羅，造成子弟親戚布滿要津的情形。爲滿足龐大的舊黨家族成員的任職，最明目張膽又不合理的做法就是恢復堂除，神宗元豐四年十一月，「自今堂選、堂占悉罷，以勞得堂除者，減磨勘一年」〔註61〕，宋制，京官、選人一般由吏部選差，其有特殊勳勞者，由政事堂直接奏注差遣，稱「堂除」〔註62〕。但舊黨卻恢復了這一名目，以維護家族成員入仕，「上等知州、通判、在京寺、監、宮教、畿內知縣之類，號爲優便者，盡屬堂除」〔註63〕，故家大族徇私謀權泛濫的情況也令舊黨成員劉安世極爲不滿和擔憂：

〔註54〕黃以周等《續資治通鑒長編拾補》元祐二年三月戊辰條，中華書局，2004年，第 3748 頁。

〔註55〕李燾《續資治通鑒長編》卷 409，元祐三年四月己丑條，中華書局，1986年，第 9949 頁。

〔註56〕脫脫等《宋史》卷 336《司馬光傳》，中華書局，1977 年，第 10768 頁。

〔註57〕李燾《續資治通鑒長編》卷 417，元祐三年十一月甲寅條，中華書局，1986年，第 10143 頁。

〔註58〕脫脫等《宋史》卷 315《韓維傳》，中華書局，1977年，第 10309 頁。

〔註59〕徐松《宋會要輯稿》第 97 冊《職官》63 之 6，中華書局，1957 年影印本。

〔註60〕徐松《宋會要輯稿》第 106 冊《職官》79 之 29，中華書局，1957年影印本。

〔註61〕李燾《續資治通鑒長編》卷 320，元豐四年十一月戊申條，中華書局，1986年，第 7884 頁。

〔註62〕脫脫等《宋史》卷 158《選舉志四》：「祖宗以來，中書有堂選，百司、郡縣有奏舉，雖小大殊科，然皆不隸於有司。」中華書局，1977年，第 3705 頁。

〔註63〕李燾《續資治通鑒長編》卷 413，元祐三年八月辛丑條，中華書局，1986年，第 10046 頁。

　　子弟親戚，布滿要津，此最當今之大患也。……然近來差除尤多，不協物論，是以不避煩瀆聖聰，須至具章疏論。列臣伏見太師文彥博之子及爲光祿少卿，保雍將作監丞，孫永世少府監丞，妻族陳安民近遷都水監丞，女婿任元卿堂差監商稅院，孫婿李由堂差監左藏庫，或用恩例陳乞，而此兩處皆非陳乞之所當得也；司空呂公著之子希績，今年知穎州，才及成資，召還爲少府少監希純去年自太常博士，又遷宗正寺丞，女婿范祖禹與其婦翁共事於實錄院，前此蓋未嘗有，而次婿邵□爲開封推官，公著才罷僕射，即擢爲都官郎中，外甥楊國寶，自初改官知縣，又堂除太常博士，未及，又擢爲成都路轉運判官，楊瓖寶亦自常調堂差知咸平縣，妻弟魯君貺今年自外任擢爲都水監丞，姻家張次元堂除知洺州，胡宗炎擢爲將作少監，馬傳慶自冗官得大理寺主簿，其間雖或假近臣論薦之名，皆公著任宰相日拔擢除授也。宮教之職，舊係吏部依法選差，近方收爲堂除，而公著首用其孫婿趙演。宰相呂大防任中書侍郎日，堂除其女婿王謹京東排岸司，妻族李括知洋州，李機知華州。范純仁拜相之初，即用其姻家韓宗道爲戶部侍郎，妻族王古右司員外郎，王毅近自常調堂差知長垣縣。門下侍郎孫固之子樸判登聞檢院，臣聞鼓檢院乃天下訴冤之地，豈可使執政子弟爲之，熙寧初，嘗以宰相子曾孝寬判鼓院，是時言者以此論奏，即令罷免，而公亮陳乞監皮角場，此近例也。孫固及左丞王存、右丞胡宗愈姻家歐陽棐，除館職未及一月，又授職方員外郎，宗愈之弟宗炎，近除開封推官，然王存除歐陽棐外，未聞其人，及中書侍郎劉摯亦未見所引私親，而二人者，依違其間，不能糾正，雷同循默，豈得無罪。〔註64〕

從「前此蓋未嘗有」、「近方收爲堂除」等論述看，舊黨世家濫授親族官爵的情況嚴重越過了正常界限，正與公平取士用人的宗旨相違背，而新進入仕途的寒門了弟則是「有司員多闕少，四方寒士，羈旅京師，待次選部，往往逾歲未得差遣，及其注授，又守二年遠闕」，等待官職的時間被延長，等到的官職也是不可能是清閒的美差。元祐四年，朝廷欲裁冗員，「獨三省、樞密院添

〔註64〕劉安世《論差除多執政親戚》，見《盡言集》卷1，中華書局，1985年，第5頁。

溢吏員，暗增恩例，多帶請給，人人知其僥倖，莫敢誰何！」〔註 65〕能夠在裁員前將親族調到不會被裁員的高級部門，當然是朝廷權要。在科舉取士上，徇私舞弊的情況在舊黨主政期間非常嚴重，元祐三年三月，蘇軾、孫覺和孔文仲知貢舉，上書反映「乞為敷奏法外推恩者，不可勝數」〔註 66〕，而朝廷卻大幅度提高特奏名額，蘇軾指出：「竊為屢舉奏名，已是濫恩，而明經行修，尤是弊法，其間權勢請託，無所不有，侵奪解額，崇獎虛名，有何功能？」〔註 67〕蘇轍在元祐三年曾將六曹設官與神宗朝做了比較：「先帝法唐之政，專用六曹，故雖兼置寺監，而職業無幾，量事設官，其間蓋有僅存者矣。頃元祐之初，患尚書省官多事少，始議並省曹郎，所損才一二耳，而寺監之官，如鴻臚、將作、舊不設卿、丞者，紛紛列置，更多於舊」〔註 68〕。從這個比較看，新黨用人高效規範，舊黨則徇私違規，設置更多不辦理實務的官位，支出更多的俸祿，濫施恩德〔註 69〕，這也是「元祐」擁有廣泛的支持、而「熙豐」則贏得刻薄名聲的重要原因。

新舊黨出身的階層以及他們對家族利益的維護態度，決定了他們對待科舉取士和朝廷用人大致方向上的差異，當然，在具體的文人身上，這種差異並不是絕對的，指出他們階層和朝廷用人的聯繫，才能更好理解他們的矛盾。如果我們為史書所左右，單憑舊黨的彈劾認定新黨王氏等等就是以裙帶關係籠罩官場，以主流的史書論斷認為舊黨司馬光之流是道德高尚不屑高官利祿，就難以對他們做出更為客觀的評價。

3. 新舊黨階層力量的消長與皇室關係

到變法時，舊黨官僚家族處於高度膨脹時期，必須鞏固與皇室關係、防止權勢衰落；而新黨作為新進階層，要求限制官僚家族權力，並在變法中跟神宗逐漸建立密切的關係，希望保證新政能長期落實，新黨階層的崛起對舊

〔註 65〕 李燾《續資治通鑒長編》卷 430，元祐四年七月附御史中侍御史孫和升語，中華書局，1986 年，第 10460 頁。
〔註 66〕 蘇軾《蘇軾文集》，中華書局，1986 年，第 810 頁。
〔註 67〕 同上，第 729 頁。
〔註 68〕 李燾《續資治通鑒長編》卷 410，元祐三年五月丙午條，中華書局，1986 年，第 9960 頁。
〔註 69〕 曾肇《乞罷來年大興河役奏》：「往時積穀雖多，因去年遣使賑濟，務在大發倉稟，雖不甚災傷地分與上等優足之家，例皆賑貸，儲蓄殆空。……雖以先朝所蓄餘錢，或可以支，後將何以繼之乎？」，見《全宋文》卷 2377，巴蜀書社，2006 年。

黨家族及跟他們關係盤根錯節的皇室勢力是重大的威脅。在黨爭中，新舊黨的力量消長與支持他們的皇室權力更迭是一致的，爭取有力的統治者支持，尤其是影響儲君的確立，是新舊黨爭明爭下暗奪的重要內容。

從統治者角度看，皇權與士大夫共治天下，有依賴士大夫家族支持的一面，又有限制其膨脹的一面，行新法有助於統治者專制的集中，但統治者也需要借助親近的臣僚統治天下，統治者在權力未穩時倚賴有「定策之功」的大臣、在需要全面支配權力時偏重有實幹能力的改革派，但是舊黨家族勢力雄厚，兼有與皇室有姻親侍從等關係，與統治者情感紐帶更爲牢固，這也是舊黨能夠與變革者爭勝甚至日後捲土重來的重要條件〔註70〕。

作爲北方故家的數位舊黨黨魁都參與了擁立英宗、神宗的活動。仁宗無子嗣，在策立神宗之父趙曙爲皇太子，消弭英宗與曹太后的矛盾等事件中，韓琦、范鎮、司馬光、呂誨、張方平等故家大臣立下了汗馬功勞，雖然在「濮議之爭」中他們的立場可能不一致，但他們與皇室密切的關係，使統治者在重大事件上對他們特別信賴和眷顧。熙豐間儘管舊黨公開阻撓新法，但是他們的政治經濟地位仍然十分優越，像司馬光反對變法，神宗仍欲讓他擔任樞密副使，他堅決離開朝廷，神宗又任由他選擇便養之所，幽居洛陽，神宗又遣內侍「歲時勞問」〔註71〕；文彥博外任，「身雖在外，而帝眷顧有加」〔註72〕。因爲舊黨與皇室的這層特殊關係。他們以忠臣自居，勸諫神宗對新黨文人過分親近會給皇權帶來威脅，在「忠君」上做文章攻擊對手、警告神宗，像楊繪深文周納，攻擊王安石《淮南雜說》有謀反篡位之意〔註73〕，呂公著甚至從故家的立場提出「趙鞅舉甲」論〔註74〕，以三朝重臣韓琦可以興兵清除君主身邊王安石等惡人的假設，企圖逼迫神宗停止支持新黨變法。又如《邵

〔註70〕早在慶曆新政間，歐陽修、范仲淹等攻擊宰相呂夷簡等專權，但呂夷簡卻因厚葬仁宗生母，清算劉太后勢力、廢除郭皇后等事件中給予仁宗支持，得到倚重，「在中書三十餘，三冠輔相，言聽計從」。見脫脫等《宋史》卷311《呂夷簡傳》，中華書局，1977年，第10207頁。

〔註71〕脫脫等《宋史》卷336《司馬光傳》，中華書局，1977年，第10767頁。

〔註72〕脫脫等《宋史》卷313《文彥博傳》，中華書局，1977年，第10262頁。

〔註73〕楊繪《上神宗論王安石之文有異志》，趙汝愚《宋朝諸臣奏議》卷83，上海古籍出版社，1999年，第897頁。

〔註74〕李燾《續資治通鑒長編》卷210，熙寧三年四月戊辰條載：「（呂）公著數言事失實，又求見，言『朝廷申明常平法意，失天下心。若韓琦因人心如趙鞅舉甲，以除君側惡人，不知陛下何以待之？』因涕泣論奏，以爲此社稷宗廟安危存亡所繫。」中華書局，1986年，第5097頁。

氏聞見錄》的這則記載可能出於後人的編造，但反映舊黨把王安石及新黨文人群體打扮成不忠之臣的用意卻很明顯：

> 熙寧二年，韓魏公自永興軍移判北京，過闕上殿。王荊公方用事，神宗問曰：「卿與王安石議論不同，何也？」魏公曰：「仁宗立先帝爲皇嗣時，安石有異議，與臣不同，故也。」帝以魏公之語問荊公，公曰：「方仁宗欲立先帝爲皇子時，春秋未高，萬一有子，措先帝於何地。臣之論所以與韓琦異也。」荊公強辨類如此。當魏公請冊英宗爲皇嗣時，仁宗曰：「少俟後宮有就合者。」公曰：「後宮生子，所立嗣退居舊邸可也。」蓋魏公有所處之矣。然荊公終英宗之世，屢召不至，實自慊也。」〔註75〕

英宗繼承大統，就追諡自己父親都掀起「濮議之爭」，傳位至神宗，對自己的皇位是否得到臣子的擁護仍是一個敏感問題，重提擁立舊事，以此爲政見不同之據，也暗示新法不是忠臣的方案，挑撥神宗與王安石的關係，如果韓琦眞有這種做法，也非君子所爲。將王安石英宗朝未赴召解釋爲不擁立英宗自慊，更是牽強，旨在攻擊新黨不忠。

新黨得到神宗的空前信任，得以施展政治抱負，但處於制度急劇變革時期，他們與神宗的關係也並非十分親密，像王安石二次拜相罷相，沈括、張商英等人的進用與貶謫，可見臣子與君主關係的複雜。在神宗垂危之際，保證神宗子嗣繼位，是新法獲得支持的保證，針對繼位問題，又有一段公案，即「宣仁之誣」：

> 帝不豫，（邢）恕與（蔡）確成謀，密語宣仁后之姪公繪、公紀曰：「家有白桃著華，道書言可療上疾。」邀與歸視之。至則執其手曰：「蔡丞相令布腹心，上疾不可諱，延安沖幼，宜早有定論，雍、曹皆賢王也。」公繪驚曰：「此何言？君欲禍吾家邪！」急趨出。（邢）恕計不行，則反誣宣言太后屬意雍王，與王珪表裏。導（蔡）確約（王）珪入問疾，陽鉤致（王）珪語，使知開封府蔡京伏劍士於外，須（王）珪小持異則執而誅之。既而（王）珪言上自有子，定議立延安。（邢）恕益無所施，猶自謂有定策功，傳播其語。〔註76〕

〔註75〕邵伯溫《邵氏聞見錄》，中華書局，1983年，第95頁。
〔註76〕脫脫等《宋史》卷471《邢恕傳》，中華書局，1977年，第13703頁。

宣仁后即神宗之母高氏，據《宋史》本傳〔註77〕，是在她去世第二年章惇等人
捏造了她欲立他子不立哲宗的傳言，但《邢恕傳》又記載這場密謀從神宗未去
世已經開始，時間相差九年，互相牴牾，而且邢恕、蔡確等人謀立雍王的話，
如上文所述試探王珪屬多此一舉。高氏歷經三朝，擁有強大的政治基礎，反對
變法，神宗病危，他的兩個皇弟雍王、曹王年富力強，窺伺皇位，而哲宗年幼，
如果高氏支持其二子中一個稱帝，已經推行的變革可能會付諸東流。在此複雜
的形勢下，邢恕、蔡確密約高太后侄子，既可解釋爲政治投機也可理解爲試探
高氏意圖，至於反誣高氏欲立雍王，則無論高氏垂簾還是另立神宗皇弟，對於
他們並無益處，只能說蔡確、邢恕已經感覺到高氏上臺對於政治轉向的威脅，
以此抹黑高氏令其避謗放棄權力，至於埋伏劍士以待王珪，也是害怕態度較爲
中立的王珪，迫於高氏權威，放棄支持哲宗。而高氏的本傳也印證了這一點，「元
豐八年，帝不豫，浸劇，宰執王珪等入問疾，乞立延安郡王爲皇太子，太后權
同聽政，帝頷之。珪等見太后簾下。后泣，撫王曰：『兒孝順，自官家服藥，
未嘗去左右，書佛經以祈福，喜學書，已誦《論語》七卷，絕不好弄。』乃令
王出簾外見珪等，珪等再拜謝且賀。是日降制，立爲皇太子。初，岐、嘉二王
日問起居，至是，令毋輒入。又陰敕中人梁惟簡，使其妻製十歲兒一黃袍，懷
以來，蓋密爲踐阼倉卒備也。」〔註78〕王珪以立哲宗、高太后垂簾聽政平衡了
宮廷權力，而自立哲宗，高氏才禁止日日前來探望神宗的岐王、嘉王入禁地，
又倉促製小兒黃袍，證明了當時立儲形勢的複雜，而高太后也是有過其他考慮
的，只是王珪等人和神宗堅持之下，並要高氏權同聽政，哲宗才得以最終立爲
王儲，同一事件，同是宋史的記載，《章惇傳》、《王珪傳》和《蔡確傳》如下：

　　惇用邢恕爲御史中丞，……（邢恕）託司馬光語范祖禹曰：「方
　今主少國疑，宣訓事猶可慮。」又誘高士京上書，言父遵裕臨死屏
　左右謂士京曰：「神宗彌留之際，王珪遣高士充來問曰：『不知皇太
　后欲立誰？』我叱士充去之。」皆欲誣宣仁后，以此實之。〔註79〕

　　紹聖中，邢恕謗起，黃履、葉祖洽、劉拯交論珪元豐末命事，

〔註77〕脫脫等《宋史》卷 242《列傳第一　后妃上》：「元祐八年九月，屬疾崩，年六
　　　　十二。後二年，章惇、蔡卞、邢恕始造爲不根之謗，皇太后、太妃力辨其誣，
　　　　事乃已。語在《恕傳》。」中華書局，1977 年，第 8626 頁。
〔註78〕脫脫等《宋史》卷 242《英宗宣仁聖烈高皇后傳》，中華書局，1977 年，第 8625
　　　　頁。
〔註79〕脫脫等《宋史》卷 471《章惇傳》，中華書局，1977 年，第 13712 頁。

以爲當時兩府大臣，嘗議奏請建儲，珪輒語李清臣云：「他自家事，
外庭不當管。」恕又誘教高遵裕子士京上奏，言珪欲立雍王，遣士
京故兄士充，傳道言語于禁中。〔註80〕

初，神宗疾革，王珪議建儲事，確與同列皆在側，知狀。確自
見得罪於世，陰與章惇、邢恕等合志邪謀，謂珪實懷異意，賴己擁
護，故不得逞。確奉使陵下，韓縝白髮其端，事浸籍籍。既失勢，
愈怨望，恕又益爲往來造言，識者以爲憂，未有以發也。〔註81〕

幾則材料敘述的事實有所出入，但體現了在爭取與繼任統治者的關係上，新
黨文人內部出現了矛盾。右相王珪尊高太后，以平衡政局，順利過渡，蔡確、
邢恕、章惇也未如《邢恕傳》所言，想擁立他人，他們實際擁護哲宗，想集
中權力確保變法順利，當然也是鞏固新黨的地位的需要。他們謂王珪有異議，
在於他請高太后垂簾聽政，將變法推入危境，謂高氏擅權，也是迫使她削弱
了元豐末虎視眈眈的雍王、曹王，降低她的威望，以便使哲宗早日親政，維
護新法，從這一層面上講，蔡確等人牽制了高太后，確實有定策之功。可惜
高太后緊握權柄，上臺組織人事論事改朝就繞過了王珪，並將新黨文人盡數
驅逐。從另一角度看，若他們真如史書所言有反對立哲宗而擁他王的陰謀，
高氏也不必羅織其他罪名放逐他們了。他們深爲高氏忌諱的，就是定策之功，
像穿鑿附會置蔡確於死地的「車蓋亭詩案」，高太后意圖明確：

蔡確坐《車蓋亭詩》謫嶺表，后謂大臣曰：「元豐之末，吾以今
皇帝所書佛經出示人，是時惟王珪曾奏賀，遂定儲極。且以子繼父，
有何間言？而確自謂有定策大功，妄扇事端，規爲異時眩惑地。吾
不忍明言，姑託訕上爲名逐之耳。此宗社大計，姦邪怨謗所不暇恤
也。〔註82〕

爲宗社計，直治其罪即可，又何須託名，實爲怕這些有定策之功的大臣影響
年幼的皇帝，架空她的權力，延續她極力反對的新法，而幕後慫恿的推手就
是舊黨文人。舊黨鑒於自身因定策取得的利益，極力防止這種關係被新黨所
取代，故而借高太后害怕孫子像兒子一樣不循祖例的心理，將蔡確置於死地，

〔註80〕脫脫等《宋史》卷312《王珪傳》，中華書局，1977年，第10243頁。
〔註81〕脫脫等《宋史》卷471《蔡確傳》，中華書局，1977年，第13700頁。
〔註82〕脫脫等《宋史》卷242《英宗宣仁聖烈高皇后傳》，中華書局，1977年，第8626
頁。

哲宗年幼，將他與新黨隔離開來，可以減少政見上的影響，日後親政，也可能更傾向舊黨，而捏造蔡確邢恕等鼓吹自己的定策功一說更是出於蠱惑高氏的需要。據王鞏《隨手雜錄》記載，高太后初閱吳處厚箋釋，「殊無怒色，但云執政自商量」，「會梁燾自潞州召爲諫議大夫，至京曰：『比過河陽，邢恕極論蔡確有策立功，社稷臣也』，同諫官以恕之言論之」，觸動高氏，才興獄欲置之死地，在莘老（劉摯）向王鞏透露蔡確責命乃博士（文彥博）指點後，王鞏前往拜訪文彥博，文彥博還指斥司馬光之子司馬康不肖：「前日被旨召梁燾、司馬康與執政面問邢恕語言，梁燾言與司馬康同坐聞恕言蔡確社稷臣事，康乃曰：『不聽得。』燾曰：『時第三杯矣。』康曰『時饑，貪食肚羹，不聽得。』」作爲當事者，王鞏在記載後議論司馬康「不證人於罪」〔註83〕，似其父司馬光，證劉摯說文彥博是幕後推手之言不妄，也證明了邢恕等人並無造言定策功的事實，但是在文彥博等高太后極爲信任的前朝定策功臣的鼓動下，蔡確被遠逐自生自死。因爲新黨有定策功，能影響哲宗，舊黨自然要極力防範，這是他們被斥逐的一個重要原因，哲宗親政後，果然對史書所言的企圖亂宗社大計的臣子非常親厚，章惇受哲宗生母朱太妃信任，獨相六年；蔡確雖死，先是恢復官職、再加以加以追封，也證明了他們確有襄助哲宗的功勞。

在神宗過世後，舊黨獲得神宗之母高太后的支持，重掌權力，「以母改子」，悉改新政，以圖控制年幼的哲宗。而新黨爲哲宗掌權極力爭取，不得不與神宗之母高太后對立，等到哲宗親政，需要集中權柄，實施報復，自然又起用與高氏對立的新黨文人。哲宗去世，反對新法的向太后堅持立徽宗，建中靖國，舊黨又回朝，爲向太后所倚賴，隨著徽宗收回權柄，執意紹述，新黨又再一次起用。新舊黨人爭取的統治者，也處於對立面，意味著他們的政見更無調和的可能。建立與統治者的密切關係，是獲得權力、利益的必要，也是推行政令、實踐治國思想的前提，新舊黨的政治命運與此緊密相連。

新舊黨的此消彼長，大致是這樣一種狀態，人主初立或後宮垂簾，必仰賴舊黨舊勢力，君主親政，集中權柄，則調遣新黨，新舊黨影響朝廷的勢力還是有所差異。但無論是新黨新興家族還是舊黨官僚世家，在愈演愈烈的黨爭中都面臨巨大的生存壓力。熙豐年間，舊黨黨魁離開中央，但地位及聲望

〔註83〕王鞏《隨手雜錄》，《筆記小說大觀》第 2 冊，江蘇廣陵古籍刻印社，1983 年，第 94 頁。

不減，他們的子弟親友這一時期遷官、入仕雖因對新法態度受到一定影響，
但恩蔭仍在，大體變化不大；元祐年間，新黨在朝用事者遭到放逐，他們的
家族尚未壯大，影響雖不大，但舊黨紛紛爲故家子弟謀求美職，在冗官形勢
嚴峻的情況下將膨脹的官僚家族擴大到一個利益共同體，設置「看詳訴理
所」，允許熙寧以來得罪的官員自白其罪，並將昭雪的官員超擢任用，有才華
的求仕者進身更爲艱難，新進階層的空間被壓縮；「紹述」期間，元祐舊黨在
世者被放逐，去世者被追貶，他們的子孫也受到了牽連打擊，像司馬光被「追
奪遺表、致仕子孫親屬所得蔭補陳乞恩例」，劉摯死於新州貶所，「諸子並勒
停，永不收敘」，梁燾貶化州，「分其子孫一半在郫梁」〔註84〕，而新黨文人
部分家族的第二代才步入仕途，尚未形成氣候；建中靖國，舊黨的門生親故
得到一定的進用，在新舊黨交爭間，崇寧黨禁開始，元祐舊黨及與蔡京有異
議的文人都被列入黨籍，並制定出一套細密的規定，處置入籍者的子弟親屬，
建立「元祐姦黨碑」前，只詔司馬光、呂公著、王言叟等22人「子弟不得與
在京差遣」，崇寧二年三月，詔「應元祐及元符末黨人親子弟，不問有官無官，
並令在外居住，不得擅到闕下」，並逐漸將不得擅到闕下範圍擴大到入籍者父
輩及第三代，其初出官者，「仍驗付身令召保二人依條式，聲說委保聲因，各
連家狀一統申吏部」，在晉升上，「其子並親兄弟，並與宮觀嶽廟差遣；內係
選人，與監當差遣，不得與改官」，甚至在宿衛任命、宗室通婚也有嚴格限制，
至此，列入黨籍的故家及與他們有姻親的巨室後代參與政治受到了嚴重阻
抑，家族凋零，在反復的政治氣候及激烈的黨爭中，新黨家族僅蔡京等擅權
獨大，而入籍的新黨文人家族更是沒有壯大發展的機會。南渡後，統治者親
厚元祐黨人以與徽宗朝立異，泛濫推恩舊黨後人，但已不能挽回故家的頹勢。
而本來尚未形成氣候的新黨文人家族，遭到了嚴苛的禁錮，斷絕了入仕的可
能，即使從文也艱難，有道德文章，也湮沒不聞，像蒲城章氏後人雖然文章
出眾〔註85〕，被禁入仕，雖辯剖污名而徒惹恥笑〔註86〕，新黨有一、二家族

〔註84〕 司馬光、劉摯事見楊仲良《皇宋通鑑長編紀事本末》卷102《逐元祐黨人》下，
　　　　《續修四庫全書》，上海古籍出版社，2002年，第387冊，第179、184頁。
〔註85〕 像章惇四子皆登第，章援深爲蘇軾賞識，他們的後代章淵有《槁簡贅筆》二
　　　　卷，陳振孫《直齋書錄解題》卷十一「余又以其書考之，言先祖光祿元祐三
　　　　年省試，東坡知舉，擢爲第一，則又知其爲援之孫也。後以問諸章，始得其
　　　　名字。其人博學有文，以場屋待士，薄如防寇盜，用蔭入仕，遂不就舉，居
　　　　長興，故序稱若溪草堂。淵自號懲窒子，序言錄爲五卷，今此惟分上下卷。」
　　　　上海古籍出版社，1987年，第336頁。

能稍具規模者，也是由政治轉向學術的家族，像山陰陸氏、南豐曾氏。總的來說，舊黨大族根基深厚，從黨爭始，逐漸被消耗削弱；新黨從熙寧崛起，形成了與世家大族不同的文官家族，但這些新興的家族在黨爭中難以發展壯大。熙寧新政以後，官僚家族加速了解體，起作用的不僅僅是自然的淘汰，還有不同階層文人在有限生存空間裏的爭奪。

第三節　史論：從筆記到史書對新黨文人的醜化

對新黨文人的歷史評價，基本出於舊黨人的視角，它的評論標準基於從南宋後期確立起主流地位、綿延至明清的理學。北宋滅亡，徽宗用蔡京等以新法爲名聚斂腐敗誤國是直接原因，南渡後總結歷史教訓，則被主流言論轉換成新法誤國、王安石等行新法危害天下，基於對新法全盤否定，支持新法的新黨文人的政治行爲也遭到否定，進而品格、家庭私事同程度的貶低和歪曲，文章學術也無人問津。南宋道學集團前仆後繼的口誅筆伐、《宋史》的蓋棺定論，新黨文人一直處在被小人化的狀態，對他們的刻意否定，導致了史實的遮蔽，導致了釐清他生平、整理他們作品的困難。逮至近代，梁啓超《王安石傳》用近代學術眼光評價王安石及其推行的新法，並在「王安石用人及交遊凡 39 人」一節爲部分新黨文人進行簡略的翻案，但是大量不實的言論還存在筆記史書中，尋找被史書遺漏的不同於主流話語的記載當然是最有力的反駁，文獻缺失的情況下我們只能以「瞭解之同情」發掘那些最爲荒誕不經之言，探討它們形成的過程，質疑定論，並辨析其中原因。因爲我們明白歷史書寫的弔詭，實錄也是某個偶然敘事的陳陳相因，這一點在新黨文人的評價上得到了充分的體現。

一、「禍國」論的基調和「小人」的論斷

確立蔡京上溯至王安石的禍國論，肆意醜化新黨文人是重要的手段，而禍國論一旦形成，即便是捏造的記載也有了堅實的理論基礎，得以載入史冊。高宗的政治倡導，舊黨文人後人發洩私憤的發揮和道學家集團對新學的封殺

〔註86〕脫脫等《宋史》卷 471《章惇傳》：「紹興五年，高宗閱任伯雨章疏，手詔曰：『惇詆誣宣仁后，欲追廢爲庶人，賴哲宗不從其請，使其言施用，豈不上累泰陵？貶昭化軍節度副使，子孫不得仕於朝。』詔下，海內稱快，獨其家猶爲《辨誣論》，見者哂之。」中華書局，1977 年，第 13714 頁。

的合力作用，使新黨文人成了政治、意識的反面標籤，成爲「蛇虺之淵，虎狼之藪」〔註87〕，造就了客觀如實評價新黨文人的困境。

高宗「最愛元祐」首先在於立國之初清算蔡京集團，進而將誤國的責任推到蔡京等所打的新法旗號上，對新黨盡可能的貶抑，則可以對立地樹立起新政權的光明形象；其次，高宗是被哲宗廢黜的孟皇后所確立的，而孟皇后是信賴舊黨的高太后爲哲宗選定的，哲宗倚賴新黨，高宗投報孟皇后，推崇元祐也意在暗示他地位正統。

舊黨後人醜化新黨文人的做法與統治者的提倡相應和，一方面，貶抑新黨文人得以發洩私憤；另一方面，作爲對立面的新黨文人形象越是被刻畫得醜陋，舊黨的形象就顯得更爲高大，在情感上更能博取統治者對其後代的恩恤。南渡後，舊黨的追隨者佔據了輿論主導，他們部分偏激不實的言論得以沿襲甚至放大，而新黨文人被詆毀的狀態也隨著凝固下來，難以動搖。

道學家從心術學術上論證新黨新學的姦邪，「直取王氏心肝底儈子手段」，爲理學奪取官學地位不遺餘力，更是奠定了新黨文人被歷史否定的思想基礎。將蔡京當做王安石的追隨者，將蔡京集團與新黨文人混淆，偷換概念是醜化新黨文人的關鍵，舊黨和楊時等「諸君子」的有意之論於此起到了重要的作用，前文已述。這些觀點，就連對王安石學術持否定意見的王夫之，也不敢苟同：「使以蔡京之所爲，俾王安石見之，亦應爲之髮指。而群奸屍視安石，奉爲宗主，彈壓天下者，抑安石之所不願受。」「嗚呼！安石豈意其支流之有蔡京哉？而京則曰：『吾安石之嫡系也。』諸君子又從而目之曰：『京所法者，安石也。』京之惡乃益以昌矣。」〔註88〕而「諸君子」的所爲，也難稱君子，像楊時本受蔡京引薦，後又與秦檜私交甚篤，他在蔡京倒臺之際，就上疏欽宗認爲禍國的源頭在於王安石，將王安石的理財學說與徽宗等「輕費妄用，專以奢靡爲事」聯繫起來，未經任何論證，就把蔡京集團的罪行甚至亡國的罪行轉嫁王安石頭上，混淆黑白，不擇手段，只爲了能打倒新學，爲理學張目。胡安國也與秦檜交厚，論王安石不列《春秋》於學官，是「亂倫滅理，用夏變夷，迨由此始」，扣上了更高的一頂帽子。南宋有無名氏針對諸君子的關係和的用心，從另一角度解釋了這種禍國論形成的原因：

　　　　荊公之時，國家全盛，熙河之捷，擴地數千里，宋朝百年以來

〔註87〕羅大經《鶴林玉露》甲編卷2，中華書局，1983年，第34頁。
〔註88〕王夫之《宋論》，中華書局，1995年，第149頁。

所未有者。南渡以後，元祐諸賢之子孫，及蘇程之門人故吏，發憤
於黨禁之禍，以攻蔡京爲未足，乃以敗亂之由，推原於荊公，皆妄
說也。其實徽欽之禍，由於蔡京。蔡京之用，由於溫公。而龜山之
進又由於蔡京。波瀾相推，全與荊公無涉。至於龜山在徽宗時，不
攻蔡京而攻荊公，則感京之恩，畏京之勢，而欺荊公已死者爲易與。
故捨時政而追往事耳。〔註89〕

對於變法的功績、舊黨報復的說法符合事實，從人事上揣度楊時推罪王安石
的用心，較爲牽強，但司馬光用蔡京三日盡廢免役法也是事實，道學家依附
蔡京也是事實，舊黨人、道學家爲達政治目的不擇手段與他們鄙視爲「小人」
的新黨相比更有過之。自命「君子」的元祐後賢挾私意以論人論史，卻被尊
爲正論，在禍國論的基調上，對新黨新法難有公正的批判。

　　「禍國」是道學家、舊黨後人給新黨定下的罪名基調，而在政見、學術、
甚至個性上的差異則是他們攻擊新黨的實際導因。道學家對新黨文人的貶
抑，主要操縱幾對關係，辨「義」、「利」，分「君子」、「小人」，反對「用賤
陵貴，以邪防正」〔註90〕，這些籠統的說法從新法初行便是舊黨抵抗新法的
主調，舊黨文人有洛學、朔學、蜀學之分，其中的洛學追隨者，是此說的倡
導者，由洛學至南宋理學大昌，這些說法一再重中，還源於他們自身學術的
極端排他性〔註91〕，不能容忍不「敬」的特出者〔註92〕，挾「商管之學」的
新學新法在有道德潔癖的道學家們看來無疑是洪水猛獸，會對固定的道德倫
理規矩造成極大的衝擊。新黨文人於學術文事之外汲汲於理財法制，重視經
世致用的政治事務，尤爲「君子」們所攻擊，新黨在政事上有言利不喪義的
自信，道學家們則將利義對立，不相信言利可以不喪義，極端抵抗利，甚至
將政治上成功的理財也一律予以貶低。范沖曾對高宗說：「昔程頤嘗問臣：『安

〔註89〕蔡上翔《王荊公年譜考略》，上海人民出版社，1973年，第329頁。

〔註90〕李燾《續資治通鑒長編》卷210，熙寧三年四月乙卯條，中華書局，1986年，
第5117頁。

〔註91〕像《四庫全書總目提要》指出清代劉源淥《冷語三卷》：「大旨本朱子之說而
衍之，其三卷中一條詆劉安世爲邪人，謂其害甚於章惇、邢恕，以其與伊川
不協也。」理學家們門户之見深刻如此，貶抑新黨文人更毫無顧忌，見《影
印文淵閣四庫全書》，上海古籍出版社，1987年，第3冊第140頁。

〔註92〕程顥、程頤《二程集·河南程氏外書》卷11：「朱公挾爲御史，端笏正立，嚴
毅不可犯，班列肅然。蘇子瞻語人曰：『何時打破這敬字。』」中華書局，2004
年，第414頁。

石爲害於天下者何事？』臣對以新法。頤曰：『不然。新法之爲害未爲甚，有
一人能改之即已矣。安石心術不正爲最大。蓋已壞天下人心術，將不可變。』
臣初未以爲然。其後乃知安石順其利欲之心，使人迷其常性，久而不知自恥，
所謂壞天下人心術。」〔註 93〕從程頤、楊時到楊時首座弟子羅從彥，再到羅
從彥得意門生之一李侗，到李侗最著名的弟子朱熹，一直持變法言利壞人心
術禍敗國家的觀點。李侗認爲王安石：「義利不分，故自王安石用事，陷溺人
心，至今不自覺。」〔註 94〕朱熹認爲理財「惑亂神祖之聰明而變移其心術，
使不能逐其大有爲之志，而反爲一世禍敗之原。」〔註 95〕他們觀點入元又爲
修史的理學家繼承，新黨文人在《宋史》中受到的不公正的評價，與他們不
恥言利、重視財賦有密切關係。一樣通過科舉出身的士大夫，一旦積極理財，
則被道學家們稱爲俗吏，新黨作爲新進階層，因爲沒有故家大族的政治依靠、
通過自身政治才能得以陞遷也被視爲低賤庸俗。像吳居厚完善免役法，又盡
心推行新法，《宋史》認爲他「起州縣凡流，無閥閱勳庸，徒以言利得幸，不
數歲，至侍從，嗜進之士從風羨美。……當時商功利之臣，所在成聚，居厚
最爲掊克。」「居厚在政地久，以周謹自媚，無赫顯惡，唯一時聚斂，推爲稱
首。」〔註 96〕薛向平盜、理財、辦理軍需卓有殊功，無可挑剔，《宋史》對他
的評價也不無貶低之意：「向幹局絕人，尤善商財，計算無遺策，用心至到，
然甚者不能無病民，所上課間失實。時方尚功利，王安石從中主之，御史數
有言，不聽也。向以是益得展奮其材業，至於論兵帝所，通暢明決，遂由文
俗吏得大用。」〔註 97〕又如王居卿，提舉刑獄、鹽鐵，負責治水、轉運，非
常出色，卻被認爲是「俗吏，特以言利至從官」〔註 98〕。李清臣，「爲人寬洪，
不忮害」，「起身窮約，以儉自持，至富貴不改。居官奉法，毋敢撓以私，」
因爲力主新法，幫哲宗親政發策問倡紹述，《宋史》認爲他：「然志在利祿，
不公於謀國」，「怙才躁進，陰覬柄用，首發紹述之說，以隙國是，群奸洞之，
沖決莫障，重爲薦紳之禍焉。」〔註 99〕安燾能平心奉行新法，穩重不冒進，

〔註 93〕畢沅《續資治通鑒》第二冊，中華書局，1979 年，第 533 頁。
〔註 94〕脫脫等《宋史》卷 428《道學·李侗傳》，中華書局，1977 年，第 12748 頁。
〔註 95〕蔡上翔《王荊公年譜考略》，上海人民出版社，1973 年，第 329 頁。
〔註 96〕脫脫等《宋史》卷 343《吳居厚傳》，中華書局，1977 年，第 10922 頁。
〔註 97〕脫脫等《宋史》卷 328《薛向傳》，中華書局，1977 年，第 10588 頁。
〔註 98〕脫脫等《宋史》卷 331《王居卿傳》，中華書局，1977 年，第 10647 頁。
〔註 99〕脫脫等《宋史》卷 328《李清臣傳》，中華書局，1977 年，第 10563 頁。

直言敢諫，元祐初力爭棄地，崇寧阻黨錮奢費，因受元祐棄地牽連遭貶謫，「然棄鄯州時，燾居憂不預也，終不敢自明」，但因爲奉行新法，史論也不給予公正的評價，「燾論議識趣，有可稱述，雖立朝無附，而依違蔡確、章惇間，無所匡建，非大臣之道也」〔註100〕王韶主開熙河有功績，《涑水記聞》則曰：「王韶獻所著名，曰發明自身之學，皆荒浪狂謠之語。」〔註101〕一概以新黨經世之務爲惡俗，憑一「利」字就否認他們建設的成績。

其次，北宋官場士風，正如李清臣在他的賢良進卷《明責策》指出的那樣：「類以一言一事而爲之進退，迹稍出於庭壇畦隴之外，志不獲就，業不能訖而去矣。唯固己持祿、避世趨時之人，乃無譴而得安焉。」銳意改革的新黨文人在思想上多有特立超拔、不同流俗的特點，爲循規蹈矩的道學家所惡。王安石的「天變不足畏，祖宗不足法，人言不足恤」，以及被譽爲孟子那種平視王侯的學術思想，是新黨發動變革的精神基礎，對流俗陳規造成衝擊，受到道學家的批判也是在所難免。不少新黨文人才幹過人同時又個性突出，不附合理學家的標準，僅據《宋史》記載，像舒亶「調臨海尉，民使酒罵逐後母，至亶前，命執之，不服，即自起斬之，投劾去。王安石當國，聞而異之」〔註102〕，其處理案件的決斷與王安石治鬥鵪少年、登州婦人案件的堅持己見相類〔註103〕，有偏激之嫌，他後來屢起參劾，像治烏臺詩案、參奏張商英，手法狠辣，深爲道學家所惡，「坐微罪廢斥」。章惇自負高傲，「豪俊，博學善文。進士登名，恥出侄衡下，委敕而出。再舉甲科，調商洛令」〔註104〕，蘇轍《亡兄子瞻端明墓誌銘》謂元祐初：「司馬君實及知樞密院章子厚二人冰炭不相入，子厚每以譙侮困君實」〔註105〕，他論役法，條析反駁司馬光〔註106〕，

〔註100〕脫脫等《宋史》卷328《安燾傳》，中華書局，1977年，第10566頁。
〔註101〕脫脫等《宋史》卷328《王韶傳》，中華書局，1977年，第10581頁。
〔註102〕脫脫等《宋史》卷329《舒亶傳》，中華書局，1977年，第10603頁。
〔註103〕《宋史·王安石傳》記載：有少年得鬥鵪，其儕求之不與，恃與之昵輒持去，少年追殺之。開封當此人死，安石駁曰：「按律，公取、竊取皆爲盜。此不與而彼攜以去，是盜也；追而殺之，是捕盜也，雖死當勿論。遂劾府司失入。府官不伏，事下審刑、大理，皆以府斷爲是。詔放安石罪，當詣閤門謝。安石言：「我無罪。」不肯謝。御史舉奏之，置不問。登州婦人惡其夫寢陋，夜以刃斷之，傷而不死。獄上，朝議皆當之死，安石獨援律辯證之，爲合從謀殺傷，減二等論。帝從安石說，且著爲令。
〔註104〕脫脫等《宋史》卷471《章惇傳》，中華書局，1977年，第13711頁。
〔註105〕蘇轍《欒城集》，上海古籍出版社，1987年，第1414頁。
〔註106〕黎靖德《朱子語類》卷130：「章子厚與溫公爭役法，雖子厚悖慢無禮，諸公

正是強敏與死板作風的衝突，與蘇軾戲謔程頤相類，章惇清廉剛正，深爲理學家們詬病的，正是其任性好戲謔的作派，《宋史》認爲他「敏識加人數等，窮凶稔惡」。又如蔡確「有智數，尙氣，不謹細行。第進士，調邠州司理參軍，以賄聞。轉運使薛向行部，欲按治，見其儀觀秀偉，召與語，奇之，更加延譽」〔註107〕，徐禧「少有志度，博覽周遊，以求知古今事變、風俗利疢，不事科舉」，神宗召對，謂「朕多閱人，未見有如卿者」，品德都有瑕疵，但都是有超乎常人的膽識，前者因文字獄斥死，後者因開邊陣亡，而累世罵名超過他們的過錯，豈非道學家們苛求嫉惡太過所致。

二、筆記到史書對新黨文人的醜化

醜化新黨文人的言論除了理論上的批判，還有具體事蹟的捏造。在史書的修訂上，最見不公。《神宗實錄》的修訂是宋代一大公案，元祐初第一次修書，便多取《涑水記聞》等小說之言，其中有大量醜化新黨文人及其家人的傳聞私事：

> 元祐初，修《神宗實錄》，秉筆者極天下之文人，如黃秦晁張是也……紹聖初，鄧聖求、蔡元長上章，指以爲謗史，乞行重修，蓋舊文多取司馬文正公《涑水記聞》，如韓富歐陽諸公傳，及敘劉永年家世，載徐占德母事，王文公之詆永年、常山呂正獻之評曾南豐、邵安節借書多不還、陳秀公母賤之類，取引甚多。〔註108〕

紹聖二修，則多取《王安石日記》，但沿舊者以墨書，新添者以朱書，以供比照，也較爲客觀；徽宗時三修，未有定論，南宋高宗時四修，主修者范沖是第一次修書負責人范祖禹之子，對新黨忌恨尤深，對於舊本，沒有保留原貌，「則凡向時元祐採於《涑水記聞》諸書，增添不知其幾，刪削朱墨新書（二修版）所書王安石之美者，又不知其幾。且是時章蔡徒黨既盡，更無有起而與之爭者。」〔註109〕在人事上持中立態度的張浚就擔心這樣修史有失公正客

爭排之，然據子厚說底卻是，溫公之說前後自不相照應，被他一一捉住病痛，敲點出來，諸公意欲救之，所以排他出去。」中華書局，1986 年，第 3126 頁。

〔註107〕同上，第 13698 頁。
〔註108〕王明清《玉照新志》：中華書局，1985 年，第 1～2 頁。
〔註109〕蔡上翔《王荊公年譜考略》卷 25《實錄上》，上海人民出版社，1973 年。

觀：「今若不極天下之至公，則後人將又不信。」〔註110〕高宗雖下令重修，但結果不了了之。所以後來國史的修定，皆以偏見深刻的四修本爲依據，范沖編訂的《涑水記聞》，即使沒有摻入捏造的材料〔註111〕，本身就帶有司馬光對新黨深刻的偏見，正是記載醜化新黨文人史料的肇始者，竟堂而皇之地進入了正史。李燾是南宋治史名家，「宋孝宗八年出任滬瀘州知州，時王氏學盛行，燾獨博極古籍，慨然以史自任。於本朝典故，尤悉力研究，仿司馬光資治通鑒，作資治通鑒長編」，在思想上是傾向舊黨的，他的長編較爲客觀，多以章奏爲本，但取舊黨言論爲主，有偏向新黨文人的材料則存疑，像他記載發王安石私書事：

> 先是，呂惠卿悉出安石前後私書、手筆奏之，其一云：「勿令齊年知。」齊年者，謂京也，與安石同歲，在中書多異議，故云。又其一云：「勿令上知。」由是上以安石爲欺，故復用京，仍詔京撫定蕃部訖，乃赴闕。（朱史簽貼云：「繳書事，已奉朝旨下逐官取會，並無照據。刪去。」今本《實錄》仍復存之）陸佃集有《實錄院乞降出呂惠卿元繳進王安石私書劄子》云：「臣等勘會昨來御史彈奏呂惠卿章疏內稱，惠卿繳奏故相王安石私書，有『毋使上知』、『毋使齊年知』之語。齊年，謂參知政事馮京。且稱安石由是罷政。大臣出處之由，史當具載。欲乞聖慈特賜指揮，降出惠卿元繳安石私書，付實錄院照用，所貴筆削詳實。」貼黃：「臺諫自來許風聞言事，所以未敢便行依據。」佃集又自注劄子下云：「黃庭堅欲以御史所言入史，佃固論其不可。庭堅恚曰：『如侍郎言，是佞史也。』佃答曰：『如魯直意，即是謗書。』連數日，議不決，遂上此奏。後降出安石書，果無此語，止是屬惠卿言練亨甫可用，故惠卿奏之，庭堅乃止。」按：佃集爲安石辨如此，蓋佃嘗從安石學故也。佃稱庭堅乃止，然元祐《實錄》雖不於安石罷相時載繳書事，仍於馮京參政時載之。佃稱庭堅乃止，誠芼昏矣。兼疑此劄子實不曾上，佃所稱降出安石書果無此語，止是屬練亨甫可用，若誠如此，則紹聖史官何

〔註110〕李心傳《建炎以來繫年要錄》卷一一一，紹興七年五月己丑，上海古籍出版社，1992年，下冊第507頁。

〔註111〕鄧廣銘《略論有關〈涑水記聞〉的幾個問題》指出《涑水記聞》應是在司馬光記事手稿上整理而成，沒有僞作，《鄧廣銘治史叢稿》，北京大學出版社，2000年，第298～315頁。

以不明著其事乎？且安石與惠卿私書，何但如此，但其一耳，佃集
要不可信，姑存之，庶後世有考焉。〔註112〕

說王安石私信囑咐呂惠卿跟神宗、馮京隱瞞某事，並因此罷相，本是御史風
聞言事，不必有所根據，黃庭堅將其寫入實錄，則可證明王安石有欺瞞君主
臣僚之罪，但查實呂惠卿上繳朝廷的王安石私信也沒此語，與陸佃爭執後，
呂惠卿也上書反駁了傳聞，黃庭堅不在王安石罷相的地方提及此事，卻在馮
京政事中記載，這種舉措，本就有失磊落，何況本來捕風捉影的事，查不到
依據不做存疑而若有其事直書，不是修史學者應有態度，後再修實錄，章淳
查證實無私書事，刪去這條。李燾在沒有充足證據的情況下仍為黃庭堅辯解，
質疑陸佃，其實也帶有明顯的懷疑新黨作風傾向。

朱熹在編寫《三朝名臣言行錄》時持好同惡異的態度，對醜化新黨的小
說之言也不加甄別，加以收錄，如呂惠卿發王安石私書的傳聞，就認為確有
其事，只是私書被神宗掩藏了。而修《宋史》的元人「最推崇道學，而尤以
朱元晦為宗」〔註113〕，以朱熹對王安石的評價為基調，對凡涉新法新學者，
荒誕不經的醜化的材料也照單全收，即便無傳聞可供指摘，也必在傳論中肆
意發揮極力鞭撻，指為小人，再總結為王氏之學壞人心術。

醜詆新黨人物的小說史料，比比皆是，有些荒誕不經，如託報應災異之
說，稱讚舊黨福澤綿延，貶抑新黨報應不爽；有些則貌似持平，捏造事實細
節，以醜化新黨及其家族。

舊黨後人攻擊新黨的小說數量較多，《邵氏聞見錄》就是其中最為典型又
廣泛為他書所引用的一部筆記，邵伯溫父邵雍深得舊黨權要器重，居洛陽是
司馬光為其置辦居所，邵伯溫與呂公著三子交遊甚厚，司馬光待邵伯溫甚厚，
邵雍去世後，二程又負擔起教育伯溫之責，邵伯溫對新黨的敵意，不下於司
馬光、呂公著、二程，《邵氏聞見錄》醜詆新黨，斷章取義、曲解事實甚至捏
造怪異之說比比皆是。帶有攻擊王安石的值得商榷材料就有：言蘇洵有《辨
奸論》，以荊公為「王衍、盧杞合為一人」；借韓琦語，論荊公反對策立神宗
父英宗，因此不得重用；編造蘇軾過金陵訪王安石對話，指責王安石不敢反

〔註112〕李燾《續資治通鑑長編》卷278，熙寧九年十月丙午條及注，中華書局，1986
年，第6804～6805頁。

〔註113〕錢大昕《廿二史考異》卷八，卷八十，江蘇古籍出版社，1997年，第1494
頁。

對興邊事；託司馬光日記，暗諷王安石早期屢薦不起是因未得美官，後遂願則「不復辭官矣」；言王安石罷相因險邪，神宗厭惡。諸如此類，無論從王安石和時人的書信等材料看，還是從其「眞視富貴如浮雲」的人品來看〔註114〕，都是無稽之談，但是這些記載都爲《宋史》採納。邵伯溫描寫王安石晚景淒涼的記載以證因果報應：

> 荊公在鍾山，嘗恍惚見雺荷鐵枷杻，如重囚，荊公遂施所居半山園宅爲寺，以薦其福。後荊公病瘡良苦，嘗語其侄曰：「亟焚吾所謂日錄者，侄紿公焚他書代之，公乃死，或云又有所見也。」

> 王荊公晚年於鍾山書院，多寫「福建子」三字，蓋悔恨於呂惠卿者，恨爲惠卿所陷，悔爲惠卿所誤也。每山行，多恍惚獨言若狂者。〔註115〕

而葉夢得《避暑錄話》卷上描繪王安石恬淡的致仕生活：「蓄一驢，每食罷，必一日至鍾山，縱步山間，倦則定林而臥，往往至日昃乃歸，率以爲常。」同一人的生活狀態，在視角不同的人看來是大異其趣，葉氏描寫了他親近長者令人羨慕的人生境界，邵氏的因果說寄託了他泄私憤的主觀色彩。

大量類似《邵氏聞見錄》的小說經過政敵一再的渲染，王安石和一眾新黨文人的形象甚至進入話本加工〔註116〕，深入人心，像《辨奸論》紹興年間收入蘇洵文集，後又被清人吳楚材、吳調侯編入《古文觀止》，王安石的禍國殃民的形象更深入民間。

指摘新黨私事，無論是荒誕不經的神異之說，還是貌似客觀的深文周納，都是爲了塑造新黨人物的負面形象，章惇被極端醜化就是一個很突出的例子，章惇個性狂傲獨斷，力行新法，與司馬光據理力爭役法，主持「紹述」，反對立徽宗爲帝，深爲舊黨忌恨，而舊黨後人說他與蔡確自謂有定策功〔註

〔註114〕黃庭堅曾評價王安石：「予嘗熟觀其風度，眞視富貴如浮雲」，蔡上翔《王荊公年譜考略》，上海人民出版社，1973年，第289頁。

〔註115〕邵伯溫《邵氏聞見錄》，中華書局，1983年，第123頁。

〔註116〕今存《京本通俗小說》殘本第十四卷《拗相公》和《宣和遺事》中的相關部分，可見王安石跋扈固執的惡人形象已經通過小說進入民間宣傳。

〔註117〕定策一事上文已有討論，脫脫等《宋史》卷471《章惇傳》記載：「哲宗即位，知樞密院事。宣仁后聽政，惇與蔡確矯唱定策功。確罷，惇不自安，乃駁司馬光所更役法，累數千言。」已時間錯亂，元祐元年二月蔡確、章惇都力爭役法被逐，定策的說法是元祐四年定蔡確詩案時才流傳。中華書局，1977年，第13712頁。

117〕、欲廢宣仁后〔註118〕，力主廢哲宗孟皇后〔註119〕，言之鑿鑿寫入史書，但皆可存疑。筆記還記載了章惇及其家人不少穢聞，像《邵氏聞見錄》記載司馬光親言：

> 章惇者，郇公之疎族。舉進士，在京師，館於郇公之第，私族父之妾，為人所掩，踰垣而出，誤踐街中一嫗，為嫗所訟，時包公知開封府，不復深究，贖銅而已。惇後及第，在五六人間，大不如意，誚讓考試官人，或求觀其敕，擲地以示之，士論忿其不恭。熙寧初，試館職，御史言其無行，罷之。及介甫用事，張郇、李承之薦惇可用。介甫曰：「聞惇大無行。」承之曰：「某所薦者，才也。顧惇才可用於今日耳，素行何累焉。」公試與語，自當愛之，介甫召見之，惇素辯，又善迎合，介甫大喜，恨得之晚。擢用數年，至兩制三司使。〔註120〕

將章惇刻畫得猥瑣不堪，章惇考試恥居侄子之下，第二年重新應舉終於拔得頭籌是事實，在聞見錄筆下這個好強能幹的年輕士子如此不知自重，居然能一再逢凶化吉，也足證王安石手下盡是無恥的僥倖之輩。又如王暐《道山清話》曰：

> 章子厚人言初生時，父母欲不舉，已納水盆中，為人救止，其後朝士頗聞其事。蘇子瞻嘗與子厚詩，有「方丈仙人出渺茫，高情猶愛水雲鄉」之語，子厚謂其譏己也，頗不樂。〔註121〕

為章惇和蘇軾這對好友的矛盾製造了一個緣由，證明章惇心胸狹窄，其實章

〔註118〕脫脫等《宋史》卷471《章惇傳》：「（章惇）結中官郝隨為助，欲追廢宣仁后，自皇太后、太妃皆力爭之。哲宗感悟，焚其奏，隨覘知之，密語惇與蔡卞。明日惇、卞再言，哲宗怒曰：『卿等不欲朕入英宗廟乎？』惇、卞乃已。」「紹興五年，高宗閱任伯雨章疏，手詔曰：『惇詆誣宣仁後，欲追廢為庶人，賴哲宗不從其請，使其言施用，豈不上累泰陵？貶昭化軍節度副使，子孫不得仕於朝。』」此事記載甚少，任伯雨他奏多見於《宋名臣奏議》，獨無此奏。中華書局，1977年，第13713頁。

〔註119〕脫脫等《宋史》卷 471《章惇傳》：「惇又以皇后孟氏，元祐中宣仁后所立，迎合郝隨，勸哲宗起掖庭秘獄，託以左道，廢居瑤華宮。其後哲宗頗悔，乃歎曰：『章惇壞我名節。』惇又結劉友端相表裏，請建劉賢妃於中宮。」但據王銍《默記》卷中記載：「寨授之以廢孟后見章子厚言：『後一段當如何？』子厚曰：『除是惇不在此地，有死而已。』謂立劉后也。然不久遂立中宮，子厚但奉行而已。」章惇並無主持廢孟皇后。中華書局，1981年，第23頁。

〔註120〕邵伯溫《邵氏聞見錄》，中華書局，1983年，第144頁。

〔註121〕王暐《道山清話》，中華書局，1985年，第14頁。

蘇二人的矛盾始終出於政見不同，私交則甚篤。章惇的出生傳說到了王士禛《居易錄》則增添情節，變得更爲不堪：

> 章惇之父俞，郇公族子，早歲無行，妻之母楊氏早寡，俞與之通，已而生子，以一合置水，緘置其内持以還俞，俞得之云：「此子五行甚佳，將大吾門。」既長登第，即惇也。東坡先生送其出守湖州詩云：「方丈仙人出淼茫，高情猶愛水雲鄉。」惇以爲譏己，怨之。紹聖中爲相，坡渡海，蓋修報也。〔註122〕

將章惇的出生進一步醜化，並與《道山清話》的記載出現矛盾之處。趙鼎極仇視新黨新法，他的《忠正德文集》的《丙辰筆錄》言章惇不得好死：「死之日，無一人在側，群妾方分爭金帛，停屍數日，無人顧藉，鼠食其一指。」章惇子章援在父親被竄貶時，還曾刺血上書，並陪伺父親，並無筆記所言「死之日，無一人在側」的可能。

　　上舉數例都是只能從推論上判定其屬於捏造，但受主流思想影響的文人多認爲章惇是小人蘇軾是君子，在主觀願望上極力否定二人的交誼，認爲章惇有意迫害蘇軾，像羅大經《鶴林玉露》記載的這則流傳甚廣的傳聞：

> 蘇子瞻謫儋州，以儋與瞻字相近也；子由謫雷州，以雷字下有田字也；黃魯直謫宜州，以宜字類直字也。此章子厚駁譴之意，當時有術士曰：「儋字從立人，子儋其尚能北歸乎；雷字雨在田上，承天之澤也，子由其未艾乎；宜字乃直字，有蓋棺之義也，魯直其不返乎。」後子瞻北歸至昆陵而卒，子由退老於潁十餘年乃終，魯直竟卒於宜。〔註123〕

以章惇拿友人的性命做文字遊戲，這樣的故事更多出於文人的編排談資，而且文字上的巧合與史實並不相符。王士禛雖深惡新黨人物，其《香祖筆記》亦指出這段故事不實：

> 《玉露》言子瞻謫儋州，子由謫雷州，魯直謫宜州，皆章惇取其字之偏傍而譴之。……予考之殊不然。山谷以紹聖初謫涪州，徙戎州，徽宗即位，赦復官，建中靖國元年除知舒州，崇寧元年知太平州，二年以承天寺記爲陳舉所訐，羈管宜州，竟卒於宜。先是東

〔註122〕王士禛《居易錄》卷7，《影印文淵閣四庫全書》，上海古籍出版社，1987年，第869冊第387頁。
〔註123〕羅大經《鶴林玉露》丙編卷5，中華書局，1983年，第310頁。

坡已以建中靖國元年卒常州矣，安得如羅云云乎。按此説本之《老
學庵筆記》乃謂二蘇公與劉莘老丞相，莘老時貶新州故也。〔註124〕

章惇與蘇軾雖從屬敵對的政治政治隊伍，他們的命運在元祐、紹聖到建中靖
國時期也判若兩極，但是他們一直保持良好的交情，在免役法等政務上觀點
也一致，下文論及章惇將陳述。在大多筆記中，章惇蘇軾的友誼僅止於早年，
且深有嫌隙，因為這些史料都經過後世慕蘇而惡章的文人的主觀的篩選、加
工，那些能證明他們友誼的材料反倒沒有人傳播。章惇子章援，蘇軾元祐三
年知貢舉擢為省元，蘇軾建中靖國還京口，章援致書蘇軾，被蘇軾稱讚為「斯
文，司馬子長之流也」〔註125〕，但章援在筆記中被刻畫為盜竊李廌書簡得以
中舉的小人。《石林詩話》記載李廌事如下：

> 李廌陽翟人，少以文字見蘇子瞻，子瞻喜之，元祐初知舉，廌
> 適就試，意在必得廌，以冠多士，及考章援程文，大喜，以為廌無
> 疑，遂以為魁。既拆號，悵然出院，以詩送廌歸，……〔註126〕

同樣的事，陸游《老學庵筆記》卷十記載：

> 東坡素知李廌方叔。方叔赴省試，東坡知舉，得一卷子，大喜，
> 手批數十字，且語黃魯直曰：「是必吾李廌也。」及拆號，則章持致
> 平，而廌乃見黜。〔註127〕

陸遊記載有誤，中省元的是章援，章持是紹聖四年的省元。章援的文章在封
號的情況下比李廌更得蘇軾賞識是事實，但是稱羨蘇軾、李廌師生誼又厭惡
章氏一門的文人無法接受這樣的現實，於是就有了羅大經的《鶴林玉露》這
樣一個版本，簡單的科場勝負敷演成一個充滿黑幕的故事：

> 元祐中，東坡知貢舉，李方叔就試，將鎖院，坡緘封一簡，令
> 送方叔，值方叔出，其僕受簡，置几上。有頃，章子厚二子曰持曰
> 援者來，取簡竊觀，乃揚雄優於劉向論一篇，二章驚喜攜之以去。
> 方叔歸，求簡不得，知為二章所竊，悵惋不敢言。已而果出此題，
> 二章皆模仿坡作，方叔幾於閣筆，及拆號，坡意魁必方叔也，乃章
> 援，第十名文意與魁相侶，乃章持，坡失色，……余謂坡拳拳於方
> 叔如此，真盛德事，然卒不能增益其命之所無，反使二章得竊之以

〔註124〕王士禛《香祖筆記》卷9，上海古籍出版社，1982年，第167頁。
〔註125〕趙彥衛《雲麓漫鈔》卷九，中華書局，1996年，第73頁。
〔註126〕葉夢得《石林詩話》，《歷代詩話》，中華書局，1981年，第417頁。
〔註127〕陸游《老學庵筆記》卷10，中華書局，1997年，第125頁。

身，而子厚小人，將以坡爲有私有黨，而無以大服其心，豈不重可
惜哉。〔註128〕

筆記錯誤明顯，元祐三年中舉的非章氏兄弟二人，只有章援一人，而李鷹元
祐三年落榜後，元祐六年再應舉亦落榜。此文捏造蘇軾泄密考題私授門人，
章氏二子竊取考題的故事，然後得出章惇是小人、蘇軾無黨的結論，可以看
出這是一則根據主觀刻板印象編造的傳聞，事例無法論證結論。實際上，章
惇才幹過人、公正無私，跟王安石一樣因鋒芒過露而得罪不少人，所以好事
者對他的醜詆也更多。李綱「書章子厚事」對其作出了公正中肯的評價：

> 予備員國史，修《哲宗正史選舉志》，見《實錄》所載子厚爭內
> 降除諫臣事可取，因書之。元祐初，母后垂簾，內出朝臣姓名數人
> 皆除諫官，子厚於簾前力爭，以爲不可，簾中曰：「此皆大臣所薦。」
> 子厚曰：「大臣所薦，當以明揚，豈宜密有論列，上新即位，動當遵
> 守祖宗故事，奈何首爲亂階？今雖未有害，異時姦邪大臣陰引臺諫，
> 與之結交，恐非社稷之福。」於是皆罷。噫！薦引士大夫固大臣之
> 職也，然不當密薦之弊有二：一則開多岐之門，而權去朝廷；二則
> 彰私之地，而浸成朋黨。庶官猶且不可，況臺諫乎？觀子厚之言，
> 可謂切當於理矣！方子厚當軸，士大夫喜詆訶其失。然自今觀之，
> 愛惜名器、堅守法度，諸子雖擢第，仕不過筦庫州縣，豈不賢哉！
> 語曰：善人吾不得而見之矣，得見有恒者斯可已。蓋思其上者不可
> 得，又思其次也。〔註129〕

記載了章惇極力阻止太皇太后與舊黨密謀通過不合理途徑提拔諫官之舉，章
惇此舉，跟與司馬光爭役法、與向太后一眾爭毋立徽宗是一以貫之的，雖明
知必爲當權者所報復，仍堅持是非，難能可貴。李綱還對章惇下了「愛惜名
器、堅守法度」這樣的評價，可謂公正，與此後大量史書的評論不同，可見
修史者所持的政治觀點對史書論斷影響之深遠。

統治者的刻意引導、舊黨後人的肆意詆毀、理學家們的貶抑，是如實評
價新黨文人的最大障礙，而這三股力量的交集，使得南宋紹興以後，新黨文
人徹底淪爲一個險惡的小人群體。南宋後期理學大昌，對新黨文人的醜詆貶
抑達到了高峰，而後世也是沿襲濫調，難有反思、批判。史書完全採取反對

〔註128〕羅大經《鶴林玉露》丙編卷3，中華書局，1983年，第286頁。
〔註129〕李綱《梁溪集》卷161「書章子厚事」，《影印文淵閣四庫全書》，上海古籍出
版社，1987年，第1126冊第185頁。

派的說法，而毫不參考當事者的記錄，則難以對新黨做出客觀的評論，如《遂初堂書目》列出的新黨文人本身的日錄等〔註130〕，都不爲史書採信，章惇家人爲其作辯誣，甚至爲世人嘲笑，後世間或有持平明之論辨者，也不過發明一二具體事蹟之可疑，幾處議論之不實，而新黨文人負面形象經歷代人播揚，定論已成，文獻不足，翻案誠難，這也是蔡上翔爲王荆公作年譜考略時如履薄冰的原因，若論其他新黨文人，書簡湮沒，只能由政事推理，更是不易。

〔註130〕 《遂初堂書目》「本朝雜史」列出的新黨文人日記有：《安厚卿行實》、《邢恕行實》、《王文公日錄》、《曾子宣日錄》、《曾子宣正錄》、《蔣穎叔逸史》、《林子中野史》、《蔣穎叔日錄》、《王文公日錄遺稿》、《邢恕自辨錄》、《章家申公辨誣》。王雲五《叢書集成初編本》，商務印書館，1935年，第32冊第9頁。

第三章 北宋新黨文人的文學成就及文學史地位

第一節 北宋新黨文人在當時文壇的表現

在北宋前中期科舉以詩賦爲主取士的環境下，許多新黨文人和他們的政敵舊黨一樣，就是憑藉著傑出的文學才華嶄露頭角的，他們跟舊黨或是同門，或是同榜，或以文學爲經術、道的必須載體，或以詩文爲吟詠性情的寄託，他們的創作在當時也被世人所推崇稱讚，被認爲與我們現今在文學史中所讀到的同時代的舊黨優秀文學家不相上下。關於他們博學善文的記載在醜詆他們的史書中還有所記載，他們留存的一二著述還得以證明他們的水平，使我們得以窺見他們在當時科場、館閣的表現和文壇的影響。

一、科舉英才

新黨文人大多沒有出身的優勢，參加最受重視的進士科考試、爭取名列前茅是被重用的機會，許多新黨文人在科舉中表現出色，舉進士甲科的人物有王安石、韓絳、王珪、曾公亮、陸佃、章惇、趙挺之，皆位列宰輔〔註1〕；李清臣試秘閣第一，狀元則有許將、葉祖洽、彭汝礪，省元有舒亶、鄧綰。

〔註1〕 葉夢得《石林燕語》卷三：「本朝以科舉取士，得人爲最盛，宰相同在第一甲者，……劉輝榜：劉莘老、章子厚；葉祖洽榜：蔡魯公、趙正夫；惟楊寘榜：王禹玉、韓子華、王荊公，三人皆又連名，前世未有也。」商務印書館，1941年，第27頁。

北宋科舉重視詩賦，也非常重視策論，尤其是在歐陽修等引領了古文運動，在改革強國的思想潮流中，文人們應試大多充分發揮「議論爭煌煌」的本事，以動聖聽。在新黨文人中，這類通博古今、見識深刻又能在應試時展示宏篇大論文才的人物不在少數。

在科舉甚至制舉等非常科中表現出色的新黨文人在當時文名不低，而且很多人都受到文宗歐陽修的讚賞，像許將，文才武略兼備，加上相貌出色、膽識過人，名氣在遼國也很大：

> 舉進士第一。歐陽修讀其賦，謂曰：「君辭氣似沂公，未可量也。」契丹以兵二十萬壓代州境，遣使請代地，歲聘之使不敢行，以命將。……及至北境，居人跨屋棟聚觀，曰：「看南朝狀元。」及肄射，將先破的。〔註2〕

李清臣的文名早著，歐陽修對他的讚賞，不下蘇軾等人，歐陽修的諡號就是他擬定的，而他博學善文的事蹟也很多：

> 七歲知讀書，日數千言，暫經目輒誦，稍能戲為文章。……作《浮圖災解》。兄驚曰：「是必大吾門。」韓琦聞其名，以兄之子妻之。……應材識兼茂科，歐陽修壯其文，以比蘇軾。治平二年，試秘閣，考官韓維曰：「荀卿氏筆力也。」試文至中書，修迎語曰：「不置李清臣於第一，則謬矣。」啟視如言……策入等，以秘書郎簽書平江軍判官，名聲籍甚。……既而詔舉館閣，歐陽修薦之，得集賢校理、同知太常禮院。作《韓琦行狀》，神宗讀之曰：「良史才也。」召為兩朝國史編修官，撰《河渠》、《律曆》、《選舉》諸志，文直事詳，人以為不減《史》、《漢》。〔註3〕

李清臣的賢良進卷文筆不下於蘇軾，見識更為切實。單從歐陽修對他重視、期待的程度及英宗、神宗對他的欣賞看，當時少有人能與之比肩，在人才濟濟的秘閣考試中脫穎而出的李清臣，在撰史論事方面確有他人不能及的鴻才。

關於歐陽修把李清臣跟蘇軾比較一事，晁補之為李清臣做的《行狀》曰：「文忠公歐陽修見其文，大奇之曰：『蘇軾之流也。』」並極力稱讚他的制誥史書：「（李清臣）既知制誥，為史官，代言之體，敘事之法，高文典冊，瑰

〔註2〕脫脫等《宋史》卷343《許將傳》，中華書局，1977年，第10907、10908頁。
〔註3〕脫脫等《宋史》卷328《李清臣傳》，中華書局，1977年，第10561～10562頁。

雄雅奧，曄然一代之駿也。」〔註4〕晁補之因李清臣舉薦得以入館閣，但他更崇拜蘇軾，爲蘇門四學士之一，他對李清臣能有這麼高的評價，除了與李清臣的交情外，還在於李清臣文章確能獨步當時。孫覿《與蘇季文書》記載說：

> 某在京師時，嘗過謝任伯，見夏均父在坐，紛然問其故，均父曰：「唐有韓昌黎，宋有蘇東坡，是一流人也。」任伯搖首不然之，均父慍怒，面頰發赤，譊譊不已，某曰：「東坡雄奇如韓公，辨博如孟子。任伯參未透耳，未可以口舌爭也。」一笑而罷。後十年，任伯作《邦直集敘》，謂文忠公云：「李清臣文似蘇，而議論過之。」讀之歎駭不已。〔註5〕

夏倪是江西詩派中人，孫覿爲蘇軾所賞識，詩風也學蘇軾，前者謂蘇軾文章第一，並爲謝克家的不同意見惱怒，後者也贊同這一評價，並爲謝克家記載歐陽修說李清臣的文章勝過蘇軾而驚訝，謝克家娶晁說之之女，他曾聽聞歐陽修說李清臣議論超過蘇軾，也並非不可能，在大手筆謝克家心目中，李清臣才是宋代的文章第一。歐陽修對李清臣的肯定，時人對他的推崇，以及他在應賢良方正科中的出色表現，足以證明他是與蘇軾不相上下的文章大家。

又如章惇，《宋史》對他連篇貶抑，但也肯定他「豪俊，博學善文」，「敏識加人數等」。他這種過人的才氣使他非常自負，首次參加科舉，恥居於人下，再次應舉，如願舉甲科。章惇能夠兩次參加科舉都表現出色，可見他的見識文才都非常出色，據《默記》記載：

> 章子厚少年未嘗改官，蒙歐陽公薦館職。熙寧初，歐公作史照峴山亭記，以示子厚，子厚曰：「令飲酒者令編筍斟酒亦可，穿衫著帶斟酒，亦可飲酒，令婦環侍斟酒，亦可飲酒，終不若美人斟酒之中節也，一置茲山、一投漢水亦可，然終是突兀，此壯士編筍、斟酒之禮也，惇欲改曰：『一置茲山之上，一投漢水之淵，此美人斟酒之體，合宜中節故也。』」文忠公喜而用之。〔註6〕

黃庭堅也評論章惇：「章子厚論楚辭皆有所本，予初不以爲然，因叩之。子厚曰：離騷經本之國風，九歌本之大雅，九辨本之小雅，考之信然，常歎息斯

〔註4〕晁補之《資政殿大學士李公行狀》，《全宋文》第 127 冊，巴蜀書社，2006 年，第 60 頁。

〔註5〕孫覿《與蘇季文書一》，《全宋文》第 159 冊，巴蜀書社，2006 年，第 56 頁。

〔註6〕王銍《默記》卷下，中華書局，1981 年，第 48 頁。

人妙解文章之味，於翰墨之林，千載一人也，惜其以世故廢學耳」〔註7〕，從章惇睥睨俗輩的記載看，他的見識才氣還是高出許多文人之上，只是他更感興趣的是政事，沒有專注於學術文學。

彭汝礪也是狀元出身，「詞命雅正，有古人風，其論詩體四韻事尤力」〔註8〕，也是有見識之輩。

蔣之奇，與蘇軾同榜進士，爲歐陽修親擢，「又舉賢良方正，試六論中選，及對策，失書問目，報罷。英宗覽而善之，擢監察御史。」〔註9〕他因風聞言事，舉劾恩師歐陽修，落人詬病，但他的文才得到歐陽修的賞識是無疑的，他與蘇軾、曾鞏、彭汝礪等人也有唱和往來，眾人對他的文才很推賞。

又如邢恕，「博貫經籍，能文章，喜功名，論古今成敗事，有戰國縱橫氣習。從程顥學……公著薦於朝」〔註10〕。邢恕的言論得到邵雍、呂公著、王安石的賞識，可見他在議論見識上確實有長處，也能以出色的語言表達出來。

二、詞臣翹楚

新黨文人也多有擅長起草朝廷的詔策典令者，這類代言之體，需要典奧瑰麗的辭章來烘託它的莊嚴氣象，同時還要保持表述的清晰準確，不是僅憑才氣能駕馭。出色的詞臣在思想見識上未必非常突出，但是學識深厚、文才出眾，能夠書寫得體的文章來應和政治上的需要，尤其在注重用典對仗的文體上別具一格，是詞臣的素養。像王珪就以擅長典麗高華的詞章著稱：

> 珪弱歲奇警，出語驚人。從兄琪讀其所賦，嘗曰：「騏驥方生，已有千里之志，但蘭筋未就耳。」舉進士甲科。嘉祐立皇子，中書召珪作詔，珪曰：「此大事也，非面受旨不可。」明日請對，曰：「海內望此舉久矣，果出自聖意乎？」仁宗曰：「朕意決矣。」珪再拜賀，始退而草詔。歐陽修聞而歎曰：「眞學士也。」……珪典內外制十八年，最爲久次，珪以文學進，流輩咸共推許。其文閎侈瑰麗，自成一家，朝廷大典策，多出其手，詞林稱之。」〔註11〕

〔註7〕 高似孫《緯略》卷九「大小山猶二雅樂府解題」條，中華書局，1985年，第153頁。
〔註8〕 永瑢等《四庫全書總目提要・鄱陽集》，《影印文淵閣四庫全書》，上海古籍出版社，1987年，第4冊第129頁。
〔註9〕 脫脫等《宋史》卷343《蔣之奇傳》，中華書局，1977年，第10917頁。
〔註10〕 脫脫等《宋史》卷471《邢恕傳》，中華書局，1977年。第13702頁。
〔註11〕 脫脫等《宋史》卷312《王珪傳》，中華書局，1977年，第10241～10243頁。

雖然這裡歐陽修稱讚的是其穩重的作風，但王珪的穩重也體現在他的文風中，這正是一個治理穩定有序的朝廷所需要的公文面貌。歐陽修對王珪的文才是非常賞識的，他是歐陽修慶曆二年在武成軍節度判官廳公事任上作為州試考官提拔的人才，嘉祐二年，作為詩文革新的重要年份，歐陽修知貢舉，王珪權同知貢舉〔註12〕，此次知貢舉數人鎖院期間唱和頻繁〔註13〕，王珪現存詩歌中有很大一部分就是這次知貢舉的唱和，《蔡寬夫詩話》：「座主門生同列，固儒者盛事，而玉堂尤為天下文學之極選，國朝以來，惟此二人，前此所未之有也。」〔註14〕，能與師長同知舉，可見王珪在當時文壇的地位已經非常突出。

　　呂惠卿除了在學識上頗有造詣，在文字功夫上也不遜色，歐陽修稱讚他：「材識明敏，文藝優通，好古飭躬，可謂端雅之士。」〔註15〕並將他推薦給王安石，沈遘也說他：「修身高學，好學不倦，其議論文章，皆足以過人。」〔註16〕孫覿作為南宋四六名家，其《東平集序》對呂惠卿推崇備至：

　　　　公自遠方召見，擢侍講帷，掌內外制，由三司吏遂躋承輔，魁名碩實，為世大儒，一時學士大夫，慕其風聲，奔走談說，以不及為恐……親逢聖主，明道術於絕學之後，續微言於將墜之餘……聲氣相交，風動雲興，如龍吟虎嘯，如鳳鳴高岡之上也。辭麗義密，追古作者，如彈有虞氏之琴，如鼓清廟之瑟，一唱而三歎也。太音希聲，振越渾鍠，如鈞天之奏，撞千石之鐘，振萬石之簴也。公之文章用於世，傳於今，覺於後，乃如此，非所謂百世一君千載一時者乎。雖然，以公大臣，踐歷中外四十年，嘗一斥建安，再貶宜城，而辭氣浩然百折不衰，至一觴而一詠，戲語弄翰，率然而作，未嘗

〔註12〕徐松《宋會要輯稿》第 109 冊選舉 1 之 11 貢舉嘉祐二年：「以翰林學士歐陽修知貢舉，翰林學士王珪、龍圖閣直學士梅摯、知制誥韓絳、集賢殿修撰范縝並權同知貢舉。」中華書局，1957 年影印本。

〔註13〕歐陽修《歸田錄》卷二：「鎖院五十日，六人者想與唱和，為古律歌詩一百七十餘篇，集為三卷。……長篇險韻，眾製交作，筆吏疲於寫錄，僮吏奔走往來，間以滑稽嘲謔，加以諷刺，更相酬酢。」中華書局，1981 年，第 32 頁。

〔註14〕蔡啟《蔡寬夫詩話》，見《詩話總龜後集》卷 1，郭紹虞主編，阮閱編，人民文學出版社，1987 年，第 6 頁。

〔註15〕歐陽修《歐陽修全集》，《居士集·奏議集》卷 17《舉劉攽呂惠卿劄子》，中國書店，1986 年，第 893～894 頁。

〔註16〕沈遘《西溪集》卷 8《舉胡宗愈、呂惠卿劄子》，《影印文淵閣四庫全書》，上海古籍出版社，1987 年，第 1097 冊第 85 頁。

少貶以就俗根極理，要一本於今經義，非元志於文辭，以循人年日
觀美而已。〔註17〕

可見呂惠卿文章既有思想又富文采，非刻意於文學而能超乎流俗。蘇軾也曾
不得不以嘲諷的語氣肯定他的文章〔註18〕。

許多新黨文人，都不是文壇末流作手，他們憑著真才實學得到統治者的
肯定和信任，像元絳的事例就很有代表性：

（元絳）生而敏悟，五歲能作詩，九歲謁荊南太守，試以三題，上
諸朝，貧不能行。長，舉進士，以廷試誤賦韻，得學究出身，再舉
登第。……然工於文辭，為流輩推許。景靈宮作神御十一殿，夜傳
詔草《上梁文》，遲明，上之。雖在中書，而蕃夷書詔，猶多出其手。
〔註19〕

元絳早慧而能積極進取，在地方任上就得到范仲淹的極力推薦，他文思迅敏，
草制得體，尤其是對外的公文能把握好辭令分寸，常人難及，所以他告老時，
神宗一再以提拔他的兒子、賜地京師等待遇挽留他。

鄧潤甫也是神宗、哲宗倚賴的詞臣典範，奇才急智與元絳不相上下：

神宗覽其文，除集賢校理、直舍人院，改知諫院、知制誥。召
復翰林學士兼掌皇子閣箋記，一時製作，獨倚潤甫焉。哲宗立，惟
潤甫在院，一夕草制二十有二。進承旨，修撰《神宗實錄》。〔註20〕

蒲宗孟家學淵博，文筆縱橫，他出色的才學，為文學之士受統治者榮寵增加
了一項典故：

治平中，水災地震，宗孟上書，斥大臣及宮禁、宦寺，熙寧元
年，改著作佐郎。神宗見其名，曰：「是嘗言水災地震者邪！」召試
學士院，以為館閣校勘、檢正中書戶房兼修條例，進集賢校理……
俄同修起居注、直舍人院、知制誥，帝又稱其有史才，命同修兩朝
國史，為翰林學士兼侍讀。舊制，學士唯服金帶，宗孟入謝，帝曰：
「學士職清地近，非他官比，而官儀未寵。」乃加佩魚，遂著為令。

〔註17〕孫覿《東平集序》，《全宋文》第160冊，巴蜀書社，2006年，第306頁。
〔註18〕王銍《四六話》載：呂惠卿《建寧軍節度使謝表》結尾云：「龍鱗鳳翼，已絕
望於攀援；蟲臂鼠肝，一冥心於造化。」蘇軾觀後笑云：「福建子難容，終會
作文字。」中華書局，1985年，第12頁。
〔註19〕脫脫等《宋史》卷343《元絳傳》，中華書局，1977年，第10907頁。
〔註20〕脫脫等《宋史》卷343《鄧潤甫傳》，中華書局，1977年，第10911頁。

安燾也是極早展露文學天賦，「幼警悟。年十一，從學里中，羞與群兒伍，聞有老先生聚徒，往師之。先生曰：『汝方爲誦數之學，未可從吾遊，當群試省題一詩，中選乃置汝。』燾無難色。詩成，出諸生上，由是知名」〔註21〕，他的學識文采也堪當館臣之表，他因爲歐陽修推薦，任秘閣校理，推行新法穩妥有序，又被神宗提拔修起居注，在一系列外交活動中表現得體出色。

此外像曾肇，「曾公亮薨，肇狀其行，神宗覽而嘉之。遷國史編修官，進吏部郎中，遷右司，爲《神宗實錄》檢討」〔註22〕；蔡確，「韓絳宣撫陝西，見所製樂語，以爲材，薦於弟開封尹維」〔註23〕；熊本，「兒時知學，郡守范仲淹異其文」〔註24〕。皆有事蹟可表。

胡應麟感歎有文學才能的舒亶、李定，在《宋史》列傳中還未如以上人物受文壇大家或統治者賞識，可見當時新黨文人群體的整體文學水平並不低，像上文所列出的文人，與史書記載的舊黨人物的文名不相上下。但是，我們在其他文獻所能發現對他們價值的肯定卻很少，這是一個被低估的群體。

三、文壇名家

我們現在能在文學史看到的北宋文壇名家，除了王安石以外，就沒有其他新黨文人，其實從僅有的　些文學評論看，新黨中出色的文人，他們的創作能自成一家，堪稱文壇典範，而與舊黨文人的大家並舉無愧色。

如久已湮沒的「宋文人四大家」一說，無論是史書文話還是現在的文學史都不曾見到這種提法，《趙氏鐵網珊瑚》藏品《米南宮書宗室崇公孝恭墓誌銘卷》後有葉盛題跋曰：

> 袁清容跋此去今才百年，當時行世有宋文人四大家，今王禹玉集存秘府，李清臣僅見數篇，荊舒文止太學有版，惟廬陵文忠公六一先生天上人間有二刻本。噫，文章者豈必工而後傳歟，抑必因其人之賢，而後可以久傳也，蓋嘗與欽謨論及之題於卷末。〔註25〕

從葉盛的話推斷，元代袁桷所處的環境中，還有宋代流傳下來的王珪、李清

〔註21〕脫脫等《宋史》卷328《安燾傳》，中華書局，1977年，第10565頁。
〔註22〕脫脫等《宋史》卷319《曾肇傳》，中華書局，1977年，第10393頁。
〔註23〕脫脫等《宋史》卷471《蔡確傳》，中華書局，1977年，第13698頁。
〔註24〕脫脫等《宋史》卷334《熊本傳》，中華書局，1977年。第10730頁。
〔註25〕趙琦美編《趙氏鐵網珊瑚》卷4，《影文淵閣四庫全書》，上海古籍出版社，1987年，第815冊第391頁。

臣、王安石、歐陽修並稱「宋文人四大家」一說，但到明代前期，王珪、李清臣、王安石三家文集的流傳已經寥寥，王珪的文集僅存秘府，李清臣的文章僅得數篇，王安石的文章也只有太學存有刻板。收藏家的第一手資料，爲我們呈現了一個早已湮沒的「宋文人四大家」的說法，王珪、李清臣竟得以與歐陽修、王安石並列，而且這個名單裏沒有我們熟悉的蘇軾、蘇轍、曾鞏，這是我們熟悉的文學史所未曾想見的，但是「抑必因其人之賢，而後可以久傳也」的評價標準，終於使他們的顯赫的文名湮沒了。王珪登翰林、掌制誥二十年，四庫館臣稱讚他：「以並儷之作爲最，揖讓於二宋之間，可無愧色。」〔註26〕李清臣元祐末被哲宗選定爲首倡「紹述」的詞臣，擬定科舉策問，王、李二者在文壇的影響力應該比我們今天在文學史看到的要大得多，他們的創作也是高於時輩。

像王應麟《辭學指南》指出：

> 散文當以西漢詔爲根本，次則王岐公、荊公、曾子開詔，熟觀
>
> 然後約以今時格式，不然則似今時文策題矣。〔註27〕

以王珪、王安石、曾鞏的詔策文爲典範，並直接對接到西漢詔策，認爲學習他們的公文再加以明代公文的格式規範，就不會帶有明代時文的習氣，可見新黨這三大家的散文有符合「復古」典範超越陳陋的氣象。

又如《澗泉日記》提到：

> 李邴漢老，號雲龕居士，作《王履道內制集》序，其言：「然司
>
> 翰墨之職者，雖文宗巨儒，亦必循本朝故事，如近世張安道之高簡
>
> 純粹，王禹玉之溫潤典裁，元厚之之精麗隱密，東坡之雄深秀偉，
>
> 皆制誥之傑然者。」〔註28〕

可見在南宋一些文人眼中，寫制誥最爲出色的文人有四家，張方平、王珪、元絳與蘇軾齊名，而王珪的特點是「溫潤典裁」，元絳則是「精麗隱密」。

這些被列爲典範的文人中，除王安石外，王珪、李清臣也是一流的文學家，王珪的「至寶丹」體詩，李清臣的賢良進卷，今人也有評論。王珪的詩歌製詞，典麗工整，不少宋人筆記、詩話，都有論及，「其詩以富麗爲主，故

〔註26〕永瑢等《四庫全書總目提要‧華陽集》，《影印文淵閣四庫全書》，上海古籍出版社，1987 年，第 4 冊第 110 頁。

〔註27〕王應麟《玉海》卷 202 之 33，江蘇古籍出版社，1987 年，第 3698 頁。

〔註28〕韓淲《澗泉日記》卷下，中華書局，1985 年，第 29 頁。

王直方詩話載時人有「至寶丹」之目，以好用金玉錦繡字也，然其挼藻敷華，細潤熨貼，精思鍛鍊，具有爐錘，名貴之篇，實復不少」，相對於「窮苦之言易好」，王珪寫好了難工的富貴之語，他的應製詩歌之所以能爲當時統治者賞識、爲館閣詞臣表率，除了深厚的用典對偶功底之外，更在於他能以高超技巧表達出宋代上層社會那種富貴而不俗的審美趣味，格調高雅，據《苕溪漁隱叢話》記載：

> 《侯鯖錄》云：「元祐中，元夕，上御樓觀燈，有御製詩。時王禹玉、蔡持正爲左右相，持正叩禹玉云：『應制上元詩，如何使故事。』禹玉曰：『鰲山鳳輦外不可使。』章子厚笑曰：『此誰不知。』後兩日登對，上獨賞禹玉詩云：『妙於使事。』詩云：『雪消華月滿仙臺，萬燭當樓寶扇開。雙鳳雲中扶輦下，六鼇海上駕山來。鎬京春酒沾周宴，汾水秋風陋漢才。一曲昇平人盡樂，君王又進紫霞杯。』是夕，以高麗進樂，又添一杯。」〔註29〕

雖然使用陳詞熟典，王珪仍能不落俗套，超越眾人，以平和工整的辭章呈現盛世太平的氣象，自有他過人之處。從王珪的人生經歷看，出身書香門第，仕途平穩，長期任職清要的館閣，他的詩風文風和他的個性、身份相符，他並不故作奇嶇寒瘦之詞，珠玉至寶之體，是出於自然流露。他文學上的局限，也跟他「三旨相公」的行事風格一致〔註30〕：一心迎合環境，代言得體，缺乏個性風骨。

　　李清臣擅長策論，《宋史》稱讚他有「荀卿筆力，《史》、《漢》之才」〔註31〕，都突出了他的史才論筆，而當時許多名臣如韓絳、王珪、吳充甚至曾鞏的祖父曾致堯等的墓誌、行狀，都是出自李清臣的手筆，詳備明晰。樓昉《崇古文訣》也收錄了他五篇策論，數量當然不及蘇軾一半，但從評價看，卻與蘇軾有相似的特點，文意新奇、氣勢縱橫、文氣自由、用字精神，而思維深刻周密又過之。朱熹評論李清臣的文章曰：「李清臣文飽滿，雜說甚有好議論」，「李清臣文比東坡較實」〔註32〕。黃震《黃氏日鈔》也曰：「歐公文章及三蘇文好處只是平易說道理，初不曾使差異字換尋常字，曾南豐尚解使一二

〔註29〕胡仔《苕溪漁隱叢話前集》，人民文學出版社，1962年，第194頁。
〔註30〕脫脫等《宋史》卷312《王珪傳》：「以其上殿進呈，曰取聖旨；上可否訖，云領聖旨；退諭稟事者，曰已得聖旨也。」中華書局，1977年，第10243頁。
〔註31〕脫脫等《宋史》卷328《李清臣傳》，中華書局，1977年，第10563頁。
〔註32〕黎靖德《朱子語類》卷139，中華書局，1985年，第3315頁。

字，歐蘇全不使一個難字，李泰伯文自大處起議論，氣象好，陳後山文有法
度，李清臣文飽滿，荊公文暗。」〔註33〕可見思想豐富與文采精神是李清臣
議論文的突出特點，他的賢良進卷自成體系又單篇警策，繼承了歐陽修的平
易文風，發揮了宋人好從高處發議論的長處，又取法了西漢文的氣勢，使得
他的深刻議論不至於峻峭枯澀，雖有宏論而不至於空疏，而是質實清晰、精
神飽滿。他的散文小賦，也是揮灑自如，清逸俊爽，如《超然臺賦》並序，
可與蘇轍的《超然臺賦》媲美。

　　從這些新黨文人在策論大言、館閣詞章和文壇影響上的記載看，時人對
他們的評價並不低，他們留存的詩文也證明了他們的文學水平，這些成就不
為後世所熟知，不為文學史所肯定，實乃憾事。

第二節　新黨文人的唱和

　　宋人進則在朝為政事相爭、退則唱和襄舉文事的自我調適能力，向來為
論宋代文學的學者所稱道。新舊黨人的關係，體現了北宋文人生態中複雜的
人際、通達的處世。從科舉和文壇師生關係看，新黨王安石、李清臣、蔣之
奇與舊黨蘇軾、蘇轍皆受歐陽修賞識，從政事上看，王安石早年與呂公著、
司馬光等交往，他們也共同賞識新黨文人邢恕等；從地域上看，蜀地的蘇軾
與張商英、蒲宗孟唱和也不少；從姻親家族關係上看，江西王氏與曾氏有姻
親，而呂嘉問本與呂公著同族。新舊黨人個體在私下都有許多契交，相互之
間的唱和也不少，像兩黨間有蘇軾與章惇、張商英、蒲宗孟、林希等，新黨
內有彭汝礪與趙挺之、曾肇、龔原等，在下文新黨文人個案研究有詳論。

　　新黨文人集體的唱和，有存詩可考的主要有送程師孟知越州、題王維《江
干初雪圖》這兩次唱和，前者還有許多舊黨文人也參與其中，後者是新黨中
央高層文官相隔三十年賞畫題詩。至於《宋史・藝文志》八所提到的跟新黨
文人有關的唱和集：歐陽修編《送元絳詩集》一卷、曾公亮《元日唱和詩》
一卷、蒲宗孟《曾公亮勳德集》三卷、王安石《建康酬唱詩》，還有張商英《西
山倡和》、龔原《潁川唱和》三卷〔註34〕，大部分詩沒有保存下來，難以考證
唱和者和唱和內容。下文將對這兩次較大型唱和作出整理。

〔註33〕黃震《黃氏日鈔》。
〔註34〕脫脫等《宋史》卷209《藝文志八》，中華書局，1977年，第5403、5406、10393
　　　　頁。

一、送程師孟知越州

　　程師孟編的唱和集《續會稽掇英集》,《宋史‧藝文志》八也有存目,此書經元豐年間越州會稽縣主簿黃康弼編次,清代陸心源輯存,現收錄於《續修四庫全書》〔註35〕,許多新黨文人像熊本等今《全宋詩》只輯得詩歌一首,便是出自《續會稽掇英集》的這一首《送程給事知越州》。《續會稽掇英集》,保存了當時參與唱和110人的詩篇,既有新黨文人,也有部分舊黨詩友,可以說是文學界不分政見的一次聲勢浩大的唱和盛事。

　　程師孟因官階不高未被上文列入新黨的主要人物名單,但他的政績、個性在當時文人中也是相當突出的。程師孟字公闢,蘇州吳縣人,《吳郡志》記載其仕履:

> 歷知楚遂洪福廣越青州,為政簡而嚴,剗煩制劇,才力有餘。
> 罪非死者,不以屬有司,獄每為空,寬猛得中,所至人悅。性樂易
> 純質,言無隱情。喜為詩,效白樂天,而尤簡直,至老不改吳語。
> 累官光祿大夫致仕,年七十八。樂圃朱先生伯原,少許可,言師孟
> 為政,則曰:「雖韋丹治豫章,孔戣帥嶺南,常袞化七閩,無以加也,
> 天下以為才卿吏師。」米芾亦云:「廣平公以文學登科,以政事蹟顯,
> 以言語出疆,以恬退告老,足之所及,功利蔚起。」〔註36〕

程師孟重民生、抑豪強,他賑災救民,與契丹論地界、敘禮儀,捕盜平叛,政績非常出色,像在山西開渠造淤田一萬八千頃,免除水患,作《水利圖經》頒之州縣,是新黨文人政事上重視事功經世、修身則恬淡遠功利的一個典型。他的性格真率淳樸,契交有王安石、元絳,跟他唱和比較多的詩人有陸佃、彭汝礪、秦觀、米芾等。熙寧九年程師孟召為給事中、集賢殿修撰,判都水監,復出知越州。《續會稽掇英集》的詩歌,就是作於程師孟熙寧十年出知越州時。

　　唱和集的序言程師孟指定由李定執筆,《全宋文》輯自《善本書室藏書志》卷三八文題作《續會稽掇英集序》,全文如下:

> 會稽瀕江岸大海,為浙東大府。熙寧丁巳,天子以給事中、集
> 賢殿修撰程公出領牧事,於是中外鉅德、臺省諸英各賦詩以贈行,
> 合一百二十五篇,將刻石,州守馳書屬定以序。

〔註35〕黃康弼編《續會稽掇英集》五卷,《續修四庫全書》,上海古籍出版社,2002年,第1682冊,第469～498頁。
〔註36〕范成大《吳郡志》卷25,江蘇古籍出版社,1999年,第366頁。

只是此序的一個開頭，《續修四庫全書》所收《續會稽掇英集》的序言比較完整，題目作《諸公送行詩序》，全文如下：

> 會稽距濤江岸大海，爲浙東大府，總治六州之軍政，朝廷常選高才碩望以爲鎮守。熙寧丁巳，天子以給事中、集賢殿修撰程公出領牧事，於是中外鉅德、臺省諸英各賦詩以贈行，合一百二十五篇，將刻石於州舍，馳書屬定以序。定於公有世執之舊故，承命而不敢辭，竊觀近世士大夫多不學詩，以爲空言無用之文，非知詩者也，大抵文章無古今之異，惟當於理而已，後世作者雖多組織琢刻之辭，然其箴規諷諫褒贈刺譏有足取者，及其陳時變之盛衰以見君臣之離合，述人情之喜怒以明政事之廢興，使觀者考古以驗今，鑒彼以誡此，此其有補於世教，豈細也乎？今諸公方以才業協濟，興運成就大平之功，而能推其餘以及此，諸君子又能屬而繼之，蓋公以詩名天下者三十年，而今日之作抑泛公所好也。公聰明練達，有政事之材，嘗爲洪福廣三帥，所至皆著能績，朝廷修成百度，方圖任著賢舊德以共守之。而公獨請一州自佚，此諸公所以尤惜其去也，而見於詩者多稱事頌之，簡登臨之勝以慰公心，而又祝公無久於是而亟歸也。斯可以鏤刻金石而傳詠於無窮矣！元豐元年十一月己卯謹序。

異文「州守馳書屬定以序」與「將刻石於州舍，馳書屬定以序」，意思不同，程師孟與李定的交情「有世執之舊故」。李定的序文不長，但論當時文風、稱變法大業、彰程師孟政績，得體明白。其所持文學觀是當時的主流主文有補於世，對於這樣一個應酬唱和的集子，作者認爲即便是「箴規諷諫褒贈刺譏」也有可取之處，因爲「陳時變之盛衰以見君臣之離合，述人情之喜怒以明政事之廢興」，處在變法全面展開時期的新黨文人，得以一展抱負才幹，對所從事的事業熱情高漲，不畏指摘，所以這篇序寫來大氣從容，契合大量文臣爲程師孟送行的場景。

程師孟出知越州，在任官一般要避開自己的故鄉及近畿的制度下，是一項特殊的恩寵，而他在人生政途最爲通達的時期，急流勇退，不貪戀中央官員的待遇地位，選擇返回故里的舉動，在當時是一個體現士大夫恬退美德的壯舉。他個性率眞，在仕途上進退的果決與好友王安石、元絳的做法相近，而他與這兩位好友的唱和詩篇也寄寓了他們共同的志趣。

從各人賦詩的內容看，當時送別場面非常壯觀，流水旌旗、畫舫輕騎，

錦繡滿目。大多數詩歌也還是應酬的體制，青瑣、錦衣、袴襦、蓬萊等意象
的出現頻率極高，大多寫程師孟自朝堂引發江湖之思，想像他在越州的逍遙
之趣，稱讚他進退之間的風度，而王安石、元絳與程師孟交情深厚，他們的
詩歌則蘊含了更爲深刻的內容：

> 千騎東方占上頭，如何誤到北山遊。清明若濱蘭亭月，暖熱因
> 忘蕙帳秋。投老始知歡可惜，通宵豫以別爲憂。西歸定有詩千首，
> 想肯重來賁一丘。（王安石《次韻送程給事知越州》）

> 四十年來出處同，交情偏見歲寒中。想先各上青雲路，斬在俱
> 爲白髮翁。萬里厭勞方稍稍，一麾乘輿又忽忽。清風冠劍辭仙殿，
> 流水旌旗下越宮。山半樓臺迎日動，帳前鐃鼓入秋雄。因君更憶蓬
> 萊雪，不覺吟魂過剡東。（元絳《送程給事知越州》）

此次唱和並無定韻、次韻，王安石詩題作《次韻送程給事知越州》，有「次韻」，
與他人不同。王安石這首近體詩，用意深刻，念念不忘投老歸歟之志，而程
師孟作爲他的好友，也能理解他「誤到北山遊」、「暖熱因忘蕙帳秋」的戲語，
交遊的情志相投、文字相知是王安石最爲珍視的，這首詩以排偶之句，運單
行之氣，體現了他「看似尋常最奇崛，成如容易卻艱辛」的筆力，在文字技
法上也向朋友表達了他的深情。

關於王安石和程師孟的交情，《涑水記聞》不無諷刺地記載了這樣一則笑
談：

> 諫議大夫程師孟嘗請於介甫曰：「公文章命世，師孟多幸，生
> 與公同時，願得公爲墓誌，庶傳不朽，惟公矜許。」介甫問：「先
> 正何官？」師孟曰：「非也，師孟恐不得常侍左右，欲豫求墓誌，
> 俟死而刻之耳。」介甫雖笑許，而心憐之。及王雱死，有習學檢正
> 張安國，被髮藉草，哭於柩前曰：「公不幸未有子，今聞方有娠，
> 安國願死託生爲公嗣。」京師爲之語曰：「程師孟生求速死，張安
> 國死願託生。」〔註37〕

在司馬光看來，程師孟是以此阿諛奉承，但從實際情況看，程氏雖爲王安石
下級，但年長之，任諫議大夫時約在熙寧九年已年過古稀，考慮到寫墓誌的
事也在情理之中。其次，程師孟仕途大部分時間都在擔任地方官，在政事上
可以說是王安石推行新政在地方穩定治理上的得力助手，他在熙寧判三司都

〔註37〕司馬光《涑水記聞》，中華書局，1989年，第289頁。

磨勘司，領洪、福、廣等州事，皆處於變法政治上的關鍵時期，治水、築城、修橋、抵禦儂智高叛亂都是維護大局穩定的重要事務，程師孟在山西造淤田，正是熙寧新政中李中師、沈括等人推廣的治水造田法的成功試驗，他「恐不得常侍左右」也是對自己仕途方向很清楚，他熙寧九年左右在中央任職時間確實很短暫，很快他就出知此次唱和的越州，他求墓誌也是出於這樣的考慮，所以王安石「憐之」才不顯得突兀。程師孟希望自己的墓誌出自王安石的手筆，生前就求志，更多是出自程師孟對王安石文章的欣賞和他們兩人之間深厚的情誼。

在生活中，王安石與程師孟志趣相投，唱酬不少，其集中《寄程給事》曰：「憶昔都門手一攜，春禽爭向苕蕷啼。夢回金殿風光別，吟到銀河月影低。舞急錦腰迎十八，酒酣玉盞照東西。何時得遂扁舟去，邂逅從君訪剡溪。」〔註38〕《送程公闢轉運江西》：「豫想新詩能寄我，十年華省故情深。」〔註39〕《寄題程公闢物華樓》：「遙瞻旌節臨尊俎，獨臥柴荊阻獻酬。想有新詩傳素壁，怪無餘墨到滄洲。」〔註40〕都表達了與友人交流的期待，可見他們之間詩文交流、互相賞識的情誼。

新黨文人送程師孟出知越州詩歌本書從《續會稽掇英集序》整理如下，其中蔡承禧詩可補《全宋詩》之闕，詩曰：

> 萬室羅紈千舸蓬，繞山樓榭滿溪風。
> 舟移菡萏芬芳渚，旌倚蓬萊縹渺宮。
> 翁子印還多事後，微之辱宦人中時。
> 昌時青瑣朱幡貴，白首誰何得似公。（《送程給事知越州》）

部分詩人現存一二詩歌也因《續會稽掇英集》收錄了他的這首唱和詩，如熊本現存一詩曰：

> 龍節頒新命，鸞臺報侍臣。詔開都督府，寄重老成人，四紀文章伯，
> 三朝富貴身。指麾清劇部，談笑動珠鄰。麗正裁書久，承明厭直頻。

〔註38〕 李壁《王荊文公詩箋注》此詩下注「恐非公作」，上海古籍出版社，2010年，第931頁。張邦基《墨莊漫錄》以此詩爲王珪所作：「王禹玉丞相寄程公闢詩云：『舞急錦腰迎十八，酒酣玉盞照東西。』樂府六么曲，有花十八，古有玉東西杯，其對甚新也。」中華書局，2002年，第109頁。類似記載又見《范石湖集》，中華書局，1962年，第543頁。

〔註39〕 同上，第747頁。

〔註40〕 同上，第681頁。

銀黃鄉路畫，襦袴屬城春。冠蓋傾吳會，旌旗照海瀕。濂溪間得句，
雪舫夜留賓。夢想依青瑣，風流喜紫薵。(《送程給事知越州》)
謝景溫今存詩三首，其一《送程給事知越州》：
　　青瑣初解佩守符，過家衣錦耀鄉閭。
　　丹心忽厭承明直，白首猶刊麗正書。
　　滿目湖山眞吏隱，半空樓閣信仙居。
　　若耶老叟嗟來暮，應向江頭待隼旗。
其他新黨文人送別詩歌如下：
　　山陰地勝冠江吳，今得賢侯自禁塗。
　　侍從暫虛金鎖闥，藩宣新剖玉麟符。
　　移時前席辭旒扆，不日重城歌袴襦。
　　想到蓬萊遊未徧，已應歸步在雲衢。(曾公亮《送程給事知越州》)
　　鷥臺倦直出黃扉，魚浦雙旌入翠微。
　　閣老清規三省舊，使君高興五湖歸。
　　卻從江海瞻青瑣，聊過丘園戲錦衣。
　　一拂京塵浩南望，蓬萊閣靜簿書稀。(沈括《送程給事知越州》)
　　浩然行思脫塵埃，畫鷁橫堤雁陣催。
　　申伯此時南國去，次公何日潁川來。
　　鑒湖清句秋多興。魏闕丹心老不厭，
　　勳業古來餘事耳，離亭含笑倒樽罍。(黃履《送程給事知越州》)
　　政事縱橫絕世才，文章侍從冠鄒枚。
　　南州節制金城固，東省深嚴瑣闥開。
　　笑別道山探禹穴，暫辭玉案下蓬萊。
　　賀家湖上中秋月，遙聽新詩落酒盃。(林希《送程給事知越州》)
　　朱方藩牧寄非輕，故報中朝近侍行。
　　黼帳暫違簪筆封，錦衣初喜過家榮。
　　淺臨使宅千山秀，俯視隄岸一水橫。
　　第恐急賢嚴召節，不容選勝遍江城。(呂嘉問《送程給事知越州》)
　　稽山鑑水正宜秋，笑領銅符下鷓州。
　　青瑣夕郎傳故事，鴻都仙客足風流。

錦衣著去經鄉國，繭紙翻成賦郡樓。

祇恐漢廷須雅望，寇公難得隔年留。（邢恕《送程給事知越州》）

越州太守何瀟灑，應爲能吟住集仙。

雪急紫蒙催玉勒，日長青瑣聽熏弦。

一時冠蓋傾離席，半醉珠璣落彩箋。

自恨君恩渾未報，五湖終負釣魚船。

（王珪《送程公闢給事出守會稽》）

程師孟回越州後，參加了元絳的「九老會」，與一班朋友、退休官員結社唱和，蔚爲盛事，據《吳郡志》記載：「元豐間章岵守郡，與郡之長老遊從」，十老謂盧革、黃挺、程師孟、鄭方平、丘孝終、章岵、徐九思、徐師閔、張詵，「十老各有詩，米芾序之。」〔註41〕王安石《送程公闢得謝歸姑蘇》懷想友人退居後「唱酬自有微之在，談笑應容逸少陪」，詩自注：「少保元絳，謝事居姑蘇。」又：「王中甫善歌詞，與相唱酬燕集。」〔註42〕知道程師孟回越州有詩友相伴定不寂寞。王安石在程師孟回越後有書信《與程公辟書》：「平字韻詩不敢違，指聊供一笑，集古句亦勉副來喻，不足傳示也，尚此阻闊，惓惓可知……厚之康強必數相見，久欲致書，未果，幸因晤語，爲道惓惓也。」〔註43〕與程師孟和詩作文字遊戲，對友人們能相聚唱酬爲樂十分羨慕，並託程師孟問候元絳等人。王氏退居後又與元絳書信《回元少保書》一：「相望數驛，而衰憊日滋，無緣馳詣，但有鄉往，若春氣暄和，乘興遊衍，得陪几杖，何幸如之。」二曰：「山川相望拘綴，無緣造晤，冀倍自壽重，以副惓惓也，程公闢想日得從容也。」〔註44〕想像天氣晴暖，能與程師孟、元絳等出遊吟唱的美好，但不堪勞途奔波，唯有鄉往。

元絳也是吳人，他與程師孟、王安石的交情也不淺，據《吳郡志》曰元絳：「以文章政譽名一時，神宗欲選翰苑之才，王荊公曰：『有眞翰林學士，恐不能用耳。』遂自外召入翰林」。〔註45〕元絳幼以神童聞名，詞章出色，

〔註41〕 范成大《吳郡志》，江蘇古籍出版社，1999年，第139頁。

〔註42〕 李壁《王荊文公詩箋注》此詩下注「恐非公作」，上海古籍出版社，2010年，第646頁。

〔註43〕 王安石《王文公文集》，上海人民出版社，1997年，第50頁。

〔註44〕 同上，第73頁。

〔註45〕 范成大《吳郡志》，江蘇古籍出版社，1999年，第335頁。

斷獄清明，為范仲淹所推薦，程師孟知廣州時值儂智高叛變，元絳出任廣東轉運使，「建瀕江水砦數十，以待遁寇；繕治十五城，樓堞械器皆備，軍食有餘」。元絳的文才極得神宗欣賞，在任參知政事後，數次請求歸老，「神宗命其子耆寧校書崇文院，慰留之」，在他極力要求下，以太子少保致仕。「帝眷眷命之曰：『卿可營居京師，朕當資幣金，且便耆寧仕進。』絳曰：『臣有田廬在吳，乞歸醫之，即築室都城，得望屬車之塵，幸矣。敢冀賜邪。』」〔註46〕一心以歸故里為念，與王安石退居之恬淡、程師孟辭近侍之官的從容如出一轍。

元絳送程師孟時尚未致仕，但是已數次請求退居，他的送別詩曰：「四十年來出處同，交情偏見歲寒中。想先各上青雲路，斬在俱為白髮翁。」平白如話，與四十年來仕途經歷相近的同鄉說起話來，一句平淡的感慨裏飽含理解和長期相知的默契，毫無雕飾，恰如其分，而面對眼前的青雲路，他跟友人一樣恬淡自如，而是更為關心白髮翁的個人生活，「因君更憶蓬萊雪，不覺吟魂過剡東」。

元絳、程師孟的人生志趣與王安石相近，王安石在個人事業達到頂峰時已經清醒地懷想「霜筠雪竹鍾山寺，投老歸歟寄此生」〔註47〕，他們參政時全身心投入，積極事功，在實現抱負後，功成身退，又恬淡自如。他們的出處行為代表了當時士大夫的人生理想，而他們能夠真正在現實中實踐的行動力，是最值得探討之處。他們的理想最重要的內容就是個人價值的實現，而個人價值的實現方式可以很清晰地劃分為早年的事功實現抱負與晚年的閒適詩書度日，毫不相悖，無論是汲汲為政治，執著為蒼生，還是毫不戀棧，專注為個人的休閒棲息，都有很濃厚的「我」的個人意志，這是行動力的所在。

此外，新黨人物存詩與程師孟有唱和的尚有許將的《遊東山和程大卿師孟》，彭汝礪的《送程給事並次中丞雜端韻》，王珪的《送程公闢刑部出守南昌》，陸佃的《呈越州程給事》、《依韻和青州程給事見寄》、《依韻和程給事留題法雲寺方丈淨室》、《呈程給事二首》、《程給事輓歌詞》，作為王安石的弟子，陸佃在程師孟回吳地後與他的唱和也較多。

〔註46〕脫脫等《宋史》卷343《元絳傳》，中華書局，1977年，第10908頁。

〔註47〕魏泰《東軒筆錄》卷12：「熙寧庚戌冬，荊公自參知政事拜同中書門下平章事、史館大學士。是日，百官造門奔賀者無慮數百人，荊公以未謝恩，皆不見之，獨與余坐西門之小閣。荊公語次，忽顰蹙久之，取筆書窗曰：「霜筠雪竹鍾山寺，投老歸與寄此生。」放筆揖余而入。……」中華書局，1983年，140頁。

二、題王維《江干初雪圖》

題王維的《江干初雪圖》的唱和，是元豐年間位居中央的幾位新黨人物聚會的賞鑒題詞，及建中靖國在仕途風波中全身的兩位文人的續題，因爲時隔三十年，這段友誼和詩意耐人尋味。據《石林詩話》記載：

> 江干初雪圖眞跡藏李邦直家，唐蠟本，世傳爲摩詰所作，末有元豐間王禹玉、蔡持正、韓玉汝、章子厚、王和甫、張邃明、安厚卿七人題詩，建中靖國元年，韓師樸相，邦直、厚卿同在二府，時前七人者所存惟厚卿而已，持正貶死嶺外，禹玉追貶，子厚方貶，玉汝、和甫、邃明則死久矣，故師樸繼題其後曰：諸公當日聚岩廊，半謫南荒半已亡，惟有紫樞黃閣老，再開圖畫看瀟湘。是時邦直在門下，厚卿在西府，謂二人也。厚卿復題云：曾遊滄海困驚瀾，晚涉風波路更難。從此江湖無限興，不如秖向畫圖看。而邦直亦自題云：「此身何補一毫芒，三辱清時政事堂。病骨未爲山下土，尚尋遺墨話存亡。」余家有此摹本，並錄諸公詩續之，每出慨然。自元豐至建中靖國，幾三十年，諸公之名官亦已至矣，然始皆有願爲圖中之遊而不暇得，故禹玉云：「何日扁舟載風雪，卻將蓑笠伴漁人。」玉汝云：「君恩未報身何有，且寄扁舟夢想中。」其後廢謫流竄，有雖死不得免者，而江湖間此景無處不有，皆不得一償。厚卿至爲危辭，蓋有激而云，豈此景眞不可得，亦自不能踐其言耳。〔註48〕

葉夢得認爲題畫者「自不能踐其言」，身居高位不能有興致覽山水，遭遇貶逐也未能領略江湖之樂，平反後畏禍又不能離開官場，未得摩詰境界，未免太苛求。又如《苕溪漁隱叢話前集》評論元豐間題詩道：「江湖之景天付閒人，今諸公居宰輔享富貴如此，又欲兼有江湖之樂，貪而不止，世間豈有揚州鶴邪？」〔註49〕《居易錄》曰：「詩非無佳語，但諸人名字，千古而下見之欲唾，此圖之辱爲何如哉。」〔註50〕甚至認爲富貴與江湖之樂不可兼得，而題畫者不配有畫意之情懷，帶有鮮明的黨派偏見。

〔註48〕 葉夢得《石林詩話》，《歷代詩話》，中華書局，1981 年，第 411～412 頁。
〔註49〕 胡仔《苕溪漁隱叢話前集》卷 28，人民文學出版社，1962 年，第 199 頁。
〔註50〕 王士禛《居易錄》卷 34，《影印文淵閣四庫全書》，上海古籍出版社，1987 年，第 869 冊第 592 頁。

　　李清臣、章惇書畫都很出色，並對書畫有獨到見解，家中收藏也很豐富，從題《江干初雪圖》的唱和看，新黨文人之間也不是只有政治聚會，也有賞畫題詩之類的雅集，只是文獻不存。在題畫詩中，諸人的感慨不在於實踐畫圖之遊，而是在於對江湖的美好遐想中獲得心境的平和。他們的想往，包括後來的感慨，是一種心理上的訴求。諸公遊歷甚至貶謫，何處無江山勝景，但圖畫所寄寓的「江湖之志」，王維處身的安逸情境，對已經入仕，甚至感覺到從此無法擺脫仕途風波的文人們來說，是難得的，對於元豐題畫者的心境而言，它是功成身退的期許，是輔佐君王不得閒暇的調劑，對於建中靖國題畫者而言，是歷經黨爭後堅持原則的安慰，是面對命運的感慨，他們預感「曾遊滄海困驚瀾，晚涉風波路更難」，並非危言，在一波一波的黨爭下，他們已經走上了一條不參與也會被牽連的不歸路，雖欲身退也無法獲得平靜。

　　元豐年間，正值新法已成氣候，諸人仕途通達之時。元豐五年改官制，唱和諸人，王珪拜尚書左僕射兼門下侍郎，蔡確爲右僕射，韓縝同知樞密，章惇拜門下侍郎，安燾任戶部尚書、元豐六年同知樞密院，李清臣元豐六年拜尚書右丞。王維畫境裏表現的那種超脫的生活，是他們嚮往而明知現實不能兼得的。在嚮往江湖與入仕報國之間，詩人們還是傾向後者，並在閒暇賞玩時以圖畫的境界對自己的內心進行調節，像韓縝發出「君恩未報身何有，且寄扁舟夢想中」，將現實與夢分開又交織於生活之中；王珪則寄望將來功成身退：「何日扁舟載風雪，卻將蓑笠伴漁人」，代表了處在改革高峰期的新黨文人，對於政治前景的樂觀態度。

　　而短短一首題畫詩，也顯示了各位步上政治生涯高峰的文人的不同個性心志，確實是他們的自然流露。蔡確今存題畫詩《全宋詩》錄自孫紹遠《聲畫集》，詩題作《題王維江行初雪畫》，雖然世傳宋代畫家趙幹另有《江行初雪圖》，但蔡確詩題的是元豐間題李清臣所藏王維畫，因詩的內容寫道：

　　　　吳兒龜手輞寒川，急雪鳴蓑浪拍船。

　　　　青弋渡頭曾臥看，令人卻憶十年前。〔註51〕

蔡確對著畫圖有江湖之思，相對王珪、韓縝感慨政務繁忙，寄望遙遠，蔡確是往記憶中尋找曾有過的淡泊閒適，格調清爽，有一種不能回到從前自由自

〔註51〕蔡確《江干初雪圖》，《全宋詩》，北京大學出版社，1995 年，卷 783 第 9076
　　　　頁。

在的惆悵，寫出了士大夫官場中身不由己的的感慨，與蔡確現存的其他詩歌風格相近。

章惇的詩歌題目《全宋詩》收錄作《題李邦直蒙江初雪圖》，詩曰：

> 江頭微雪北風急，憶泊武昌舟尾時。
>
> 潮來浪打船欲破，擁被醉眠人不知。〔註52〕

詩歌渲染了風浪的驚險，而酣然安臥的姿態正如他在政治上的表現，外界風雲色變，他內心是「也無風雨也無晴」，大膽坦然，豪氣不除，波瀾不驚，王維的寒素的山水在他看來竟是外界動蕩、內心坦然的心理畫像。

建中靖國的題詩，文人們在黨爭陰影下的從政心態已經是戰戰兢兢，夾雜了對人事命運的複雜感慨。舊黨人物韓忠彥在詩中直言：「諸公當日聚岩廊，半謫南荒半已亡。」符合當時新黨文人在黨爭中凋零的情形。建中靖國，時勢未明，新舊黨大部分人已飽受打擊，安燾的詩就表達了這種惶恐。以他的經歷為例，元祐初舊黨二府欲棄熙河，將神宗取得的邊地還給西夏，在安燾、沈括、韓縝等人極力諍諫下，還是以葭蘆等四砦要地歸還西夏，並要安燾、韓縝去辦理交割事務，安燾在舊黨執政時也能秉公直言，但處事艱難，所以元祐三年因大雪異常上書，乞予貶黜，到紹聖年間新黨執政，糾察舊黨過錯，安燾等力爭不棄地的臣子卻因奉命辦理還地事務受到清算，並與布衣之交章惇因政事不合受貶抑，他在紹聖間便反對黨爭報復，建中靖國元年七月，上書《論用事之臣持紹述之名而為身謀奏》認為紹述並不能真正恢復熙豐之政，反對以恢復前政之名大興黨禍。《宋史》記載他退位的陳述曰：

> 以老避位，帝將寵以觀文殿大學士，有間之者曰：「是宰相恩典也。」但以學士知河南。將行，上疏曰：「自紹聖、元符以來，用事之臣，持紹述之名，誑惑君父，上則固寵位而快恩仇，下則希進用而肆朋附。彼自為謀則善矣，未嘗有毫髮為公家計者也。夫聽言之道，必以其事觀之。臣不敢高談遠引，獨以神考之事切於今者為證。熙寧、元豐之間，中外府庫，無不充衍，小邑所積錢米，亦不減二十萬，紹聖以還，傾竭以供邊費，使軍無見糧，吏無月俸，公私虛耗，未有甚於此時，而反謂紹述，豈不為厚誣哉！願陛下監之，勿

〔註52〕章惇《題李邦直蒙江初雪圖》，《全宋詩》，北京大學出版社，1995年，卷780第9028頁。

使飾偏辭而爲身謀者復得行其說。」又言：「東京黨禍已萌，願戒履
霜之漸。」語尤激切。〔註53〕

安燾「曾遊滄海困驚瀾」，經歷了仕途的波折驚險，對政治現實有清醒的認識，建中靖國雖一時平反身處高位，但詩人感覺到的卻是即將到來的更酷烈黨爭，預感「晚涉風波路更難」，而面對預感中慘淡的前景，詩人面對清寒的雪景，只有蕭索之態，回歸到「不如只向畫圖看」的內省世界。不久，果如詩人所預感，崇寧元年，他被貶寧國軍節度副使，漢陽軍安置，再貶祁州團練副使，移建昌軍。

李清臣的詩歌也寄予了深重的感慨，他首倡的紹述本爲恢復神宗變法政令，最後卻演變爲哲宗報復打擊舊黨的工具，讓小人借機冒進，擾亂朝堂，拖累財政，而恢復新法推進緩慢，實施不得法，自己也受到排擠，感念元豐時政，他有「三辱清時政事堂，此身何補一毫芒」的感慨，而念及故人，重展畫卷，帶著對人事更迭的深重感慨，作出凄涼之語，「病骨未爲山下土，尚尋遺墨話存亡」，病軀強作支撐，遙想當年的志趣高遠。

題王維《江干初雪圖》，是新黨幾位重要人物的唱和。江湖之志，是身處廟堂之上的士大夫永遠的主題，他們的題詩和續題，因爲屬於局限的圈子範圍，也沒必要講場面話、應酬話，感慨眞實而深厚，蘊含的文人命運與政治、仕途與平靜心靈的關係值得深味。在黨爭的命運下，舊黨人物有內省、有生存的惶惑，新黨人物也有人生的兩難、命運的玩味，二者並無君子小人之分。

第三節　新黨文人的著述留存和在文學史上被遮蔽的狀態

一、新黨文人文學創作及流傳

研究新黨文人的文學，難處在於文本的缺少。正如上文指出，許多新黨文人的文學成就並不低於舊黨文人，他們著述豐富，但留存至今的詩詞歌賦能有十分之一已屬可觀，這樣嚴重的散佚，與他們在文學史上被遮蔽的狀態

〔註53〕脫脫等《宋史》卷328《安燾傳》，中華書局，1977年，第10566頁。

密切相關。瞭解他們大致的詩文集名稱、數量、版本以及在後世的流傳情況，是探討文本的基礎。

　　以上文討論的主要新黨文人爲範圍進行查閱，我們可以看出，到了南宋的私人藏書目錄《郡齋讀書志》、《遂初堂書目》、《直齋書錄解題》的著錄，已經沒有曾任詞臣、言官的文人如李定、謝景溫、鄧潤甫、趙挺之、安惇、許將、薛向、蔡延慶、張璪、黃履、陳繹、徐禧、李中師等文人的著述，被社會主流否定的蔡確、蔡京、蔡卞的著述此後更沒有重要的書目提及，蔣之奇的《三徑集》和舒亶的《舒亶集》在《兩宋名賢小集》才有著錄；到元代的私人藏書目錄《文獻通考》和官修《宋史‧藝文志》中，被認爲是姦臣的章惇、邢恕、王雱和品行不佳的林希詩文集也沒有著錄了，不少文人的詩文集卷數也減少了，有些文人只存他們參與的禮制、史書類的著述，像陳繹勘定《前漢書》，參與《仁宗實錄》的編寫，林希有《野史》、《兩朝寶訓》，參與編寫《神宗實錄》；到了清代《四庫全書總目》的著錄相對明代《國史經籍志》要多，也僅有王安石、曾肇、王珪、陸佃、彭汝礪、沈括有殘缺的詩文集，正如上文所引的葉盛題《米南宮書宗室崇公孝恭墓誌銘卷》所言，到明代前期，王珪的文集僅存秘府，李清臣的文章僅得數篇，王安石的文章也只有太學存有刻板，但明代其實還是有部分新黨文人殘存的詩文偶爲人所獲，明人胡應麟《詩藪》雜編卷五：「李定、舒亶，世知其爲凶狡亡賴，而不知其皆留意文學者。」〔註54〕可見到明代胡還能見到舒亶、李定的部分詩文，流傳不廣，未爲世所重。下文將側重梳理南宋到元代的主要的書目著錄新黨文人文集的情況，用表格的形式予以呈現。其中，《遂初堂書目》僅簡略地列出有存目作者，僅少數有別集名稱和卷數，本書依其原貌。

〔註54〕胡應麟《詩藪》雜編卷5，上海古籍出版社，1979年，第315頁。

	《郡齋讀書志》	《遂初堂書目》	《直齋書錄解題》	《文獻通考》	《宋史·藝文志》	《四庫全書總目》
王安石	臨川集一百三十卷	王荊公文集、臨川集	臨川集一百卷	臨川集一百卷	王安石集一百卷	臨川集一百卷（紹興十年本紹興十年臨川郡守桐廬詹大和校定重刻而豫章黃次山為之序者）
蒲宗孟 蒲宗盂	蒲左丞集十卷			蒲左丞集十卷	文集奏議七十卷	
曾肇	曲阜集四十卷、奏議十二卷、西掖集十二卷、內制五十卷	曾子開奏議、曾子開別集	曲阜集四十卷、奏議十二卷、庚辰外制三卷、內制五卷、西掖集十二卷、西掖集	曲阜集四十卷、奏議十二卷、西掖集十二卷、內制五十卷、外制三十卷	元祐制集十二卷、曲阜外集三十卷	曲阜集四卷（鮑士恭家藏本後）
張商英	張無盡書集三十二卷	張天覺奏議、張商英英西山倡和、張天覺別集		張無盡書集三十二卷	文集一百卷、張商英英集十三卷(別集)	
呂惠卿	呂吉甫集二十卷			呂及甫集二十卷	文集一百卷、奏議一百七十卷	
林希		林子中奏議				
王雱		王元澤別集				
曾布		曾子宣別集			曾布集三十卷（別集）	

	《郡齋讀書志》	《遂初堂書目》	《直齋書錄解題》	《文獻通考》	《宋史‧藝文志》	《四庫全書總目》
王珪		王岐公華陽集	王岐公宮詞一卷、華陽集一百卷	華陽集一百卷、王岐公宮詞一卷	王珪集一百卷	永樂大典輯詩文六十卷（草詞近完備），附錄遺聞逸事與後人評論之語十卷
元絳		元厚之玉堂制集、玉堂詩集	元章簡集十卷、章簡玉堂集二十卷	元章簡詩集十卷	玉堂集二十卷	
王安禮		王平甫別集		王魏公集二十卷		
陸佃		陸師農別集	陶山集二十卷	陶山集二十卷		以永樂大典所載裒爲十四卷（僅存十之七）
章惇		章子厚內制				
李清臣		李邦直（別集）			文集一百卷、奏議三十卷、李清臣集八十卷、進策五卷	
彭汝礪		彭器資（別集）			鄱陽集四十卷	詩集亦止十二卷
邢恕		邢和叔（別集）				
上官均		上官均奏議			文集五十卷、奏議十卷	

	《郡齋讀書志》	《遂初堂書目》	《直齋書錄解題》	《文獻通考》	《宋史·藝文志》	《四庫全書總目》
鄧綰					治平文集三十卷、翰林制集十卷、西垣制集三卷、奏議二十卷、雜文詩賦五十卷	
韓縡					文集五十卷、內外制十三卷、奏議三十卷	
熊本					文集三十卷、奏議二十卷	
李承之					文集三十卷、奏議二十卷	
蔣之奇					荊溪前後集八十九卷、別集九卷、北扉集九卷、西樞集四卷、屈言集五卷、鶴言集五十篇、蔣之奇集一卷（別集）	
舒亶					文集一百卷	
龔原					文集七十卷、潁川唱和詩	

	《郡齋讀書志》	《遂初堂書目》	《直齋書錄解題》	《文獻通考》	《宋史・藝文志》	《四庫全書總目》
安燾					文集四十卷、奏議十卷	
吳居厚					文集一百卷、奏議一百二十卷	
李師中					詩三卷（別集）	
沈括			長興集四十一卷	長興集四十一卷		南宋高布括蒼《吳興三沈集》（闕卷一至卷十二）闕卷三十一又闕卷三十三至四十一共三十一卷）

　　從上面的表格可以看出，新黨人文著述的散佚非常嚴重。逮至當代《全宋詩》、《全宋文》、《全宋詞》中整理出來的新黨文人作品，大多還是從《四庫全書》輯得，所以以王安石、曾肇、王珪、陸佃、彭汝礪、沈括存詩文較多，其他如林希、元絳、安燾、鄧潤甫等文名卓著者，只剩一二篇章，像《全宋詩》錄得狀元許將存詩 18 首，趙挺之詩 3 首、安惇詩二首，陳繹詩 1 首 1 句、呂嘉問、蔡延慶、熊本詩 1 首，李承之詩 1 句。在《郡齋讀書志》卷五收錄佚名者編的《國朝二百家名賢文粹》三百卷中，新黨文人廁身名賢的數量眾多，計有王安石、鄧潤甫、蒲宗孟、李清臣、呂惠卿、蔣之奇、章惇、鄧綰、張商英、王雱、曾肇、陸佃、龔原、徐禧等，現今《全宋文》收錄的不少新黨文人的文章就是在這本書中輯得，所以張商英、李清臣、舒亶、曾肇、蒲宗孟、蔣之奇、章惇等從這類合集輯得的詩文有十數篇；還有一類文人現存著述有賴近代後人從地方叢書中輯得一二，這些文本的重新發現傳充滿了歷史偶然色彩，像舒亶晚年回到家鄉居住了很長一段時間，他的詩文留在家鄉也較多，南宋幾位藏書家的書目並未提到他的著述，只有《兩宋名賢小集》收有《舒亶集》，《宋史・藝文志》記載他有文集一百卷，此後不見著錄，直到清末張壽鏞編《四明叢書》搜羅寧波歷代先賢著述，才為他輯得《舒懶堂詩文存》三卷，從現存的文學作品水平看，舒亶無愧於胡應麟的感歎。另一位與舒亶一樣彈劾自己恩師的文人蔣之奇，《兩宋名賢小集》收錄他的《三逕集》一卷，《宋史・藝文志》著錄他有文集雜著一百餘卷，在此後也，也是到清末盛宣懷編《常州先哲遺書》才輯有《春卿遺稿》一卷，在蘇軾、米芾等人的文集中，我們還可以看到不少跟蔣之奇唱酬的詩篇，從他僅存的作品看，也是輕快風趣，才學性情皆妙。

　　新黨文人著述留存數量隨著時間流逝快速減少，其中有自然的不可抗因素，更有人為的因素，受批評史長期青睞的著述，版本會保存較多、補訂研究會日益充分，而被道學話語主流否定的新黨文人，自然沒有這樣的待遇。

二、選集、文論的「政治大體」和文學史的書寫

　　時人、後人對新黨文人文學的評論，是論定新黨文人文學在文學史上地位的重要參照，新黨文人著述的留存，是討論文本的先決條件。政治、學術上的爭鬥影響了評論的客觀性，因人廢言的評論影響了文本的保存，也影響了文學史的書寫。正如上文指出的，南宋重要的書目都沒有提及蔡確、蔡京、

蔡卞的詩文，到元代重要的書目也不見「姦臣」的章惇、邢恕的著述，就是
因爲這些人物是被主流話語徹底否定的，即便有一二文人爲他們翻案影響也
甚微，在理學獨尊指斥新黨的情況下，新黨文人的著述不被毀版，也被塵封
在某個角落，直至消失。另一方面，時人的讚譽轉瞬即逝，而在南宋後期至
清代主流思想一元化的背景下，後人的的論定陳陳相因，新黨文人文學難以
得到公正的評價。

　　南宋理學家對新黨文人文學的刻意忽略定下了文學評論的基調。羅大經
《鶴林玉露》引用眞德秀的話可以代表了這種古代文學批評主流的去取標準：

　　　　東山先生楊伯子嘗爲余言：「某昔爲宗正丞，眞西山以直院兼玉
　　　　牒宮，嘗至某位中，見案上有近時人詩文一編，西山一見擲之曰：『宗
　　　　丞何用看此？』某悚然問故，西山曰：『此人大非端士，筆頭雖寫得
　　　　數句詩，所謂本心不正，脈理皆邪，讀之將恐染神亂志，非徒無益。』
　　　　某佩服其言，再三謝之。」因言近世如夏英公、丁晉公、王岐公（王
　　　　珪）、呂惠卿、林子中（林希）、蔡持正（蔡確）輩，亦非無文章，
　　　　然而君子不道者，皆以是也。〔註55〕

眞德秀認爲看小人的詩文，精神會受到污染，影響修養，「所謂本心不正，脈
理皆邪，讀之將恐染神亂志，非徒無益」，恫嚇年輕學者警惕道學思想的純潔
性，而所謂的小人範圍也是道學家們劃定的，新黨王珪、呂惠卿、林希、蔡
確皆在其列，道學家不給他人閱讀辨別的機會，對文學作品加以定性的做法
消解了道學的威脅，遮蔽了其他學術、文學的價值，像呂惠卿雖然史論攻其
人品不佳，《宋史·藝文志》說他有文集一百卷、奏議一百七十卷，僅餘無幾，
今《全宋文》輯得三卷，多是疏奏之類。他的學術著作如今有整理本的《莊
子義集校》，價值不低，文筆也相當好，《文獻通考》肯定他：「爲文長於表奏，
後村劉氏曰：『考亭論荊公、東坡門人，寧取呂吉甫，而不取秦少游輩，其說
以爲吉甫猶看經書，少游翰墨而已。』孫鴻慶序其文謂辭嚴義密，追古作者。」
〔註56〕只因被指爲姦臣，所以他的著述難以得到保存、研究、肯定。

　　南宋後期，是新黨文人文學成就被否定掩蓋的重要時期，且不論當時對
新黨文人連篇累牘的口誅筆伐，單從當時道學家編選的重要的文章、詩歌選

〔註55〕羅大經《鶴林玉露》甲編卷2，中華書局，1983年，第34頁。
〔註56〕馬端臨《文獻通考·經籍考》卷65，華東師範大學出版社，1985年，卷238
　　　　第1501頁。

本來看，已經嚴重抹殺了新黨文人的成就。南宋詩文選本數目眾多，對後世宋代詩文選本影響重大的，以呂祖謙編的《宋文鑑》為首〔註57〕，此書在江鈿《聖宋文海》基礎上改動而成〔註58〕，孝宗親命校正，意在去文海「去取差謬」，「以成一代之書」〔註59〕，帶有濃厚的官方色彩、道學色彩，朱熹晚年稱讚：「此書編次，篇篇有意。……亦係當時政治大節。」〔註60〕這部一百五十卷的選本雖聲稱其人「不為清議所予，而其文自亦有可觀」，亦「不以人廢言」〔註61〕，但新黨文人作品在其中所佔比例仍然很低，具體收錄情況如下：

王安石：詩賦類48篇，制誥類文77篇，書啓類文49篇；蔡確：賦1篇；舒亶：律賦1篇；林希：律賦1篇，表1篇，書啓類文4篇；沈括：詩賦6篇，書啓類文4篇；彭汝礪：詩2首；張商英：五古1首，表1篇；王珪：七律1首，制誥類文26篇，書啓類文15篇（其中樂語14篇）；元絳：制誥類文14篇，樂語14篇；曾肇：制誥類文14篇，書啓類文6篇；鄧潤甫：制誥類文9篇，記1篇；李清臣：制誥類文5篇，書啓類文5篇；曾布：制2篇；呂惠卿：表1篇，序1篇；陳繹：書啓類文3篇；陸佃：書啓類文1篇。

首先是數量極少，沈括、彭汝礪、舒亶等人被收錄的詩歌，尚不及江西詩派的幾個後學。其次是新黨文學大家有影響力的作品大部分都不予收錄，他們入選的書、記、議等應制外的作品少之又少，更多的是難以展示個人思想個性的詔、誥、批答、樂語等，雖說此書重視高文大冊，但這樣的擇取更是為了排除新黨文人的思想影響，像李清臣的賢良進卷論策五十篇，精彩深刻，但論體文只入選他一篇《隋論》。這種選擇難以與新黨文人實際的成就、地位相匹配。

《宋文鑑》作為一個典型例子向我們展示了文學批評在道學主導話語權的環境下，怎樣抹去對手的思想乃至思想的重要載體的影響，此後林林總總的文學選本在道學思潮影響下尊元祐抑熙豐，終於造成後世文學評論忽略新黨文人創作的局面。

〔註57〕《宋文鑑》在明代反覆版刻，現在可考版本就有8種之多。
〔註58〕馬茂軍《宋代散文史論》，中華書局，2008年，第509～515頁。
〔註59〕脫脫等《宋史》卷434《呂祖謙傳》，中華書局，1977年，第12874頁。
〔註60〕陳振孫《直齋書錄解題》，上海古籍出版社，1987年，第448頁。
〔註61〕呂喬年《太史成公編皇朝文鑑始末》，見《宋文鑑》附錄一，中華書局，1992年，第2117頁。

　　新黨文人的文學成就在宋後基本處於湮沒不彰的狀態，所以胡應麟才會
感歎：「李定、舒亶，世知其爲凶狡亡賴，而不知其皆留意文學。」〔註62〕到
明代，文人對李定、舒亶這樣新黨人物，只知其政治，而且是負面的政治表
現或被貶低的政治事蹟，而不知道他們也擅長文學。在這樣的文獻條件和評
價環境下，能夠關注新黨文人的作品並平心而論者少之又少。而姓名或作品
能列入後世影響深遠的文集、詩集選本的新黨文人，除王安石外，也是寥寥
無幾，在這其中被選擇的文人也不會是新黨的突出人物，或深爲史書詬病的
人物，像王珪、李清臣這類特別出色的文人，到明代已經幾乎沒有文論提及，
與他們的成就極不相稱。修《宋史》的元人，推宗道學，鄙視新黨，他們結
合參考史料筆記，尚且保留了很多時人對新黨文人文學的讚譽，由此推論，
新黨文人在北宋乃至南宋初在文壇的地位定然不低。他們的文名被掩蓋，自
南宋高宗「最愛元祐」的提倡始，即使新黨文學經典篇章，也難逃被歪曲的
命運，像范沖就曾對高宗說：「臣嘗於言語文字之間得安石之心，然不敢與人
言。且如詩人多作《明妃曲》，以失身胡虜爲無窮之恨，讀之者至於悲愴感傷。
安石爲《明妃曲》，則曰『漢恩自淺胡自深，人生樂在相知心』，然則劉豫不
是罪過，漢恩自淺而虜恩深也。今之背君父之恩而投拜而爲盜賊者，皆合於
安石之意，此所謂壞天下人心術。孟子曰『無父無君，是禽獸也』。以胡虜有
恩而遂忘君父，非禽獸而何。」〔註63〕范沖，是參與司馬光《資治通鑒》修
撰的范祖禹之子，在這裡他刻意忽略了當時歐陽修、司馬光受此詩激發、應
和王安石詩篇的事實，對王安石作出深文周納的政治攻擊，取代了對詩篇客
觀的審美鑒賞。而他這一觀點又爲後人一再重複，襲爲定論。在道學爲君主
極權張本的時代，李壁想爲王安石翻案，也不敢否定他得罪君父這一點，只
能爲其稍微開脫：「公語既非，然詩人務一時爲新奇。求出前人所未道，而不
知其言之失也。」〔註64〕一首小詩的評論尚且如此，新黨文人那些帶有批判
變革精神的文章學術更難以得到肯定和流傳。

　　從遺留的評論材料和文本，我們可以看到，新黨文人並非不學無文，而
是「君子不道」，君子甚至不考文獻，就直接加以貶抑。隨著新黨人物被否定，
著述散佚散佚，主流文學評論有意無意的忽略，使我們遲遲不能解決這一類

〔註62〕胡應麟《詩藪》雜編卷 5，上海古籍出版社，1979 年，第 315 頁。
〔註63〕李壁《王荊公詩箋注》，中華書局，1958 年，第 67 頁。
〔註64〕同上，第 141 頁。

問題，新黨文人有何文學宗尚、擅長文體以及創新特色？在當時文壇處於什麼地位？

　　到了現代，我們的文學史，對於除了王安石以外的新黨文人文學，也只能採取略過不提的方式。正如朱剛的《論李清臣賢良進卷》一文在談及李清臣的賢良進卷「疑經」、「王法」和「漸變」思想時指出的：

　　　　出現於熙豐新政之前的這份賢良進卷，有力地證明著王安石變法在當時擁有的相當的輿論基礎。……就今天的情形而言，蘇軾在文章史上的地位，並不是文集早已失傳的李清臣所能夠比擬的。然而，也須知道今天的這個情形是經過了長期的歷史偏見造成的，由於南宋以降新黨的事業被否定，新黨人物都被誣爲「姦臣」、「小人」，所以新黨人物的文集絕大部分沒有被保存下來。至今，一部北宋的文章史，除了王安石外就再也沒有新黨的一個人物。歷史的真實情形絕非如此，當年被歐公賞拔的後進，應該有一半在新黨吧，今人能夠讀其文集的，只是舊黨的那一半而已。〔註65〕

文獻的缺乏、歷史的偏見，造成了新黨文人文名不彰的現狀，也使我們的文學史只能書寫有文獻支持的那一半。沈松勤在《北宋文人與黨爭》中指出了這種歷史、文學史的缺失帶給大多數人的印象：「不僅李定、舒亶，除王安石外，其他新黨文人的文學業績也都沉沒不彰，所以給後人造成一種錯覺，新黨文人主要是政治人物，且『凶狡亡賴』，多姦佞小人，不擅長文學。」〔註66〕這樣的現狀，不僅是對新黨文人的不公，也是文學史的遺憾。

　　應對文學史這種殘缺，我們自然要追問，新黨文人的文學創作情況如何？是有突出成就還是不值一提？與他們的時代文化風尚有何關係？在歐陽修等引領平易暢達的文風、梅堯臣等開創平淡自然的詩風之後，新黨文人有何繼承發展？相對於舊黨「元祐」文學之盛，新黨人物又有何相似或相對的特色？是我們下文要帶著去細讀文本的許多問題之一，但由於現存新黨文人的著述只得一二，許多問題也難以定下結論了。

〔註65〕朱剛《論李清臣賢良進卷》，《第二屆宋代文學國際學術研討會論文集》，2002年，第698頁。

〔註66〕沈松勤在《北宋文人與黨爭》第五章《北宋黨爭與文人分野》指出文學史書寫給人的印象，人民出版社，1998年，第188頁。

第四章　新黨領袖——王安石

第一節　荊公新學的確立到禁燬

　　「荊公新學」一詞出自全祖望補《宋元學案》卷九八《荊公新學略》，於學案正文後略述新學，而「新學」一詞在王安石同時代人口中指的就是王安石的學術，像蘇軾《六一居士集敍》曰：

　　　　歐陽子沒十有餘年，士始爲新學，以佛老之似，亂周孔之眞，

　　　識者憂之。賴天子明聖，詔修取士法，風屬學者專治孔氏，黜異端，

　　　然後風俗一變。〔註1〕

此處所謂「新學」，主要指熙寧八年頒佈的科舉經義寫作標準，含《詩義》、《書義》和《周禮義》，合稱《三經新義》，由王安石主持編撰，是王氏儒學思想的集中體現，相對於此前孔穎達的《五經正義》而言，是新的經義。蘇軾此文寫於元祐朝廷恢復詩賦取士、並放寬了經義寫作的標準時。當然體現王氏學說的著論不僅這些，從蘇軾的批判看，「新學」還包含了亂入佛、老之學的不純粹儒學的含義，是「亂周孔之眞」、「異端」，與正宗的儒家傳統是斷裂的。但其實宋代的學者鑽研儒家學術，也無不與王氏一般或明或暗地汲引釋道兩家的心性義理之學，從闡釋的角度去探求儒家的道德性命之義，擺脫了漢唐訓詁學的束縛，包括歐陽修的經學、二程的理學。從宋學建立的角度看，王氏新學是北宋新儒學達到高峰的代表，元祐文人之所以貶斥它，除了它學理上存在不足外，主要在於它與政治改革勾連過於緊密。「荊公新學」的命運也

〔註 1〕蘇軾《六一居士集敍》，《蘇軾文集》卷 10，中華書局，1986 年，第 316 頁。

正因與政治捆綁在一起，經歷了受眾廣泛的新學說、定爲官方學術、成爲文化專制工具到被推倒批判的過程，儘管這一過程與王安石執政、新黨黨爭並非同步。新學從北宗後期到南宋前期作爲顯學，影響深刻廣泛，但在被理學打倒並取代後，在理學支配思想史的南宋後期到清代，它被學術史刻意抹去，甚至主要的文獻都沒有得到保存。

一、「荊公新學」的建構到確立

從變法被判定爲亡國之根開始，「荊公新學」被列入異端邪說並被學術史抹去它的重要痕跡後。新學在理學籠罩的視野下，後人只肯定詩人的王安石、散文八大家的王安石、政治改革者王安石、品格高尚的文人王安石，卻不重視作爲儒家學者的王安石。還原王安石生活的時代，他首先是因學術精微被推崇的，他進士及第後任職地方便以著述和講學在士大夫中引起廣泛影響，他的《易解》、《淮南雜說》、《洪範傳》關注的道德性命，也是當時學術界的熱點，王氏學問在時人心目中，可與前輩胡瑗並論，早在皇祐年間出訪賢能的陳襄就將他與胡瑗並提舉薦，稱他「才性賢明，篤於古學，文辭政事已著聞於時。」〔註2〕嘉祐八年至熙寧元年因母喪居金陵期間，王氏身邊從學者眾，這些年輕學者對王氏學說的傾心以陸佃的回憶爲代表：

> 嘉祐、治平間，……（傅）明孺未冠，予亦年少耳。淮之南，學士大夫宗安定先生（胡瑗）之學，予獨疑焉。及得荊公《淮南雜說》與其《洪範傳》，心獨謂然。於是願掃臨川先生之門。後余見公，亦驟見稱獎。語器言通，朝虛而往，暮實而歸，覺平日就師十年，不如從公一日也。〔註3〕

如果說陸佃的說法帶有個人感情成分，王氏學生蔡卞和司馬光學生劉安世相近的言論，則足證當時王氏雜說的風行程度與地位。晁公武《郡齋讀書志》中《王介甫臨川集》一三○卷和《王氏雜說》一○卷下的解題都引蔡卞語，《王氏雜說》所引較長：

> 自先王澤竭，國異家殊，由漢迄唐，源流浸深。宋興，文物盛矣，然不知道德性命之理。安石奮乎百世之下，追堯舜三代，通乎

〔註2〕陳襄《與兩浙安撫陳舍人書》，《古靈集》卷14，《影印文淵閣四庫全書》，上海古籍出版社，1987年，第1093冊第788頁。

〔註3〕陸佃《傅府君墓誌》，《全宋文》，巴蜀書社，2006年。

畫夜陰陽所不能測而入於神，初著《雜說》數萬言，世謂其與孟軻相上下。於是天下之士始原道德之意，窺性命之端云。〔註4〕

劉安世則云：

> 金陵在侍從時，與老先生（司馬光）極相好。當時《淮南雜說》行乎時，天下推尊之，以比《孟子》；其時又有老蘇，人以比荀子。〔註5〕

在新學的建構期王安石的學術非但沒有被認爲是不純粹的儒學，相反，他被時人認爲與孟子相近，他對性命道德的闡發將宋代新儒學推向一個高峰。探求心性義理是宋學家的共同路徑，經世問題也是不同學術流派共同關注的重點，差異在於具體的見解。在當時的政治和學術背景下，王氏究經術重在外王之學，又富卓見，贏得了廣泛的認同。

從影響上至君主下至士子的私學，到政府組織學者擴充修訂用以指導科舉的官學，新學完成了它的確立。這一過程對比理學等學術流派的發展是短暫的，無論是學術人才的延續還是著述的編撰，都有所不足，這也導致了新學學理上的一些不足。另一方面，從當時的學術發展狀況看，新學的學術水平相對同時代的學說又有足夠的優勢。神宗熙寧二年用王安石爲參知政事，對他說：「人皆不能知卿，以爲卿但知經術，不可以經世務。」安石對曰：「經術者所以經世務也，果不足以經世務，則經術何所賴焉。」〔註6〕在王氏看來，經術的精神是切實體現在世務中的。王氏之學也因與政治權力結合，正式實踐其「一道德」宏圖，通過對《詩義》、《書義》、《周禮義》的訓釋和闡發，完成了它的確立，並獲得官學的地位。這一過程主要由王氏指導兒輩門生合力完成，熙寧六年朝廷設立經義局，「（三月）庚戌，命知制誥呂惠卿兼修撰國子監經義，太子中允、崇政殿說書王雱同修撰，⋯⋯已而又命安石提舉，安石又辭，亦弗許。」〔註7〕任檢討的基本是新進之士，包括一些受神宗賞識的當年新科進士、布衣，這樣一個原先沒有學術聲響的隊伍當然很難靠它的

〔註4〕晁公武撰，孫猛校正《郡齋讀書志》卷12，上海古籍出版社，1990年，第525頁。

〔註5〕馬永卿《元城語錄》卷上，《影印文淵閣四庫全書》，上海古籍出版社，1987年，第863冊第360～361頁。

〔註6〕楊仲良《宋皇通鑑長編紀事本末》卷59《王安石事蹟（上）》，《續修四庫全書》，上海古籍出版社，2002年，第368冊，第494頁。

〔註7〕李燾《續資治通鑑長編》熙寧六年條引《林希野史》，中華書局，1986年，第243卷，第5917頁。

基礎人員有更高建樹，檢討呂升卿還因爲刪改《詩義》與王氏父子鬧得不愉快。其實，三經新義基本的學術義理早在新黨呂惠卿、王雱、沈季長等人在講筵中佔據上風，太學更換陸佃、葉濤、曾肇、沈季長等爲學官開始，已與政務改革討論同步完成，據《林希野史》記載，陸佃、沈季長「夜在介齋，授口義，且至學講之」〔註8〕，可知王氏弟子訓釋經典，還需經王氏指導，經義的主要闡發和裁定者，還是王安石：

> （熙寧五年正月）戊戌，……上曰：「經術，今人人乖異，何以一道德？卿有所著可以頒行，令學者定於一。」安石曰：「《詩》，已令陸佃、沈季長作義。」上曰：「恐不能發明。」安石曰：「臣每與商量。」〔註9〕

神宗也擔心王安石的弟子闡發經義不夠深刻精妙，經義局的新進之士也存在同樣問題，《三經新義》熙寧八年六月編撰完畢，王安石雖爲提舉，卻不僅僅是主持人，而是重要的撰述者，成書倉促的錯漏，王安石熙寧九年二次罷相後還對其進行修訂，從其理論根基到具體改定，主要還是王安石之力。

新學的確立與政治改革密不可分，但其本身的學術價值也不容低估，即使在元祐舊黨眼中它也是值得肯定的學說，甚至是王氏重要的功業。像元祐元年針對學官黃隱等排斥《三經新義》，劉摯指出：「夫安石相業雖有間，然至於經術學誼有天下公論所在，豈隱之所能知也？」〔註10〕上官均也指出：「（王安石）於解經雖未能盡得聖人之意，然比諸儒注疏之說，淺深蓋有間矣！豈隱膚陋所能通曉？此中外士大夫所共知也。」〔註11〕吸引士大夫到皇帝的關注、成爲官學、受到排斥但並未眞正削弱其影響力，得到地位和較爲恰當的評價，這是新學建構確立時期的狀態。

二、新學的異化——從神壇到衰落

新學的異化從它確立伊始壟斷科場，便不可避免，與政治結合使它將學術「一道德」的排他性進一步擴大，政治權力將它推向神壇，也將它塑造成

〔註8〕 李燾《續資治通鑑長編》熙寧四年十一月戊申條引《林希野史》，中華書局，1986年，第226卷，第5509頁。
〔註9〕 李燾《續資治通鑑長編》熙寧五年正月戊戌條，中華書局，1986年，第229卷，第5570頁。
〔註10〕 同上，卷390第7497～7498頁。
〔註11〕 同上，卷390第7498頁。

政治打擊的工具。極權政治倒臺，雖然清醒的士大夫會將學術和政治權力分開看待，但更多情況下它們將被捆綁清算，新學在宋室南渡後被理學攻擊、甚至全盤否定，正是基於這樣的思路。

紹聖開始，新學的地位便一再地被過度擡高。元祐年間，新學地位雖一度降低，但直到元祐六年，才真正實行詩賦、經義兩科並行的取士制度，新學還是通過科場實在地發揮它的影響力，紹聖元年再廢詩賦取士，紹聖三年又恢復了熙寧專治一經的做法。新學本身的學術發展在成為在官學後，步入停滯狀態，王安石、王雱謝世後，陸佃、龔原、蔡卞等王氏弟子在學術上既無創獲、也無傳人，新黨重掌權柄後，除了推廣新學的影響外，對學術本身並無建設。新學雖然成為士子的科舉教科書一統天下，卻缺乏能真正鑽研完善它延續它的精神的學者。相對於嘉祐間王氏學說使年輕學子如陸佃等主動學習鑽研，成為官學的新學是學子被動接受的標準，許多學子苦心鑽研它只是為了揣摩考試，以之為追逐利祿的工具，它已失去了真正的擁護者。

被徽宗、蔡京等進一步推向神壇的新學，成為他們打擊異己、實現思想禁錮的工具。崇寧三年，王安石配享孔廟，三舍法全面推行，新學定於一尊，科場千人一律；同時，被列入黨籍的文人達 309 人，其中還包括新學的建設者王氏的弟子陸佃、龔原等，大量文人的著述印版被焚毀，與新學的崇高地位形成強烈反差。實行文化專制消滅多元思想的手段表面上實現了新學「一道德」的局面，卻必將導致持有不同學說和受到打擊的文人的不滿和反抗。

靖康之變後，新學與徽宗蔡京集團一同被視為禍國根源受到強烈的抨擊，首倡導這一論調的是程門四大弟子之一的楊時，其弟子王居正、陳淵及胡安國父子等道學家也極力聲討新學，要求奪王安石王爵配享，廢新學淫辭，但是這一舉動受到了研習新學進身的太學生的武力反抗，楊時反而丟了國子監祭酒官職。新學雖然從神壇上跌落下來，但並未遭到全盤否定。隨著宋室南渡，楊時將新學主張與蔡京等奢靡誤國聯繫起來的牽強論斷，受到更多徽宗朝受迫害文人的支持，在道學家對《三經新義》甚至王安石詩文進行王氏壞心術、害名教的解讀後，高宗支持下的倒新學運動全面展開，建炎三年，「罷王安石配享神宗廟庭，以司馬光配」〔註12〕，紹興四年，「毀王安石舒王告」〔註13〕。但是這番擡學抑新學的運動隨著「紹興和議」而告終，新學再次被

〔註12〕脫脫等《宋史》卷25《高宗本紀（二）》，中華書局，1977年，第466頁。
〔註13〕脫脫等《宋史》卷25《高宗本紀（四）》，中華書局，1977年，第511頁。

高宗、秦檜用以排斥異己，成爲官學，統領科場，新學與道學的此起彼伏，只是政治場上東西風互相壓倒的工具。秦檜下臺，新學受累又披上惡名，但仍繼續影響科場和官場，隨著濂洛「專門曲學」解禁，道學集團又開始了對新學的攻擊，朱熹、張栻、呂祖謙等不斷努力，將道學滲透進科場，並視新學爲道學統一思想話語的障礙，不惜用一切曲解、醜詆手段將新學的影響清洗乾淨，甚至將其合理的成分也一併抹去。朱熹在清算王氏之學時手段十分高明，在詳盡的學理分析上將王氏學說全盤否定，評論貌似公允而鞭撻深入，下文就是很生動的一段：

> 然其爲人，質雖清介，而器本偏狹，志雖高遠而學實凡近，其所論説，蓋特見聞億度之近似耳。顧乃挾以爲高，足己自聖，不復知以格物致知、克己復禮爲事，而勉求其所未至，以增益其所不能。是以其於天下之事，每以操率任意，而失之於前，又以狠愎徇私而敗之於後，此其所以爲受病之原。……
>
> 若夫道德性命之與刑名度數，則其精粗本末雖若有間，然其相爲表裏如影隨形，則又不可得而分別也。今謂安石之學，獨有得於刑名度數，而道德性命則爲有所不足，是不知其於此既有不足，則於彼也亦將何自而得其正耶。夫以佛老之言爲妙道，而謂禮法事變爲粗迹，此正王氏之深蔽。……
>
> 若其釋經之病，則亦以自處太高，而不能明理勝私之故，故於聖賢之言，既不能虛心靜慮，以求其立言之本意，於諸儒之同異，又不能反復詳密，以辨其爲説之是非，但以己意穿鑿附麗，極其力之所通而肆爲支蔓浮虛之説。至於天命人心、日用事物之所以然，既已不能反求諸身，以驗其實，則一切舉而歸之於佛老。及論先王之政，則又騁私意、飾姦言，以爲違衆自用、剝民興利，斥逐忠賢，杜塞公論之地。唯其意有所忽，而不以爲事者，則或苟因舊説，而不暇擇其是非也。〔註14〕

從人品、學術到具體釋經都進行了否定，其實是有欠客觀的。此後雖有「慶元黨禁」再次禁錮道學，但隨著韓侂冑一黨的倒臺，尤其是「端平庚化」道學再次穩固地佔領了政統地位，甚至成爲「帝王治道之所出」，成爲理宗強化

〔註14〕 朱熹撰，尹波、郭齊點校《朱熹集》卷70《讀兩陳諫議遺墨》，四川教育出版社，1997年，第3658～3666頁。

皇權的工具，但是魏了翁、眞德秀等道學傳人仍緊緊維護「道統」的純潔而排斥一切與新學相關的內容，連國家正當的財賦功利事務也一併排斥。徽宗朝至南宋時期，新學早已停止學術的內在發展，並一再被權臣所利用打擊異論；而另一方面道學以之爲敵人，通過否定它完善自身發展並在拉鋸戰後奪取了話語統治權，荊公新學徹底退出歷史舞臺、被全盤否定並被抹去所有影響的痕跡也就理所當然了。

第二節　新學與王安石的詩歌

攻擊新學弊病的，通常都會抓住兩點，其一是援佛入儒，其二是穿鑿附會。其實這兩點是新學也是宋學的短板。

這種過於推求道理的思維方式也影響了王安石的詩歌創作，他早期的翻案詩、說理詩力求推陳出新的痕跡明顯，而後期的小詩創作其實也是將這種思維深化〔註 15〕，進一步拓展到技法上，所以顯得更無斧鑿痕。

嚴羽《滄浪詩話》「王荊公體」下注：「公絕句最高，其得意處，高出蘇黃之上，而與唐人尙隔一關。」嚴羽是崇唐派的代表，他認爲王荊公體「與唐人尙隔一關」，這一關之隔，正是新學窮求理致的思維在王荊公體中的體現，雖然它以晚唐體渾然天成的面貌出現，正如葉夢得《石林詩話》所說：「從宋次道盡假唐人詩集，博觀而約取，晚年始盡深婉不迫之趣」，「王荊公晚年詩律尤精嚴，造詞用字，間不容髮。」〔註 16〕這些晚唐體的面貌也是精心推敲而來，胡應麟《詩藪》在指出「介甫五七言絕，當代共推，特以工致勝耳」時，也說它「於唐白遠」，「至介甫創撰新奇，唐人格調始一大變」〔註 17〕。從荊公個人創作歷程和宋詩發展的流變看，強調理致、追求「看似尋常最奇崛，成如容易卻艱辛」筆力的詩歌創作，力求突破唐詩，與新學力求超越傳統經學，是一以貫之的。王安石的詩歌之所以特出宋詩之中，在於王安石思維、技巧及語言的獨特之處，「新」、「精」是它的精神。

「以文字爲詩，以才學爲詩，以議論爲詩」是宋詩的創作潮流〔註 18〕，

〔註 15〕嚴羽撰《滄浪詩話》中以「人物論」的北宋五種詩體即有「王荊公體」，人民文學出版社，1983 年，第 59 頁。

〔註 16〕葉夢得《石林詩話》，《歷代詩話》，中華書局，1981 年，第 419、406 頁。

〔註 17〕胡應麟《詩藪》外編卷 5，上海古籍出版社，1979 年，第 227 頁。

〔註 18〕嚴羽《滄浪詩話》人民文學出版社，1983 年，第 26 頁。

學問思理致作為詩人必備涵養間接體現在詩歌中，而學問智力的投放又須「渾漫與」，保持詩歌的性質，王安石孜孜以求的也就是這種境界。梁啓超認為「宋初承晚唐之陋，西崑體盛行，起而矯之，歐公與梅聖俞也，由是而自闢門戶卓然成家者，荊公與東坡山谷也」，「山谷為西江派之祖，其特色在拗硬深窈，生氣遠出，然此體實開自荊公，……祖山谷必當以荊公為祖之所自出，以此言之，則雖謂公開宋詩一代風氣，亦不為過」〔註19〕。在宋調理致深遠、立意生新的追求上，王安石可以說上承梅堯臣，下啓黃庭堅。當然，王氏研煉詩意與他新學闡釋一樣，不免有推求理致太過、分析過細的痕跡，但總體還是能推陳出新，鍛鍊自然。像他常為人所道的「細數落花因坐久，緩尋芳草得歸遲」一聯（《北山》）〔註20〕，《石林詩話》評：「字字細考之若經隱括權衡者，其用意亦深刻」〔註21〕，前人「坐久落花多」、「花殘步履遲」之類，直白如話，純粹描述眼前景象，王氏此詩清楚道出因果聯繫，坐久是因為細數落花，遲歸是因為緩尋芳草，確實經過大腦的一番加工安排，與唐人「尚隔一關」。

在營造渾然天成的詩歌意境上，王氏充分發揮了他治學才長處，能解求「字」的意蘊，能深入事物精神，用新字，出新意。像《泊船瓜洲》的「春風又綠江南岸」〔註22〕，「綠」字之前改過「到」、「過」、「滿」等十幾字，綠活用作動詞，使春風有了視覺形象，不像它字只從風的流動入手，顯得抽象。又如《金明池》的「緩隨風轉柳如癡」〔註23〕，「癡」點染出柳條的纏綿之態，寫出事物之精神。他大量的運用數字，並做出精細的安排，營造出獨特的審美意境，像「一水護田將綠繞，兩山排闥送青來」（《書湖陰先生壁》）、「縱橫一川水，高下數家村」（《徑暖》）、「梅殘數點雪，麥漲一川雲」（《題齊安壁》）、「換得千蘴為一笑，春風吹柳萬黃金」（《雪幹》）〔註24〕，這種利用數字誇張或和諧比例呈現的畫面，在唐人筆端也不少見，但在荊公筆下這種畫境確確實實是經過攝取設計的。

立意深遠的翻案詩、說理詩則與新學的精神更是直接相通，闡發前人未

〔註19〕梁啓超《飲冰室合集》第7冊《王荊公》，中華書局，1989年，第204頁。
〔註20〕李壁《王荊文公詩箋注》，上海古籍出版社，2010年，第1090頁。
〔註21〕葉夢得《石林詩話》，《歷代詩話》，中華書局，1981年，第406頁。
〔註22〕李壁《王荊文公詩箋注》，上海古籍出版社，2010年，第1137頁。
〔註23〕同上，第893頁。
〔註24〕同上，第1120、522、997、1045頁。

能發明的深刻之見，發揮孟子那種平視諸侯的精神，所以《明妃曲》其一從常識常理去發表議論，應對前人的種種歸咎、惋惜，「意態由來畫不成，當時枉殺毛延壽」〔註25〕，認爲悲劇的主因在漢元帝，而勸解明妃語「君不見，咫尺長門閉阿嬌，人生失意無南北」，不妨看做王氏的心聲，客觀理性，高出許多陳見之上，其二更是大膽爲明妃設想，「漢恩自淺胡自深，人生樂在相知心」，雖借胡兒之口道出，但確實是顚覆了前人評論的庸俗價值觀。又如《北陂杏花》：「縱被春風吹作雪，絕勝南陌碾作塵」〔註26〕，可以說是荆公的心志的寫照，他不同流俗的價值取向也提升了詩歌的境界。聯想上的新奇出於這種超越前人的追求，像《杏花》：「嫣然景陽妃，含笑墮宮井。悵然有微波，宮妝壞難整」〔註27〕，從臨水照花、漣漪輕起想到美人墮井、殘妝難整。

　　王安石詩作表現出來的思維、語言和技巧的特點與新學的精神是相通的，學術上求新變求深度的努力，放在詩歌創作上，開創了立意生新，造語新警的局面。

〔註25〕李璧《王荆文公詩箋注》，上海古籍出版社，2010年，第141頁
〔註26〕同上，第1084頁
〔註27〕同上，第22頁。

第五章　南豐二曾和蒲城章氏

第一節　曾布、曾肇的政治立場與家族利益

　　曾布，字子宣，被列入《宋史》「姦臣傳」，將他定爲姦臣，是因爲他作爲新黨的主要人物參與制定並推行變法，推動「紹述」。梁啓超在《王安石評傳》爲他辯白：「布爲曾鞏弟，其佐荊公行新法，功與惠卿埒，《宋史》亦以入《姦臣傳》，吾以本傳之文考之，不能得其所謂姦者何在？曾子宣者，千古骨鯁之士，而其學其才，皆足以輔之，南豐可云有弟，而荊公之得士，亦一夔而足者也。荊公之冤，數百年來爲之昭雪者尚有十數人，而子宣之冤，乃萬古如長夜，吾安得不表而出之。」〔註1〕確實，曾布並無擅權誤國之舉，相反，他是新黨激進派裏頭有遠見的變革者，無論是爲國家爲個人權力家族利益，他都擅長長線布局，所以從變革者的角度看，曾布有幾次與主政者悖行頗費人思量。在新法推行遭到阻力時，王安石曾說：「自議新法，始終言可行者，曾布也；言不可行者，司馬光也；餘皆前附後叛，或出或入。」〔註2〕曾布是青苗、保甲、農田水利諸法的主要執行者，在熙寧三年到熙寧五年新法施行期間，對王安石的輔助無人能出其右，劉摯說：「布爲檢正判司農寺，安石託以腹心。故其政皆出於布之謀，其法皆造於布之手。」〔註3〕並不過分。

〔註1〕　梁啓超《飲冰室合集》第7冊《王荊公》中華書局，1983年，第172頁。
〔註2〕　脫脫等《宋史》卷471《曾布傳》，中華書局，1977年，第13714頁。
〔註3〕　李燾《續資治通鑑長編》元祐元年閏二月甲辰條，中華書局，1986年，第369卷，第8900頁。

曾布還爲堅定神宗變法的決心做了有力的游說〔註4〕，熙寧六年，在青苗、免役法的爭論風潮過後，市易法的推行又激起了矛盾，神宗命曾布追查市易法存在的問題，曾布在報告王安石之後，又向神宗直陳市易法推行過程中存在的弊病，認爲呂嘉問實行市易法是挾官府之勢行兼併之實，反倒妨礙財貨流通，其大意爲：

> 天下之財匱乏，良由貨不流通；貨不流通，由商賈不行；商賈不行，由兼并之家巧爲摧抑。故設市易於京師以售四方之貨，常低印其價，使高於兼并之家而低於倍蓰之直，官不失二分之息，則商賈自然無滯矣。今嘉問乃差官於四方買物貨，禁客旅無得先交易，以息多寡爲誅賞殿最，故官吏、牙駔惟恐裒之不盡而息之不夥，則是官自爲兼并，殊非市易本意也。〔註5〕

可以說這番論斷是準確的，市易法的願景是美好的，但在設計上卻是惡法，妨礙市場流通。王安石、神宗都沒有相信曾布的論斷，而是再令呂惠卿、章惇調查，得出了不同的結論，曾布因此獲罪，在變法首腦人物看來，他真正的罪名是阻礙新法推行。問題出在曾布指出弊病的背景，當時變法受到的非議很多，神宗是迫於天災、宗室壓力才要求曾布調查，他希望得到一份正面的評估，爲新法的繼續推行減少阻力，但是曾布在呂惠卿、章惇調查後仍據理力爭，在容不下一絲差錯被指摘的主政者看來未免太不顧全大局，被王安石視爲「沮害」市易法。從曾布的角度考慮，公開市易法的弊病可以挽救錯誤，將變法引回正確的的道路上，也避免傷害京師的貿易，以免將來醞成更大的矛盾。他是一個堅定的變革者，也是一個堅持變法初衷的實行者，勇於直面錯誤。

　　雖然此後曾布一再被呂惠卿打壓，但是他不變改革的方向，司馬光上臺

〔註4〕 脫脫等《宋史》卷471《曾布傳》：「與呂惠卿共創青苗、助役、保甲、農田之法，一時故臣及朝士多爭之。布疏言：『陛下以不世出之資，登延碩學遠識之臣，思大有爲於天下，而大臣玩令，倡之於上，小臣橫議，和之於下。人人窺伺間隙，巧言醜詆，以譁眾罔上。是勸沮之術未明，而威福之用未果也。陛下誠推赤心以待遇君子而屬其氣，奮威斷以屏斥小人而消其萌，使四方曉然皆知主不可抗，法不可侮，則何爲而不可，何欲而不成哉？』布欲堅神宗意，使專任安石以威脅眾，使毋敢言。故驟見拔用，遂修起居注、知制誥，爲翰林學士兼三司使。韓琦上疏極論新法之害，神宗頗悟，布遂爲安石條析而駁之，持之愈固。」中華書局，1977年，第13714頁。

〔註5〕 脫脫等《宋史》卷471《曾布傳》，中華書局，1977年，第13715頁。

要求他修改役法，他斷然拒絕曰：「免役一事，法令纖悉皆出己手，若令遽自改易，義不可爲。」〔註6〕寧可外調。

哲宗朝後期、徽宗朝，新黨得勢，曾布支持紹述的同時又強調制衡，並和章惇展開權力上的爭奪，前人也指出了他陰持兩端、玩弄權術的一面，像羅家祥指出他：「曾布的政治活動貫穿著其獨創的一套官場哲學，即在君臣之間、同僚之間，適度地保持一定的政治張力，並不斷地隨政治環境的變化加以調整，從而使自己立於不敗之地，兼而達到政治上的目的。」〔註7〕曾布建中靖國給曾肇的一封書信頗能說明這套哲學：

> 布自熙寧立朝以至今日，時事屢變，惟其不雷同熙寧、元豐之人，故免元祐之禍；惟其不附會元祐，故免紹聖之中傷，坐視兩黨之人反復受禍，而獨泰然自若，其自處，亦必粗有義理，以至處今日風波之中，毅然中立，每自謂存心無愧於天，無負於人。「神之聽之，介爾景福」，使此言不足信則已，若果有此理，元祐及惇、卞之黨，亦何能加禍於我者？恐未至貽家族之禍，爲祖考之辱，而累及親友也。〔註8〕

當時章惇、蔡京等人已遭貶逐，舊黨紛紛回朝，大有再次掌權報復新黨之勢，朝廷局勢未明，曾肇勸曾布「引用善人」，避免「曾氏之禍」，從回信看，剛除掉對手備受重用的曾布對自己命運的估計是過於樂觀了，他「自謂存心無愧於天，無負於人」，認爲自己主持中立，不會招致報復，舊黨必欲恢復元祐之法，徽宗起用蔡京再行「紹述」，曾布遭到放逐打擊，也牽連到他的家族。曾布自謂中立人士，但他確屬新黨無疑，無論是「紹述」還是「建中靖國」，他較爲中立的態度下的底線是繼續變革，包括修正新法不合理的地方，而不是走元祐的道路，他與新黨激進派章惇、蔡卞等人的矛盾也只是來自於恢復熙豐新法、打擊舊黨上的力度。總的來說，曾布對元祐舊黨網開一面、不事必以熙豐爲是，從長遠看更有利於國家的利益和士大夫的發展，像他在元符二年針對當時國家的財政情況，反對於熙河之外創建州縣、請求緩行保甲法，認爲「元豐法未盡，恐不可不改。」在當時凡熙豐所定皆不可改的情況下，

〔註6〕脫脫等《宋史》卷471《曾布傳》，中華書局，1977年，第13715頁。

〔註7〕羅家祥《曾布與北宋哲宗、徽宗統治時期的政局演變》，華中科技大學學報，2003年第2期。

〔註8〕楊仲良《宋皇通鑒長編紀事本末》卷130《徽宗皇帝·久任曾布》，《續修四庫全書》，上海古籍出版社，2002年，第387冊，第383頁。

也能實事求是，招致同僚攻擊。他在官場上的哲學是在保身之外也充分考慮國家的發展。

　　曾肇，字子開，曾鞏、曾布之弟，從政治表現看，應歸入新黨隊伍，他是新黨中較爲中立的人物。楊時爲他做了《曾文昭公行述》和《神道碑》，《宋史》給他的評價很高：「以儒者而有能吏之才。宋之中葉，文學法理，咸精其能，若劉氏、曾氏之家學，蓋有兩漢之風焉。」〔註9〕作爲南豐曾氏家族又一位出色的文臣能吏，他的政事、文才常常爲後人拿來與兄長比較。他排行第六，年齡與排行第五的曾布較爲接近，與曾布感情也最爲深厚，在仕途上患難與共。「諸曾皆出王半山門下」〔註10〕，作爲王安石正式的門生，曾肇在政見上也傾向於新黨。他雖與曾鞏年齡相差近三十歲，但個性卻更接近於曾鞏，謹慎沉著，中正平和，他形容曾鞏的性格這段話，放在他自己身上也很貼切：「其爲人惇大直方，取捨必度於禮義，不爲矯僞姑息以阿世媚俗。弗在於義，雖勢官大人不爲之屈，非其好，雖舉世從之，不輒與之。」〔註11〕除了性格，曾肇在文章上的風格也更接近曾鞏，平和質實、明晰懇切。

　　在學術、政事、文章的傳承上，師友淵源與家學淵源是非常重要的兩個紐帶，而在自然法則與社會規律下，人才的培養延續是一項艱巨的事業。南豐曾氏代有文學精英出現，依靠科舉入仕，經營家族，是家學傳承的成功範例。在曾氏兄弟身上，非常典型的體現了宋代士大夫對家族經營的重視和努力，以及文人與家族命運的緊密聯繫。曾鞏八歲喪母，二十八歲喪父，長兄亦早逝，兄擔父任，挑起家庭的重擔，三十八歲才與其弟曾牟、曾布及堂弟曾阜一同登進士第一。曾布在實現個人抱負、謀求高位的同時，也時刻謹記家族的利益。曾肇與兄長感情親厚，禍福同擔，「兄布以論市易事被責，亦奪肇主判。滯於館下，又多希旨窺伺者，眾皆危之，肇恬然無慍」〔註12〕，在兄長身居高位時，時刻提醒他以家族爲重，像他建中靖國提醒曾布：「兄方得君，當引用善人、翊正道，以杜惇、卞復起之萌。而數月以來，所謂端人吉士，繼迹去朝，所進以爲輔佐、侍從、臺諫，往往皆前日事惇、卞者。一旦

〔註9〕 脫脫等《宋史》卷319《曾肇傳》，中華書局，1977年，第10392頁。

〔註10〕 方回選評、李慶甲集評校點《瀛奎律髓彙評》卷28《陵廟類》，上海古籍出版社，1986年，1230頁。

〔註11〕 曾肇《曾舍人鞏行狀》，《全宋文》，巴蜀書社，2006年，第2381卷，第91頁。

〔註12〕 脫脫等《宋史》卷319《曾肇傳》，中華書局，1977年，第10393頁。

勢異今日，必首引之以爲固位計，思之可爲慟哭。比來主意已移，小人道長。進則必論元祐人於帝前，退則盡排元祐者於要路。異時惇、卞縱未至，一蔡京足以兼二人，可不深慮。」〔註13〕對當時的形勢有更清醒的認識，當他受到曾布牽連，晚年經歷黨錮後，與兄長患難與共，「（曾布）還居潤州里第，兄弟戴白相從，人所歆慕。歲餘，二公同時寢疾，公遽命諸子：『以生不及養太師，歿必返其墓下。』自是旬日，語不及家事。魯公薨，翼日，公亦不起。」〔註14〕可謂手足情深。

　　曾肇秉持的是儒家的政治理想，正如他受打擊貶謫時在《徐州謝上表》所說「懷是古之至愚，抱守官之獨見」〔註15〕，堅持他所認爲正確的儒家理念，不爲流俗、勢利所動。他的政治才能，不只表現在精通禮制典籍、史冊書翰，還在於秉誠直言、顧全大局，像「太常自秦以來，禮文殘缺，先儒各以臆說，無所稽據。肇在職，多所釐正。親祠皇地祇於北郊，蓋自肇發之，異論莫能奪其議。」熟悉禮制、堅持傳統；在具體的政事上，他能明辨是非、委婉勸諫，而不附和時勢，在節操上與彭汝礪相近，二人志趣相投，同在王氏門下，在熙寧初同爲國子直講，在元祐間又同爲蔡確辯白，實爲終生相互砥礪扶持的摯友。

　　曾肇的起用，是熙寧初被王安石提拔爲國子直講，據《曾文昭公行述》：「是時，上方向用儒臣，欲以經術造士，近臣（王安石）言公經行，宜居首善之地，不宜淹留一郡，有旨延和殿賜對，公所陳皆上欲所聞者，酬問久之，殆將更僕矣，除崇文校書，兼國子直講。」〔註16〕後爲曾公亮作行狀，受到神宗賞識，遷國史編修官。他陞遷得較快的時候，跟彭汝礪一樣卻是在元祐初，因爲他們二人都長於學術，而對政治實務接觸較少。「（曾肇）元祐初，擢起居舍人。未幾，爲中書舍人」。舊黨中偏激的人物一直對他心存顧忌，而他身處壓力下仍不爲身計而爲國謀慮，「黨論屢起，肇身更其間，數不合」〔註

〔註13〕脫脫等《宋史》卷319《曾肇傳》，中華書局，1977年，第10395頁。
〔註14〕楊時《曾文昭公行述》，《全宋文》，巴蜀書社，2006年，第2694卷，第21頁。
〔註15〕曾肇《徐州謝上表》，《全宋文》，巴蜀書社，2006年，第2376卷，第4頁。
〔註16〕楊時《曾文昭公行述》，《全宋文》，巴蜀書社，2006年，第2694卷，第21頁。
〔註17〕脫脫等《宋史》卷319《曾肇傳》《宋史·曾肇傳》：「論葉康直知秦州不當，執政訝不先白，御史因攻之。肇求去，范純仁語於朝曰：『若善人不見容，吾輩不可居此矣。』力爲之言，乃得釋。」中華書局，1977年，第10393頁。

17），大多數情形下主張與執政者不一，這也是他雖不鮮明主張熙寧法令，卻被歸入新黨的依據。

元祐二年，太皇太后高氏受冊，「詔遵章獻故事，禦外朝文德殿」，但曾肇根據高太后掌事以來一直在內朝延和殿辦事、僅到過崇政殿的情況，提建議：

> 天聖初，兩制定議受冊崇政，仁宗特改為，此蓋一時之制。今帝述仁宗故事，以極崇奉孝敬之誠，可謂至矣。臣竊謂太皇當於此時特下詔揚帝孝敬之誠，而固執謙德，屈從天聖兩制之議，止於崇政，則帝孝愈顯，太皇之德愈尊矣。〔註18〕

提議高太后「屈從天聖兩制之議」，坤成節上壽，議令百官班崇政，曾肇又建言太后避免等同章獻，宜如三年之制。這些上書，引用典故，又極稱高氏謙恭，褒揚退讓的美德，表面上設身處地為高太后著想，從禮節上為其設計突出美德的方法，實際隱含了曾肇的良苦用心，他擔憂的是高氏如果遵從這些逾制的待遇，等於宣告了她獨裁的地位，將會再次出現章獻太后劉氏專權的局面。曾肇並沒有在政務上與舊黨針鋒相對，但他從自身熟悉的禮制上進言牽制不合理的舉措，防止高氏影響力過度膨脹。

曾肇熟悉典章制度，所以進言多從這些角度出發。元祐二年，韓維奏范百祿事，太皇太后以為讒毀，出守鄧州，曾肇認為太皇太后只是懷疑韓維，並未公示他的奏言和實證，堅持不草制。元祐三年，王覿議論蘇軾、胡宗愈等人拔用不當，出守潤州，范純仁、劉摯等也以為胡宗愈不協人望，曾肇又繳還詞頭。此二事高氏專權，祖護親從范百祿以及她所賞識信賴的胡宗愈，破壞言事用人制度，但曾肇還要犯顏進書、懇切進言維護制度：「朝廷進退執政大臣，上繫國體，下動人聽，苟有未安，所害不細」〔註19〕，以為對執政大臣的處理應當審慎，而不能憑統治者的臆斷，統治者若以疑似逐大臣，則勢必破壞君臣關係。《繳王覿外任詞頭奏》更指出王覿任言官，以盡言獲罪，而天下言路將閉塞。結果韓維、王覿遭外任，曾肇也得到執政大臣的挽救才免罪，但正如他評價自身所言：「三年於此，辨別忠邪，賞罰功罪，無不曲當」

〔註18〕 曾肇《上宣仁皇后論文德殿受冊奏》，《全宋文》，巴蜀書社，2006年，第2376卷，第15頁。

〔註19〕 曾肇《封還韓維罷門下侍郎詞頭奏》，《全宋文》，巴蜀書社，2006年，第2377卷，第19頁。

〔註 20〕，剛被免罪，他又針對高氏與一干執政等大肆興堂除等名目，內降與親近差遣官職，上書請求宮中杜絕請謁。因為事關執政高官的複雜的利益，他委婉地以仁宗降詔約束的典故爲警戒，提倡正當的用人途徑〔註 21〕。

　　元祐三年，他因出使契丹考察過民情，極力勸阻朝廷大興河役，指出元祐初濫恩收買民心、對神宗朝儲備的財物無度揮霍的行爲，「往時積穀雖多，因去年遣使賑濟，務在大發倉稟，雖不甚災傷地分與上等優足之家，例皆賑貸，儲蓄殆空。……雖以先朝所蓄餘錢或可以支，後將何以繼之乎？」（《乞罷來年大興河役奏》）後回河事果如曾肇所言，而其中反覆依違的官員張景先卻得到陞遷，曾肇又繳還詞頭，乞求重黜。

　　新黨主政，元符三年日食，他草擬詔書求言，並爲被放逐的元祐舊臣作訓詞。陳瓘、龔原因爲上書獲罪，無人聲張，肇極力論解。

　　曾肇論事正直，而且委婉詳備，顧慮周全，他是在事理上而非在氣勢上使人無辯駁餘地。他對於自身的委屈，卻無意去辨析，像他受曾布市易案牽連，不得陞遷，毫無不快。蔡確「車蓋亭詩案」起，曾肇與彭汝礪相約不附和行事，剛好他從中書舍人除給事中，彭汝礪獨封還制書，舊黨別有用心者謂肇賣友，曾肇也不自辨，彭汝礪爲他不平辯白，他反倒勸慰彭汝礪。元符時他雖得到哲宗賞識，但論者彈劾他修《神宗實錄》沒有充分彰揚神宗的功績，他也不分辯。

　　雖然曾肇正直敢言，又受曾布牽連，但他個性溫和敦厚，所以仕途雖也較爲曲折，還未至於如大部分新黨文人一樣有大幅度起落。元祐間，他以寶文閣待制知潁州，徙鄧、齊、陳州、應天府。元符間，他出知徐州，徙江寧府，歷泰州、海州。崇寧間，又罹黨錮，有病勞之苦，但「天資仁厚」，「更十一州，類多善政」。在逆境中，他始終以寬厚的心態對待，像晚年貶濮州團練副使、汀州安置，「在汀二年，杜門不與人接，日閱書數卷而已。室內僅容一榻，坐臥其中，若將終身焉。人不堪其憂，而公處之裕如也。」〔註 22〕展現了超脫的境界。

〔註20〕　曾肇《再論韓維不當罷門下侍郎奏》，《全宋文》，巴蜀書社，2006 年，第 2377
　　　　卷，第 20 頁。

〔註21〕　曾肇《進仁宗朝戒飭內降詔書事蹟乞禁止請謁奏》，《全宋文》，巴蜀書社，2006
　　　　年，第 2376 卷，第 25 頁。

〔註22〕　楊時《曾文昭公行述》，《全宋文》，巴蜀書社，2006 年，第 2694 卷，第 22
　　　　頁。

第二節　曾鞏文風對曾布、曾肇的影響

　　曾布現存著述不多，《宋史‧藝文志》載有《曾布集》三十卷，今遺詩十首八句，詞八首，爲論大麯者所重，文有小部分章奏及《曾公遺錄》三卷。曾布「年十三而孤，學於兄鞏」〔註23〕，他的文風也受到了曾鞏的影響，相對於曾鞏長於紆徐不煩地討論道德倫理，曾布更長於明白詳盡地解析政治事務，充分發揮了這種質實的文風的在議論財政、探討變法上的長處，他現存的文章大多是史書引用節選的表奏，難以窺見文章原貌，像比較完整的《條奏役法疏》就比較見功力，此文開頭從當時的輿論形勢、神宗的意圖、可能發生的變化等方面入手，體察入微，兼以論自己最爲熟悉的業務，所以胸有成竹，將諸般因素清楚明白地道來，又不顯得繁雜或者生硬，正得其兄議論手法，接下來再詳細逐條駁斥批評的不實，思慮周全，無懈可擊。這種周密的敘議結合筆法，正與其兄曾鞏《越州趙公救災記》相似。曾布的周密思維也來自於他的日常生活方式，事無鉅細皆留心記錄思考，據《清波雜志》記載：

　　　　元祐諸公皆有日記，凡榻前奏對語，及朝廷政事、所歷官簿、一時人材賢否，書之惟詳。向於呂申公之後大劚家得曾文肅子宣日記數巨帙，雖私家交際及嬰孩疾病、治療醫藥，纖悉毋遺。時屬淮上用兵，擾擾不暇錄，歸之。後未見有此書。〔註24〕

在他人側重公事記錄的時候，曾布已經連「私家交際及嬰孩疾病、治療醫藥」都一併記錄，可謂處處留心，這也是他寫文章能準備充分、解析明白的基礎。

　　曾肇著述豐富，宋史載有「《曲阜集》四十卷，《外集》十卷，《奏議》十二卷，《邇英進故事》一卷，《元祐外制集》十二卷，《庚辰外制集》三卷，《內制集》五卷，《尙書講義》八卷，《曾氏譜圖》一卷」，稱他：「自少力學，博覽經傳，爲文溫潤有法。」〔註25〕現有《曲阜集》四卷。四庫館臣考證，明永樂十年其裔孫刊行奏議，序言證明在明初原集尙存，並稱讚：「其制誥亦爾雅典則，得訓詞之體。雖深厚不及其兄鞏，而淵懿溫純，猶能不失家法。」〔註26〕他的行文溫潤，主要來自於個性學養，而法度，則多得兄長指點。王應麟

〔註23〕脫脫等《宋史》卷471《曾布傳》，中華書局，1977年，第13714頁。
〔註24〕周煇《清波雜志》第6卷，中華書局，1994年，第238頁。
〔註25〕脫脫等《宋史‧藝文志》七，中華書局，1977年，第208卷，第5370頁。
〔註26〕永瑢等《四庫全書總目提要‧曲阜集》，《影印文淵閣四庫全書》，上海古籍出版社，1987年，第4冊第129頁。

《辭學指南》指出：「散文當以西漢詔爲根本，次則王岐公、荊公、曾子開詔，熟觀然後約以今時格式，不然則似今時文策題矣。」〔註27〕甚至以王珪、王安石、曾肇的詔策文爲典範。曾鞏的散文自成一家，曾肇則以詔策見長，在胡應麟眼中能與王珪、王安石並論，可見他在學習兄長的基礎上能有所超越。

曾氏的家法，對曾肇的文風影響巨大。曾肇以一種非常崇敬的態度爲曾鞏寫了行狀，用其少有的激揚文字對他的文章、人格進行禮贊，與蘇轍誇獎兄長蘇軾的文字恰成反比。對此，《邵氏聞見後錄》特意指出，認爲他將曾鞏與師長歐陽修並稱不當，而對兄長的稱許過於誇張。

> 子開於歐陽公下世之後，作《子固行述》，乃云「宋興八十餘年，海內無事，異材間出。歐陽文忠公赫然特起，爲學者宗師。公稍後出，遂與文忠齊名。」予以爲過矣。張籍《哭韓退之》詩云：「而後之學者，或號爲韓張。」退之日，籍、湜輩者，學者曰「韓門弟子」，不曰「韓張」也。蘇東坡曰：「文忠之薨，十又八年。士庶所歸，散而自賢。我是用懼，日登師門。」有以也夫。曾子開論其兄子固之文曰：「上下馳騁，愈出而愈新。讀者不必能知，知者不必能言。蓋天材獨至，若非人力所能，學備精思，莫能到也。」又曰：「言近指遠，雖《詩》《書》之作，未能遠過也。」蘇子由論其兄子瞻之文曰：「遇事所爲詩騷銘記書檄論撰，率皆過人。」又曰：「幼而好學書，老而不倦。自言不及晉人，至唐褚薛顏柳，彷彿近之。」子開之言類誇大，子由之言務謙下，後世當以東坡、南豐之文辨之。〔註28〕

曾肇與蘇轍對兄長評論的反差，正反映了文學評論上的一個難題，對非常親近熟悉的人客觀評價之難。曾肇對於年長他近三十歲、有撫養教導之恩的兄長的仰望，以至於他所看到的曾鞏是父親和師長的結合體，「矧公於肇，屬則昆弟，恩猶父師」〔註29〕，曾鞏的學術文章在他心目中，正如高山汪洋，不能盡道其高妙；而蘇轍與兄長僅相差三歲，一起讀書中舉，在仕途上表現甚至比兄長還老成，蘇軾天才縱橫，所作文自然而發，旁人看來高深的文章在熟視的蘇轍看來，也就是兄長的如實發揮而已，讚美反倒是不必要的虛飾。

〔註27〕 王應麟《玉海》卷202之33，江蘇古籍出版社，1987年，第3698頁。
〔註28〕 邵博《邵氏聞見後錄》卷14，中華書局，1983年，第109～110頁。
〔註29〕 曾肇《曾舍人鞏行狀》，《全宋文》，巴蜀書社，2006年，第2381卷，第91頁。

曾肇與蘇轍的評論，其實都符合他們內心對兄長的感情和評價，讀者須辨別背景。而曾肇文采斐然的評價，也向我們揭示了曾氏家法的要義：

> 公生於末俗之中，絕學之後，其於剖析微言，闡明疑義，卓然自得，足以發六藝之蘊，正百家之繆，破數千載之惑。其言古今治亂得失、是非成敗、人賢不肖，以至彌綸當世之務，斟酌損益，必本於經，不少貶以從俗，非與前世列於儒林及以功名自見者比也。……世謂其辭於漢唐可方司馬遷、韓愈，而要其歸，必止於仁義，言近指遠，……〔註30〕

就是在內容和文風上都強調眞淳樸實的儒家風範，這也正是朱熹爲曾肇作年譜，並在序言中給予曾肇極高讚賞的原因：「予讀曾氏書，未嘗不掩卷廢書而歎，何世之知公淺也！蓋公之文高矣，自孟、韓子以來，作者之盛，未有至於斯。」〔註31〕

曾鞏早年的文章，不是不能爲奇崛絢爛之詞的，但是他經過歐陽修的指點，漸漸將文章鍛鍊得平易質實，歐陽修的《送吳生南歸》就講到：「我始見曾子，文章初亦然。崑崙傾黃河，渺漫盈百川。決疏以道之，漸斂收橫瀾。」〔註32〕曾肇在學習文法中，也把握了這一關鍵。總而言之，曾氏的文法，「紆徐而不煩，簡奧而不晦」，個性不突出，在歐蘇等風格更爲鮮明的大家映襯下能卓然獨立，有其內在的精神。它與個人內在修養關係密切，意在摒棄詞采華茂、文勢迭宕，而突出內容的質實，作文致意的眞淳，一語概之，即誠實。

相對於行於世、奪人目的奇詞華章，曾氏的作文更重視實質，它既不拘泥於要文以載道，堅持迂闊的守道態度，而是飽含誠意將事理平實寫來；也不局限於政治實用，將文章當做器物，研鍊詞章。他在《謝史成受朝奉郎表》中說道：「竊以簡冊之傳固多，帝王之書爲重；文章之用非一，述作之體爲難。……《典》、《謨》之辭略而雅，《春秋》之法謹而嚴。子長雖繆於是非，見稱事核；孟堅頗推於詳贍，或患文繁。……幼聞道於父兄，粗知好古；長論文於師友，竊慕著書從然而植性昏冥，受材濩落。有淺見寡聞之累，無屬

〔註30〕曾肇《曾舍人鞏行狀》，《全宋文》，巴蜀書社，2006 年，第 2381 卷，第 91 頁。

〔註31〕朱熹撰，尹波、郭齊點校《朱熹集》卷 75，四川教育出版社，1997 年，第 8735 頁。

〔註32〕轉引自邵博《邵氏聞見後錄》卷 14，中華書局，1983 年，第 109 頁。

辭比事之長。」〔註 33〕雖是論著史，但在追溯史書傳統、點評文字的同時，又議論自身長短，其實將文章推到極高的位置，其中包含了對斯文高雅的傳統的認知。而言事說理確是曾氏所重，也是曾氏所長，曾鞏、曾肇都很好地把握了古典詞章與當時平易文風的交匯分寸。

　　曾肇的文章雖然沒有蘇軾等人的個性鋒芒與創造色彩，也不像沈括一樣淵雅博學，古奧巧構，但是他的長處就在於明白誠實，所謂文如其人。起草在語言上有距離感，又有體制上的限制，但是仍需將統治者的意旨表達清楚的制誥，明白誠實並非易事。他的《元符日食求言詔》歷來爲人所稱道，除了敢於在新黨打擊舊黨的時期起草求直言的詔書外，還在於他代皇帝寫出了求言的懇切、治國的意圖，典雅工整，又將對待直言者的態度表達得清楚明白。在當時的局勢下，取得了非常強烈的回應，在制誥這種嚴肅宏大的文體中融入了詞臣的誠意。

　　而他個人的書表，則在情感非常激烈的情況下，仍能保持一種平實理智的表述，含蓄得體，令人信服。如《宣州謝上表》是他用典故最多的謝表，作者堅持直諫的立場非常鮮明，對於朝廷的不公、官場的攻訐，通過典故和曲筆表達出來，詞章工整、典雅不晦。「信而後諫，愧無平仲之言；罪不容誅，誤脫成湯之網。屈嚴科而賦命，畀善地以寧親。聖澤隆寬，自古未有。愚心感激，欲報何從？伏念臣蔽蒙之人，迂闊於事。以直道爲敬天之實，以詭情爲駭俗之非。殺其身有益於君，行之無悔；見其利不顧其義，死莫敢爲。知萬折而必東，故三已而無慍。汲黯之戇，寧免世嫌；子文之忠，蓋出天性。切服兩宮之知遇，稍希八彥之激昂。故有橫逆之來，曾無左右之助。口欲清而愈濁，外無正而不行。徒傷忠敬之難明，亟比欺誣之重坐。……」〔註 34〕

　　曾肇的文氣較曾鞏溫潤之處，就在於誠實明白之外的一點情採，雖不多，亦足以起寡淡，遠刻板，在夫子道理筋骨之外〔註 35〕，更近於歐陽修。他在貶謫任上，一再致意，將自身固守的道義、對朝廷的忠誠俯仰曲折地表達出來，紆徐不煩，像他的《陳州謝上表》：

〔註33〕曾肇《謝史成受朝奉郎表》，《全宋文》，巴蜀書社，2006 年，第 2376 卷，第
　　　　1 頁。
〔註34〕曾肇《謝史成受朝奉郎表》，《全宋文》，巴蜀書社，2006 年，第 2376 卷，第
　　　　6 頁。
〔註35〕呂祖謙《古文關鍵·總論》說曾鞏文：「專學歐，比歐文露筋骨。」商務印書
　　　　館，1936 年，第 3 頁。

初緣細故，輒丐徙州；繼露危誠，復求易地，圖報未伸於萬一，
冒煩已至於再三。自非明恕之朝，當在譴訶之域。聖恩甚厚，私願
弗違。視太守之章，屛愚知幸；望長安之日，感涕難勝。伏念臣託
勢至孤，叨榮過重。謀身寡術，易致於人非；竊祿無功，難逃於鬼
瞰。材微命舛，福薄災深，方祇歷下之行，忽構漳濱之疾。顧筋骸
之素憊，困藥石之交攻。氣屬如絲，識幾去幹。已分身歸於厚夜，
不圖天假於餘生。恍如夢寐之初回，憒若醒釀之未解。神明凋耗，
形體支離。念官守之尚遙，迫王程之有限，內省尪羸之質，豈堪撼
頓之勞！非敢自愛於疲癃，實懼仰慚於任使。幸修門之在望，恃延
閣之見收。叫閽自言，伏質俟罪。蓋疾痛之加者，呼父母而是懇；
精誠之至者，動金石而非難。〔註36〕

一系列副詞的運用，在典則的語句中，曲盡情意，而對病困交加中情態的描
述，「方祇歷下之行，……豈堪撼頓之勞」一節，更是情態動人。他寫亡兄的
行狀，也是深情溢於言表，用十七個「也」字，餘韻不絕〔註37〕。

第三節　曾肇詩歌對王荊公體的繼承
——兼辨析「詩如詞」的評論

曾肇的詩歌與曾鞏則不同，《後山詩話》曾曰：「世語云：蘇明允不能詩，
歐陽永叔不能賦；曾子固短於韻語，黃魯直短於散語；蘇子瞻詞如詩，秦少
游詩如詞。韓詩如《秋懷》、《別元協律》、《南溪始泛》，皆佳作也，鮑昭之詩
華而不弱，陶淵明之詩切於事情，但不文耳。」〔註38〕宋人筆記詩話引用此
語甚廣，如《漁隱叢話》、《梁溪漫志》、《野客叢書》、《隱居通議》等，所引
文字皆如上文，從字面看，語言形式對稱，意思連貫，唯有元代陶宗儀的《說
郛》引《後山居士詩話》出現了另一個版本：

世語云：蘇明允不能詩，歐陽永叔不能賦；曾子開、秦少游詩

〔註36〕 曾肇《陳州謝上表》，《全宋文》，巴蜀書社，2006年，第2376卷，第2頁。
〔註37〕 《愛日齋叢鈔》：「蘇明允《序族譜》亦用「也」字十九，及曾子開作《從兄
墓表》又用「也」字十七，……歐、王、蘇、曾各爲祖述。要知前古文體已
備，雖有作者，不能不同也。」商務印書館，1936年，第162頁。
〔註38〕 陳師道《後山詩話》此條下注：「『曾子固』三字原作『曾子開』三字，據適
園本補。」《歷代詩話》，中華書局，1981年，第312頁。

如詞。韓詩如《秋懷》、《別元協律》、《南溪始泛》，皆佳作也；鮑昭
之詩，華而不弱。陶淵明之詩，切於事情，但不文耳。〔註39〕

不僅句式不一致，「曾子開」一句無論是從形式上還是文意上看都無頭緒，看
起來就是抄《後山詩話》脫落了文字，並將「曾子固」寫成了「曾子開」，但
後人因襲此錯誤甚多，甚至影響了對曾肇詩歌的準確評價，《四庫全書總目提
要》在論及《後山詞》也說：「見其《詩話》謂曾子開、秦少游詩如詞，而不
自知詞如詩，蓋人各有能有不能，固不必事事第一也。」〔註40〕

今人呂肖奐、張劍《論北宋南豐曾氏家族詩詞創作》認為是別的版本有
意無意遺漏了「曾子開」三字，並極論曾秦詩風相近，乃女郎詩，但是無論
從版本還是文字上看，陶書抄漏文字寫錯人名的可能性更大。

今曾肇詩僅存 27 首，20 句。多為近體詩，可能本是近體一卷的殘本，不
足以謂曾肇擅近體，而謂曾肇詩如詞，甚至直接謂之女郎詩，樣本不足，論
斷也過於草率。就其僅存詩看，曾肇詩風如文風，確實有溫潤之態，雖格局
不大，但情採並不似秦觀。秦觀詩如詞，正在於擅長抒寫細膩的情感，多兒
女之態，而少士大夫之志。曾肇的詩歌確實有筆觸深細的特點，但他的深細
首先表現在詩思的深刻而非情意的深沉上，其次他抒寫情志也多是淡泊之
志，而非婉約心緒，與秦少游不同；而在具體的典故字句鍛鍊上，有荊公之
風。

作為一個擅長寫製詞的文人，曾肇性情平和、文思縝密，在詩歌上也體
現了境界平和、思致深長的特點，而非情致搖曳。他現存的詩歌氣象不大，
發抒情感的地方並不多，而且基本上都是遠離世俗、懷念鄉土之思，並無脂
粉之氣，女郎之態，像他的《海陵春雨日》，今人論其第二聯細潤柔美，但觀
全詩：

公事無多使客稀，雨時衙退吏人歸。
沉煙一炷春陰重，畫角三聲晚照微。
桑雉未馴慚報政，海鷗相近信忘機。
只將宴坐收心念，懶向人間問是非。〔註41〕

〔註39〕陶宗儀《說郛》卷 82，中國書店出版社據涵芬樓版影印，1986 年，第 8 頁。
〔註40〕永瑢等《四庫全書總目提要‧後山詞》，《影印文淵閣四庫全書》，上海古籍出
　　　　版社，1987 年，第 5 冊第 332 頁。
〔註41〕曾肇《全宋詩》，北京大學出版社，1995 年，第 1039 卷，第 11885 頁。

其實寫的是貶謫賦閒的狀態，「桑雉」、「海鷗」的典故深有寄寓，結尾更點出了遠離政治、淡泊自守的心態。頸聯也只是寫出了春陰黃昏的寂寥，殊不卑弱。又如寫景最爲精巧，有王荊公絕句之風的《淮南道中》：

> 四山蓊鬱氣朝隮，晚雨廉纖未有泥。
> 鴨綠幾尋塘水浸，鵝黃一段稻秧齊。
> 幽花布地金錢小，野蔓縈林翠幄低。
> 滿目淮南風景好，不堪時聽子規啼。〔註42〕

對仗工整，筆觸細膩，但開篇「四山蓊鬱氣朝隮」，氣格高爽，構景明晰，正有荊公《南浦》風格。結尾發歸去之思，餘味不絕，與秦觀的婉約纏綿有別。曾肇的詩歌，實多寫意志而少抒情，兼雜議論，格調較高，與其恬淡自適的性格相契。家族的期望、故鄉之思和淡泊明志是他現存詩歌的主題，在落寞中有清高之氣，像：「顧我豈能繩祖武，倚闌歸思附冥鴻。」〔註43〕又如述歸隱之志：「宦路崎嶇寄此身，羨君築室離囂塵。能將孝謹傳家法，何用聲名動世人。桑落百壺寧惜醉，竹竿千畝不憂貧。求田更欲依丘隴，來往他時願卜鄰。」〔註44〕將家族的詩書傳承放在第一位。在對隱居的嚮往中，他將友人的生活刻畫得非常美好，如《南郭隱居》：「南郭蕭條居士家，斷垣荒塹翳蓬麻。筼簹映水千竿直，罨畫當門一徑斜。老有圖書忘世累，貧無杯酌送生涯。倘來軒冕何須貴，未勝牛衣駕鹿車。」〔註45〕嚮往簡單甚至簡陋自由的生活，在詠「蜜丁」，即瑤柱時，又感歎「微生知幾何，得喪孰眞贗」〔註46〕，其所存詩所能找到的這些表達情志的詩句，都不是所謂的婉約纏綿、情感細膩。

在錘鍊字句篇章、使用典故上，曾肇所存詩雖不多，卻處處顯示出錘鍊的功力，上引較爲清淺的詩歌已經可見。他學識淵博，文字功底本就出色，在詩思的深密上，確實師承了王安石在宋調上的開創，畫境寫意精巧自然，與江西詩派又尚有一牆之隔，所以方回《瀛奎律髓》對他也有所關注，如《靈壽同年兄再以杞屑分惠復成小詩以代善謔》：

〔註42〕 曾肇《全宋詩》，北京大學出版社，1995年，第1039卷，第11884頁。
〔註43〕 曾肇《太父太師密國公賦詩江樓世稱名筆從侄子績得之以居肇緬思祖德且愛績之能繼志也爲賦一首》，同上，第11883頁。
〔註44〕 曾肇《族兄山莊》，同上，第11884頁。
〔註45〕 同上，第11885頁。
〔註46〕 同上，第11888頁。

場屋十年長，鈴齋一笑歡。微言師水薤，交分託金蘭。腹飽仙
人杖，心存姹女丹。他時玉京路，同綴侍宸官。自注：仙官有侍帝
宸，如世之侍中，謂之侍宸官，徐庶、殷浩、王嘉、何晏等皆爲之，
見《真誥》。〔註47〕

方回謂：「用『薤本水盂』以對『金蘭』誠佳而巧，『仙人杖』、『姹女丹』亦
工，侍宸之說，博洽者乃通曉。」〔註48〕這是曾肇在典故文字上的深思巧構
的一個突出典型，而像《次後山陳師道見寄韻》也與山谷風氣相近：

故人南北歎乖離，忽把清詩慰所思。
松茂雪霜無改色，雞鳴風雨不愆時。
著書子已通蝌蚪，竊食吾方逐鷾斯。
便欲去爲林下友，懶隨少年樂新知。

錢鍾書在《談藝錄》論及山谷的《再次韻寄子由》「風雨極知雞自曉，雪霜寧
與菌爭年」二句，認爲「松茂雪霜無改色，雞鳴風雨不愆時」與山谷此聯淵
源不二。可見在寫意的筆墨上曾肇也倡導了宋調的風氣。但是他現存的大部
分詩歌還是將鑄景與寫意融合得較好，高遠自然，像《出門寄家》：

出門日日念歸期，恐過歸期未得歸。
畫角數聲來別浦，孤帆一點背斜暉。
行逢山樹秋前落，坐見江雲水上飛。
盡是南人好風景，客心驚此卻依依。

構景清曠，爲避免過分工整帶來的雕琢感，作者特意融入了單行之氣，尤其
是「出門日日念歸期，恐過歸期未得歸」，化用《巴山夜雨》的句法，藝高膽
大，別出生面，但也是以才學爲詩。

要以論之，曾肇詩歌情志清高，文字巧構，造景有王荆公體之風，寫意
又近山谷體、後山體，較爲平和舒緩，實與秦觀的詩歌有別。

第四節 「奇男子」章惇跟蘇軾的友誼

在新黨文人中，章惇是個性鋒芒最爲突出的一位，張商英早年受他賞識，

〔註47〕曾肇《全宋詩》，北京大學出版社，1995年，第1039卷，第11886頁。
〔註48〕方回選評、李慶甲集評校點《瀛奎律髓彙評》卷48《仙逸類》，上海古籍出版
　　　　社，1986年，第1781～1782頁。

晚年寫信給他的兒子感慨：「安得奇男子如先相公，一快吾胸中哉！」〔註49〕
在新黨的幾個黨魁中，章惇的才智和個性非常突出，確實稱得上是「奇男子」。
《宋史》將他列入《姦臣傳》，說他「敏識加人數等，窮凶稔惡」〔註50〕，其
實無論是在私人生活還是政壇上，這位哲宗親政期間獨相六年的權臣都很「直
率」〔註51〕，好惡分明，敢作敢為。在推行新法、開拓疆土上，章惇不遺餘
力，有過人的獨當一面、殺伐決斷的才能，因而在維護新法、甚至報復破壞
新法的舊黨時，也是堅決凌厲、毫不退讓。他這種過於激烈的個性，致使許
多無關的罵名都集中在他身上，他也是我行我素，不畏世人眼光，雖然政壇
變幻紛紜，他依照本心行事，不依違取容。僅論其救蘇軾、反對立徽宗、不
以官爵私所親幾事，風節有以道德聞名的舊黨所不能及處。

　　而從才學文章上看，他也是鋒芒過人，《宋史》稱他「豪俊，博學善文」
〔註52〕。除了好勝好奇，喜歡嬉笑怒罵之外，作為一個有魄力的政治家，章
惇「性豪邁」〔註53〕，章惇早年有雄詩，氣勢不凡。

　　　　自少喜修養服氣，辟穀飄然，有仙風道骨。在東府栽桐竹，戲作

　　詩云「種竹期龍至，栽桐待鳳來。他年跨遼海，經此一徘徊」〔註54〕。
他在複雜驚險的宦途中依然能保持坦蕩從容的心境，所謂「潮來浪打船欲破，
擁被醉眠人不知」（《題李邦直家〈江干初雪圖〉》），波瀾不驚，大氣淡定。

　　《宋史》列舉章惇的罪狀，主要就是推行新法、與司馬光爭廢役法、誣
宣仁「廢孫立子」、推行「紹述」廢逐元祐黨人等，今人也有相關史學研究為
其翻案〔註55〕。章惇在政治上的表現其實與蘇軾有相近的地方，都是直率而
不合時宜，只是在實務操作、魄力膽識上，章惇更為突出。關於章惇大膽好
勝、個性獨特的記載很多，像他早年「進士登名，恥出侄衡下，委敕而出，

〔註49〕此書《全宋文》題目作《與張致平書》，引自洪邁撰《容齋四筆》卷二「張天
　　　覺小簡」，中華書局，2005年，第647頁。
〔註50〕脫脫等《宋史》卷471《章惇傳》，中華書局，1977年，第13716頁。
〔註51〕魏泰《東軒筆錄》：「章樞密惇少喜養生，性尤真率，嘗云：『若遇饑則雖不相
　　　識處，亦需索飯：若食飽時，見父亦不拜。』」中華書局，1983年，第148
　　　頁。
〔註52〕脫脫等《宋史》卷471《章惇傳》，中華書局，1977年，第13713頁。
〔註53〕蔡絛《鐵圍山叢談》卷2，中華書局，1983年，第36頁。
〔註54〕魏泰《臨漢隱居詩話》，中華書局，1985年，第11頁。
〔註55〕如陳玉潔《試論章惇》，河南大學學報，1983年第1期；李濟民《略論章惇》，
　　　唐都學刊，1988年第4期；喻朝剛《章惇論》，《史學集刊》，1997年第1期。

再舉甲科」〔註56〕，自負過人，不甘排名落後。而關於他的幾則野史更都突出了他這個特點，像：

> 蘇子瞻任鳳翔府節度判官，章子厚爲商州令，同試永興軍，進士劉原父爲帥，皆以國士遇之，二人相得歡甚，同遊南山諸寺，寺有山魈爲祟，客不敢宿，子厚宿，山魈不敢出。〔註57〕

> 與蘇軾游南山，抵仙游潭，潭下臨絕壁萬仞，橫木其上，惇揖軾書壁，軾懼不敢書。惇平步過之，垂索挽樹，攝衣而下，以漆墨濡筆大書石壁曰：「蘇軾、章惇來。」既還，神彩不動，軾拊其背曰：「君他日必能殺人。」惇曰：「何也？」軾曰：「能自判命者，能殺人也。」惇大笑。〔註58〕

> 宋人小說載坡公與章惇題名石壁事，頃見《耆舊續聞》又一事極相類。子厚爲商州推官，子瞻爲鳳翔幕簽，因差試官開院同途，小飲山寺，聞報有虎，二人酒狂，同勒馬往觀，去虎數十步，馬驚不前。子瞻乃轉去，子厚獨鞭馬向前，取銅鑼於石上憂響，虎遂驚竄。謂子瞻曰：「子定不如我。」〔註59〕

都是描繪了章惇大膽豪邁的性格，宿廢寺、渡仙游潭二事，章惇有《題東坡再跋醉道士圖後》嘲笑東坡不敢渡仙游潭，又有《遊終南題名》一文簡略記載訪問蘇軾的過程，可見筆記有所出，其文曰：

> 惇自長安率蘇君旦、安君師孟至終南謁蘇君軾，因與蘇遊樓觀、五郡、延生、大秦、仙遊，旦、師孟二君留終南回，遂與二君過渼陂，漁於蘇君旦之園池，晚宿草堂。明日，宿紫閣，惇獨至白閣廢寺，還，復宿草堂。間過高觀，題名潭東石上。且將宿白塔，登南五臺與太一湫，道華嚴，趨長安，別二君，而惇獨東也。〔註60〕

章惇維護法制不畏形勢，敢於挑戰傳統權威，在當時非常突出，他不以官爵私所親，甚至連父親也敢問罪，如「惇父冒占民沈立田，立遮訴惇，惇繫之

〔註56〕脫脫等《宋史》卷471《章惇傳》，中華書局，1977年，第13713頁。
〔註57〕丁傳靖輯《宋人軼事彙編》引《高齋漫錄》，中華書局，2003年，第689頁。
〔註58〕脫脫等《宋史》卷471《章惇傳》，中華書局，1977年，第13709～13710頁。
〔註59〕王士禎撰《池北偶談》卷8「談獻」，中華書局，1982年，第185頁。
〔註60〕章惇《遊終南題名》，《全宋文》，巴蜀書社，2006年，第1797卷，第375頁。

開封」〔註61〕，而蘇轍被誣，他也是徹查到底。他勸阻神宗越制做「快意事」
〔註62〕，也十分冒險。蘇軾犯「烏臺詩案」，親朋大多疏遠，章惇不怕受牽連，
爲他力爭，並致書問候，《自警編》有記載：

> 章子厚與蘇東坡書云：「慎靜可以處患難。」東坡佩服，嘉歎不
> 已。

> 王和甫嘗言：「蘇子瞻在黃州，上數欲用之。王禹玉輒曰：『軾
> 嘗有「此心惟有蟄龍知」之句，陛下龍飛在天而不敬，乃反欲求蟄
> 龍乎！』章子厚曰：龍者，非獨人君，人臣皆可以言龍也。』上曰：
> 『自古稱龍者多矣，如荀氏八龍、孔明臥龍，豈人君也！』及退，
> 子厚詰之曰：『相公乃欲覆人家耶？』禹玉曰：『舒亶言爾。』子厚
> 曰：『亶之唾亦可食乎？』」〔註63〕

在政事上的幾次重要的爭言，章惇都表現了他不合時宜堅持法制的膽識。在
元祐初孤立無援的情況下，他極力反對司馬光五日內盡罷免役法，雖眾人力
攻，「不貶不去」〔註64〕。哲宗親政後，盡罷元祐所施行的政策，他當時爲獨
相，也能直言不諱熙豐之弊元祐之長，如元符二年八月，他向哲宗進讀所編
修的敕令格式，有的沿襲元祐年間制定〔註65〕，並不隱瞞。他反對立宋徽宗，
在皇太后表態後，仍不識時務力爭，在《宋史・徽宗紀一》中有具體記載：

> 元符三年正月己卯，哲宗崩，皇太后向氏垂簾，哭謂宰臣曰：「家
> 國不幸，大行皇帝無子，天下事須早定。」章惇屬聲對曰：「在禮律
> 當立母弟簡王。」皇太后曰：「神宗諸子，申王長而有目疾，次則端

〔註61〕 脫脫等《宋史》卷471《章惇傳》，中華書局，1977年，第13710頁。

〔註62〕 高文虎《蓼花洲閒錄》：「神宗時以陝西用兵失利，內批出令斬一漕官。明日，
宰相蔡確奏事，上曰：『昨日批出斬某人，今已行否？』確曰：『方欲奏知。』
上曰：『此人何疑？』確曰：『祖宗以來，未嘗殺士人，臣等不欲自陛下始。』
上沉吟久之曰：『可與刺面配遠惡處。』門下侍郎章惇曰：『如此即不若殺之。』
上曰：『何故？』曰：『士可殺不可辱。』上聲色俱屬曰：『快意事更做不得一
件！』惇曰：『如此快意，不做得也好。』」中華書局，1985年，第5頁。

〔註63〕 趙善璙《自警編》，《影印文淵閣四庫全書》，上海古籍出版社，1987年，第
875冊第312頁。

〔註64〕 李燾《續資治通鑑長編》卷369，元祐元年閏二月條，中華書局，1986年，
第8899頁。

〔註65〕 李燾《續資治通鑑長編》卷514，元符二年八月條：「哲宗問：『元祐亦有可取
乎？』惇曰：『取其是者修立。』哲宗又問：『所取元祐條幾何？』惇曰：『有
數。』」中華書局，1986年，12209頁。

王當立。」惇又曰：「以年則申王長，以禮律則同母之弟簡王當立。」
皇太后曰：「皆神宗子，莫難如此分別，於次端王當立。」知樞密院
曾布曰：「章惇未嘗與臣等商議，如皇太后聖諭極當。」尚書左丞蔡
卞、中書門下侍郎許將相繼曰：「合依聖旨。」皇太后又曰：「先帝
嘗言，端王有福壽，且仁孝，不同諸王。」於是惇爲之默然。乃召
端王入，即皇帝位，皇太后權同處分軍國事。〔註66〕

《徽宗紀》的「讚語」，記載了章惇力爭批評徽宗的話：「惇謂其輕佻不可以
君天下。」這個評論相當準確，但章惇的這番力爭是以他的政治前程爲代價
的，所以剛作爲山陵使安葬完哲宗，他便被藉故罷官流放。作爲一個具有豐
富政治經驗的宰相，章惇不可能不知道直言力爭的後果，但是仍不違心附和
以保全，可見他爲國家的命運置個人得失於度外的氣度。從另一方面看，過
於剛直、性情直露，也是章惇政治上易招致敵人的一個原因。

　　章惇率眞的個性，「奇男子」的豪爽作風，讓他結交到不少政見不同的朋
友，他性好諧謔，但對友人也眞誠，孫覿有文稱：「昔章子厚記先友，凡天下
之善士舉集焉，謂今世之言交者，以爲端故，悉書所尤厚者於石表之背。」〔註
67〕章惇與蘇軾是莫逆之交，史料筆記談及他們的交情，都強調早年的情誼，
給人印象元祐後他們便交往不多，甚至反目成仇，但是章、蘇二人其實一直
保持深厚的友誼。蘇軾因「烏臺詩案」得罪後，許多友人都與他疏遠，章惇
雖在對立陣營卻去書信致問，今書信不存，但存蘇軾回信兩則，其一曰：

　　　　軾蒙恩如昨，顧以罪廢之餘，人所鄙惡，雖公不見棄，亦不欲
　　頻通姓名。

其二曰：

　　　　軾自得罪以來，不敢復與人事，雖骨肉至親，未肯有一字往來，
　　忽蒙賜書，存問甚厚，憂愛深切，感歎不可言也。恭聞拜命與議大
　　政，士無賢不肖，所共慶快。然軾始見公長安，則語相識，云：「子
　　厚奇偉絕世，自是一代異人，至於功名將相，乃其餘事。」方是時，
　　應軾者皆憮然。今日不獨爲足下喜朝之得人，亦自喜其言之不妄也。

　　　　軾所以得罪，其過惡未易以一二數也。平時惟子厚與子由極口

〔註66〕脫脫等《宋史》卷19《徽宗紀一》，中華書局，1977年，第241頁。
〔註67〕孫覿《跋朱德固所藏先世往來貼》，《全宋文》，巴蜀書社，2006年，第3477
　　　　卷，第330頁。

見戒，反復甚苦，而軾強狠自用，不以爲然。及在囹圄中，追悔無路。〔註68〕

蘇軾指出在困境中怕連累朋友的顧慮，又爲朋友的陞遷感到欣喜，對章惇的評價「奇偉絕世」、「一代異人」恰如其分，文末將章惇與弟弟蘇轍相提，可見相知相親之深。蘇、章二人的友情也促進了兩家的聯姻，《宋人軼事彙編》引《香祖筆記》：「章、蘇固姻婭，章惇甥黃師是以二女妻子由子適、遜。」〔註69〕。元祐間蘇軾知貢舉擢章惇子章援爲省元，章惇建中靖國被貶，章援有書信致蘇軾，據《雲麓漫鈔》：

> 東坡先生既得自便，以建中靖國元年六月，還次京口，時章子厚丞相有海康之行，其子援尚留京口，以書抵先生……先生得書大喜，顧謂其子叔黨曰：「斯文，司馬子長之流也。」命從者伸楮和墨，書以答之：「某頓首致平學士：某自儀眞得暑毒，困臥如昏醉中，到京口，自太守以下皆不能見，茫然不知致平在此，辱書乃漸醒悟。伏讀來教，感歎不已。某與丞相定交四十餘年，雖中間出處稍異，交情固無增損也。……海康風土不甚惡，寒熱皆適中，舶到時，四方物多有，若昆仲先於閩客廣舟中準備家常要用藥百千去，自治之餘，亦可及鄰里鄉黨。又丞相知養內外丹久矣，所以未成者，正坐大用故也，今茲閒放，正宜成此。然可自內養丹，切不可服外物也。某在海外，曾作續養生論一首，甚願寫寄，病困未能，到毗陵定疊檢獲，當錄呈也。……」〔註70〕

蘇軾被貶海南，筆記多以出自章惇設計，其實蘇軾的貶謫，自有哲宗與其它新黨報復的意圖，倘若章惇是構陷朋友之輩，蘇軾南返，見到故人之子的書信，斷不會「得書大喜」，不顧辛勞病苦，奮筆答覆。「某與丞相定交四十餘年，雖中間出處稍異，交情固無增損也」，僅此一句，足證蘇軾章惇友誼不爲政事所累，蘇軾殷殷致養生避病之論，也是出於對章惇的關心和勸慰。蘇軾與章惇的情誼穩固，除了在危難中不離不棄的相助外，還在於他們彼此都是

〔註68〕蘇軾《蘇軾文集》卷 55《與章子厚書》二首，中華書局，1986 年，第 1639 頁。

〔註69〕丁傳靖輯《宋人軼事彙編》，中華書局，2003 年，第 693 頁。

〔註70〕趙彥衛《雲麓漫鈔》，中華書局，1996 年，第 73 頁；蘇軾書信見《蘇軾文集》卷五十五《與章致平書》二首，中華書局，1986 年，第 1643 頁。

心胸開闊之人，毫無芥蒂，作爲性情中人，他們喜好相互戲謔，趣味相投。不少筆記中都記載了蘇軾對章惇書法、議論之類的揶揄，但兩人都能互相欣賞這種機鋒玩笑，並以此爲相知的方式。章惇今存《題東坡跋醉道士圖後》：「僕觀《醉道士圖》，展卷末諸君題跋，至子瞻所題，發噱絕倒。」〔註71〕爲蘇軾題的幽默文字傾倒，蘇軾再跋，他則再題，他在《題東坡再跋醉道士圖後》嘲笑東坡不敢渡仙遊潭，曰：「酒中固多味，恨知之者寡耳。若持耳翁，已太苛矣。子瞻性好山水，尚不肯渡仙遊潭，況於此而知味乎？宜其畏也。……」〔註72〕往來之間興致勃發。而宿廢寺、渡仙遊潭等正是章惇、蘇軾早年癲狂豪放的遊樂壯舉，而兩人又極好戲謔〔註73〕，又如《道山清話》記載：

> 章子厚與蘇子瞻少爲莫逆交。一日，子厚坦腹而臥，適子瞻自外來，摩其腹以問子瞻曰：「公道此中何所有？」子瞻曰：「都是謀反底家事。」子厚大笑。〔註74〕

也是嬉笑玩樂的小事，但可見兩人性情的可愛，相處的風趣。

章惇現存詩歌僅有13首，3句，與部分新黨文人一起觀賞李清臣收藏的蠟本王維《江干初雪圖》的唱和上文已論。與蘇軾的唱和今僅存詩一首一句，詩歌《寄蘇子瞻》，此詩作於熙寧年間章惇出守湖州時，詩曰：「君方陽羨卜新居，我亦吳門茸舊廬。身外浮雲輕土苴，眼前陳迹付籧篨。澗聲山色蒼雲上，花影溪光罨畫餘。他日扁舟約來往，共將詩酒狎樵漁。」雖經歷了仕途的首次大挫折，但能超然物外，曠達自適，快意山水，其襟懷在新舊黨人物都非常人可比，而與蘇軾恰可互相映襯，蘇軾唱和有《和章七出守湖州二首》，

〔註71〕見《全宋文》，巴蜀書社，2006年，第1797卷，第336頁。

〔註72〕章惇《題東坡再跋醉道士圖後》，《全宋文》，巴蜀書社，2006年，第1797卷，第367頁。

〔註73〕像曾慥《高齋漫錄》：「鄧潤甫聖求，元豐中爲中書舍人兼太子詹事。泰陵嗣位，以甘盤之舊入翰林爲學士，及以事外補，林子中希爲中丞，上章營救，……後數年，召爲兵部尚書，時范純夫祖禹爲內相，蔚有時望，與鄧公同知貢舉。引試第二場間，忽有中使宣押學士拜尚書左丞。范公方冠帶迎肅，中使曰：『宣押鄧學士，非范學士也。』鄧俄頃上馬，回鞭揖諸公，頗有德色。數日，以病卒於位。黃道夫常爲祭文云：『中臺三月，功名已遂於推揚；東府數宵，魂魄俄歸於寂寞。』道夫自謂精切，戲曰：『此文可書之聖求門右。』章子厚惇笑曰：『聖求生爲執政，死乃作桃符矣。』當時傳以爲笑。」見丁傳靖輯《宋人軼事彙編》引《高齋漫錄》，中華書局，2003年，第698頁。

〔註74〕王暐《道山清話》，中華書局，1985年，第3頁。

當時，陳舜俞也有《和章子厚聞子瞻買田陽羨卻寄》〔註75〕。章惇存詩句曰：
「天面長虹一鑒痕，直通南北兩山春。」〔註76〕是描寫蘇公堤的景色。

　　章惇舉進士後調商洛令，與蘇軾、蘇旦等人詩酒往來，而與邵雍也有唱
和，今邵雍集中有《和商洛章子厚長官早梅》〔註77〕。熙寧初，章惇經制南
北江少數民族，奉詔城沅州，陶弼知辰州，贈詩與章惇，章惇今存有《贈陶
辰州》二首。

　　章惇兩首與蒲宗孟唱和的詩歌，都是遊虎丘所作，時間應當在元豐六年
後蒲宗孟出守杭州時，詩次蒲宗孟韻，《和蒲宗孟遊虎丘因書錢塘舊遊》：「盡
把蘇杭好煙景，醉吟將去詫東州。」自得瀟灑，高爽豪邁，可見他也是蒲宗
孟的舊交。

　　元祐初，章惇與舊黨力爭維持新法，被黜知汝州，後提舉洞霄宮，歷八
九年之久，章惇有詩《謝劉子先贈酒》：「洞霄宮裏一閒人，東府西樞老舊臣。
多謝姑蘇賢太守，殷勤分送洞庭春。」寫劉子先不忘被貶謫的故人，而筆記
有「貴不相忘」一則記載他們早年的關係：

> 章子厚嘗與劉子先有場屋之舊。子厚居京口，子先守姑蘇，以
> 新醅洞庭春寄之，……其後隔十年，子厚拜相，亦不通問，寄書誚
> 其相忘遠引之意，子先以詩謝曰：「故人天上有書來，責我疏愚喚不
> 回。兩處共瞻千里月，十年不寄一枝梅。塵泥自與雲霄隔，駑馬難
> 追德驥才。莫謂無心向門下，也曾終夕望三臺。」公得詩大喜，即
> 召為宰屬，遂遷戶侍。〔註78〕

章惇詩集中還有《紫閣》一詩，詩曰：「……欲為秦山行，常苦道路邈。君言
舊曾遊，使我心踴躍。我今既西來，而子滯天角。雲山空在眼，詩酒乖侑酢。……
人生定能幾，當此感離索。積靄浮青春，落日滿嚴壑。驪龍儼將駕，顧我猶
淹泊。」感傷深情，而所顧念的朋友無可考證。

〔註75〕陳舜俞《都官集》卷13，《影印文淵閣四庫全書》，上海古籍出版社，1987年，
　　　　第1096冊第578頁。
〔註76〕見《全宋詩》，北京大學出版社，1995年，第780卷，第9030頁。
〔註77〕邵雍《擊壤集》卷2，《影印文淵閣四庫全書》，上海古籍出版社，1987年，
　　　　第1101冊第87頁。
〔註78〕祝穆《古今事文類聚》「貴不相忘」條，上海古籍出版社，1992年，第380～
　　　　381頁。

第五節　章惇的書論與文章

章惇才智超人，博學善文，加上好奇好勝，他的文藝創作、鑒賞能力都很高。他個性豪邁，欣賞詩文書畫，重視氣格，所以不滿意白居易的閒適詩氣格狹小，《文獻通考》記載：

> 沈存中謂樂天詩不必皆好，然識趣尚可。章子厚謂不然，云樂天識趣最淺狹，謂詩中言甘露之事，幾如幸禍，樂天爲王涯所讒，謫江州司馬，其詩謂當君白首同歸日，是我青山獨往時，雖私讎可快，然朝廷當此不幸，臣子不當形之歌詠。東坡謂樂天豈幸人之禍者，蓋悲之也。〔註 79〕

這段討論三人的論詩觀點與他們的創作相吻合，章惇的創作是傲氣不除、峭拔大氣，恰與沈括的謹小慎微、委婉巧構形成對比，而章惇論詩以國家大局爲重，蘇軾則更關注其中的人文情懷。

章惇的鑒賞評論也受到時人的重視肯定，他才識過人、睥睨俗輩，然志在文藝之外。像《默記》就記載了他改歐陽修的文章受到賞識的軼事〔註 80〕，可見他飽學知文。鄭獬也欽佩他遊賞發掘奇石的本事〔註 81〕。黃庭堅評論章惇論楚辭皆有本，「常歎息斯人妙解文章之味，於翰墨之林，千載一人也」〔註 82〕，但又歎息他志不在文藝而在政治。

章惇著有《導洛通汴記》一卷（今存）、《熙寧新定孝贈式》一五卷、《元符敕令格式》一三四卷。今《全宋文》收錄其文章三卷，包括了《神宗皇帝徽號冊文》、《駁司馬光劄子奏》、《清汴記》等著名的文章，陳述明白，傳寫精神，議論透徹，他見識高瞻遠矚，尤善於抓住核心，闡發精闢的意味。而

〔註 79〕馬端臨《文獻通考》，中華書局，1986 年，第 1855 頁。

〔註 80〕王銍《默記》記載：「章子厚少年未改官，蒙歐陽公薦館職。熙寧初，歐公作《史照峴山亭記》，以示子厚……子厚曰：『令飲酒者，令編笤斟酒亦可，穿衫著帶斟酒，亦可飲酒，令婦環侍斟酒，亦可飲酒，終不若美人斟酒之中節也，「一置茲山、一投漢水」亦可，然終是突兀，此壯士編笤、斟酒之禮也。惇欲改曰：「一置茲山之上，一投漢水之淵」，此美人斟酒之體，合宜中節故也。』文忠公喜而用之。」中華書局，1981 年，第 48 頁。

〔註 81〕鄭獬《鄖溪集》卷十八《題石衕》：「章子厚大誇石衕之奇，而予未之信也，及往觀之，然後知子厚之精於賞物，……」《影印文淵閣四庫全書》，上海古籍出版社，1987 年，第 1097 冊第 495 頁。

〔註 82〕高似孫《緯略》卷九「大小山猶二雅樂府解題」條，上海商務印書館，1939 年，第 153 頁。

他的題跋、書帖等，又飽含性情，隨意揮灑，因爲才情高妙，往往自然爲之亦有可觀，像收錄在《墨莊漫錄》卷十的《雜書九事》就是九則書法理論，極富批判色彩，個性突出。

章惇爲文，因爲心性高傲之故，往往有不平之氣，在奏議制誥等文體中，因爲有犀利的見解與之相匹配，則氣不害文；在小文小言中，傲拔之氣流貫，則有非常的言語，特出流俗之外。像他駁斥司馬光廢除免役法，雖對司馬光以一己的偏見不顧民生政局的固執了然於胸，字裏行間也飽含對免役法的更廢的憂慮，但是他仍據理力爭，理智地先從職權、程序等角度質問司馬光越權違章行事，指出他草率處理的具體情況，再逐條陳述司馬光廢除免役法劄子毫不合理、無可施行處，一再申明限令五日廢止免役法的荒唐殘酷，論證有力、鋒芒犀利。因其深刻瞭解民生疾苦及政策施行改革的情況，分析切實中肯，而兼以爲民生經濟焦慮的眞情，誠摯動聽。他一再強調司馬光「變法之意雖善，變法之術全疏，苟在速行，無所措置」的後果，並努力溝通爭取，堅持「非謂不可更改，要之，改法須是曲盡人情，使纖悉備具，則推行之後，各有條理，更無騷擾」〔註83〕，連朱熹也說：「章子厚與溫公爭役法，雖子厚悖慢無禮，諸公爭排之，然據子厚說底卻是。溫公之說，前後自不相照應，被他一一捉住病痛，敲點出來。」〔註84〕又如《清汴記》與《神宗皇帝徽號冊文》可對照閱讀，兩者都突出神宗執政時期「可與樂成，難與慮始」的世態〔註85〕，「民懼非常、士守固陋」，舊臣「唱險敷之說，以震驚於天下；合流俗之眾，欲取必於上人」，而「出於拘俗之外」的堅定魄力尤爲難得，雖意在歌頌神宗，但抵抗流俗、排難堅守的峭拔精神也格外突出。

即便遊戲文字，章惇也往往流露出傲拔之氣、高揚特出之見，像他的《別張道士序》寫出張道士曓鑠的精神，「其立如鶴，其步如虎，坐如凝，目如龜，寢如抱葉之蟬」〔註86〕，勸張道士不要傳授養氣之術給富貴人家，應當傳給窮苦之士，因爲富貴者有聲色服玩之享，如果得道不老不死，則天生窮困者迫於飢寒風雨跟他們相比較起來，不幸又加深了一層，不如讓享受者速朽，

〔註83〕 章惇《駁司馬光劄子奏》，《全宋文》，巴蜀書社，2006年，第1796卷，第348～354頁。
〔註84〕 黎靖德《朱子語類・本朝人物》卷130，中華書局，1986年，3126頁。
〔註85〕 見《全宋文》，巴蜀書社，2006年，第1795卷，第331～332頁、第1797卷，第372頁。
〔註86〕 見《全宋文》，巴蜀書社，2006年，第1797卷，第365～366頁。

困苦者得養生，他最後總結「吾言雖激，其亦庶乎合天意也」，大有糾補不平之氣。

　　章惇的書法，據一些筆記記載，蘇軾有揶揄的戲語，但實際他的書法相當不俗，張邦基《墨莊漫錄》卷十：「章丞相申公子厚，以能書自負，性喜揮翰，雖在政府，暇時日書數幅。予嘗見雜書一卷，凡九事，乃抄之，今因載於此。」〔註87〕這九則書論，有精闢的見解，其一考證八分、飛白、隸書等；其二論書法傳授的脈絡，強調書的重要；其三、八講述當時書法收藏軼聞；其四論擇筆；其五將學書法分成三個階段三種境界；其六論取法；其七論骨力；其九兼論數人書法高下及學書心得。

　　其一考證八分飛白的來歷，本是學術話語，可娓娓道來，但念及時人不學無術、顛倒錯亂，章惇的批判鋒芒畢露，也是出自對書法的極度認眞，他論道：「東漢、魏、晉皆以八分題宮殿榜。蔡邕作飛白，是八分字耳。是以古雲飛白，是八分之輕者。衛恒作散隸，是用飛白筆作隸字也，故又雲散隸，終是飛白。金石刻，東漢、魏、晉皆用八分，唯小小碑刻之，或陰刻隸字也。許昌群臣勸進與受禪壇碑，皆八分之妙者。近世有荒唐士人妄謂爲隸書，而不知隸書乃今正書耳。世俗亦往往從而謂之隸書，且相尙學焉，不知彼將以何等爲古八分，又將以今正書爲何等耶。嗚呼，目前淺近近之事略涉古者，便自可知，何至昏蒙妄惑不可指示之如此耶。顧欲與其論書學之本與用筆作字之微妙旨遠而意深者，安可得哉！蓋不翅於以鐘鼓樂鸚、周公之服被猿狙也，事之類此者多矣。」〔註88〕僅數語就將八分、飛白、隸書區別清楚，而閱歷考據功夫深厚，他批評當世浮躁淺陋的行爲，進而昇華感慨魚目混珠、知音難尋，犀利中有沉痛，既有狷介者的不平，也有飽學者的寂寞，意味深長。

　　其五、六、七出自章惇的切身體驗，將學書法分爲三種境界，但要之極重視師法及鍛鍊，他心性既高，取法也不甘苟且，雖追求高格，但極重視鍛鍊。在取法上，章惇充分體現了他獨特的個性，他自道「吾若少年時便學書，至今必有所至。所以不學者，常立意，若未見鍾王妙迹，終不妄學故不學耳」，又曰：「吾每論學書，當作意使前無古人，凌厲鍾王，直出其上始可。即自立少分。若直爾低頭，就其規矩之內，不免爲之奴矣。縱復脫灑至妙，猶當在子孫之列耳，不能雁行也，況於抗衡乎！此非苟作大言，乃至妙之理也。」

〔註87〕張邦基《墨莊漫錄》，中華書局，2002 年，第 266 頁。
〔註88〕見《全宋文》，巴蜀書社，2006 年，第 1797 卷，第 367 頁。

而一番道理說來，性情也躍然紙上，他對三個階段的體會，能知書法妙處，也不是憑空談玄，而是兼有方法論的指導，「學者須先曉規矩法度，然後加以精勤，自入能品。能之至極，心悟妙理，心手相應，出乎規矩法度之外。無所適而非妙者，妙之極也。由妙入神，無復蹤跡，直如造化之生成，神之至也。然先曉規矩法度，加以精勤，乃至於能，能之不已，至於心悟，而自得乃造於妙，由妙之極，遂至於神。要之不可無師授與精勤耳。」其實他論書法正如他的為人，追求極高，又不流於空疏；切於實際，又不同流俗，在當時文人中也是極為出色的。

　　章惇才識過人，豪邁俊爽，在眾多新黨文人中政治才能尤為出眾，魄力與才幹兼具，而他生性直率，好奇好勝，與蘇軾等友人戲謔玩樂，極富性情，在文學藝術上見識不凡，評論獨到，惜流傳文字不多，但是也值得一書。

第六章　王氏門生陸佃

第一節　陸佃的仕履與王安石、新法

　　王安石的門生陸佃，是新黨「新學」的重要建構者之一。陸佃（1042～1102），字農師，越州山陰人，歷仕神宗、哲宗、徽宗三朝，長期擔任中央及地方官員。陸佃才學出眾，在熙寧變法中致力於學術建構和教育推行，他的學術著作帶有濃厚的新學色彩，文學創作後人評價甚高，像清人毛奇齡在《西河集》中云：「吾越自陸佃、陸游而後，無文人焉。」〔註1〕把他及其曾孫陸游推爲越地文人的典範。

　　在黨爭的環境下，專心學術的王氏門人如陸佃、龔原等，仕途也受到政治變化的深刻影響。他是王安石的得意門生，深受神宗賞識，「君臣際會，荷神宗特達之知；師友淵源，覘王氏發揮之妙」〔註2〕，是他作爲一個學者最爲驕傲的從師和仕途際遇。他擁護變法，早年仕途不穩，年近五十才因元祐更化，修史紛爭，請求外任，紹聖又因參與元祐修史而被新黨片面擴大化打擊，直到元符三年徽宗登基才召回。他的命運，是「剛直有守」〔註3〕、審慎盡職的儒家士大夫在北宋黨爭波瀾中的一個縮影。

〔註1〕 毛奇齡《蒼源文集序》，見《西河集》卷43，《印文淵閣四庫全書》，上海古籍出版社，1987年，第132冊第854頁。

〔註2〕 陸佃《謝吏部侍郎表》，《全宋文》，巴蜀書社，2006年，第2205卷，第171頁。

〔註3〕 永瑢等《四庫全書總目提要·陶山集》，《影印文淵閣四庫全書》，上海古籍出版社，1987年，第4冊第152頁。

　　熙寧三年，陸佃省試第一，殿試第三，被任兩使職官，授蔡州推官。熙寧四年二月，置京畿等五路學，選爲鄆州教授。不久，陸佃便與龔原等人一起，召補爲國子監直講，陸佃以淵博的才識、務實的作風贏得了神宗的信賴。元豐元年，陸佃除光祿寺丞，奉旨詳定《說文》，元豐二年，兼詳定郊廟奉祀禮文，上《大裘議》、《昭穆議》、《先灌議》，神宗讚賞：「自王、鄭以來，言禮未有如佃者。」〔註4〕同年四月十四日，陸佃赴秘閣考試宗室。六月十五日，陸佃再次受命赴秘閣考試宗室〔註5〕，六月十六日，神宗親擢其爲集賢校理，手諭褒獎：「資性敏明，學術贍博。」〔註6〕八月，陸佃爲太子中允、崇政殿說書，進講《周官》，神宗稱善。三次升職，兩次受命考試宗室，都是御旨親批，可見神宗對陸佃的賞識信任，而能有如此際遇，在於陸佃的學識淵博，以及他在清貧的職位上固守節義的作風，陸游《家世舊聞》：「楚公（陸佃）爲太學直講累年，既去，而太學獄起，學官多坐廢，元豐中侍經筵，神宗從容曰：『卿在太學久，經行爲士人所服，卿去後學官乃狼籍如此。』」〔註7〕

　　元豐五年，陸佃擢中書舍人、給事中，充分地展現了他參政務實的風格，校驗升職官員仕歷、功狀的作用，言銀臺司、封駁房機構重疊，奏罷封駁房；反對宋彭年太常寺丞、太常典司禮樂的任命；反對吳審禮遷朝奉大夫；繳奏宣德郎、守大理正賈種民擬爲尚書吏部員外郎之任命；封駁鄧縮試禮部侍郎的任命。屢次駁封朝廷的決定，果決正直，皆有理有據，不隱惡弊。

　　神宗剛過世，作爲王安石的弟子，陸佃立刻受到打擊，元祐初，侍御史劉摯便彈劾陸佃：「新進少年，越次暴起，論德業則未輕，語公望則素輕。」〔註8〕陸佃與蔡卞等人被罷經筵，遷吏部侍郎。但因爲行事無差，又素來性格謙和，他被任命參加修撰《神宗實錄》，徙禮部，但由於他修史時不肯妥協詆毀恩師，元祐五年外任知潁州，徙知鄧州，實錄修成賞功，韓川和朱光庭、范祖禹即交章攻擊陸佃，只得遷一官，元祐七年，知江寧府。

　　哲宗親政，陸佃雖非舊黨，但因爲參修了《神宗實錄》，又遭打擊，出知泰

〔註4〕脫脫等《宋史》卷343《陸佃傳》，中華書局，1977年，第10918頁。
〔註5〕徐松《宋會要輯稿》第119冊選舉32之14，19之18，中華書局，1957年影印本。
〔註6〕李燾《續資治通鑑長編》卷298，元豐二年六月癸丑條，中華書局，1986年，第7284頁。
〔註7〕陸游《家事舊聞》，中華書局，1993年，第184頁。
〔註8〕李燾《續資治通鑑長編》元豐八年十月癸未條，中華書局，1986年，第360卷，第8617頁。

州，改海州，元符二年，陸佃爲集賢殿修撰、知蔡州。元符三年哲宗欲起用陸佃爲吏部侍郎，未果。徽宗即位，召爲禮部侍郎，遷吏部尙書。從元祐五年的外任至此，陸佃的仕途走了一條起伏的回歸線，建中靖國達高峰，除中大夫、尙書右丞、轉尙書左丞。崇寧元年，因入元祐黨籍，出知亳州，數月卒。

一、謙厚的處世態度

　　陸佃作爲王安石的門人，在黨爭中屢受衝擊，但始終得以保全，在史書中也沒有受到過分的攻擊，跟他在新政中主要參與的是學術建設而非財稅等實務有關，也跟他正直謙厚的處世態度有關。在不得勢時，他作爲禮學權威，論事也多爲當朝所取，「哲宗立，太常請復太廟牙盤食。博士呂希純、少卿趙令鑠皆以爲當復。佃言：『太廟，用先王之禮，於用俎豆爲稱，景靈宮、原廟，用時王之禮，於用牙盤爲稱，不可易也。』卒從佃議。」〔註9〕元祐修《神宗實錄》、徽宗修《哲宗實錄》都要求陸佃參與秉筆。

　　陸佃待人處事，謙厚有禮，陸游在《家世舊聞》中講到家族良好的生活禮儀、家規學訓大多都是陸佃樹立的榜樣，如卷上第十二條「楚公歸鄉里束帶與墓客坐」、卷上第十四條「楚公答韓玉汝七閨出處」、卷上第十五條「楚公於應對間逡巡退讓」、卷上第二十五條「楚公薄滿中行爲人」、卷上第三十六條「楚公儉約」、卷上第三十七條「楚公言與人交不可忘形」等〔註10〕，對後輩產生了深遠影響。像「楚公言與人交不可忘形」條：

　　　　李知剛馬巨濟善。馬巨濟赴省試，作詩戲之，曰：「太學有馬涓，南省無馬涓，秋榜有馬涓，春榜無馬涓。」楚公（陸佃）聞之不樂。李知剛曰：「某與巨濟忘形，故有此戲。」公曰：「與人交當有禮。何謂忘形，凡世之交友卒爲仇讎者，皆忘形者也。嘗記熙寧中，與舒信道（舒亶）、彭器資（彭汝礪）同在景德考試，信道一夕中夜叩器資門，欲有所問，器資已寢，聖起束帶，信道隔門呼曰：「不必起，止有一語。欲求教耳。」器資不答，束帶竟，開門延坐，然後共語。信道頗不安。然處朋友間，如器資乃是耳。〔註11〕

〔註 9〕 脫脫等《宋史》卷 343《陸佃傳》，中華書局，1977 年，第 10919 頁。

〔註 10〕 陸游《家世舊聞》，中華書局，1985 年，第 181、181、181、184、188、188頁。

〔註11〕 同上，第 188 頁。

李知剛乃陸佃的弟子、愛婿，而彭汝礪則是陸佃的摯友，陸佃平日待人，也如好友彭汝礪一樣謙恭有禮。

二、「剛直有守」與神宗實錄案

陸佃雖爲人謙厚，有容人之量，但是在原則問題上他卻是「剛直有守」尊重事實，充分體現了一個學者型官員的素養。他的剛直，以修《神宗實錄》一事最爲典型，《續資治通鑑長編》有詳細的記載：

> 先是，呂惠卿悉出安石前後私書、手筆奏之，其一云：「勿令齊年知。」齊年者，謂京也，與安石同歲，在中書多異議，故云。又其一云：「勿令上知。」由是上以安石爲欺，故復用京，仍詔京撫定蕃部訖，乃赴闕。（朱史簽貼云：「繳書事，已奉朝旨下逐官取會，並無照據。刪去。」今本《實錄》仍復存之）陸佃集有《實錄院乞降出呂惠卿元繳進王安石私書箚子》云：「臣等勘會昨來御史彈奏呂惠卿章疏內稱，惠卿繳奏故相王安石私書，有『毋使上知』、『毋使齊年知』之語。齊年，謂參知政事馮京。且稱安石由是罷政。大臣出處之由，史當具載。欲乞聖慈特賜指揮，降出惠卿元繳安石私書，付實錄院照用，所貴筆削詳實。貼黃：『臺諫自來許風聞言事，所以未敢便行依據。』佃集又自注箚子下云：『黃庭堅欲以御史所言入史，佃固論其不可。庭堅恚曰：『如侍郎言，是佞史也。』佃答曰：『如魯直意，即是謗書。』連數日，議不決，遂上此奏。後降出安石書，果無此語，止是屬惠卿言練亨甫可用，故惠卿奏之，庭堅乃止。」按：佃集爲安石辨如此，蓋佃嘗從安石學故也。佃稱庭堅乃止，然元祐《實錄》雖不於安石罷相時載繳書事，仍於馮京參政時載之。佃稱庭堅乃止，誠毫昏矣。兼疑此箚子實不曾上，佃所稱降出安石書果無此語，止是屬練亨甫可用，若誠如此，則紹聖史官何以不明著其事乎？且安石與惠卿私書，何但如此，但其一耳，佃集要不可信，姑存之，庶後世有考焉。〔註12〕

元祐元年陸佃以吏部侍郎修史，當時主修是范祖禹，參修是黃庭堅、張耒、

〔註12〕 李燾《續資治通鑑長編》卷278，熙寧九年十月丙午條及注，中華書局，1986年，第6804~6805頁。

秦觀等皆舊黨人士，舊黨文人皆「以私意去取」〔註13〕，「盡是只書王安石過失，以明非神宗之意」〔註14〕，王安石私書事乃蘇轍風聞言事，而據陸佃注，確無物證，呂惠卿事後也上書反駁了傳聞。倘有證據，舊黨攻擊王安石不遺餘力，又何不示於天下，又何須避開原先修書打算寫進去的地方，又在另一個地方補充了這則沒有證據的傳聞。陸佃堅持實事求是，在政治氣壓對自己不利的情況下，與黃庭堅對抗，難能可貴。《宋史》言陸佃「大要多是安石，為隱晦」〔註15〕，也沒有任何根據，只是臆測。《長編》所謂「由是上以安石為欺，故復用京」，「佃稱庭堅乃止，誠毫昏矣」，可謂謬矣。荊公乞解機務，連上奏章，而神宗手詔慰留再三，隱居江寧，恩賚頻密，章表史書有存，罷相非為此等子虛烏有事。元祐五年，陸佃以兼修史辭吏部，換禮部，改為清閒的禮部侍郎。六月辛丑，權禮部尚書，幾天後又受到鄭雍攻擊，候《實錄》書成日，別取旨。無法堅持自己修史的原則，陸佃唯有三上乞潁州的箚子，在第三道上書中他不再以不堪修史重任為藉口，而是直接道明無法接受這樣顛倒黑白的任務，表明自己的心志：「實以臣子許國，命雖甚輕，士人潔身，義亦自重」〔註16〕，在保持個人道義和違心服務國家之間選擇潔身自好，堅決不肯參與這項有違學者良心的任務，於是出為龍圖閣待制、知潁州，即劉摯記所云：「陸佃為正侍郎五年，才得待制知潁州。」〔註17〕元祐六年正式寫定的「謗史」《神宗實錄》，確是陸佃所未能干預也無法干預的了，朱熹謂私書事，「世所共傳，終以手筆不存，故使陸佃得為隱諱」，以捕風捉影的事論定陸佃不能真實修史，未免不公，更成為南渡後黨爭繼續醜化王安石的定論。

徽宗建中靖國之策，也是陸佃所力倡的，他不像曾布一樣評價新舊黨人各打五十大板，授帝皇權術搞權力制衡，而是反對意氣的黨爭，正確看待黨爭雙方的是非，主張各派勢力和衷共濟。陸佃深知徽宗更改年號為「建中靖國」但實無意「建中」，只是「牽於父子之愛，所謂建中，亦勉從耳。惟間有

〔註13〕 李心傳《建炎以來繫年要錄》卷111，紹興七年五月己丑，上海古籍出版社，1992年，下冊第507頁。

〔註14〕 李心傳《建炎以來繫年要錄》卷79，紹興四年八月戊寅條，范沖為高宗言范祖禹修《神宗實錄》「大意」上海古籍出版社，1992年，下冊第372頁。

〔註15〕 脫脫等《宋史》卷343《陸佃傳》，中華書局，1977年，第10918頁。

〔註16〕 陸佃《乞潁州第三箚子》，《全宋文》，巴蜀書社，2006年，第2202卷，第113頁。

〔註17〕 李燾《續資治通鑑長編》卷449，元祐五年十月乙酉條，中華書局，1986年，第10802頁。

此等議論到上前，則建中之政可守，但患言路無繼之者耳，不患壞事也」〔註18〕。可見陸佃對現實有清醒的認識，他在第一道《蔡州召還上殿箚子》中提出朝廷要「正」，要「布宣中和」〔註19〕，在第二道上書中指出對神宗新政的正確態度是有批判地繼承，將之落實到實際，而不是像元祐和紹聖一樣片面反對或稱揚。他的上書直言，是知其不可爲而爲之，終於導致了他人生最後一次竄貶。從這些行爲可以看出，陸佃雖不如乃師王安石氣魄雄偉，但也不愧「剛直有守」的稱譽，能將儒家節義落實到實踐中。

三、陸佃與王安石、新法的關係

《宋史》謂陸佃「居貧苦學，夜無燈，映月光讀書，躡屩從師，不遠千里，過金陵，受經於王安石」，向王氏言新法不便後，「安石以佃不附己，專付之經術，不復咨以政」，又曰：「陸佃雖受經安石，而不主新法。」〔註20〕四庫館臣也認爲陸佃是反對熙豐變法的，《四庫全書總目提要・陶山集》寫道：「然新法獨斷斷與安石爭，後竟入元祐黨籍。安石之沒，佃在金陵爲文祭之，推崇頗過。然但敘師友淵源，而無一字及國政。」〔註21〕認爲陸佃只襄助新學建構，不涉變法，但陸佃對變法是支持和關注的，《宋史・陸佃傳》記載陸佃一些言行用以攻擊荊公、新法，其實都無法證明荊公的門人也與變法保持距離：

> 熙寧三年，應舉入京，適安石當國，首問新政，佃曰：「法非不善，但推行不能如初意，還爲擾民，如青苗是也。」安石驚曰：「何爲乃爾，吾與呂惠卿議之。」又訪外議。佃曰：「公樂聞善，古所未有，然外間頗以爲拒諫。」安石笑曰：「吾豈拒諫者，但邪說營營，顧無足聽。」佃曰：「是乃所以致人言也。」明日，安石召謂之曰：「惠卿雲私家取債，亦須一雞半豚，已遣李承之使淮南質究矣。」
>
> 召補國子監直講，……安石子雱，用事好進者，奎集其門，至崇以師禮，佃待之如常。

〔註18〕陸游《家世舊聞》，中華書局，1985 年，第 183 頁。

〔註19〕陸佃《蔡州召還上殿箚子》，《全宋文》，巴蜀書社，2006 年，第 2202 卷，第116 頁。

〔註20〕脫脫等《宋史》卷 343《陸佃傳》，中華書局，1977 年，第 10917～10918 頁。

〔註21〕永瑢等《四庫全書總目提要・曲阜集》，《影印文淵閣四庫全書》，上海古籍出版社，1987 年，第 4 冊第 129 頁。

是時（元祐）更先朝法度，去安石之黨，士多諱變所從，安石卒，佃率諸生供佛哭而祭之，識者嘉其無向背。……未幾，知江寧府，甫至，祭安石墓。

徽宗即位，召爲禮部侍郎，上疏曰：「……近時學士大夫相領競，進以善求事爲精神，以能訐人爲風采，以忠厚爲重遲，以靜退爲卑弱，……元祐紛更，是知廢之而不知揚之之罪也，紹聖稱頌，是知揚之而不知廢之之過也……。」又曰：「今天下之勢，如人大病，向愈當以藥餌輔養之，須其安平，苟爲輕事改作，是使之騎射也。」

〔註22〕

陸佃在新法推行之初，便對恩師直言新法不便之處，《宋史》「表章道學」〔註23〕，引新黨言行攻擊荆公、新法不遺餘力，陸佃議論遂爲其所用，這則材料反而證明了陸佃眞誠對恩師進言以圖完善新法，師徒二人無不可言、沒有嫌隙。其二，待王雱如常，不趨炎附勢，足以證明陸佃有平常心、與王氏師徒之間風節可嘉而已。其三，陸佃的話是針對徽宗朝的實際情況而論，對待新法能客觀評價，是眞正推行變革的新黨文人的正確態度，類似言論我們在曾布、張商英、李清臣等大臣言論中也能看到，只有以新法爲打擊異己工具的主政者如哲宗、蔡京才必以熙豐爲是。

陸佃在元祐之際，在「人人諱道是門生」的環境下，敢於率學生哭祭，遭貶抑外任至江寧，不改赤誠，祭王安石墓，更是逆時而行，準乎內心的是非，其「不合時宜」，不遑讓蘇東坡，而不捲入黨派之爭、清醒地堅持大中至正之道，卻是蘇軾等不合時宜的人所不及的，乃新舊黨人中難得的不陷於意氣之爭的典型。

陸佃哭祭恩師、修《神宗實錄》爲王安石抗辯，這些在撰史者看來，只是出於私人感情，而陸佃志趣與荆公不同，事實眞是如此嗎？其實陸佃的學術宗取、他的創作已經將這個問題交待得很清楚。

陸佃最初求學，已有自己清楚的志趣選擇，他在《傅府君墓誌》寫道：

（傅）明孺未冠，予亦年少耳。淮之南，學士大夫宗安定先生（胡瑗）之學，予獨疑焉。及得荆公《淮南雜說》與其《洪範傳》，

〔註22〕脫脫等《宋史》卷343《陸佃傳》，中華書局，1977年，第10917～10920頁。
〔註23〕永瑢等《四庫全書總目提要·宋史》，《影印文淵閣四庫全書》，上海古籍出版社，1987年，第2冊第36頁。

－151－

　　心獨謂然。於是願掃臨川先生之門。後余見公，亦驟見稱獎。語器
　　言通，朝虛而往，暮實而歸，覺平日就師十年，不如從公一日也。
〔註24〕

陸佃求學之時，「安定起於南，泰山起於北，天下之士，從者如雲」，但陸佃
不盲從潮流，「獨疑焉」，與荊公之翻案疑經、特立獨行精神相近，而且已經
建立了自己的一套學術思維，對王學情有獨鍾。所以，甫見王安石，「驟見稱
獎」，得並成學者遊，而從學受教，「治平三年，今大丞相王公守金陵，以餘
緒成學者，而某也實並群英之遊」〔註25〕。他在《依韻和李元中兼寄伯時二
首》其二放言：「平生共學王丞相，更覺荀揚未盡醇。」〔註26〕又《依韻和李
知剛黃安見示》回憶從學經歷：「憶昨司空駐千騎，與人傾盡腸無他。有時偃
蹇枕書臥，忽地起走仍吟哦。諸生橫經飽餘論，宛若茂草生陵阿。發揮形聲
解奇字，……余初聞風裹糧走，願就秦扁醫沉痾，登堂一見便稱許，暴之秋
陽濯江沱。」〔註27〕將求知受教的經歷寫得非常浪漫美好，其心折神往，精
神合一，遊楊立雪程門、黃魯直待東坡也難出其右，豈有志趣不同之理。

　　王安石對陸佃的影響是終生的，而在他詩文裏頭可以看到，從學荊公精
神上的愉悅，是他一生最珍視的回憶。荊公過世後，他猶夢從荊公學詩，一
往情深。《書王荊公遊鍾山圖後》曰：

　　　　荊公退居金陵，多騎驢遊鍾山。每令一人提經，一僕抱《字說》
　　前導，一人負木虎子隨之。元祐四年六月六日，伯時見訪，坐小室，
　　乘興爲予圖之。其立松下者，進士楊驥、僧法秀也。後此一夕，夢
　　侍荊公如平生，予書「法雲在天，寶月便水」二句。「便」，初作「流」
　　字，荊公笑曰：不若「便」字爲之愈也。既覺，悵然自失。念昔橫
　　經座隅，語至言極，追今閱二紀，無以異於昨夕之夢。〔註28〕

具體到變法上，王安石對陸佃付之以經術，爲新法提供理論支持，本是重要
的建設，需深得荊公真傳者推行，又正能施展陸佃治學所長，可謂用得其所。
今陸佃文集中《太學策問》二，應新法而作，言新法「興利除害」、「意常嚮

〔註24〕見《全宋文》，巴蜀書社，2006年，第2210卷，第244頁。
〔註25〕同上，《沈君墓表》，第2211卷，第266頁。
〔註26〕見《全宋詩》，北京大學出版社，1995年，第907卷，第10669頁。
〔註27〕同上，第906卷，第10647頁。
〔註28〕見《全宋文》，巴蜀書社，2006年，第2208卷，第210頁。

往堯舜三代」〔註29〕，可見對新法的擁護。新法以富國強兵爲目的，元豐武學的學制規模正是由陸佃設立，今其集中有武學策問八則，見識獨到，充滿對現實的思考。熙寧四年，太學生非毀時政，王安石「因更制學校事，盡逐諸學官，以定、秩同判監，令選用學官，非執政喜者不預。陸佃、黎宗孟、葉濤、曾肇、沈季長。長，介妹婿；佃，門人；肇，布弟也。佃等夜在介齋授口義，且至學講之，無一語出己者。其設三舍，皆欲引用其黨耳。」〔註30〕直講在太學中的人才選拔、學術推行有重要的作用，可見陸佃深得王安石器重。早於修《三經新義》設經義局之前，王安石已將任務交給陸佃等人，熙寧五年神宗問王安石：「經術，今人人乖異，何以一道德？卿有所著可以班行，令學者定於一。」安石曰：「詩已令陸佃、沈季長作義。」上曰：「恐不能發明。」安石曰：「臣每與商量。」〔註31〕陸佃待王安石的深情，是建立在深刻瞭解恩師學術、人格、政治建設的基礎上，所以能尊師無向背。

　　陸佃對荊公知遇教誨到老都銘記於心，除了學術上的推崇，他對其政事評價極高，他的《依韻和李知剛黃安見示》感慨世事變遷〔註32〕，並由往事中獲得奮發的力量，像「邇來二紀世已換，仙棋一局眞爛柯。孔林父子久同葬，謝安墩在空坡砣。……回思爭雄六戰國，競致賓客尋干戈。……大哉皇宋聖人出，日月雙麗君臣和。歲時金穰玉燭潤，紀功泰山崖可磨。平生慷慨慕荊國，……異時與子勛勛業，請效夔契虞堯歌。」寄託深情，言及政事，以王安石爲「夔契」，並希望競其事業。又《祭丞相荊公文》云：「於皇神宗，更張治具，夔一而足，二則仲父，迨龍之升，奄忽換世，公則從邁，天不愁遺，嗚呼哀哉，德喪元老，道亡眞儒，疇江漢以濯之，而泰山其頹乎」〔註33〕，把王安石比作「夔」，認爲他是「眞儒」，哀歎他去世是泰山頹倒；他的《江寧府到任祭丞相荊公墓文》曰：「天錫我公，放黜淫詖，發揮微言，貽訓萬祀，卒相裕陵，眞眞僞僞，義兼師友，進退鮮儷，荊山鼎成，龍去不回，公從而上，梁壞山頹」〔註34〕，「更張治具」、「換世」、「梁壞山頹」，莫不對王安石

〔註29〕見《全宋文》，巴蜀書社，2006年，第2208卷，第212頁。

〔註30〕李燾《續資治通鑒長編》熙寧四年十一月戊申條引《林希野史》，中華書局，1986年，第226卷，第5509頁。

〔註31〕李燾《續資治通鑒長編》熙寧五年正月戊戌條，中華書局，1986年，第229卷，第5603頁。

〔註32〕見《全宋詩》，北京大學出版社，1995年，第906卷，第10647頁。

〔註33〕見《全宋文》，巴蜀書社，2006年，第2211卷，第269頁。

〔註34〕同上，第2211卷，第270頁。

－153－

去世、政事更改充滿遺憾。即使在舊黨執政時期，他被排擠外任，在寫給朝廷的《潁州到任謝二府啓》，都曲折道出對王安石的景仰，對新法的支持，啓曰：「茲蓋伏遇某官，精識際天，純忠許國，萬靈蒙福，庶績咸熙，堯作大章，蓋得一夔而自足，舜不下席，實資左禹之相維。」〔註35〕《丞相荊公輓歌詞》：「皋陶一死隨神禹，孟子平生學聖丘。遙瞻舊館知難報，絳帳橫經二十秋。」〔註36〕正是以皋陶、夔、禹比喻王安石、神宗，重申自己的學術淵源，並對自己無能爲力挽回政治局勢感到遺憾。在《神宗皇帝實錄敘論》中他極力稱揚多爲舊黨略過不提的神宗武功，充分肯定熙豐間的理財情況：「平瀘戎、闢洮隴、南征交趾、西討靈夏……常惋憤敵人倔強，久割據燕，慨然有恢復之志」，肯定新法的成效「迨元豐間，年穀屢登，積粟塞上，蓋數千萬石，而四方常平之錢不可勝計，餘財羨澤，至今蒙利」〔註37〕。這些付諸文字的材料，足以證明陸佃是支持王安石的政事的，而且對於變法事業充滿熱情和期望，希望能夠繼續鞏固變革成果，造福民生。

第二節　訓詁學、道學、兵學的成就

一、《埤雅》代表的新學價值取向

陸佃「少即通經」，清代李慈銘在《越縵堂讀書記》稱讚陸佃：「精禮學，著述宏富，爲宋世經儒之傑。」〔註38〕《埤雅》一書是陸佃在完成《爾雅注》與《詩講義》後，爲補充《爾雅》到宋代不足用的情況而作。因陸佃學識淵博，考證詳備有據，此書多爲後世所引用，今人對其訓詁學上的特點價值多有探討〔註39〕。

陸佃著《埤雅》，「其說諸物，大抵略於形狀而詳於名義，尋究偏旁，比附形聲，務求其得名之所以然，又推而通貫諸經曲證旁稽，假物理以明其義，

〔註35〕見《全宋文》，巴蜀書社，2006年，第2207卷，第192頁。
〔註36〕見《全宋詩》，北京大學出版社，1995年，第907卷，第10678頁。
〔註37〕見《全宋文》，巴蜀書社，2006年，第2207卷，第205頁。
〔註38〕李慈銘《越縵堂讀書記》，上海書店出版社，2000年，第143頁。
〔註39〕相關研究有夏廣興《陸佃的〈埤雅〉及其學術價值》，《上海師範大學學報》，1994年第1期。趙誠、康素娟《陸佃與〈埤雅〉》，《陝西教育學院學報》，1999年第4期。范春媛《淺談埤雅的訓詁特色及成因》，《古籍整理研究學刊》，2006年第6期。

中多引王安石《字說》，蓋佃以不附安石行新法，故後入元祐黨籍，其學問淵源，則實出安石，晁公武讀書志謂其說不專主王氏，亦似特立殆未詳檢，是編惧以論其人者論其書歟，觀其開卷說龍一條，至於謂曾公亮得龍之脊，王安石得龍之睛，是豈不尊安石者耶？然其詮釋諸經，頗據古義，其所援引多今所未見之書，其推闡名理，亦往往精鑿，謂之駁雜則可，要不能不謂之博奧也。」〔註40〕四庫館臣也肯定這位「宋世經儒之傑」著述的博奧。

　　要之，在《埤雅》一書中，陸佃能「略於形狀而詳於名義」、「務求其得名之所以然」，見出宋儒發揮義理、格物致性的本領，而在訓詁上，也能尊重傳統，「推而通貫諸經曲證旁稽」、甚至「援引多今所未見之書」，連類詳列，具說分明，則在宋儒中尤為突出。陸宰在《埤雅序》還記錄了陸佃治學的另一個突出特點，「先公作此書，自初迄終僅四十年，不獨博極群書，而嚴父牧夫，百工技藝，下至輿臺皂隸，莫不諏詢。苟有所聞，必加試驗，然後記錄。則其深微淵懿，宜窮天下之理矣。」〔註41〕不盡信書本，而經親身實踐調查驗證，陸游的《家世舊聞》卷上第四十八條：「楚公使虜歸，攜所得貔狸至京師。先君言：猶記其狀，如大鼠而極肥脆，甚畏日，偶為隙光所射，輒死。性能糜肉，一鼎之內，以貔一臠投之，旋即糜爛，然虜人亦不以此貴之，但謂珍味耳。」〔註42〕可見陸佃對物事的濃厚興趣。《埤雅》的研究方法已近於開以田野調查作為名物訓話的雅學流派。

　　《埤雅》能在宋代雅學不興的環境下，考名物而詳名義，假物性以通經義，為雅學開拓道路，不能不說深受宋學風氣影響，而這本釋名物的辭書也超出了語言文字學領域，暗示了它本身的學術乃至政治價值取向。從最直截的字面看，《埤雅》多引《字說》，法王聖美「右文說」，以形聲字的聲旁推物理、發新義，與「荊公新學」的思維方式一以貫之，能見出新意，而同樣不免穿鑿之弊，如《釋獸・貓》：「鼠善害苗，而貓能捕鼠，去苗之害，故貓之字從苗。」〔註43〕

　　而從推求物性上看，《埤雅》與蜀學、洛學的對同類事物的理解可是大相

〔註40〕永瑢等《四庫全書總目提要・埤雅》，《影印文淵閣四庫全書》，上海古籍出版社，1987 年，第 1 冊第 825 頁。

〔註41〕陸宰《埤雅序》，《影印文淵閣四庫全書》，上海古籍出版社，1987 年，第 222 冊第 60 頁。

〔註42〕陸游《家世舊聞》，中華書局，1985 年，第 192 頁。

〔註43〕見《影印文淵閣四庫全書》，上海古籍出版社，1987 年，第 222 冊第 73 頁。

徑庭，周裕鍇先生《宋代〈演雅〉詩研究》一文就指出：「黃庭堅與陸佃曾爲史館同僚，有若干證據表明，《演雅》的創作很可能受《埤雅》的啓發，而其知識背景與創作動機則與元祐文學傳統試圖解構顛覆熙豐經術傳統相關」〔註44〕，一本語言文字類的書贏得這番挑戰，關鍵在於價值取向上的不同。正如周裕鍇先生指出的，《演雅》與《埤雅》對各種動物物性判斷及角色定位大異其趣，如蠶在《埤雅》中是自食其力、勤勞的勞動者，在《演雅》詩裏被看做「作繭自纏裹」、爲世俗名利束縛的可憐蟲，《埤雅》中鵲是吉祥使者，在《演雅》中則是「以甘言媚上位不得其靜」的小人等等，《埤雅》那些美好的物性，建構起來的和諧的社會倫理秩序，在黃庭堅筆下都是醜惡可笑的，自是反諷的手法。從另一個角度看，那些在《埤雅》中被解讀出勤勞實幹、有禮有義品格的物類，在黃庭堅看來正是新黨價值取向所賦予的，攻擊他們，也就是對新黨的一種否定。由此推導出去，文字蘊含豐富意義，名物寄寓深厚文化內涵，陸佃這部《埤雅》在黨爭的環境下，也溢出了學術的範圍，其物性的價值判斷也主動或被動地帶上深意。總的來說，陸佃在《埤雅》所顯示的價值判斷是傾向於積極向上、經世致用的儒家精神，也是他參與的新法事業使然。

二、陸佃的家學——道學與兵學

陸氏家族源流，據陸游《家世舊聞》，陸氏遠祖是楚國狂歌過孔子的陸通，之後則有晉代的陸機、陸雲，入唐之後是陸貨、陸龜蒙，唐末徙山陰魯墟。陸氏的家族便是會稽地域文化尚詩禮、輕殖貨的典型。陸氏入宋以進士起家，累世爲官，持家嚴謹，家學源遠流長。

陸氏一門，學道風氣濃郁，陸佃祖父陸軫是虔誠道教徒，入仕後自號「朝隱子」，好神仙之術，著有《修心寶鑒》，以陰陽解善惡、因果，以道兼儒釋，晚年隱居山林，「因學煉丹辟穀之術，尸解而去」〔註45〕。陸佃的妻子醉心煉丹，並因此中毒致死〔註46〕，陸佃的弟弟陸傅、兒子陸宷習導引養生術。而陸佃的母親邊氏則禮佛，「日常焚香誦經，持念諸佛名號，數珠爲屢絕」，臨

〔註44〕周裕鍇《宋代〈演雅〉詩研究》，《文學遺產》，2005 年第 3 期。

〔註45〕陸游《陸放翁全集》卷 26《跋修心鑒》，中國書店，1986 年，第 155 頁。

〔註46〕王銍《陸左丞夫人鄭氏挽詞》其二曰：「哪知長夜去，無復逝川歸。方士言終誤，神丹事已非。」見王銍《雪溪集》卷四，《影印文淵閣四庫全書》，上海古籍出版社，1987 年，第 1136 冊第 577 頁。

終告訴子孫她得享高壽、子孫盛大的原因在於「不昧神天」、愛護眾生「無罪悔」〔註47〕，並將託生鄧家。還有陸佃的《通直郎邊公墓誌銘》、《朝奉大夫陸公墓誌銘》等寫到外祖、祖父臨終時情境，皆有因果神人之說，可見家族濃郁的學道禮佛氛圍對陸佃影響。蘇頌給陸佃的詩也寫到「儒林盛會沾恩飯，雲閣新圖預客題（自注：是日農師出榻，寫美成殿將相橫卷，令坐客題跋）。更聽高談造名理，人間無物不均齊。（自注：坐中農師多談莊語）」〔註48〕可見陸佃對道學的沉醉。

　　陸佃卒後，葬於山陰城東南四十四里的陶宴嶺，據說此地是陶弘景當年隱居的地方。他雖無醉心煉丹導引，但是道釋兩家思想無疑深深滲透在他的處世哲學中，立朝正直不愧神明，身受黨爭打擊也能自我排遣，像紹聖二年出知泰州，城邑蕭條，治所僻遠，陸佃謝表中則曰：「海陵善地，淮甸近州」，在任上樂其風土，投入治理，這與釋道兩家隨緣自處的思想對他心理的調節是分不開的。

　　陸氏家族的武學則始自陸佃，陸佃是北宋元豐改制後武學學制的創建者，這與神宗重視軍事、富國強兵的宏圖有關。元豐初神宗置武學，陸佃以三館兼判學事，制定武學學制規模，設計策問，其《乞立武舉解額箚子》：「臣伏見朝廷選舉之制，雖備而諸路武舉未有解額，遇有科場，止是兵部碟官文臣自提點刑獄，武臣自路分都監以上各保舉一名於兵部類試。其間寒素之士或難得知，舊論薦往往有妨應舉，欲乞令有司立法，每遇科場許於逐路轉運司類試，量行解發兵部，更不碟舉所貴寒素之士，得由藝業以公自進。取進止。」〔註49〕建議國家重視武學人才，為有軍事才能的人提供公平的進身之道。新法以富國強兵為主旨，陸佃治武學思想，結合古人經典思考宋朝局勢現狀，提出了許多深刻的見解和思考。集中體現在他的《鶡冠子解》和《武學策問》。陸佃的《鶡冠子解》是今天可知的《鶡冠子》的最早注本，他在校勘的基礎上對內容進行了解釋〔註50〕。《鶡冠子》本黃老而入刑名，陸佃有道學基礎，加上對國勢的深刻思考，對武學精神的發揮較為準確。針對當時宋

〔註47〕　陸佃《邊氏夫人行狀》，見《全宋文》，巴蜀書社，2006年，第2208卷，第226頁。
〔註48〕　蘇頌《和農師四和前韻仍有推獎鄙薄之句再次韻》，《蘇魏公文集》，中華書局，1988年，第174頁。
〔註49〕　見《全宋文》，巴蜀書社，2006年，第2202卷，第112頁。
〔註50〕　孫福喜《陸佃〈鶡冠子〉研究》，《齊魯學刊》，2000年第3期。

朝的軍事狀況和周邊局勢，他在《武學策問》八中引用《鶡冠子》曰：「兵者，百世不一用，不可一日忘也。」〔註51〕作為立論的前提，肯定了神宗修武備、強軍隊，改變「兵習久安而惰驕，民非素教而憚怯」的做法。

陸佃八篇策問其實包含了他具體嚴密的軍事思考〔註52〕，首問對《孫子兵法》的理解，次則評述古來戰役「智名勇功」，再則問選才之「材勇機智」，將如何各得其所，接著具體提問「如之何使士於虛實奇正之勢皆知，民於戰陣擊刺之事皆勇，將帥無遺材，器械無遺法」，甚至設置具體情境，問《孫》、《吳》、《韜》、《略》四者交兵，其術之用。針對軍事改革實際「復先王選鋒之法，而教所謂車戰」，考問具體布置設計，最後兩策，則問考生屬於何種類型的將才，又能統帥多少兵力，如何帶兵。這些策問，立論深刻，切中現實，飽含他研修典籍以經營武學、培養安邊將才的用心。

陸佃在理論上的發揮為其子陸宰所繼承並付諸實踐，靖康之際，陸宰「提舉京瓷常平等事，與轉運、提點刑獄皆置司陳留。」值金兵犯京師，遊騎突至陳留，轉運、提點刑獄倉促避去。陸宰招募兵卒，加以訓練，把守關隘，傳為美談。陸游飽讀兵書，希望收復河山，也是受到家學深刻的影響。

第三節　法義山溯子美的七言律詩

陸佃的詩歌，擅長七律，方回認為：「崑體始於李義山，至楊、劉及陸佃絕矣。」〔註53〕又曰：「胡武平（宿）筆端高爽似陸農師」。〔註54〕四庫館臣認為：「方回《瀛奎律髓》稱胡宿與佃詩格相似，……大抵與宿並以七言近體見長故回云然。佃之孫遊，以詩鳴，為南宋與尤袤、楊萬里、范成大並稱。雖得法於茶山曾幾，然亦喜作近體。家學淵源，殆亦有所自來矣。」〔註55〕蘇頌則說過陸佃學王禹偁（《丞相魏公譚訓》）：「祖父喜王元之（禹偁）詩，以謂平易而淳深，有古風。曾祖時，陸農師以門生有挽章曰：『貳卿頭已白，

〔註51〕見《全宋文》，巴蜀書社，2006年，第2208卷，第216頁。

〔註52〕同上，第2208卷，第213～216頁。

〔註53〕方回《桐江續集》卷22《恢大山西山小稿序》，《影印文淵閣四庫全書》，上海古籍出版社，1987年，第1139冊第664頁。

〔註54〕方回選評、李慶甲集評校點《瀛奎律髓彙評》卷46胡文恭《公子》，上海古籍出版社，1986年，第1618頁。

〔註55〕永瑢等《四庫全書總目提要·陶山集》，《影印文淵閣四庫全書》，上海古籍出版社，1987年，第4冊第152頁。

兒慕不勝悲。』祖父曰：此效王元之體。元之詩云：侍郎三十八，羞死老馮唐。王語自然而陸未淳熟也。」〔註56〕吳曾《能改齋漫錄》則記載了陸佃對杜詩的化用〔註57〕。

大體上看，陸佃詩較之同時宋人，頗具唐人風貌，他熟悉名物典故，又信神仙之說，但做起詩來不像黃庭堅以意驅遣，隱括脫胎，而是鋪陳寄託，詞採精繡。尤其是一系列組詩，陳列名物典故，意旨似通非通，較近李商隱筆法。荊公深折透闢的詩風從老杜來，陸佃法商隱而溯老杜，文字僅得李商隱形骸而未得其複雜飄渺的情思，其情志主要還在於戀闕忠君、積極入世，雖不複雜，但因時勢所然，他選擇了曲折的精繡詩句來表達隱晦的心跡，這便與他的個性、平實的文風、部分清新的詩形成了對比。

一、師友唱和的寄託

陸佃正直寬厚，交遊亦廣，今存《陶山集》中詩歌 224 首，多為唱和之作，其唱和人數達六十之多，以與孔平仲、程師孟、彭汝礪、劉貢父、查應辰唱和最多，與師長蘇頌、同門龔原、同僚曾肇、畫家米芾、李公麟、和尚慈覺、道士李得柔等亦唱酬甚多，這些朋友，有的屬於舊黨人士，像孔平仲，有些是新黨中剛直不阿之士，像彭汝礪，陸佃與他們互相傾慕，在唱和中表達深情、曲吐心聲。

孔平仲，陸佃的唱和詩題詩中皆稱毅夫，有「固非偷姓孔」（《再用前韻呈毅夫》）、〔註58〕「為問西街孔君子」（《依韻和毅夫即事五首》）〔註59〕，孔毅夫即孔平仲，孔、陸兩人於京洛相識，元祐後皆在潁州任上，孔平仲集中也有給陸佃的和詩。唱和中，陸佃融入了許多他們生活中的小事，可見相當投契，如《依韻和毅夫新栽梅花》、《答毅夫遺橘株之什三首》、《和毅夫病目三首》、《依韻和毅夫兒病》等，陸佃將宴遊之樂、離別深情、對恩師的懷念、對世事的感慨、對遭遇的牢騷，都向孔平仲傾訴，而且在傾訴中，開解自我，

〔註56〕蘇頌《蘇魏公文集》附錄蘇象先《承相魏公譚訓》卷 3《行己》，中華書局，1988 年，第 1138 頁。

〔註57〕吳曾《能改齋漫錄》卷 2：「王荊公父子俱侍經筵，陸農師以詩賀云：『潤色聖猷雙孔子，變調元化兩周公。』議者為太過，然不知取杜子美《送薛明府詩》：『侍臣雙宋玉，戰策兩穰苴。』」中華書局，1985 年，第 122 頁。

〔註58〕見《全宋詩》，北京大學出版社，1995 年，第 906 卷，第 10650 頁。

〔註59〕同上，第 908 卷，第 10670 頁。

與友人同樂，隨遇而安，徜徉清遊。像《依韻和毅夫即事五首》：

> 十年京洛從宸遊，得郡終難繞指柔。盧舍昔希三肯顧，亭臺今
> 負四宜休。何人正在芙蓉島，有客空吟杜若洲。爲問西街孔君子，
> 設監那得似諸侯。〔註60〕

雖然「設監那得似諸侯」，外任的自由勝過在京師的困窘，但今昔對比，從受
神宗信賴器重到受排擠外任，雖不至慘重，但既不能在修史時爲恩師平反，
也無法繼續留在京師施展才幹。面對沉重的打擊，陸佃在閒置中到底還是有
牢騷，於是故意向好友發問。又如《和毅夫倒用無字韻春詩四首》：

> 皇家寶曆萬年餘，禮貌群臣自古無。
> 龍馬已陪阿閣鳳，鼎湖猶想裕陵㲹。
> 一別勾芒僅歲餘，不知今度老顏無。
> 管人憂喜何如鵲，與世浮沉可奈㲹。
> 公錢雖少俸錢餘，明日如今作會無。
> 況有鼊裙勝膾鯉，豈無鵝掌代蒸㲹。〔註61〕

感慨神宗王安石的君臣相知，而往事無時不上心頭。雖然是自求離開京都，
但掌守郡衙，閒置時光，韶華易老，內心仍希望返朝，可惜世易時移，自己
遭受打擊亦無可奈何。於是轉向目前的境況，享受生活，隨遇而安。像《依
韻和毅夫百花洲新橋》：「省中何必就尚書，且向新橋一振裾。嬌女頃嫌撐小
艇，偏親今喜度安輿。從此使衙烏亦好，豈無遺愛在胥餘。」〔註62〕與友人
遊賞，說服自己享受閒置的生活，面對美景與友人的政績，亦隨處自適。

　　但是大多數時候，陸佃還是難忘舊事，雖然舊黨掌政，無能爲力，但想
起恩師的理想、自身的際遇，他不能沒有惆悵。處在孤獨的環境中，與孔平
仲同爲淪落人，陸佃只能不斷地在離愁中表達自己悵惋的心曲，像《易守建
業毅夫有詩贈別次韻五首》：

> 太守無堪久借留，君王恩禮與升州。
> 親輿自可時來往，漁唱猶能數獻酬。
> 風色得經揚子渡，月明知在海棠洲。

〔註60〕見《全宋詩》，北京大學出版社，1995年，第908卷，第10670頁。
〔註61〕見《全宋詩》，北京大學出版社，1995年，第906卷，第10650頁、第908
　　　　卷，第10671頁。
〔註62〕同上，第10670～10671頁。

> 北山楷木今成列，獨傍師門想見丘。
>
> 但知自白三分鬢，更與誰論一寸心。
>
> ……
>
> 臨岐不忍醒時別，一任玻璃酒盞深。〔註63〕

詩人始終渴望回到朝中，此次與孔毅夫相別遷江寧可能是返朝的先聲，拜別友人，懷念荊公，感慨前路，一時情何以堪。面對朋友，依依惜別，而內心沉重，唯有寄望日後書信不絕。

孔平仲是陸佃在仕途上受到第一次沉重打擊，得以傾訴交流獲得慰藉的一位重要的友人，而他集中與陸佃唱和的詩歌也給了陸佃肯定和鼓勵，他「生嫌鷹華虛張翼，共喜芝蘭暗有馨」，「同飲東洲俱醉容，谷鶯應笑臥花叢。取交莫逆情相答，合宴多歡酒屢空。工欲代天君素志，心將浮海我家風」（《呈陸農師》）〔註64〕，與陸佃個性相投，又理解他的志向與自己不同，給予鼓勵，陸佃對友人深情，在與孔平仲的唱和中體現得最為坦誠。

陸佃與程師孟的唱和，則主要出於釋道上的交流，多訪名師、論禪道，對於這位同鄉、恩師的好友，陸佃是非常欽佩他瀟灑磊落、勇於知止的處世態度的，他現存的詩歌也多是寫於程師孟辭去京官歸越後，是以在詩歌中將他的生活寫得超脫美好，像《依韻和程給事留題法雲寺方丈》：「故溪曾指桃花記，乘月何時更一尋。」〔註65〕而《題適南亭呈程給事二首》之一寫景聯想神仙境「子真仙去學喬松，華宇經營得我公。海近蓬萊全彷彿，山經樓閣半虛空。一千里地簷前月，九萬程天座上風。從此鑒中登望好，卻應渾勝水晶宮。」〔註66〕《依韻重和再住法雲寺》希望：「何時乞得東南守，共禮黃金丈六案。」〔註67〕在《依韻和青州程給事見寄》中，將懷人寫得充滿世外之味，「相望幾直蓬萊宿，燈影寒籠月滿軒。」〔註68〕也突出了程師孟不俗的精神。

而他與彭汝礪的唱和，則主要傾訴他們共同的思鄉、思念親友之情，像《依韻和彭器資直講》：「鶯稍遷喬出，鴉應反哺歸。羨君親膝近，昨夜夢先歸。」

〔註63〕 見《全宋詩》，北京大學出版社，1995年，第10672頁。

〔註64〕 孔平仲《清江三孔集》，《影印文淵閣四庫全書》，上海古籍出版社，1987年，第1345冊，第452頁。

〔註65〕 見《全宋詩》，北京大學出版社，1995年，第906卷，第10653頁。

〔註66〕 同上。

〔註67〕 同上，第10652頁。

〔註68〕 同上，第907卷，第10660頁。

〔註69〕而「鶺鴒經歲別，鴻雁幾時歸。……濠州在雲下，深欲伴歸飛。」(《思岩老呈彭器資》)〔註70〕，又《依韻和彭器資直講》也是作於他們熙寧間任國子直講時，其一曰：「三年清苦下書帷，諸子專門盛一時。研盡錦砂重注易，草殘饒紙謾箋詩。鼓催閩越茶應早，線引昭陽日漸遲。侍講會須拌共醉，狀元新約未差池。」其二曰：「文衡仔細誇程石，飲量粗豪笑滿卮。安穩鴛鴦多左翼，低回烏鵲尚南枝。稍尋前度曾遊處，更覺新懷慰舊思。」〔註71〕描寫了他們在京師討論學術、吟詩唱和、飲酒遊樂的歡快場面，也表達了對彭汝礪才學的傾倒。

在與朋友的唱和中，描述交往的美好情境，評價友人高尚的情操、高妙的文學，陸佃最喜用深春明麗深婉的意象來傳達，寫來較之那些秋日晴江、冰雪出塵的意象要出色許多。像《依韻和毅夫即事五首》之一：「昨日紅裳伴燕遊，渚花爭好草爭柔。」〔註72〕寫宴遊佳境，又如《再用前韻贈毅夫》：「草色揉藍染，花名篆字鈔。膘肥熊自撲，香滿麝爭飽。乳雉翔仍集，鳴禽語漸勤。柳將金自比，楮與玉相淆。……碧圓牽翠荇，紅蕾破香苞。鶯出求同志，鴻歸學共胞。」〔註73〕將友人的品格才學用爛漫的春色形容出來，滿目精繡而不掩真情，烘托出讚美欣賞之意，《贈王君儀》形容王君儀才學施展是「秀枝爛漫敷青春」，把學問的積累造佳境比作「佳花美木競妍秀，高山遠岫皆嶙峋，」〔註74〕勉勵他勤學，《閒居示王君儀》又讚賞他的文章如「黃鶯窺水亭亭立，白鳥投空遠遠來」〔註75〕。思念彭汝礪的時候他記起的也是那些深春美好的景象，「歸盡春風不得歸，相逢還是落花時」(《依韻和彭器資直講》)〔註76〕，可見「春」在其心目中的美好印象。

陸佃人生中求學受教、得遇知音、有所作為、快意春風的時期正值青春，與同門「晝永棋相對，春深鳥自啼」(《寄龔深父給事》)〔註77〕、「春深集試闈」(《依韻和彭器資直講》)〔註78〕，登科，參加集英殿春宴、賜宴瑞聖園，

〔註69〕見《全宋詩》，北京大學出版社，1995年，第906卷，第10648頁。
〔註70〕同上。
〔註71〕同上，第10653頁。
〔註72〕同上，第908卷，第10670頁。
〔註73〕同上，第906卷，第10650頁。
〔註74〕同上，第906卷，第10652頁。
〔註75〕同上，第906卷，第10651頁。
〔註76〕同上，第10653頁。
〔註77〕同上，第10648頁。
〔註78〕同上，第10653頁。

「行近柳陰移畫寂，坐來花氣闖春寒」（《依韻和曾子固舍人二首》）〔註79〕，可以說，當他以明媚錦繡的春色形容喜愛的人與事時，是將這種美好的情感投射上去的，而當他閒置不得志的時候，春色於他也是一種排遣、寄託，他的《依韻和趙令時三首》寫於紹聖初，感歎「方朔無端溺殿衙，得州仍是地仙家」，而以慰寂寥的是「海紅讌與陪尊酒，淮白猶堪當分茶。夜靜青天十分月，春深平地尺餘花」〔註80〕。他在《依韻和張椿》中寫道：「一年三十有餘旬，最愛韶華是今辰。坐久落花深一尺，睡餘淺粉看重勻。況當諸縣無公事，且與雲樓作主人。今日與君俱白髮，看花情味尚青春。」〔註81〕歷經沉浮，再改州縣，陸佃已能放開懷抱，瀟灑冶遊，此詩在其集中可謂最為直白，念及青春光景，一氣寫來，情味濃郁。

二、貶謫詩的創作高峰

　　陸游《家世舊聞》卷上第二十二條：「楚公在海州，和查朝散應辰《雪》詩云：『無地得施調國手，惟天知有愛民心。』蓋公雖恬於仕進，而志則常在生民如此。」〔註82〕陸佃雖不急於求功仕進，甚至在不能秉持道義的情況下主動求退，但終其一生，他都是積極入世，心念朝闕的。遭閒置遷謫，亦念念不忘朝中大事，這是士大夫人生的一大主題，但當黨爭的意氣傾軋帶來大面積的貶逐廢黜時，是繼續感激論天下事，奮不顧身，還是關注個體生命，遠離政治，自我排遣，自我鎮定，抑或是意志消沉，不堪其苦？一場心理上的掙扎在新舊黨人身上是免不了的，創作主體心態上的變化是詩歌感懷興寄的根源，也是詩風變化的誘因。因人而異呈現的多樣化詩歌生態，是最耐人尋味的。陸佃的詩在受排擠外任時，也出現了一個突變的高峰。

　　陸佃的詩歌在任職朝中，多應酬應制的昇平稱美之作，元祐年間新黨人士陸續開始外任，他的送別詩開始多世事感慨，至外任潁州、鄧州，徙知江寧，又改泰州、海州、蔡州近十年時間，他的詩歌數量增多，約占詩集的三分之二，大多是七言律詩，出現體制較大的組詩；詩風法李商隱，多感慨寄託，使事用典，意旨隱曲深沉，與他在京師和晚年返朝只有少量應酬詩作形成鮮明對比。

〔註79〕見《全宋詩》，北京大學出版社，1995年，第907卷，第10653～10654頁。
〔註80〕同上，第10666頁。
〔註81〕同上，第908卷，第10674頁。
〔註82〕陸游《家世舊聞》，中華書局，1985年，第184頁。

　　相對於王安石主動退居金陵，視世事如幻影，陸佃迫於形勢自求外任，但對於政事卻是一貫的執著，用世之心、返朝期望從未減滅，所以他的詩歌並未造出另外一番境界。荊公早年執著新政，至有「拗相公」之稱，晚年恬退，寓悲壯於閒淡，取玉溪筆法「清峭感愴」，而陸佃則不然，新法爭論煌煌，他並不急進辯護，黨爭意氣，他也不摻雜攻訐，本來就是較爲客觀理性之人，一旦閒置，雖平素好神佛之說，也不會產生強烈的空幻感，他取義山筆法，主要是在黨爭的嚴酷環境下隱曲言事，摹其哀情，並陳雜感，得其形式而不免有牽強不通之處，其所感主旨在逐臣戀闕，用世之心未泯、望有所進用，精神則未迨玉山之複雜深邃，下面試做分析。

　　陸佃初被擢用，也是春風得意，望有一番作爲，他在《依韻和王微之學》中稱道：「聞說進書歸秘閣，絕勝流落在山岩。」〔註83〕價值取向十分明確，《爾雅新義成查許國以詩見惠依韻答之二首》對晚輩描述了自己仕途得意時的凌雲壯志，「背未成鮐齒未鯢，暫時來放五雲低」〔註84〕、「探盡驪龍鑿盡鯢，明珠未出價猶低」，雖尙未成大器，但乘風破浪會有時，敘寫了受重用的情景，並對自己的學術著作頗爲得意，「初從荊國猶年少，久侍神皇見日躋。近正鉛黃新眼目，指南塵土舊輪蹄」，又「到底錯薪須刈楚，從來得兔要忘蹄」，覺得可以「他時若綴三經後」。元祐更化，一批友人相繼外逐，陸佃的送別詩寫來淒清委婉，元祐五年二月他在《送文太師再致政歸西都二首》其二直接感歎：「渭川士宦相先後，遼海人民半是非。誰念昔曾陪祖帳，同時賓客坐中稀。」〔註85〕而在《和岩老》中發抒：「遭遇何人更得如，同時幾許待公車，官清自可看奇字，俸薄猶能寫異書。千里水雲藏舊隱，一番雷雨報新除。自憐霄漢華塗穩，鴻雁橫飛序尙疏。」〔註86〕悲感同類，又以自我安慰隱含牢騷，甚至發出了對積極入世的否認，「此身到處堪乘輿，萬事由來枉用情」（《答張朝奉二首》其二）〔註87〕。

　　對世事無心亦無力過問，作爲心理上的調適，他選擇了「醉」來沖淡對世事的執著與遭遇的不平。在《依韻和查應辰朝散雪二首》其一寄託了才志無地施展的憤懣，「無地得施調國手，惟天知有愛民心」，「且向尊前盡情醉，

〔註83〕見《全宋詩》，北京大學出版社，1995年，第906卷，第10656頁。
〔註84〕同上，第10656頁。
〔註85〕同上。
〔註86〕同上，第907卷，第10660頁。
〔註87〕同上，第10661頁。

不須辛苦問爲霖」〔註88〕。到達穎州初期，在第一次巨大的打擊下，他與同僚詩酒宴遊爲樂，《呈周承議兼簡通判簽判二首》其一自陳「太守未甘雙鬢白」，「下車明日燕西湖，醉倚高花不用扶。鷗鳥便應知我意，海棠今復恨公無」，欲投入遊樂，淡忘世事，卻仍心念朝廷，故作瀟灑結果還是滿懷牢騷，「聖主若容長守此，不妨生就白髭鬚」〔註89〕。又如《呈幕府諸公》「十年騎馬困京塵，乞得州來穎水濱」「樓臺雪後如聞雨，歌舞尊前祇看春。半刺會須拌共醉，……」〔註90〕，《宴西湖用前韻呈諸公》「憑君爲伴花前醉，況復香醪特地醇」〔註91〕，以「醉」掩苦悶，而懷抱實未能放開。對於「少年通書，有未離於場屋；同時賜第，獨先在於朝廷。五十才歷外遷」的陸佃來說，他早期的仕途非常平坦，受到帝皇的眷遇深厚，得以在清閒的秘閣徜徉於學術文章，如今穎州雖是佳郡，但畢竟離開了學術文化重鎮，這種落差令他時時難以適應。

心理逐漸適應下來後，陸佃用世之心復熾，他認爲自己應該身處的位置還是朝中，他雖然在《鄧州謝上表》稱：「三年太學，官冷如冰，十載長安，粟貴於玉」，但念念不忘的是「偶被先皇之識擢，實爲希世之遭逢。一侍書帷，久陪法從。粵聖人之繼統，與英俊而並升。」〔註92〕雖屢遭打擊，仍期望被召回，得以繼續學術研究，施展抱負。這一階段他的詩是將安於閒適、遊賞飲酒與感慨身世、企望進用結合在一起的。在穎州任上，他聽聞主上幸國子監後，便和呂大防的詩，謂「侍臣獨恨身千里，邸報空看字數行」（《依韻和門下呂相公從駕視學》）〔註93〕，包含對國子監的眷戀，以不能參與政事爲恨，他轉江寧府、轉鄧州過闕都上書乞求朝見，充分表達了戀闕的心跡。

他時常懷念神宗的眷寵，在《依韻和田虎通判兼呈呂防簽判四首》，他直接發抒了希望返回朝中，爲國出力的願望：「主恩未報空持橐，軍政無妨數舉巵。潘鬢雪霜何太早，傅岩霖雨不應遲。」〔註94〕此外又有「投老尚堪驅使在，問春何似少年時」、「爲問鵷雛歸得未，虛來阿閣已多時」（《依韻和徐大

〔註88〕見《全宋詩》，北京大學出版社，1995年，第907卷，第10660頁。
〔註89〕同上，第10661頁。
〔註90〕同上，第10662頁。
〔註91〕同上。
〔註92〕見《全宋文》，巴蜀書社，2006年，第1160卷，第205頁。
〔註93〕見《全宋詩》，北京大學出版社，1995年，第907卷，第10666頁。
〔註94〕同上，第10667頁。

夫鳳凰池九首》其二、其三）〔註 95〕，歎息年華老去，企望早日回朝，就是在賞花品酒、顛倒歲月的時候，他也時不時感念自身不爲世所用，希望有用於世，「更許此生剛節在，祗應惟有歲寒知」，「春花秋葉兩推移，未有涓塵補聖時」。所以良辰美景在他看來只是映襯年華易逝，耽於詩酒只是無奈的排遣，雖能適應閒居生活，但終不願無所作爲。下面數詩將這種情志表達得十分清楚又不失含蓄：

> 湖上尋常日一臨，年華無用苦相侵。
> 夢隨蝴蝶悠悠覺，日待蟾蜍款款沈。
> 醉裏笙歌傳盞疾，壺中天地著花深。
> 回瞻象闕恩難報，願盡平生一寸心。（《和朱昇朝奉》）〔註 96〕

> 赤松居處近州衙，況復詩情是作家。
> 收得夕陽歸老境，破除春睡有新茶。
> 年華一任隨流水，世事多應似落花。
> 卻笑宦遊閒不得，塵埃昏盡襆頭紗。

> 誰將兩制比三衙，千騎猶如布素家。
> 何日龍巾容吐酒，而今紗帽自煎茶。
> 十年膠柱空調瑟，三月羹梅始見花。
> 醉裏不知身在此，夢魂猶傍御袍紗。（《答張朝奉四首》）〔註 97〕

京師的繁華和身處高位的榮寵，跟守任一方的孤陋冷落形成鮮明對比，宴遊賞樂還是排遣不了他用世之心，究其心跡，還是「十年京洛從宸遊，得郡終難繞指柔」〔註 98〕，代表著最普遍的文人仕進心態。陸佃在調整自適間重樹積極用世的信心，他夢魂所牽的朝政、神宗是美好的，這與他一貫堅持積極入世的態度和在黨爭所受的打擊未至慘重有關。所以他在與晚輩查許國的唱和中描述了曾經的恩眷與坎坷，並堅持了對朝廷正面的態度，像《依韻和查許國梅花六首》以梅花自況，寄寓深長，「與春不足都緣淡，教雪難知祗爲香。曾擁旌旗聞鼓角，終隨彝鼎見烝嘗」、「祗承雨露尤消得，況乃冰霜已備嘗」〔註

〔註 95〕 見《全宋詩》，北京大學出版社，1995 年，第 908 卷，第 10673 頁。
〔註 96〕 同上，第 907 卷，第 10666 頁。
〔註 97〕 同上。
〔註 98〕 《依韻和毅夫即事五首》，同上，第 908 卷，第 10670 頁。
〔註 99〕 同上，第 10676 頁。

99〕，但他對回朝仍抱有希望，「誰作明堂一柱看，謫官猶註罪中間。名成何必頻看鏡，道在終須得賜環」（《依韻和查許國二首》）〔註100〕，對自己前途、對變革的政治局勢仍充滿希信心，「平生慷慨慕荊國，自誓中立無邪頗。異時與子動勳業，請效夔契賡堯歌。」（《依韻和李知剛黃安見示》）〔註101〕。

　　年近六十的陸佃被徽宗召回朝廷後，對現實雖有清醒認識，但還是懷著期望，而他對於自身的遭遇的感慨屢屢表達在書表中，像：「君臣際會，荷神宗特達之知；師友淵源，覘王氏發揮之妙。浸罹讒疾，幾致顛躋。一去國門，十更年鑰。」〔註102〕（《謝吏部侍郎表》）又如：「徒以遭逢上聖，親炙大儒，偶驟歷於禁途，遂浸淫於拙宦。一違天日，十換星霜」（《謝皇太后表》）〔註103〕，「終緣樸學，早玷華資，久諳仕路之風波，僅滿謫仙之年月」（《謝權吏部上書表》）〔註104〕，「竊念臣嘉祐諸生，元豐近侍，久低徊與流落，漸荏苒於衰遲」（《謝試吏部尚書表》）〔註105〕，飽含自憐的深情，得以返朝後，他也在忙碌感慨中漸漸疏離了傾訴委屈心志的詩歌。

三、潁州詠紅藥組詩的戀闕深情

　　陸佃解易、解八卦頗有心得，深明性命之道，如王弼云「柔而又圓，剛而又方，求安難矣」，他在正直處世的同時也保持了中立低調的態度。《家世舊聞》卷上第二十六條：「楚公自元祐中出守汝陰，歷紹聖、元符十餘年，常補外，嘗賦《梅花》詩云：『與春不入都因淡，教雪難如只為香。』蓋以自況也。」〔註106〕舉世議論爭煌煌以進用、彈劾激切以博忠直名聲、攻訐結黨作意氣之爭，陸佃則始終較為理性，在此背景下未免顯得黯淡，但也因此得以保全。他沒有恩師王安石那種「欲迴天地入扁舟」的浪漫襟懷和縱橫作派，而是有奉官守儒的認真保守，所以在遽變的黨爭形勢下，能處方圓之間的他不能參透世事的變幻，於是在出任潁州的時期出現了一個吟唱苦悶的高峰，其集中最符合方回評價的接近崑體的詩，莫過於這一時期所作的詠芍藥組詩

〔註100〕《依韻和穀夫即事五首》，同上，第908卷，第10675頁。
〔註101〕同上，第906卷，第10647頁。
〔註102〕見《全宋文》，巴蜀書社，2006年，第2205卷，第171頁。
〔註103〕同上，第172頁。
〔註104〕同上，第173頁。
〔註105〕同上，第175頁。
〔註106〕陸游《家世舊聞》，中華書局，1985年，第185頁。

等〔註107〕。正如他在《潁州謝上表》所自嘲：「伏念陳自奮單門，敢求伸宦。學古有信書之累，逢時無應用之長。」〔註108〕陸佃雖瞭解時勢已變，但遭受排擠，自求外任、心意難平，新法盡改，志向未酬，不滿時局，而迴天乏術，一時未能消解的情結只能借詠物隱晦地傳達。

　　兩組芍藥詩各十六首，並未嚴密地安排體制結構，而是虛實交替，頻用典故，迴環往復地透露心曲，因寄託暗示，文詞或有不通之弊，可見作者尚未理清的複雜心緒，也是畏及文字禍的體現。下面試做分析。

　　《依韻和再開芍藥十六首》奇數詩押一「東」韻，偶數詩押一「先」韻，抓住芍藥再開，閏月兩圓這一特徵，以前生今世、昨日明天、枯榮圓缺發揮開去，寄託今昔對比的空幻感、懷才受挫的牢騷、再次回朝的希望、年華易逝的嗟歎……思緒交雜，情感曲折。文詞間或有晦澀不通處，但整體文脈連貫。其寄託眞切者如下：

　　　　其一：同時幾許已成空，回首榮枯是夢中，自昔一般稱國豔，而今兩度嫁春風。誰人與刻三年葉，何事惟開十日紅，……。

　　　　其二：百花羞縮敢爭先，雨露仍隨愛惜偏。……相逢可惜非三月，自歎無因更少年。

　　　　其三：再生檜老無多綠，四季花凡一餉紅。認得洛陽人未識，信知天地有奇功。

　　　　其四：解殘珠佩迎新見，尋得金環依舊圓。……向人自有凌雲意，不羨城南尺五天。

　　　　其五：別承仙掌非時露，剩占熏弦幾日風。自愧霜髭難更黑，誰憐粉面不長紅。

　　　　其六：一番風信作花先，未必春工會黨偏。玉杵買來容再擣，金釵分與卻重圓。幾回眾裏知誰似，一墮人間有幾年。

〔註107〕《依韻再和芍藥十六首》案：此詩係佃守潁州時作，第二首原注云：今歲閏月兩見中秋，以《哲宗紀》考之，則元祐六年也，是年佃初補外，故詩中多寄託語，《依韻和雙頭芍藥十六首》案：此詩亦守潁州時作，第十一首「聊伴西湖地主人」句可證，末一首云：「故應此戰今須解，兵法曾教避不如。」正敘當日所以乞郡之意。詩多寓言，與前篇同。見《影印文淵閣四庫全書》，上海古籍出版社，1987年，第4冊第152頁。
〔註108〕見《全宋文》，巴蜀書社，2006年，第2205卷，第159頁。

其七：十方生滅盡虛空，往往看花似醉中。……不知世逐仙棋換，未免身歸爤火紅。自斷此生真夢幻，直須成佛是殊功。

其八：……此身那復思前事，半面猶應記往年。畢竟得歸歸甚處，玉樓深在九重天。

其九：依稀仙帳魂今返，遭遇神針肉更紅。卻得蓬蒿遮蔽力，便教重見太平功。

其十：為報百花休暗恨，便開三度也由天。

其十一：須信年芳有虛發，莫教楊柳誤前功。

其十二：春風省識非平日，昏霧中看類老年。聞說上林今更好，一如堯禹舊時天。

其十三：便擬商量歸慧日，豫傳消息與香風。

其十四：姿貌新來勝日先，託根何事得州偏。

其十五：諸縣豐登獄屢空，……自今長許汾陽醉，內外曾無緫少功。

其十六：發居眾後摘居先，玉色無端稟賦偏。華表卻歸仙夢遠，寶陷重現瑞光圓。……兩處偶然渾忘卻，不須惆悵對炎天。〔註109〕

像「同時幾許已成空，回首榮枯是夢中」、「不知世逐仙棋換」，感慨變法失敗，同志離散；「幾回眾裏知誰似，一墮人間有幾年」、「自昔一般稱國豔，而今兩度嫁春風」，是自況處境，並對自身的才華進行肯定；「自歎無因更少年」、「自愧霜髭難更黑，誰憐粉面不長紅」是對年華老去的感傷；「畢竟得歸歸甚處，玉樓深在九重天」、「便擬商量歸慧日」則是期盼回朝，但又覺得希望渺茫；「向人自有凌雲意，不羨城南尺五天」、「為報百花休暗恨，便開三度也由天」，卻是表達志氣，超脫於得失之外；「須信年芳有虛發，莫教楊柳誤前功」又仍對朝廷抱有希望。

一連串的質問，聯繫陸佃的遭遇，自不難剖析出上述詩歌中的數層意旨，首先是逐臣戀闕、懷才受挫的心理，其次是對世易時移、人生沉浮的感悟，再者是盼望回朝與安於命運的搖擺平衡。變法事業的受挫、恩師的離世、遭受排擠的委曲、年華的飛逝，「自斷此生真夢幻」，身處偏郡的陸佃總是處在

〔註109〕見《全宋詩》，北京大學出版社，1995年，第907卷，第10662～10663頁。

深刻的幻滅感中。正是在不斷地重複咀嚼這些體驗的基礎上，陸佃的詩歌才尤爲接近義山的風貌。

《依韻和雙頭芍藥十六首》奇數詩押六「魚」韻，偶數詩押十一「眞」韻，以雙用事，融詠史、寫景、幻想於一體，寄寓情思沒有上一組詩那樣綿密，而是開始放眼自然世界，襟懷也較爲開闊，下面暫列明顯有寄託的詩句：

其二：有客彈冠連茹進，誰家高髻合歡梳。年來太守雖加老，爲爾情懷亦自如。

其三：不與尋常草木群，看來端的好於人。……浮薄未應隨世態，靚妝渾似任天眞。

其四：曾與宮花傍玉除，芳名消得用金書。

其七：半醉奈何非李白，獨醒愁殺是靈均，空花在處黏成妄，草木何時煉得眞。顧我無心爭彼此，即今開落任青春。

其九：曾對絲綸當禁掖，終隨弦誦到成均。有如一夢邯鄲假，未始相離渾沌眞。可怪滿城尋國豔，不知花在此中春。

其十一：共拋花縣暫離群，聊伴西湖地主人。……移在洞天深處種，與誰同見八千春。

其十二：幾時詩債許蠲除，直待金雞放赦書。……不怕飛泥侵妙質，吾家斤斧正風如。

其十三：開向夏天緣底事，算來多是不宜春。

其十四：桃苑無堪謾祓除，芭蕉何事倒抽書。

其十五：晚菘早韭謾連群，過眼終無愛惜人。……回首鳳凰城闕下，倩誰移與後園春。

其十六：曾伴長楊草詔除，信知長合在中書。暫違紫袖雙瞻立，聊伴紅裙一餉居。……故應此戰今須解，兵法曾教避不如。〔註110〕

上一組詩還存在較多離闕的惆悵，而這一組詩則更多肯定自身的品格才能，諷喻朝廷的不公，而基調也較爲灑脫。詩人言道「故應此戰今須解，兵法曾教避不如」，當他自動求外任的時候，雖做好心理準備，但眞正遭外放，也難以平復，經過一個適應的階段，他又能回過頭來肯定自己當初的決定，所以仿義山

────────────────

〔註110〕見《全宋詩》，北京大學出版社，1995年，第907卷，第10663～10664頁。

詞又夾雜了較多議論。像「不與尋常草木群，看來端的好於人」、「浮薄未應隨世態，靚妝渾似任天眞」肯定自身的才華品質不同流俗；「曾伴長楊草詔除，信知長合在中書」、「曾與宮花傍玉除，芳名消得用金書」、「曾對絲綸當禁掖，終隨弦誦到成均」，則是對於曾經受過的恩寵念念不忘；而質問「開向夏天緣底事，算來多是不宜春」、「晚菘早韭謾連群，過眼終無愛惜人」，則是對自身不合時宜境遇的哀憐；在這種情況下，他認爲今日的處境是「顧我無心爭彼此，即今開落任青春」而內心仍然期盼回歸朝闕：「回首鳳凰城闕下，倩誰移與後園春」，而「幾時詩債許蠲除，直待金雞放赦書」更是直接指明了不斷寫詩寄寓的心理正出於戀闕。在陸佃心目中，他最合適的位置還是朝廷的清要之職，他不像王安石一樣自由地選擇甚至批判朝廷，而是始終等待朝廷對他的賞識認可。陸佃對賞花頗有心得，他詩中屢次寫到名花護紗，寄寓了對人才的尊重愛惜之意。而當處於人生的低谷，有逐臣之嗟歎、處世之感慨時，他唯有借詠物以喻人，於是便出現了詩集中最接近義山風貌的幾組詠物詩，奇峰突起。

第四節　「能文陸左丞」的穩重文風

　　陸佃文集今存十三卷，周文璞有《至荊公墓》：「守法曾丞相，能文陸左丞。」以曾布和陸佃爲荊公政治和文藝傳人的代表，確不爲過。陸佃文章說理周密、敘事清晰，紆徐委備，不類王安石峻切高潔，頗有曾子固之風而情采過之。這些文章篇幅皆不長，而論及學術所長、感念鄉土深情、敘緬平生知己猶能抉出精神，傳寫於筆墨，立意高遠，亦具宋文之特色。

一、經儒的制策

　　今《陶山集》存有陸佃《御試策》，即「熙寧三年，廷試賦遽發策題，士皆愕然，佃從容就，對擢甲科」的傑作〔註111〕，面對突發情況，陸佃從容應對，侃侃而論。相對於同榜狀元葉祖洽直接論變革，以應策題「救弊」的關鍵，陸佃所論的還是較爲穩妥的「任賢立本」〔註112〕，他發揮了向來解易解兵書的邏輯思辨長處，不求必一出己見，放言高論，也沒有波瀾起伏、縱橫文詞，只是在嚴密周備地建構他的論證過程，層層推進，從容平易，其條分

〔註111〕脫脫等《宋史》卷 343《陸佃傳》，中華書局，1977 年，第 10918 頁。
〔註112〕見《全宋文》，巴蜀書社，2006 年，第 2202 卷，第 108 頁。

縷析，又足以服人，如論治世秩序「道德已明，然後次之以仁義，刑名已詳，然後次之以分守，其治至於定，然後文之以禮，其功至於成，然後文之以樂，小大有秩，先後有宜，此萬事之所以得其序也。當是之時，政教既成，道德同而風俗一。」這是當時士大夫多所論及的話題，但陸文條理分明，追古三代，數歷朝制度，發揮了自身治學之所長，使論述紮實，言語平和，無激切的文辭。試與曾鞏的《與王介甫第二書》比較，則可見兩者的共性，首先，立意上老成穩重，不標新立異，其次，說理引據紮實，雖作迂闊之論而不作空談，語言上都簡易明白，從容不迫。以其平和的態度、實在的理據服人。

《武學策問》八則，可謂陸佃集中最能體現他紮實學識的文章，因篇幅所限，點到即止，而立論高瞻，體系完備，既包含對學理的深刻探索，也融入了對現實的認真思考。如其二問：

> 天右序有宋，篤生聖上，全治所覆，從化之以文，橫勵之以武，英咸俊德，度越前古，是以東懷高麗，南屈交趾，洮河以西，窮髮之北，莫不賓順，而國家閒暇矣。吾子幸丁斯時，惟閒暇故，得嫺習於此，然而孫武曰：「善戰之勝，無智名，無勇功。」武之為說雖多，未有賢此者，吾子以古求之，孰有智名？孰有勇功？孰無智名勇功且其智名勇功奚自而有無也？其有與無，厥效如何？試為言之。〔註113〕

作為武舉策問，其發問放在充分肯定神宗的武功的基礎上，但又引發舉子進一步深入思考，所謂「無智名、無勇功」，在具體用兵戰略戰術上，備於無形，策於無聲，於敵人未備、軍心未齊贏取勝利，其上乘境界就是不戰而屈人之兵，消弭了戰爭，所以無所謂智名、勇功；在國家的武備上，則是充分預備，防患於未然，及時解決矛盾，避免戰爭的發生；在將領的個人修養上，則當身處高位，含晦如無營，而不是矜伐以取智名勇功，以揚己才。陸佃作過《鶡冠子解》，其軍事思想還是從黃老演變而來的自然之道，他也希望舉子能夠理解戰爭的真正意義，在國家勤修武備的時代，保持清醒的態度，不貪功矜伐，而是積極地準備，找出不戰而屈人之兵的方法。

其八問：「『兵者，百世不一用，不可一日忘也。』國家承平百年，兵習久安而惰驕，民非素教而憚怯，數歲以來，主上以訓齊之法新之，而精銳並出，蓋昔之惰者今奮，怯者今勇矣，今諸君見用於世，以制戎狄，得此兵用

〔註113〕見《全宋文》，巴蜀書社，2006年，第2208卷，第213頁。

之，自度能幾？教如何行？愛如何立？願聞其略。」〔註114〕也是貫穿著勤修武備、防患未然的思想，並結合北宋承平的弊病，針對將領缺乏實踐操作能力的現實，詢問舉子具體馭兵之術。這些發問既立意深遠，又切中現實，是陸佃學養的體現，而在立論發問上，也是紮紮實實，用語簡切清晰，博學中有平和嚴謹的風度。

二、雅潔的散文敘論

宋人對文章主題有極高的期望，正如方笑一《北宋新學與文學——以王安石為中心》附錄《論歐、蘇、曾、王的記體文》指出的〔註115〕，作記不僅僅限於寫景或敘事，而是融入個人的一番見解，集記敘、描寫、抒情、議論一體，釋名物、論典故、作比較、發義理，立意高遠，是北宋散文的顯著特徵，陸佃集中也不乏如此佳構，像《適南亭記》，先將會稽與杭州作比較，探究會稽風光聲名不彰的原因，以宋代士大夫的審美標準，突出會稽在人文地理上幽深高逸，境界遠高於杭州的華媚細巧，論說常人審美的誤區，首先就在審美上探抉出會稽山水的神韻來，立意高遠，先聲奪人。

> 會稽為越之絕，而山川之秀甲於東南，自晉以來高曠宏放之士，多在於此，……然杭之習俗華媚，善占形勝，而丹樓翠閣，輝映湖山，如畫工小屏，細巧易好，故四方之賓客，過而覽者，往往後越。夫越之美，豈至此而窮哉。意者江山之勝雖在，而昔賢往矣，距今千歲，幽深寂寞，殆有鬱而不發者也。〔註116〕

充分鋪墊，然後才推出對會稽山水的發掘，述郡守程公的政事，寫南亭由來，而對南亭取址的寫景尤為精鍊傳神，寫亭臺建好之後的景色人文，筆端瀟灑。

> 是日也，天和景晴，竹莖尚疏，木葉微合，峰巒如削，間見層出，公曰，此山之佳處也，已而北顧，見其煙海杳冥，風帆隱映，有魁偉絕特之觀，而高情爽氣，適相值也。……暇日以眾飲而賞焉，水轉把轉清，山轉望轉碧，而俯仰之間，海氣浮樓臺，野氣墮宮闕。雲霞無定其彩。五色少頃百變。殆詞人畫史不能寫也。於是闔州以為美觀。而春時無貴賤皆往。又其風俗潔雅。嬉遊皆乘畫舫。平湖

〔註114〕見《全宋文》，巴蜀書社，2006 年，第 2208 卷，第 216 頁。
〔註115〕方笑一《北宋新學與文學——以王安石為中心》。
〔註116〕見《全宋文》，巴蜀書社，2006 年，第 2208 卷，第 223 頁。

清淺。晴天浮動。及登是亭。四眺無路。風輕日永。若在蓬萊之上。
可謂奇矣。然則所謂余杭者，未必如也。

如不經意寫來，但以敘寫行議論，寫景筆端含情，突出政清人和，實稱美程公德政，又以此生發開去，結尾更進一層，頌時政、論美德、寄託對故鄉的深情，期望人才得以拔用，交織自然，意味深遠，「雖然，公之美誌喜於發揚幽懿，豈特賣一山而已，凡此鄉之人，藏道蓄德，晦於耕隴，釣瀨屠市，卜肆魚鹽之間者，正仰天子仁聖拔用，忠賢夢想多士，斯可以出矣，庶幾託公之翼，摶風雲而上哉。」

　　陸佃集中記敘文有不少是為親人、鄉親寫的墓誌，敘事擇取得當，文筆雅潔。他最為重視墓主的品格修養，像《周氏夫人行狀》的周氏夫人經營一家生計，其眼光胸襟有超越男子處，為母親邊氏作行狀，刻畫她「言應詩禮，行中圖史」慈孝的閨閣風範〔註117〕，寫《黃君墓誌銘》突出他善於治理營生、樂施好善。這些文章中，陸佃尤著重寫墓主臨終坦然往生的狀態，雖夾雜因果輪迴之說，但旨在闡發一種豁達超脫的精神境界，也使人物形象得到昇華。而敘事議論並行，感慨處多情，則首推《祭壻李知剛》、《李司理墓誌》二文，此二文都是為他早逝的學生兼女婿所寫，內容相近，祭文尤為動情，而墓誌客觀細寫同李知剛論學過程，也是蘊含深情。祭文一開始便闡述生死觀，「自古有死，其誰能免，壽夭相懸，雖若彭殤，終於共盡，蓋生之有死，猶客須歸」〔註118〕，接著轉折，「今於作乂，不能以理自勝，每一念至，幾於忘生」，情深意切，痛惜李知剛的早逝，而進一步探究最為痛惜之處，「德可以臻極而未充，學可以造微而未盡」，而抒寫自己的情態「予自聞訃，迨今念子，若迷若失，亦如醉人，萬象成非，觸緒悲感，覽子平生所為文字，閱昔共讀經史，展昔共玩書畫，過所嘗遊覽臺觀，遇所嘗會合親朋，雖欲忍淚，忽焉不知涕之流落也」，感慨多情，又擇知剛往生事蹟敘寫，「後聞其死，不愧通人達士。疾革，召其僚吳君，願以後事付之，願退，於是盥手靧面，正西向坐，且曰，我亦詣一好處，揖吾女，令勿悲惱，善自愛，語訖，遂長往。」精鍊傳神，在一番痛悼之後，作者以一番通達的議論來超脫悲哀的情緒，「嗚呼作乂，我今知之理有固然，物忌甚美，事惡太全，惟吾作乂，成就似早，行太老成，經甚明瞭，老尚難兼，而況年少，譬如草木之英雖奇，不實雲霞之異，雖奇易失」，既對愛婿給予極高的評價，又

〔註117〕見《全宋文》，巴蜀書社，2006 年，第 2208 卷，第 225 頁。
〔註118〕同上，第 2211 卷，第 272 頁。

闡發了道理，意味深長。而墓誌銘則重在敘事，從李知剛「方爲兒時，不喜嬉弄，顧有文字書畫處往觀焉」的異行談起〔註119〕，寫他在太學「至其經術，終日似不能言者，雖近在戶庭，予累年而後知之」，又「居久之予，自南陽趣闕下，沿汴絕淮，訪吳市之異書，探稽山之勝穴，切磋琢磨，相將以道」，論《春秋》，「予異其言」，論三傳，一語中的，飽含知音相惜之情，突出其精神氣格的出眾，「如虎豹之駒，犀象之犢，豫章杞柟之苗，其精神氣格，自然異也」，而藉此進一步發議論「由此以觀焉，天下之士，潛光匿跡，以遠不得而知者，顧豈少哉」，也是敘事議論交融，立意高遠。

三、寄託深情的章奏

今陸佃集子中保存不少公文章奏，多爲元祐、元符時期作品，文詞典雅，更難得的是將他對家國的深情抒寫得含蓄委婉。既有大體，又具內涵。最爲出色者，當屬《神宗皇帝實錄敘論》，此文在舊黨執政的環境下，敢於鋪寫神宗與王安石知遇深情，充分肯定神宗的功績，包括他不爲舊黨人認可的舉措，敘寫客觀，但在細節的描寫上傾注筆力，將他心目中神宗的形象功過委婉地傳達出來，像「百官賜見顧問，各以其職，常出人意表，多不能酬對，然上恐其失次，輒顧而言他，終不面窮之也」〔註120〕，這些細節刻畫，使得這篇夾敘夾議的文章寫來血肉豐滿，情感深摯。文章用大量的篇幅突出了神宗不爲舊黨所肯定的武功，並對富國強兵的改革效果也敢於肯定，字裏行間，作者對神宗的理解和同情也蘊含其中，他寫神宗「平居亦間言兵，然非群臣所能望也。每邊奏至，處畫常中機，會號令諸將，多下手箚詞協事，稱皆粲然可觀，故平瀘戎、闢洮隴、南征交趾、西討靈夏，威聲所加，震疊海外，常惋憤敵人倔強，久割據燕，慨然有恢復之志，聚金帛內帑，自製四言詩……迨元豐間，年穀屢登，積粟塞上，蓋數千萬石，而四方常平之錢不可勝計，餘財羨澤，至今蒙利」，在當時的評論裏，可謂客觀而切實，而不失血肉。

在陸佃被排擠外任期間，他雖渴望回歸朝廷、重新被重用，但對形勢的清醒認識又使他意識到回朝難有作爲，而且還會身涉險境，不得不遠禍全身。期間寫的章奏則不免有虛應之語，但回顧自身經歷，感慨深沉，措辭大方。像《辭免修哲皇帝實錄箚子》：

〔註119〕見《全宋文》，巴蜀書社，2006年，第2209卷，第234頁。
〔註120〕同上，第2207卷，第205頁。

> 竊念臣昨嘗預修神宗皇帝實錄，以不稱職擯斥累年，辜負裕陵識擢之恩，已試不效，循惄省謬慚悔，迄今傷禽驚弓，痛定猶怯，戰蟻奔北，語勇甚慚，私義未安，禮當披愬，伏望天地之造，父母至恩，憐其誠心非為偽，改求俊乂……〔註121〕

從容將實情托出，畏禍的心態，忠於事實的態度，出語實在，而措辭委婉得體。又如《江寧府謝上表》是在出任穎州後的一個小小的轉折，但他不敢喜形於色，而是措辭謹慎，將感慨寄寓於敘寫之中：

> 竊念臣門地素寒，人材甚陋，偶緣遭遇，遂致超踰，少年通書，有未離於場屋，同時賜第，獨先在於朝廷，五十才歷外官，三邊皆為佳郡，秦頭望重，穎尾俸優，維是建業之為邦，實臣熙寧之游學，人來日下，稔聞江左之風流，山似洛陽，猶識京西之氣象，土風甚美，公事不煩，又況若耶之快風非遙，秦淮之明月未改，棣華相望，知親養之甚歡，楷木成陰，顧師承之可想伊。……賜金久任，願居循吏之間。〔註122〕

寫景議論，似暢意非常，而惶恐之情，也躍然紙上。從陸佃的戀闕心態看，求外任、調任江寧府帶給他情感上的衝擊都是很大的，在表奏這種辭章中，除了措辭得體外，他也充分而委婉地將自己的情感心志表達清楚，達到了感人的效果。

〔註121〕見《全宋文》，巴蜀書社，2006年，第2202卷，第117頁。
〔註122〕同上，第2205卷，第162頁。

第七章　黨爭中的異數——彭汝礪

第一節　被《宋史》褒揚的新黨人物

　　彭汝礪（1042～1095），字器資，饒州鄱陽人，英宗治平二年舉進士第一。作爲被元祐黨人列爲王安石親黨的文人〔註1〕，《宋史》本傳對他並沒有詬病之辭〔註2〕，因他未位列權臣、中立事君，更因爲他的品行符合儒家規範，講求仁義誠信，正直謹愼、溫柔敦厚，無特出的言行可供指摘、曲解。

　　以狀元、直臣、詞臣名垂青史的彭汝礪，是宋代士大夫立身持節的楷模。他正直立朝，堅持明辨眞相正義，屢排眾議，犯顏進諫；治學重視性命道理，推動儒學、經學復興，論理深醇；行事處世忠厚仁愛，表裏如一，極得師友敬愛；其詞章浩然而溫和，莊嚴不失紆徐，其詩平淡中有深沉，颯颯乎有古韻，文陳節義、詩抒幽情，皆是他人格的如實體現。

一、言動取捨，必度於義

　　在他身上，充分體現了儒者的仁義精神，正如他的好朋友曾肇《彭待制汝礪墓誌銘》所說：「自讀書爲义，已有志於其大者，言動取捨，必度於義，朋友畏之」，「在外爲監司，務大體，不事細苛，而於議獄，必傳經典。故在

〔註1〕 畢沅《續資治通鑑》卷81，元祐四年五月丙戌條，梁燾進蔡確、王安石親黨名單。上海古籍出版社，1988年。
〔註2〕 脫脫等《宋史》卷346《彭汝礪傳》，中華書局，1977年，第11253～11256頁。

京西，多所全宥，爲州所至，有惠愛，尤以興學養士、賑乏恤孤爲急。居家孝友，事寡嫂謹甚，兄無子爲立後官之，又官其弟汝方而後其子，汝方聞公喪，即棄所居官歸，論者多之。族人貧者，分俸錢賙給，或爲置義莊，與人交，盡誠敬。少時師事桐廬倪天隱，天隱亦奇之，及官保信迎天隱置於學，執弟子禮事之，天隱死，無子，公爲並其母葬之，又葬其妻，又割俸資其女。同年進士宋渙未官而死，公經理其後，不啻其家人，蓋其篤行如。」〔註3〕

四庫館臣評論彭汝礪：「立朝侃直，風節凜然，凡所論諫，皆關國是。」〔註4〕《宋史》言其：「讀書爲文，志於大者，言動取捨，必合於義」〔註5〕，與曾肇的評論一致。彭汝礪論事行事皆以符合儒家道德爲準則，取捨符合大義，盎然有古風。從現代意義看，彭汝礪也體現了宋代知識分子身上的良知與民主精神的萌芽。他任御史，維護士大夫與君主共治天下的制度，力爭臺諫許風聞言事而不向當政者屈服；爲詞臣，不贊成興文字獄，不起草以文字廢人的詔書；勘刑獄，寧願自劾堅持不讓當朝者以特旨妨礙司法公正。他的正直與堅持，使他雖在黨爭中屢受攻擊，而因聲望顯著，無瑕可摘，能全身遠禍。

二、直言極諫事迹

彭汝礪秉持儒家仁義道德思想，在內聖修身與外王輔政上，都有切實的行動，他事君參政正直忠誠，飽含仁愛兼濟天下之心，常懷憂患意識，重視儒家禮義教化。他的政治才能突出表現在指出朝政得失、維護制度道義上，而不在理財、建設方面，他論事剛直而謙和，斷獄明白公正，但因爲經常力排眾議，艱難維護公義，所以也有個人深沉的憂慮。

（一）熙寧間任御史論人事

《全宋詩》的詩人生平說彭汝礪是在熙寧初召爲監察御史裏行，是不準確的，熙寧初彭汝礪與曾肇、陸佃、龔原等同爲國子直講，並結爲摯友。據

〔註3〕 曾肇《彭待制汝礪墓誌銘》，《宋史・彭汝礪傳》就是參照此文寫的，見《全宋文》，巴蜀書社，2006年，第2384卷，第131～133頁。二三八四曾肇一〇祭彭江州文一三八。

〔註4〕 永瑢等《四庫全書總目提要・鄱陽集》，《影印文淵閣四庫全書》，上海古籍出版社，1987年，第4冊第129頁。

〔註5〕 脫脫等《宋史》卷346《彭汝礪傳》，中華書局，1977年，第11256頁。

《續資治通鑒長編》記載：「熙寧九年十月戊子：大理寺丞、國子監直講彭汝礪爲太子中允，權監察御史裏行。王安石初得汝礪詩義，善之，故用爲學官。鄧綰以安石故，欲召見之，汝礪不往。既舉充御史，而練亭甫紿綰以安石不悅，綰遂自劾失舉。上怒，黜綰，即日除汝礪。」〔註6〕曾肇的《彭待制汝礪墓誌銘》也說彭汝礪以御史中丞除公太子中允、監察御史裏行〔註7〕，是在熙寧九年冬，從現存彭汝礪章奏看，是熙寧九年任監察御史裏行。

他擔任監察御史，職責在監察百官，但他沒有受當時臺諫喜歡指摘士大夫小事的風氣影響，而是敢於指出朝政不符合大義、有失偏頗之處，以古禮古制爲依據，不容毫釐疏漏怠慢。他諫諍時不顧政治形勢，將個人禍福置之度外，唯求無愧於心，無愧於職責。其突出的事蹟有：

神宗時期，論呂嘉問市易聚斂非法當罷。市易法本意在保證貨物市場流通，抑制兼併，但實際操作卻很容易帶來弊病，呂嘉問提舉市易務以多收息錢爲要，挾官府之勢，壟斷市場、擴大經營範圍，賤買貴賣，牟取高利，違背了市易法的本意。曾布熙寧七年曾就此事上書，但受呂惠卿排擠而去。在當時的情況下，當政者希望臣屬多言新法之便利，言呂嘉問處事不當容易被曲解爲攻擊新法，但作爲新法的擁護者，彭汝礪爲了確保新法更好的推行，還是如實地揭露弊病。他在《論聽言之道未至者三奏》的論述可以見出當時進諫的情況，曰：「臣獨有疑焉，臣前略論市易事，蒙宣諭以爲不知本末，」〔註8〕「呂嘉問之姦欺險詖，自大臣至於僕圉之賤，自朝廷以至於四海之遠，蓋無不聞知，所以愛憐而不忍去者，獨陛下而已」，「夫闢土地以強國，實府庫以富國，以今言之，如所謂才也，而孟子以爲民賊，況嘉問上欺陛下，下欺民實，未有以益國，群臣言之愈切，陛下持之愈固，臣未知所謂也夫。嘉問區區，實不足數爲陛下道，然陛下以是待天下之士，是害有甚於嘉問者，陛下有不得知矣。」

熙寧十年五月，論不當以李憲措置邊事。神宗以信任的宦官統領兵事，節制大將，彭汝礪與御史中丞鄧潤甫、御史周尹、蔡承禧上章阻止。在李憲洮河之役取得大勝後，舉朝矚目，彭汝礪卻不合時宜地極力上奏，從宦官制

〔註6〕 李燾《續資治通鑒長編》，中華書局，1986年，第278卷，第6795頁。

〔註7〕 曾肇《彭待制汝礪墓誌銘》，《全宋文》，巴蜀書社，2006年，第2384卷，第132頁。

〔註8〕 見《全宋文》，巴蜀書社，2006年，第2197卷，第21頁。

度的由來懇切進言。而且，他不是以事論事針對李憲，而是勸阻神宗勿授予宦官過多的權力，而侵犯與宋室共治天下的士大夫，曰：「自古人君，方其無事之時，未見其害，則士大夫之言，爲不足信，亦莫之聽也，及其禍亂既作，本末顛沛，至於無可奈何而後已。自古及今，蓋非一二也。」〔註9〕他這番舉動是冒了很大風險的，《彭待制汝礪墓誌銘》曰：「神宗初若不懌，出語詰公，公拱立不動，伺間復言，帝即爲之改容，是日殿廷觀者，始皆爲公懼，已而皆歎服。」〔註10〕事見端倪，則飽含憂患意識，也維護了用人制度的規範。

熙寧十年九月，論俞充數罪〔註11〕。俞充媚事宦官王中正，本得神宗信賴，被提拔爲檢正中書五房事。彭汝礪上書，將自己陷入了複雜的人事關係中。神宗要彭汝礪說出俞充事得於何人，擺出了對臺諫懷疑的態度，與統治者許御史風聞言事的制度相違背，於是彭汝礪上《論所言俞充事不當得之何人奏》、《再論俞充事奏》表明態度，曰：「臣寧自劾，不敢奉明詔，」「既已明白，故不當問其所聞。」〔註12〕寧可認不奉詔的罪，也要堅持自己的立場，維護臺諫制度的尊嚴。

針對此數事，彭汝礪上了一道《論聽言之道未至者三奏》，指出最高統治者神宗未能完全採納臣子的進諫，是不能盡誠意待士大夫，有言路不通之憂。雖然在封建社會的政治制度中，君主有馭下之術，臣子有侍奉之法，但彭汝礪忠誠事君，否定了君臣之間的不協調與牽製作用，義正詞嚴地分析大道理，論述爲臣之道，言語間有浩然正氣，即使在邏輯上並不能完全證明所進諫事情的準確性，但懇切動容，是他爲臣的寫照，以其人格力量動人。他還教導君主：「臣伏思陛下於百官之中，取六七人者爲諫官御史，使得察百官邪正，辨天下利害而言之，則必以其人爲可信也。以爲可信則任之而不疑，以爲可疑則去之而不任，既任之復疑之，既疑之復任之，非誠之至也。蓋上以疑待下，則下亦以疑事上，上下之志不交，則不足以有成矣。」〔註13〕充分顯示了宋代士大夫與君主共治天下的主體意識與理想化的設想。而他這種

〔註9〕 彭汝礪《論遣李憲措置邊事奏》，同上，第16頁。
〔註10〕 曾肇《彭待制汝礪墓誌銘》，《全宋文》，巴蜀書社，2006年，第2384卷，第132頁。
〔註11〕 李燾《續資治通鑒長編》卷214，彭汝礪論俞充親喪擁妓沽醉、私售官莊、強假富民錢、巧事中官等罪，中華書局，1986年，第214卷，第5217頁。
〔註12〕 見《全宋文》，巴蜀書社，2006年，第2197卷，第18～20頁。
〔註13〕 同上，第21頁。

至察無私、正直無回的態度，有時不利於統治者對全局的掌控，也得到神宗的警示，他自言：「臣所論多陛下宣諭及所戒飭者，則知陛下之意，不以不肖為可惡，而將告教之也，臣雖已銘刻，然於義有所未安，則其告之亦不敢後也。」此後，彭汝礪以母老請外，罷為館閣校勘、江南西路轉運判官，離別的時候，還上疏論時事，直言：「今不患無將順之臣，患無諫諍之臣；不患無敢為之臣，患無敢言之臣。」〔註14〕（《彭待制汝礪墓誌銘》）表現出忠直極諫的勇氣。

（二）元祐前期任起居舍人、中書舍人論時政

元祐二年，彭汝礪起為起居舍人，元祐三年，轉中書舍人，他上章反對科舉考試恢復詩賦取士，數章上奏都反映民病，與熙寧時期關心人事具體安排相比，他此時更關心整個國家的治理，顯示了新黨文人的切實作風，像《孫村回河事奏》以朝廷摒棄眾議、獨取王孝先一說為不妥，主動承擔：「臣愚欲乞指揮相度河事官」〔註15〕，並反映民生事實，指出應先議定再徵賦稅，「京東河北薦罹飢饉，去年苦寒，麥不及下種者十五六，今歲雖小熟，然流移者未復，病者未蘇，賦役之作尤須重惜，今回河議未定，所有指揮物料價錢，亦乞付相度河事官，候見得的確利害及合消得收買，即徑仰施行。」元祐四年，王孝先治河勞民傷財無功，卻得移任，彭汝礪兩次封還詞頭，堅決請求治他的罪，並指出朝廷的祖護不公：「聖人在上，不能使人不為過惡，有過惡則治之而已，……臣伏詳王孝先反復不信，熒惑中外，誕謾無懼，愚弄朝廷，耗蠹國財，死折人命，其事見於案牘甚具，見於人言甚不可欺，非特臣言也，今朝廷為之蓋覆，為之遷徙，譬猶愛惜兒女，不忍以一指彈治，臣恐朝廷綱紀自此弛廢矣。……陛下自履大位，於今五年，……孝先之於河議，非不知而為之也，及姦詐窮露，猶敢肆意誕謾，以朝廷為無足畏，是所謂怙終。……」他這次抨擊朝廷包庇近臣，也是在非常艱難的條件下進行，《彭待制汝礪墓誌銘》曰：「議者皆不悅，公亦數請去。是時大臣有持平者，頗與公相佐祐，而一時進取者，病之欲排去其類，未有以發。」〔註16〕

〔註14〕曾肇《彭待制汝礪墓誌銘》，《全宋文》，巴蜀書社，2006年，第2384卷，第132頁。
〔註15〕見《全宋文》，巴蜀書社，2006年，第2197卷，第27頁。
〔註16〕曾肇《彭待制汝礪墓誌銘》，《全宋文》，巴蜀書社，2006年，第2384卷，第132頁。

　　元祐四年他上《乞罷春宴奏》〔註17〕，以天人感應之說勸當朝者罷大宴，但其意重在反映天災與下臣的蒙蔽：「臣伏見去年諸路災歉，京西陝西人至相食，冬間屢得嘉雪，宿麥甚茂，饑民嗷嗷待此以濟，而雨不時應，旱氣以成，麥苗萎黃，勢將槁死，雖收成之處，所得固已無多，若飢饉薦臻，公私受弊，有不可言者，此正君臣側身畏懼憂懼百姓之時，而恬然莫以為意，此臣之所未諭也。……恐是上下蒙蔽，苟寬聖心，但雲雨澤小愆，未至害事，九重深遠，何緣盡知。」彭汝礪的苦諫最後以朝廷罷春宴告終。

　　《論成於憂勤失於怠忽奏》雖對未親政的哲宗提出要明察時政、勤於治理的建議，但卻毫不隱晦地指出了當時的社會狀況，「今察於天地，常寒星變，河流未息；察於財用，公私單乏，浮費益滋；察於有司，因循苟簡之弊日甚察，於風俗廉恥忠厚之風幾喪，役法既變，民人益困，邊備浸弛，強敵方侮，選舉法壞，士迷所向，而進言者曰今大安且治，是非欺則諛。」〔註18〕相對於元豐年間新法取得一定成效，國庫充盈、軍事強盛、民生豐足；舊黨當朝因循守舊，廢役法、弛邊事、濫恩爵、奢費用、興黨爭，經濟民生江河日下，彭汝礪於此形勢下保持清醒的態度，痛批弊端，實在有過人的勇氣，在與元豐政績比較的情況下，他上《論太平百年所當戒懼奏》，雖論述大道理，但憂患意識與王安石《本朝百年無事劄子》相近。

　　元祐四年論蔡確詩案。在黨爭中知名的「車蓋亭詩案」與「宣仁之誣」時期，文字獄既興，而文彥博、劉安世、王言叟、梁燾等欲置蔡確於死地，深文周納，曲加誣陷。黨爭憑文字獄打擊臣工，其風一開，惡性影響不可估量，蘇軾等人也上書阻止，彭汝礪與蔡確曾因彈劾呂嘉問失歡，但他堅決秉持公議《乞不宜以詩語廢蔡確奏》乞求當朝寬容，剖析仁愛之理，曰：「臣聞之王者之於萬物，其覆之如天，其容之如地，其愛養之如子，一發號出令，必本仁義，是故上下和平，風俗醇厚，陰陽順時，草木鬯茂」〔註19〕，與彈劾俞充、王孝先等必欲去其惡取論不同，委婉地透露蔡確無罪，而論及定罪的禍患，「今緣小人告訐，遂聽而是之，又從而行之，其源一開，恐不可塞。人有一言，且將文飾之，以為是譏謗時政者；有一笑，且將揣度之，以為包

〔註17〕見《全宋文》巴蜀書社，2006年，第2197卷，第29頁。但《全宋文》將此文繫於元祐三年，李燾《續資治通鑑長編》繫於元祐四年，應以後者為準。
〔註18〕同上，第30頁。
〔註19〕同上，第31頁。

藏禍心者。疑惑自此日深，刑獄自此日作，風俗自此日敗壞，卻視四顧，未知其所止也」，再論及以文字論罪之不可行，「今日之舉，有識甚為陛下歎息。布於天下，書於史冊，其為累甚不細。惟陛下反復思之，確罪戾著於朝廷者，眾苟欲廢奪，理無不可，何必用處厚言哉。」

　　彭汝礪的清流態度也受到了舊黨的攻擊，劉安世說他「在侍從論思之列，不以疾惡為心，反用開告訐之路為解」，「不任言責，輒敢進疏」〔註20〕，並指其為蔡確之黨。正是在這種情況下，彭汝礪怕哲宗未能明辨是非，針對女主輔政的情況，不顧自身地位岌岌可危，又上《論人主學問在擇人奏》、《論人主務學在親師友奏》，請求：「上臣竊聞皇帝在宮中無他，惟好留心典籍，比御邇英，數垂清問，……然人主之學實不止此，臣不勝區區，願因左右供奉之官，分正輔導規諫之任，以明是非，以救過失，庶幾裨益聖智，萬一以惠天下，幸甚。」〔註21〕針對蔡確案，他在好友曾肇因不論蔡確被貶、言論於己不利的情況下，仍再進言，力陳形勢，義正詞嚴地表明態度：「然今日之患，順從之人眾，違拂之人少，或恐將迎，遂使陛下有過，舉其令既出，雖悔不逮。臣言一出口，攻之者已至，臣不敢復自保，日惟誅殛之俟而已。然臣所言，反之於心，考之先王，稽之天地，質之鬼神，實無所疑惑，臣雖可廢，臣言不可奪。」（《再言蔡確事奏》）〔註22〕堅持認為朝廷處理不合法度，不改變態度，坦言詩案的本質是「以要言之，事本告訐」，而當時臺諫的氣焰是「自吳處厚奏至，有蔡確開具指揮，御史丞、雜皆罷，無大無小，聚議洶湧，如所傳聞，至可駭栗」，「臣聞蔡確事，獨諫官攻之急，或不同，即指為黨。」甚至指出這種挾私報復的風起一開，國家將「使好惡非其道，紀綱失其正，風俗相與為薄惡，君子棄而小人進，確雖去天下之欲為確者不少矣」。而此奏一上，劉安世又論彭汝礪結黨，並將他的朋友曾肇、范純仁，還有姻親李常都牽連進去。

　　依《彭待制汝礪墓誌銘》，彭汝礪居家待罪，但時任中書舍人只有他一人，蔡確謫命出，他說：「我不出，誰任其責者。」〔註23〕即入省，封還除目，自

〔註20〕曾肇《彭待制汝礪墓誌銘》，《全宋文》，巴蜀書社，2006年，第2384卷，第133頁。

〔註21〕見《全宋文》，巴蜀書社，2006年，第2197卷，第32～33頁。

〔註22〕同上，第2197卷，第38頁。

〔註23〕曾肇《彭待制汝礪墓誌銘》，《全宋文》，巴蜀書社，2006年，第2384卷，第133頁。

知論理不能挽救局面，仍上了一道簡短有力的《乞寬貸蔡確罪奏》，指出「然告訐之言至，有累風化，罪人以疑似，實非政體。」〔註24〕當時他的處境已經很危險，等到御史盛陶知、翟思、趙挺之、王彭年坐觀望不言蔡確被貶，彭汝礪又上言：「事有是非，容有言，有不言者，若不擇可否，惟言之為務，是乃所以為朋比也，不言未必為邪，言之未必為忠，惟其是而已矣。」（《乞詳酌黜廢御史事奏》）〔註25〕充分體現了知識分子維護正義公理、抗爭直言盡言的節操。因此事，彭汝礪落職知徐州。

（三）元祐後期任刑部侍郎反對違法施刑

彭汝礪被調任權兵、刑部侍郎後，繼續發揮他堅持正義、不徇私苟且的作風。元祐六年，當政者因好惡而妨礙司法公正，必欲處死本當寬宥的劫殺案犯，彭汝礪反對刑部依聖旨裁斷，為此奔走求告，連上四章，「臣辭已盡，臣力已竭，無所可以關說」（《論劫殺人獄第一狀》）〔註26〕，「今有司皆以為不可殺，朝廷必以為可殺，是朝廷敢於殺人，不敢於生之也。朝廷好惡，有司以為表，其所行，有司以為例，上有好者，下必有甚焉。今朝廷議刑欲重，則有司皆將以深入為事，其弊可立待。」（《論劫殺人獄第二狀》）〔註27〕深為朝廷不能明慎用刑的惡劣影響擔憂，不因朝廷施壓司法部門妥協，繼續進言：「夫在下者肯與在上者辨甚難，在上者能致在下者之言亦難。今朝廷操是非、擅禍福以臨有司，蓋甚可畏。」（《論殺人有疑當議奏》）並依條例再次分析案情，乞求徹回成命。

因為彭汝礪議論合法合理合情，當朝者無從駁回，無法降罪於他，於是將他調任吏部侍郎、并懲治他的下屬，要他妥協。而他則以待罪的心態，將責任一力承當，《以論許萬等刑名離職待罪奏》曰：「其議論多自臣始，今來郎官人吏皆被責罰，臣獨蒙免，實所未安，欲乞明正典刑，以懲不恪，臣見兼權吏部侍郎，更不敢供職，見居家聽候指揮。」〔註28〕並辭去賀北朝生辰使的任務，以不奉詔、求貶逐的方式委婉而堅定地表達自己的立場，像《再開析張全劉儉殺人事奏》曰：「乞加貶逐，除東南一差遣去訖。」〔註29〕《再

〔註24〕曾肇《彭待制汝礪墓誌銘》，《全宋文》，巴蜀書社，2006年，第2384卷，第40頁。
〔註25〕同上，第41頁。
〔註26〕同上，第42頁。
〔註27〕同上，第43頁。
〔註28〕見《全宋文》，巴蜀書社，2006年，第2197卷，第44頁。
〔註29〕同上，第46頁。

乞特加貶逐》又曰：「臣累奏乞特加貶逐，不敢赴部供職，詔令疾速赴部供職。臣不肖，既自失厥職，更以愚誠上瀆，至三至四栗然震懼，寢食並廢。……若夫愚儒不得其官，鄙固或病厥事，則下不敢自安，上亦無所用矣。再念臣罪戾餘生，加以病疾，冒恩就職，必不克濟，投諸冗散，使得自省，改界賢才，典司邦憲，庶能奉法守，……」〔註30〕不苟同朝廷踐踏公正、不容仁愛的做法。而此書貼黃稱：「臣頃以罪戾出知徐州，後蒙恩賜還。」

第二節　「行義迢迢有歸處」
──兼論與王安石新學關係

一、師倪天隱宗胡瑗

　　彭汝礪所著《詩義》、《易義》已佚，但從他受王安石賞識看，他也是有志於匡復儒學的學者。他詩集中存有論及儒家典籍詩數首，如《春秋成字韻》四首、《和深父傷字韻》四首、《深父學士示易詩四首某輒和韻》四首、《毛詩》三首，其二曰：「古詩皆有託，正道豈無歸。風雅收功遠，絃歌得趣微。王劉終少是，毛鄭亦多非。儒氏潛深愛，篇篇盡玉璣。」〔註31〕議論爲詩，尊重典籍所啓示的微旨。儒學支撐起彭汝礪立朝處世剛直不阿的精神世界，參政論事的彭汝礪，時時以儒家士大夫出世的面目出現，而在治學上，注重經術，更注重切實的實踐。

　　彭汝礪認爲培養選拔人才，應以經術爲重，這在他元祐三年上奏乞學校選舉一用元豐條約中已有闡述；他平生最愜意的仕宦經歷，莫過於任國子直講，與龔原、陸佃等學者一同探討經術；而他重視經術，最關鍵之處是以儒家經典爲文化之命脈，爲淳德厚風之本，爲文章溫厚爾雅之源，與王安石既闡發性命之理的幽微，又注重託古以改制的實用主義精神有所不同。他治學，關注的是道德人心、人生命運窮通與處世之理。

　　彭汝礪師事倪天隱，倪天隱學自胡瑗，號千乘先生，胡瑗治《易》，與王安石、王弼三足而立，倪天隱錄其口述爲《易經口義》，彭汝礪有數詩言及倪天隱的才華，如《和千乘先生詩》：「蓬蓽猶淹濟世圖，獨持經術振群愚。……

〔註30〕見《全宋文》，巴蜀書社，2006年，第2197卷，第46頁。
〔註31〕見《全宋詩》，北京大學出版社，1995年，第897卷，第10494頁。

天下久思安石起，時人爭笑孟軻愚。」〔註32〕而《師言》曰：「嘗就師言卜所從，萬爲都起至誠功。」〔註 33〕可見倪天隱解易對他人生的影響深遠。彭汝礪《送梁晦之詩並序》曰：「治平熙寧中，某以職官事張侍讀傳學士宋大監於合肥，與程公權、汪汝道、俞誠之、錢穆甫、梁晦之、俞君玉、刁德華爲僚，倪天隱先生治學，其遊甚樂也，而六七年間，學士有母之憂，宋致政，張程倪三公凵汝道德。」〔註 34〕從詩序可以推知，彭汝礪治平中狀元後擔任過保信軍節度推官，到任上即迎倪天隱至幕下，與師友沉醉於學術道德間，「在選十年，人以爲淹，而公處之澹如也」（《彭待制汝礪墓誌銘》）〔註35〕。

彭汝礪從倪天隱學，加意於儒家的忠孝思想，他的《〈忠孝圖〉序》曰：「燕滁州雍爲忠孝圖以遺湝守宋公選，……千乘先生倪天隱爲之序，深悼後世之臣子蹈邪趨惡，負罔極之恩而不知報。」〔註36〕詩曰：「君親等乾坤，恩義俱罔極。浮生一毫髮，盡出覆載力。我思古之人，節義有遺則，以身託萬事，麋殞終無齧。名教落編簡，不與日月蝕。世薄道亦微，綱常墮荊棘。……龜鑒吾自得。願言同此心，論世師盛德。當使忠孝風，自家刑邦國。」崇尚節義忠孝，而他一生直諫，爲倪天隱及其母妻三人治葬，割俸資其女，就是對儒家忠孝精神的實行。

他論道德，重視節操修爲，尤其欣賞顏淵，稱讚他「用舍行藏誰與比」、「終生不及百餘言」（《顏子》）〔註37〕，他崇尚眞淳的道德人格，像《口占和君時》：「吾生有窮通，吾志不可衰。飄飄如浮雲，富貴我何爲。……怡怡任天眞，何害爲偲偲。人惟學不學，高下成雲泥，是非惟所求，萬物豈我私。」〔註38〕

他以古樸簡遠的詩句道出古典的道德情操，雖無深刻獨到的宏論，但固守信仰，有純粹悠長之致，如《和君時十章章四句》：「猗彼君子，篤志乎道」，「猗彼君子，克誠其身。匪祿是榮，日以養親」，「孰違孰從，曰吾從義。孰去孰與，曰吾由禮」，「凡人逐物，其力則倍。苟知其養，是用無悔」，「無悔

〔註32〕見《全宋詩》，北京大學出版社，1995 年，第 900 卷，第 10539 頁。
〔註33〕同上，第 899 卷，第 10532 頁。
〔註34〕同上。
〔註35〕曾肇《彭待制汝礪墓誌銘》，《全宋文》，巴蜀書社，2006 年，第 2384 卷，第 132 頁。
〔註36〕見《全宋詩》，北京大學出版社，1995 年，第 894 卷，第 10447 頁。
〔註37〕同上，第 904 卷，第 10617 頁。
〔註38〕同上，第 894 卷，第 10460 頁。

無尤，是則養親。爾慎旃哉，以慰母心」〔註39〕，就突出了守道、養德、遵禮、從孝的德行；而《寄君時六章章四句》則是講慎明、中庸等根本的儒家修爲，「我思古人，克誠其心。如陟於高，如臨於深。我處於中，而捨其偏。我棄其零，而取其全。勿謂道遠，我至之難。我勇以前，人孰我先。勿謂過小，我姑爲之。千里之差，始於毫釐。」〔註40〕《元祐元年十二月庚子雪夏首尊湖結冰鶺鴒群集於上者至不可數感而作是詩也》突出了「仁」、「清」、「誠」的品質，「宛彼鶺鴒，其樂孔群。彼類維何，而有若於仁兮。宛彼鶺鴒，爰集於冰，彼至維何，而有冽其清兮。宛彼鶺鴒，既飛且鳴。彼行維何，而有篤其誠兮。」〔註41〕在君臣之道上，他尤爲重視千乘先生爲他占卜所推的「誠」的品質，如熙寧上奏曰：「而人君者成位於上下，成能於終始，其所以範圍之道，彌綸天地之化，輔相天地之宜，其所以通天下之志，成天下之務，定天下之業，亦在於至誠而已。」〔註42〕他作《自誠》勉勵自己修德曰：「居方貴由禮，待物當竭誠。誠亡鄙慮見，禮去驕心萌。曾參日三省，楊子嗟四輕。勉旃踐此誠，蠻貊猶可行。」〔註43〕

　　彭汝礪的道德修爲，也是眞正體行了這些儒家規範，他事母盡孝，恭友親人，奉養師友，立朝清明，至誠極諫自不待言，而日常也時時砥礪自己，端言正行，他早年的《自謝》詩責備自己，並鞭策自己寫道：「九思失孔戒，三省忘曾模。背道而妄行，輕言以招辜。……過愆苟不滌，憂慮環無窮。歸來訟醜迹，欲自鞭微躬。……庶幾謝顏子，自誓規繆公。……」〔註44〕對自己的畫寢、輕言的小過錯絕不姑息，又《某偷惰不強日陷罪惡元忠哀憐惷愚未忍誅絕賜詩爲戒佩服弗忘韻險且長膚和未逮聊作短句以代負荊》：「小人無遠慮，苟志懷輿安。富貴本浮雲，百計圖一完。辰乎來之遲，玩弄如等閒。其不爲禽狄，不能分寸間。……老大不自強，喑嘿甘素餐。更欲盜恩榮，歸取妻子歡。……」〔註45〕對自己安於現狀深刻反省，可見他對自身道德修養，大至養志養德，小至日常細行，都非常嚴格。像陸佃用以教育後輩的小事，體現了他在日常生活細節中修身厲行的嚴格：

〔註39〕見《全宋詩》，北京大學出版社，1995年，第895卷，第10465頁。
〔註40〕同上，第10466頁。
〔註41〕同上，第10467頁。
〔註42〕見《全宋文》，巴蜀書社，2006年，第2197卷，第22頁。
〔註43〕見《全宋詩》，北京大學出版社，1995年，第899卷，第10528頁。
〔註44〕同上，第896卷，第10484頁。
〔註45〕同上，第10485～10486頁。

> 嘗記熙寧中，與舒信道（舒亶）、彭器資（彭汝礪）同在景德考
> 試，信道一夕中夜叩器資門，欲有所問，器資已寢，聖起束帶，信
> 道隔門呼曰：「不必起，止有一語。欲求教耳。」器資不答，束帶竟，
> 開門延坐，然後共語。信道頗不安。〔註46〕

他論人生，參窮通、安本分，則融合了道家的思想。他既肯定了守儒事君、
勇於迎難的人生價值，也遺憾于忠孝不能兩全，並時時在簿領、羈旅的困苦
中召喚返自然、存性靈的眞旨，在功業與人生、官事與生存之間，肯定追求
自然的需求，嚮往陶潛式的返璞歸眞，但又爲生計、爲事君，安於本分。像
《寄君時》曰：「豈不有性靈，稍可學操縵。公私足憂責，耗蠹幾大半。馳驅
寢食廢，眞自殘軀幹。……歲時有多少，每復愁分散。顧瞻鶺鴒飛，俛仰發
浩歎。安得桑麻田，穀粟粗可飯。晨昏侍萱堂，彩服何粲粲。箴切庶寡尤，
詩書恣娛玩。……。」〔註47〕又如《途中久雨》「我徵徂西今復東，分明身世
如飄蓬。……浮生所遇皆知分，未用紛紛論色空。」〔註48〕《詩寄兄長並示
二十四弟韻》又曰：「吾分自天俱有定。」〔註49〕「知分」是彭汝礪用以回應
山林之思仕宦之累的答案，但是他大部分的詩歌還是在抒發回歸田園、重返
自然的願望，對於人生，他還是崇尙天然的。

他有一些詩寫出悟道的淡泊氣味，模擬陶潛的風格，像《和彥衡直講》
其一：「日隱天北角，月飛海東頭。清暉到堂除，轉覺夜氣幽。睥睨天地間，
無物奚爲憂。」〔註50〕其二：「是身如芭蕉，況復身外名。至人本無心，肯爲
寵辱驚。」其四：「照月槐影碎，吹風柏聲繁。悠悠此時心，可樂不可言。」
其中也兼雜了佛學的思想，以第二首最爲突出。

二、援禪入經義

彭汝礪爲官做人，最爲重視儒家經術道德的切實實踐，這其實也是被攻
擊爲「逐利忘義」的新黨新學、新法非常重視的。舉進士第一後，他歷任保
信軍推官、武安軍掌書記、彰州軍事推官。熙寧初，他受到王安石的賞識，《宋

〔註46〕陸游《家世舊聞》，中華書局，1985年，第188頁。
〔註47〕見《全宋詩》，北京大學出版社，1995年，第895卷，第10473頁。
〔註48〕同上，第897卷，第10503頁。
〔註49〕同上，第899卷，第10536頁。
〔註50〕同上，第896卷，第10490頁。

史》曰：「王安石見其詩義，補國子直講，改大理寺丞，擢太子中允。」〔註51〕王安石在北宋首論道德性命之理〔註52〕，以復古之制行改革之實，彭汝礪所著《易義》、《詩義》已佚，無法確切判斷王氏對他影響的深度，但至少他的學術見解應當是與王氏相近，因爲朱熹在《朱子語錄》評論游定夫（游酢）：「但定夫記此語不親切，不似程先生每常說話，緣它夾雜王氏學，當時王氏學盛行，薰炙得甚廣，一時名流，如江民表、彭器資、鄒道卿、陳了翁，皆被薰染大片說去。」〔註53〕可見彭汝礪也是當時從王學的年輕學者之一，而正因爲王學的影響，使他對儒道的興趣不至於像理學家一樣是空談性命、重內聖而輕外王，而是有切實的體悟實行。王安石有《贈彭器資》一詩，曰：「文章浩渺足波瀾，行義迢迢有歸處。中江秋浸兩崖間，遡洄與我相往還。我挹其清久未竭，復得縱觀於波瀾。放言深入妙雲海，示我仙聖本所寰。楞伽我亦見髣髴，歲晚所悲行路難。」〔註54〕從詩歌內容看，應當是變法後期的作品，王安石對彭汝礪詩文「行義迢迢有歸處」進行肯定，並對他抒發了內心的悵惋。詩中雜言佛語，可見二人有相近的趣向，彭汝礪「浩渺足波瀾」、「放言深入妙雲海」的文章不可能是刻板的淳于儒的教條，很可能是援釋入儒的高妙見解，正是朱熹等不滿王學的地方。

彭汝礪對佛學也有一定研究，他跟王安石一樣晚年以禪學排遣苦悶，雖不像張商英篤信佛學，進而影響世界觀、人生觀，但也以禪學思想爲觀物、觀人生之一視角。四庫館臣謂其「蓋其學實出於禪，故集中多與僧往還酬答之作」〔註55〕。《林間錄》記載：「靈源禪師爲予言，彭器資每見尊宿，必問道人命終，多自由，或云：『自有旨決，可聞乎？』往往有妄言之者，器資竊笑之。暮年乞守溢江，盡禮致晦堂老人，至郡齋日夕問道，從容問曰：『臨終

〔註51〕脫脫等《宋史》卷346《彭汝礪傳》，中華書局，1977年，第11256頁。
〔註52〕王氏的性命之說，在臨川講學時已經從學者眾，影響深遠，《昭德先生郡齋讀書後志》卷2子類引蔡卞作稱讚《王氏雜說》十卷使宋「天下之士，始原道德之意，窺性命之端」，並不誇張。今人鄧廣銘也指出：「在北宋一代，對於儒家學說中有關道德性命的意蘊的闡釋和發揮，前乎王安石者實無人能與之相比。由於他曾一度當政，他的學術思想在士大夫間所產生的影響，終北宋一代也同樣無人能與之相比。」《王安石在北宋儒家學派中的地位》，見《鄧廣銘治史叢稿》，北京大學出版社，2000年，第189頁。
〔註53〕黎靖德《朱子語類》卷97《程子之書三》，中華書局，1986年，第2284頁。
〔註54〕李壁《王荊文公詩箋注》，上海古籍出版社，2001年，第74頁。
〔註55〕永瑢等《四庫全書總目提要·鄱陽集》，《影印文淵閣四庫全書》，上海古籍出版社，1987年，第4冊第129頁。

果有旨決乎？』晦堂曰：『有之。』器資曰：『願聞其說。』答曰：『待公死時即說。』器資不覺起立曰：『此事須是和尚始得。』」〔註56〕可見他對禪佛的認眞又不至於迷信的態度，他結交的僧侶，有佛印、法雲等，贈答的詩句甚多，大多是出於朋友的慰問，較少參禪論道的詩句，像《次佛印韻》以禪宗的話頭作戲語，帶江西筆法，「呎尺書從江外來，紅塵心與眼俱開。鹽官扇子眞無用，漫得犀牛入手來。」「明明佛日在顚崖，何事山嵐不肯開。諸處即無甜水草，莫牽牛下雪山來。」〔註57〕禪宗的話頭在他的詩中也主要是朋友間相互應答的點綴，像《瑛首坐訪及頒示四頌而有選佛選官俱第一之句既賡元韻因寄末章》其一曰：「如夢如泡如露身，簿書埋沒老埃塵。上人因把詩裝點，可學寒梅賣弄人。」〔註58〕

彭汝礪的長子侗「秀拔有文，未冠而卒」〔註59〕，他在外任官的時候與其投寄詩書，也曾與其論禪，《答侗》曰：「說禪半夜雨天花，不似無言氣味嘉。汝但爲維摩長者，我甘作淨飯王家。」「花即是空空是花，算來無惡亦無嘉。凌煙老將今無事，四海車書渾一家。」〔註60〕相對於辯論禪理，他更重視人生體悟中浸透的禪味，以禪學觀照人生，而他論禪的詩歌也顯得通脫開闊，如《恒河》一詩所體現的禪意：「恒河世界浮漚上，漭漭眾生久流浪。老蠶作繭自糾纏，枯木生蟲不相放。止止靈泉風震蕩，昭昭惠日雲遮障。卻語諸人莫惆悵，煩惱菩提同一相。」〔註61〕

彭汝礪學術上與王安石的密切關係，也可以從他的言論中得到證實。在對典籍的研究上，現存彭汝礪的章奏，引經據典，多言《詩》、《詩序》、《書》及《周官》，《詩》、《書》是時人議論好徵引的典籍，而重視《詩序》、《周官》，則是新學明顯的特點。王安石推行新學，於熙寧四年以經義取士，熙寧八年修成「三經新義」：《詩義》、《書義》、《周禮義》，取代《五經正義》的教材權威地位。新學在解詩上尤爲推尊《詩序》；《周官》因作者、成書年代及眞僞問題，歷來無定論，王安石同時的學者，也沒有給予絕對的重視，獨王安石在學術上

〔註56〕釋惠洪《林間錄》，《影印文淵閣四庫全書》，上海古籍出版社，1987 年，第1052 冊第 981 頁。
〔註57〕見《全宋詩》，北京大學出版社，1995 年，第 904 卷，第 10620 頁。
〔註58〕同上，第 10625 頁。
〔註59〕曾肇《彭待制汝礪墓誌銘》，《全宋文》，巴蜀書社，2006 年，第 2384 卷，第133 頁。
〔註60〕見《全宋詩》，北京大學出版社，1995 年，第 904 卷，第 10623 頁。
〔註61〕同上，第 904 卷，第 10625 頁。

和政治上十分重視《周官》，傾力闡發其幽微，指出「一部《周禮》，理財居其半」〔註62〕，爲現實的制度修訂提供支持。彭汝礪顯然受到這種學術傾向的影響，對於《周禮》、《詩序》的研究也見諸章奏，像他上《論遣李憲措置邊事奏》，言不可以兵權付宦官，就從他熟悉的《周官》中的宦官制度談起。

在抽象的理論發揮上，彭汝礪也非常重視「性」、「命」的概念，如：「後世學校廢，教養之具闕，民始不見先王之法，淫辭無禁，詖行不誅，於是民不能見其性矣；忠信不勸而浮僞者取，道德不尊而庸邪者進，於是民不知命也。」（《安南軍學記》）〔註63〕以「性」、「命」爲教化治學的根本，也是受到王學影響的表現。

在官職的任用上，彭汝礪補國子直講，也是處於推行新學的重要位置上。彭汝礪與陸佃是摯友，他們同樣重視推行教化、復古明經，是新黨中偏於學者類的文人代表。但彭汝礪的政治才幹較陸佃出色，他在後來的官職上，任諫官直言極諫，按刑獄明斷寬容，是出色的能吏，相對於當時好糾察大臣的風氣，彭汝礪更重視糾正朝政不合理的地方，體現了一種務實的風格，士望也很高。所以元祐初，舊黨中偏於中立的范純仁回朝，高太后曰：「或謂卿必先引用王覿、彭汝礪，卿宜與呂大防一心。」范純仁曰：「此二人實有士望，臣終不敢保位蔽賢，望陛下加察。」〔註64〕

參加新法建設推行，也是彭汝礪被王安石賞識的一個重要原因，他被神宗提拔爲監察御史後，立刻積極爲朝政建言，「首陳十事，一正己，二任人，三守令，四理財，五養民，六振救，七興事，八變法，九青苗，十鹽事，指摘利害，多人所難言者」〔註65〕爲改革、爲新法的建設提出意見。而且這十事，與同時期曾布等人上言相近，雖各自出己見，但他支持改革的態度，大體與王安石改革謀劃的方向一致。

從元祐年間爲新法盡力爭取看，彭汝礪最爲重視的是經義取士和免役法。他反對科舉考試以詩賦取士，在元祐三年，朝廷討論恢復科舉舊法，他上《乞學校選舉一用元豐條例奏》，認爲：

〔註62〕 王安石《王文公文集》卷八《答曾公立書》，上海人民出版社，1974 年，第97 頁。

〔註63〕 見《全宋文》，巴蜀書社，2006 年，第 2201 卷，第 83 頁。

〔註64〕 脫脫等《宋史》卷 314《范純仁傳》，中華書局，1977 年，第 10288 頁。

〔註65〕 曾肇《彭待制汝礪墓誌銘》，《全宋文》，巴蜀書社，2006 年，第 2384 卷，第132 頁。

　　臣伏念自井田之法壞，學校之教廢弛，鄉舉里選之法不行，朝廷取士非古，其陋至於用詩賦，極矣。先皇帝受天明命，悼道之鬱滯，奮於獨斷，初用經術造士，以革數百千年之弊，士知本且向方，而議者獨病辭章之不工，欲踵隋唐之弊法，狃玩經説，耗蠹道眞，學者疑之，不知取捨。……周衰，典籍棄而不用。漢興，訪遺書，立博士，置弟子員，公卿大夫以儒雅緣飾吏事，雖已非古，而文章溫厚，號令爾雅，猶有三代之遺風焉，其流至於桓、靈，士以節義自高，不爲死生禍福屈。漢亡而後，猶更數世，自晉逮唐，又不能及漢，治亂之本，推原可知。詩賦不經，可以無辨，是猶滑稽俳優之戲，門巷謳唱之辭而已，而議者欲以此教人，欲以此取士，臣考於心，驗於古，參於今，反復曲折，終未見其可。天之生斯人也，其聰明知慮皆可有爲也，惟上之所以養之而已。昔者以詩賦取人，故人亦巧於對偶，以經術取人，故人亦巧於議論，使取之以德行，亦將爲德行矣。昔罷詩賦從經術，是將引而進之也，其至於德行也，猶沿河而至於海，沛然莫之能禦。如復用詩賦，是所謂下喬木而入幽谷也。……法之未完，或久而有弊，變而通之，推而行之，實有所待。臣愚以爲今學校選舉宜一用元豐條約，因今經明行修賢良方正之科而稍加損益焉，蓋亦庶幾矣。如詩賦，決當寢罷。〔註66〕

在奏書後貼黃彭汝礪指出：「比見催督太學即用此考校，又有乞殿試三題者，而朝廷不以爲非，乃知欲復詩賦不疑。」確實，元祐四年朝廷便下詔以詩賦、經義並行取士。在這種趨勢下，彭汝礪仍表明獨用經術、反對以詩賦取士的決絕態度，「知其不可爲而爲之」，極力爭取元豐制度的延續。雖然他自身是以文才擢顯，但是清楚地將文學才能與政治才能分開，並將詩賦、經義取士的影響上昇到歷史治亂的高度，在他看來，臣工首要的素質是品行，而聰明才智是其次，經術更能引導人才修德問道，基於這種政治立場，他說「詩賦不經，可以無辨，是猶滑稽俳優之戲，門巷謳唱之辭而已」，是傳統政治文學觀念的反映。

　　彭汝礪反對舊黨罷廢免役法，今無奏章可引，但李燾：「甲申承議郎彭汝礪爲起居舍人，執政有問新舊之政者，汝礪曰：『政無彼此之辨，一於是而已，今所變更大者，取士及差役法，行之而士民皆病，未見其可也。』」此據曾肇

〔註66〕見《全宋文》，巴蜀書社，2006 年，第 2197 卷，第 26 頁。

志汝礪墓當考。」〔註67〕曾肇與彭汝礪感情深厚，記載當無誤。廢除免役法、重行差役法，不像詩賦取士，議論數年，而是憑司馬光一己之見，罔顧民生，驟行反復，彭汝礪平生反對高調大論，論事從事實出發，以民生為判斷標準，反對改變施行效果良好的免役法在情理之中。

　　《宋史》稱王安石提拔了彭汝礪後，「既而惡之」〔註68〕，因為彭汝礪立朝剛直、細行無差，史書特以此筆墨反襯王荊公之私狹，不可不辨。王安石所惡者為鄧綰，鄧綰乃趨炎附勢的無行文人，《續資治通鑒長編》：「大理寺丞國子監直講彭汝礪為太子中允，權監察御史裏行，王安石初得汝礪詩義，善之，故用為學官，鄧綰以安石故，欲召見之，汝礪不往，既舉充御史，而練亨甫紿綰，以安石不悅綰，遂自劾失舉，上怒絀綰，即日除汝礪」〔註69〕，「壬辰王安石奏兼綰近舉御史二人，尋卻乞不施行，必別有所因，臣但聞其一人彭汝礪者，嘗與練亨甫相失，綰聽亨甫游說，故乞別舉官。」鄧綰謀私反復對待彭汝礪的事實，正是王安石揭發的，如果王安石厭惡彭汝礪，則不會為此小事分辨，讓神宗驅逐鄧綰、讓彭汝礪順利充御史，成為耳目之官，並首陳新法十事，可見彭汝礪並無與王安石不合，反而是王氏重用了彭汝礪。元豐間，彭汝礪以養親求外任，王安石還有《與彭器資書》：「某啟，數得會晤，深以慰釋，遽當乖闊豈勝，係戀衰疾，無緣追路，且為道自愛，謹勒此以代面敘。」〔註70〕可見二人交情深厚。

第三節　感憂困慕恬退的詩歌──與入世態度的互補

　　彭汝礪保留下來的詩歌在新黨文人中數目是非常可觀的。他的詩歌題材、主旨相對比較單一，重複的主題、基調、筆法甚至情境、意象，從前期到後期變化不大，呈現一種穩定的特徵。彭汝礪在詩歌中主要呈現了自己行役、送別、獨處、出遊的情景與心境，大部分詩作是與親人、朋友及同僚唱和。在他筆下，他是一個嚮往山林野趣、故里風物、家庭溫暖的文人，為生計、為君恩無奈困於簿領、行役以及世俗的污穢，慨歎年華的易逝、身體的

〔註67〕李燾《續資治通鑒長編》，中華書局，1986年，第366卷，第8790頁。
〔註68〕脫脫等《宋史》卷346《彭汝礪傳》，中華書局，1977年，第11256頁。
〔註69〕李燾《續資治通鑒長編》，中華書局，1986年，第278卷，第6795頁。
〔註70〕王安石《王文公文集》卷78《與彭器資書》，上海人民出版社，1974年，第50頁。

病弱，心志的摧殘，與朋友相扶持、以詩書爲慰藉，在自然、美酒中領略閒
適，安於天命。

　　詩歌是他得以發抒鬱悶、傾訴憂愁的重要寄託，像他早年期望出身、苦
悶無計，有詩曰：「驅除窮困知何計，收拾功名竟幾時。穹昊不言難遽問，性
情無奈祇吟詩。」（《寓學芝山》）﹝註71﹞而《月夜憶伯兄兼寄諸友》：「客情慾
借清吟遣，詩就客情彌慘傷。」﹝註72﹞道出詩歌在他生命中吟詠性情、排遣
寂寞的重要作用。

　　延續詩歌傳統的主要主題，以各種體制，不斷吟唱時間、空間、人生無
奈的詩歌，並未對經典的情懷有所拓展延伸，而是保存較爲簡單的意旨，是
彭汝礪詩歌的突出特點。這與宋代詩歌內涵日漸豐富複雜、疆域日益拓展恰
好不同，但與彭汝礪的出身、仕途、心靈結構和創作環境密切相關。而在文
人的情思被一一細化開掘的時代，他的簡單恰好展現了某種程度的眞淳，與
他立朝堅持最基本的原則恰好相應。下文將從各個角度加以分析：

一、贈答契友──匡護正義共進退

　　彭汝礪交遊廣闊，詩集中贈答的詩歌佔了絕大部分，除了與親人書信往
來、與同僚、後學酬唱贈答以外，他平素經常保持詩書聯繫的朋友有趙挺之、
蔣之奇、曾肇、龔原、劉彝等，俱是新黨文人，其集中還有與孫莘老、蔡確
的唱和數首，但與孫莘老詩多作於元豐改元元夕，與蔡確詩多作於熙寧十年，
如《和莘老元日時改元豐》、《持正率和中丞諸公喜雨》曰：「還記熙寧第十秋。」
﹝註73﹞彭汝礪有詩書贈答的友人有張商英、蘇轍等，此外，唱和頻繁的朋友
像他父親故友的後人張子固、張正父、張季友，在合肥幕府中的朋友，還有
妻兄寧文淵、張子直等友人，今無從考其身份，彭汝礪在詩中多與他們論學
敘舊。

　　彭汝礪今存給趙挺之的詩有 17 首。趙挺之，字正夫，元祐四年，也是坐
不論蔡確，出通判徐州，崇寧五年拜相，屢陳蔡京姦惡。從彭汝礪給趙挺之
的詩看，他們一起消閒遊賞，如《昨日餞趙教授行會飲秀楚堂晚徙櫻桃花下
夜月上正夫設燭於花下光明焜耀昔所未見正夫因約賦詩》一詩詩題所交代，

﹝註71﹞ 見《全宋詩》，北京大學出版社，1995 年，第 898 卷，第 10513 頁。
﹝註72﹞ 同上，第 900 卷，第 1054 頁。
﹝註73﹞ 同上，第 907 卷，第 10557 頁。

他們唱和的內容深入生活各方面，對思親、飲食都有共鳴，乃至探病對酒、送別相憶，志趣相投，感情十分親厚。

　　彭汝礪元祐四年坐不論蔡確，出知徐州，趙挺之被貶任徐州通判，他與趙挺之正式結下深厚友誼就在徐州時，他在《次正夫途中蔬食韻》中寫道：「昔未與公遊，同志不同居。我寵居鳳掖，公名專石渠。醴醴賜上尊，膏膻給天廚。彭城作逐客，事事秦越殊。尚慚素餐詩，苦畏城旦書。豈能萬錢食，謬駕雙輪車。時時置杯盤，登眺隨所如。公行適在野，乃至歌無魚。人生一世間，百年實斯須。無所不可安，何獨貴紆朱。飲河惟滿腹，奚欠亦奚餘。作詩促公歸，去直承明廬。」〔註74〕可見到徐州後，志趣相投的兩人在相同的命運中加深了彼此認識，當趙挺之為才志不得伸而感慨時，彭汝礪以超脫人生窮達得失的道理進行寬慰。兼論釋道，相互排遣，隨遇而安，是他們詩歌的主要內容，像《次正夫相寄佳句》曰：「寄詩何遒麗，若見好顏色。遙想翰墨揮，波濤瀉胸臆，維纏遠林外，坐看晨風翼。萬物歸一致，知公無不適。人之與天地，同是為形役。」〔註75〕寫隨意自然之態，言超脫自適之理。又如《止夫臥疾予往訪之正夫置酒因作是詩》：「大論窺道奧，禪關忩深叩。是非棄糠粃，直與造化友。人遊於一世，萬事俱非偶。」〔註76〕《再用前韻》又曰：「從公飲輒醉，醉德非醉酒。……歌聲清以長，發若金石叩。予非多聞者，或似直諒友。身世飄流並，神形條達偶。萬事實一夢，奚忘亦奚有。是非可姑置，試俟千載後。但願酒不空，何庸印如斗。」〔註77〕與趙挺之有共同遭遇、共同志趣，詩人在與他論道談禪，幫助朋友泯滅思慮、消解不平的過程中，也是在以人生空幻的道理來排遣自己內心的苦悶，解除自己的當世之志。

　　彭汝礪今存給曾肇的詩13首，其中4首兼寄給龔原，此外單獨給龔原的詩有15首。彭汝礪與曾肇、龔原訂交應當在熙寧年間三人皆任國子直講時，而三人相處最暢情的經歷則是元祐三年為殿試官時，三人以學術、節義相慕相知，又能在危難時維護友人清白，交情深厚。

　　作為彭汝礪的契交，曾肇在許多政事上的觀點，包括蔡確案，與彭汝礪

〔註74〕見《全宋詩》，北京大學出版社，1995年，第895卷，第10464頁。
〔註75〕同上。
〔註76〕同上，第10465頁。
〔註77〕同上。

相同，也一同受到舊黨的打擊〔註78〕，當草蔡確謫詞時，彭汝礪主動受命，封還詞頭，欲一力承當後果。在彭汝礪言事未獲罪後，元祐六年舊黨中人又捏造事端，謂曾肇賣友，在蔡確案中未與彭汝礪同進退，阻礙他進中書舍人。為此，彭汝礪又上書《言曾肇事》，為其辯誣。而曾肇在彭汝礪去世後為其作《彭侍制汝礪墓誌銘》也詳備曲盡，充滿敬意，《讀禮通考》記載：

> 曾子開與彭器資為執友，彭之亡，曾公作銘，彭之子以金帶縑帛為謝，卻之至再，曰：「此文本以盡朋友之義，若以貨見投，非足下所以事父執之道也。」彭子惶懼而止。〔註79〕

可見二人終生深厚的友誼，曾肇在《祭彭江州文》中感慨涕零，回顧了他們共同的志趣、互相砥礪扶持的往事：

> 末俗陵遲，朋友道熄，許與之分，切磋之益，眾皆訑訑，子獨汲汲，我生昏愚，與世殊適，惟子好我，論心莫逆，我先我後，子為羽翼，我有過咎，子為藥石，子今云亡，我善誰責，豈無他人，莫如子直，嗚呼器資，念昔太學，相從之初，綢繆纏綣，二十餘年，中間省闈，並典贊書，出入風議，惟予子俱，子如飛黃，豈愛縶拘，有言不用，去不須臾，我亦遭□，自請州符，迹有乖隔，心焉弗殊，去歲京城，子留我北，中情莫宣，相視默默，我行未□，子亦南遷，孰云契闊，曾不經年，尺書未達，已隔終天，寢門一慟，有淚如泉，嗚呼器資，子訃之來，我適罪逐，相念平生，了然在目，匍匐欲往，身有羈束，千里寓辭，以代號哭。〔註80〕

從彭汝礪給曾肇、龔原的詩歌看，相近的志趣和仕途經歷，使他樂於與友人分享青春得意的回憶、行路的見聞，像《奉寄深之學士子開侍郎》：「萬國承平道更尊，君王取士夙臨軒。雕蟲立廢賈馬賦，發策跂聞晁董言。蘭艾同榮春靄靄，魚龍欲化海渾渾。風流想見東華路，夾道傳呼看狀元。」（自注：在

〔註78〕 如劉安世《盡言集》卷9《論蔡確作詩譏訕事》其一曰：「臣伏見彭汝礪與曾肇同為中書舍人，公然結黨。」；其九曰：「汝礪營救蔡確，臣熟觀此人並無學術，妄自尊大，誕謾愚人，以邀虛譽，與曾肇一心為惡，每懷蔡確私恩，朝夕望其復至。肇尤險詐，變態百出，日近牽復蔡確職名，當草詞，乃稱……汝礪愚暗，動為曾肇所使也。」中華書局，1985年，第103、109頁。

〔註79〕 徐乾學《讀禮通考》，《影印文淵閣四庫全書》，上海古籍出版社，1987年，第114冊第19頁。

〔註80〕 曾肇《祭彭江州文》，見《全宋文》，巴蜀書社，2006年，第2384卷，第138頁。

初考，今復承乏，有懷舊遊，因作是詩〉〔註81〕，回憶自己中狀元的往事。又《元祐三年同深之學士子開侍郎在初考今復承乏有懷舊遊因作此詩並幕次唱酬二章寄呈深之學士子開侍郎》：「集英今日事，全似戊辰春。文采窺多士，遊從憶故人。抗旌遊海角，犧棹即河澨。試作詩相寄，詩成更損神。」（自注：深之奉使，時在兩浙，子開被召帥高陽來矣）〔註82〕其二又曰：「數燭知歸日，思家似老人。此凡三鎖宿，今復一經旬，猛著棋銷日，深憑酒送春。蕭條雙短鬢，半夜總如銀。」（自注：殿試日賜燭一條，歐陽學士戲云數燭知歸日矣。某自元祐初迄今凡三爲殿試官），回憶的是任殿試官的往事。作者回憶的不僅是殿試與友人的暢快經歷，還有他在年輕士子身上看到自己當初進舉的影子，與今日的無奈消沉恰成對比。他的《記使人語呈子開侍郎深之學士二兄》：「往來道路好歌謠，不問南朝與北朝。但願千年更萬歲，歡娛長衹似今朝。」〔註83〕在記錄民謠與友人共享的同時，也寄望彼此能擁有簡單純樸的歡愉。

他獨與曾肇的詩歌，則更多傾訴離別的思念，以及厭倦塵俗、苦念故鄉的憂愁，像《送子開侍郎出守徐州》作於元祐，他安慰友人：「彭城事事似南都，頃歲曾分刺史符。……最思鳳沼鳳皇集，還見雁池鴻雁孤。萬事我今無一樂，扁舟歸夢滿江湖。」〔註84〕可見往昔聚集在宮掖的經歷給他留下的深刻印象，和今日心灰意冷、欲遠離仕途的狀態形成鮮明的對比。《湖湘路中見梅花寄子開》作於作者赴湖湘道中，而心緒黯淡，回憶摯友，傾訴憂愁，其一曰：「追誦寒梅佳句新，東郊平昔與迎春。今時獨賦雲岩路，目斷蓬萊高閣人。」〔註85〕有戀闕傷心之意，其四曰：「滴葉開花妙入神，酥盤憶看北堂春。瀟湘此日堪腸斷，隨處幽香莫著人。」不勝迷茫傷感，其五曰：「折得寒梅自水濱，恰如去歲在宜春。瀟湘不見江南客，衹有花枝似故人。」其六曰：「到頭不似故園春」，其七曰：「詩興鄉愁俱不奈，江邊愁殺杜陵人。」都充滿離鄉愁緒悲慨。

他與龔原談論得較多的是經術，像《深父學士示易詩四首某輒和韻》等就是論經典微旨，平常生活則多論釋道，尋求超脫，並讚賞龔原淡泊自如的生活狀態，他有詩題曰《昨日陪深之學士飯淨因登羅漢閣期致遠不至憶山陰

〔註81〕見《全宋詩》，北京大學出版社，1995年，第897卷，第10500頁。
〔註82〕同上，第901卷，第10564頁。
〔註83〕同上，第905卷，第10636頁。
〔註84〕同上，第897卷，第10506頁。
〔註85〕同上，第902卷，第10573頁。

弟各賦一首遂寄二君》交代了他們一起的交流活動,而像《龔深之疾》曰:「……無人可問維摩疾,顧我徒知管仲貧。未肯一經終皓首,不應千里漫思蓴。藤床臥對爐煙細,想岸淵明漉酒巾。」〔註86〕其二:「居士如泡如焰身,目前應接亦非神。枝辭自己知吾拙,飽學誰能笑子貧。……」其三曰:「丈室寬門獨病身,一經反復足怡神。漫從方外論空色,笑與人間共賤貧。……」可見二人談道消遣之樂,充滿世外之情。而二人飲酒,相互寬慰,也很自得,《和深父學士》曰:「故人氣分比松筠,淩雨霜風轉更新。暇日莫辭三斗醉,浮雲便是百年身。今來古往秪如此,弟唱兄酬莫厭頻。雪霽擁爐須酩酊,月明分手更逡巡。」〔註87〕

彭汝礪今存詩給劉彝的有 11 首,《宋史》記載:「劉彝,字執中,福州人,幼介特,居鄉以行義稱,從胡瑗學。瑗稱其善治水,……熙寧初為制置三司條例,……神宗擇水官,以彝悉東南水利,除都水丞,……」〔註88〕劉彝是胡瑗出色的弟子,也是治水能吏,治經術也非常出色,他著有《七經中議》一百七十卷、《周禮中義》十卷、《洪範解》六卷。劉彝也好談禪,這從彭汝礪給他的詩可以看出來,像《和執中遊山四詩》其一《谷隱寺》曰:「……愛君看花處,立悟恒沙刧。其誰知此意,秪有花間蝶。」〔註89〕又《和執中遊山》曰:「法海惟我泛,禪關與君叩。」又曰:「歎息當世士,所懷自非苟。方醉白接䍦,寧貴朱組綬。……愛君所志遠,堯舜望高后。談經破小辯,獨自持綱紐。德愛在章貢,甘棠不枯朽。(自注:執中治虔,郡立生祠)邅回久荊楚,白髮嗟未偶。軒昂更自拔,怵惕匪人咎。寧甘凍饑死,不一變厥守。吾惟人間世,所遇皆所授。生死等夢幻,可能憬然否。……但願山下水,盡作杯中酒。時時與君醉,獨與造化友。忠臣不忘君,不問在畎畝。」〔註90〕為劉彝的德行學養折服,又深歎其不為世所重用,轉而以人生空幻排遣,憤世俗、歎君子,等生死、離煩憂,也寄寓了作者的身世之感。他與劉彝賞花,贈食,憶舊,像《招執中看酴醾》、《執中學士以蔬荽見貽戲寄小詩》,充滿情味,但也抒寫了君子不得志的悲哀,發出不如歸去的浩歎,像《漢上謁劉執中》:「塵土能污人,有如衣匪澣。驅車出闤闠,縱目盡江漢。……可憐獨清

〔註86〕見《全宋詩》,北京大學出版社,1995 年,第 904 卷,第 10625 頁。
〔註87〕同上,第 897 卷,第 10498 頁。
〔註88〕脫脫等《宋史》卷 334《劉彝傳》,中華書局,1977 年,第 10729 頁。
〔註89〕見《全宋詩》,北京大學出版社,1995 年,第 894 卷,第 10452 頁。
〔註90〕同上,第 10455 頁。

人，憔悴行澤畔。」〔註 91〕《和執中寄師厚同年》：「千載風雲慶一逢，枯榮相望百年中。雪霜松檜材先老，泥土驊騮路未通。顏子奚慚一簞食，阮生不是哭途窮。春遊取次吟花藥，枉負燈窗翰墨功。」〔註 92〕取屈原、阮籍的形象比喻朋友，訴彼此心中抑鬱之情。

　　相對於給劉彝的詩充滿君子不遇的委曲愁緒，彭汝礪給蔣之奇的詩則較多難得的輕快俊爽的走筆，蔣之奇也是俊爽樂觀之士，彭汝礪寫給他的詩歌題材豐富、書寫時心境愉快，他現存給蔣之奇的詩有 11 首，像《送潁叔帥臨洮風》、《送蔣司勳赴河北漕使》寫出世送別、征邊事蹟，有豪邁之氣，他們有共同的友人鄒廣漢與佛印，相互之間論禪唱和，彭汝礪與他們的和詩也瀟灑開闊，像《蔣潁叔以廣陵詩見贈次其韻》曰：「樓臺縹緲雲中寺，眾馬不前君獨至。卻躋雙林跋提水，更登百丈大雄山。遊淮已擅中秋夜，落帽湏分九日天。茱萸準擬樓頭會，終朝把酒千峰對。杖藜徒倚望八荒，孤鴻飛出青雲外。」〔註 93〕《和潁叔寄佛印》更對朋友讚歎不已：「有客寄詩南雍州，清新全占峴山秋。官名便據非常寵，文學元居第一流。雲近蛟龍朝丈室，夜寒星月宿重樓。知公有勇斷鼇足，到彼不須騎虎頭。」〔註 94〕又如《再寄潁叔一首》：「山林問舊題，州縣見餘威。求友誠相及，思親夢遠歸。」（自注：潁叔逐處，多有舊題，潁叔去年多行興國）〔註 95〕，可見彭汝礪對蔣之奇個性、文學的賞識。

二、悲白髮──生命力流逝的歎息

　　彭汝礪以正色立朝，但是由於常年多病，又兼有數次使遼的任務，加上他對行役痛苦的感受力超乎常人，在詩歌中發出的愁歎似乎與他立朝堅毅的形象有所差別。他悲歎肉體的衰老，關注生命力消褪的種種跡象，以今昔作對比，以不堪自然力的摧殘，呈現一種消沉悲愁的狀態。他詩集中寫到白髮、掉髮的地方比比皆是，像：「稍記螭頭初登第，漸驚鶴髮欲成翁」（《和提點少卿詩韻》）〔註 96〕，是與少年時期對比；「鬢裏雪霜經歲有，眼前風浪與時新」（《呈運判學

〔註 91〕見《全宋詩》，北京大學出版社，1995 年，第 894 卷，第 10459 頁。
〔註 92〕同上，第 897 卷，第 10501 頁。
〔註 93〕同上，第 896 卷，第 10486 頁。
〔註 94〕同上，第 897 卷，第 10502 頁。
〔註 95〕同上，第 903 卷，第 10599 頁。
〔註 96〕同上，第 899 卷，第 10524 頁。

士》）〔註97〕，是不堪歲月的侵蝕；「紅泥爛醉須千日，皓髮悲吟漫四愁」（《和晦之所感》）〔註98〕，突出憂思催人老；「時節獨催雙鬢雪，利名還見此心灰」（《九日獨登城上臺感懷寄兄長》）〔註99〕，是當世意志的消解，「黃金束帶錦貂裘，白髮追隨每自羞」（《諸君約歸日》）〔註100〕，又為體弱早衰羞慚；又如《送寧秀才過溪口占》：「嗟我行老矣，志意非昔時。鬢毛黑如漆，種種今如絲。譬如七年牛，力乏氣亦衰。囁嚅食青芻，欲往腳自遲。」〔註101〕不堪仕途的重負。總之，他對自身的精力有著極度的關注，幾乎三分之一的詩篇都寫及自己的病態、老態，這與他的生活狀態有密切關係。

彭汝礪作詩時的生活狀態，他有一首詩的詩題已做了概括，就是《平居多憂多病間從詩酒自樂即席為詩呈諸友且寓一時之懷也》，他有時回憶早年意氣風發、豪情壯志，與後來的衰敗成對比。但其實他這種憂愁病衰的狀態是從早年就有的，他在合肥幕下的時候就寫道：「綠髮猶少年，衰顏苦病多。⋯⋯凋疏頭鬢亂，欹側齒音訛。⋯⋯廢棄今如此，云為竟若何。⋯⋯」（《秋日吟二首呈諸友時在合肥作》之一）〔註102〕作為有抱負的年輕人，他不可能完全對置於幕府十年「處之澹如」，而多是不堪其勞，病苦憂煎，如《在合肥幕中有作》又曰：「⋯⋯感慨驚多變，微生病一號。⋯⋯憂思生肺腑，塵埃上鬢毛。書簿今日困，道路此身勞。⋯⋯」〔註103〕當他為朝廷所重，聲望日著以後，也是常日病憂，像《寄題晏無黨少府》一詩自言：「身逐塵埃際，心迷道路間。無聊長臥病，未老已衰顏。竟日千憂結，何時一息閒。⋯⋯」〔註104〕描繪了自己感覺的平日狀態。

彭汝礪這種悲愁的情緒，很大程度上由他的體質決定，常年多病，使他格外注意自己的肉體狀況，力不從心，時時受限於病軀，也決定了他的心緒偏於憂鬱；另一方面，肉體的苦痛的體驗，又使他對世事不得不看淡，採取一種虛幻的觀世視角。《病中寄君時》：「可憐平生不堪處，未有一朝無病時。

〔註97〕見《全宋詩》，北京大學出版社，1995年，第899卷，第10526頁。
〔註98〕同上，第899卷，第10527頁。
〔註99〕同上，第900卷，第10538頁。
〔註100〕同上，第901卷，第10553頁。
〔註101〕同上，第896卷，第10479頁。
〔註102〕同上，第901卷，第10592頁。
〔註103〕同上。
〔註104〕同上，第903卷，第10612頁。

患難尋常心欲折，塵埃四十髮如絲。」〔註105〕他在《病懶》:「元憲自多病，長卿仍倦遊。經旬或洗面，一月不梳頭。身世真羈旅，功名是贅疣。百年無可問，吾道合歸休。」〔註106〕呈現深受身體狀況影響的一種心理狀態。

三、思鄉念親——仕與養的兩難

彭汝礪出身農耕之家，通過苦讀入仕來供養家庭，光耀門楣，而返歸田園、彩衣娛老、躬養雙親是他一直心存的願望，詩中常常歌詠「老萊衣」、「鶺鴒情」。行途中每當遇到與家鄉相近或殊別的風物，他都會苦憶故鄉，泣念父母兄弟，家園在他筆下是溫馨而美好的，像他在徐州的時候見到雁池風景似江南，曰:「楊柳垂陰留客佩，滄浪潑翠點人衣。故園一別頭今白，目斷江邊舊釣磯。」(《雁池》)〔註107〕而《新試諸葛生筆因書所懷寄諸弟》其一曰:「臘雪催寒盡，春風送暖微。浪為青綬繫，愁望白雲飛。塵事朝朝在，鄉心夜夜歸。歲時如故國，憶戲老萊衣。」〔註108〕逢佳節思親，這組詩共二十首，回憶了家中的人事，將梅、橘、松等十幾種植物一一歌詠，不厭其繁鋪陳而飽含深情。

他與家中、與在外的兄弟一直保持密切的書信聯繫。一旦家書遲延，都會憂思詢問，像《離家》:「離家一千里，十口不得書。不怨天上鴻，祇恨水中魚。我行穀伯國，明日武侯廬。慈親髮雪白，安否比何如。」〔註109〕他詩集中近十分之一的詩是給弟弟「君時」弟的，其他的給二十四弟、弟弟「君宜」還有從兄的詩歌也較多，《途中寄君時弟》其二「發藥明朝汝得師」句自注曰:「老兄晚有所悟，仲嘗云俟到日共參。」〔註110〕則君時可能是他的二弟汝霖。他在詩中時常悲歎兄弟分離的苦痛，像《寄二十四弟》:「有弟有弟各一隅，萬里不見徒嗟籲。江湖春色又歸矣，庭檻花枝還有無。欲寄我聲無鯉魚，欲寫我恨無酒壺。開編一見鶺鴒詩，潸然淚落如真珠。」〔註111〕與親人深摯的感情使他每逢收到家人的來信時，更添感傷，如《寄君時弟》:「日夜

〔註105〕見《全宋詩》，北京大學出版社，1995年，第898卷，第10509頁。
〔註106〕同上，第903卷，第10601頁。
〔註107〕同上，第897卷，第10505頁。
〔註108〕同上，第902卷，第10584頁。
〔註109〕同上，第901卷，第10555頁。
〔註110〕同上，第899卷，第10522頁。
〔註111〕同上，第900卷，第10529頁。

風前聽好音，書來一讀一傷心。淚搖眼尾催花發，愁結眉頭見雪侵。秋徑自栽彭澤菊，夜堂時奏武城琴。事多不廢看書否，白首知君惜寸陰。」〔註112〕

　　彭汝礪事親至孝，長期在外，使他對雙親總是飽含愧疚，而且常常擔憂不及暇日供養雙親。像他早年役旅中孤身一人，感念雙親，《泛豐陵溪》曰：「繫馬卻行海上濱，夜寒孤月故隨人。自憐不及溪心月，正照萱堂鬢雪身。」〔註113〕在父親去世後，這種感覺更加強烈，所以他在元豐初連章祈求，外任江西官職得以養親。父母逝世後，他有詩《過石頭鎮寄文淵》自注曰：「治平中，文淵尉新建廨宇，在石頭，予登第過之，少年父母俱存，其遊甚樂，後十四年，交喪所天，俱白髮衰矣。」〔註114〕不勝感傷。入仕得以俸祿供養雙親，但又使他離開家鄉，不能親自事奉雙親，這層矛盾常令他憂愁，但又不得不接受這樣的命運，他有詩《夜坐家人乞詩》：「憔悴蓬門學，塵埃布褐身。一官偶今日，相顧守吾貧。上國恩波重，高門鬢雪新。豈無忠孝論，子細遺良人。」〔註115〕面對家人的期待，他對自身的處境做出這樣一番描述，感慨深沉。

四、行路難──行役的艱苦無奈

　　行役對彭汝礪來說也是非常苦痛之事，自然環境的惡劣，身體的不適，異鄉風土的難以適應，思鄉念親，對公事極端認真的態度使他每日憂思不斷，不堪其累，於是常常發出疑問，像《途中》：「一日復一日，悠悠竟何之。萬物但此理，百年能幾時。墨翟悲已誤，賈生苦奚為。可憐日月輪，日夜爭東西。」〔註116〕這疑問自然不會有答案，它不過是期盼行役早日結束的感歎，又如《行役》：「行行重行行，吾役幾時休。春風不相饒，塵土滿敝裘。人生能幾何，乃有千歲憂。須知一罇酒，可勝萬戶侯。」〔註117〕正是在行役中，對四時的氣候、對時間的流逝十分敏感，在行途的空闊寂寥中進而對人生的意義進行了探討。行役何日休？人生自在能幾日？否定了奔波勞碌求名利的生活方式，但處在現實中的詩人又無法脫離仕途，拋去負累，只有面對無盡

〔註112〕見《全宋詩》，北京大學出版社，1995年，第899卷四10520頁。
〔註113〕同上。
〔註114〕同上，第902卷，第10583頁。
〔註115〕同上，第903卷，第10608頁。
〔註116〕同上，第894卷，第10461頁。
〔註117〕同上。

的憂慮，如《輕舟》：「輕舟入深川，鈍駒陟高山。胡爲棄安樂，輕去趨險艱。一身事業荒，雙親鬢髮班。思之不遠慮，覽照胡爲顔。」〔註118〕不勝悲哀。

　　彭汝礪有些詩寫到行役的具體情況，刻畫了道路、僕人、坐騎的狀態，寫出了行役的辛酸，像《陟山登澗》：「此身何時休，終日鎭衰衰。才登澗之濱，又陟山之阪。僕駑怯負重，馬困憂途遠。道路亦常態，勉旃強餐飯。」〔註119〕又如《衢州道中》：「登山復降山，僕膝良已酸。出溪復入溪，僕衣未嘗乾。嗟余久羈旅，囊橐亦已殫。無食充爾饑，無衣覆爾寒。買酒聊一醉，行行莫長歎。」〔註120〕以樸素的筆墨，如實寫出辛苦困窘，彭汝礪的行役詩大部分是古風或五言律詩，如道白話而感慨深長，像《自吉泛舟入贛》：「我行欲從車，好風苦相招。謂言困行役，厭此道路遙。駸駸四駱馬，終日在岧嶢。簿書更追隨，精耗髮欲焦。……」〔註121〕

　　彭汝礪也有數詩是寫安於行役的，詩中或能冥想大道超脫現實的煩惱，或以朝事大局爲重暫忘個人辛勞，如《我行》：「我行日不休，行亦讀吾書。朝爲忘機鷗，夜作不暝魚。日月雙跳丸，乾坤一蘧廬。而吾於其間，擾擾亦自如。」〔註122〕又如：《大暑道中》高堂臥清風，顧我豈不欲。王事不可緩，驅車冒炎酷。赤日暴形骸，毛髮幾焦禿。義命有固然，勤勞不爲辱。」〔註123〕

　　行旅途中，安頓下來後，彭汝礪也常愁緒不斷，不能安寢，他有詩《不寐》曰：「吾行不能休，中夜或不寐。悠悠此時心，往返徧萬類。……紛紛爾何爲，百慮終一致。」〔註124〕不寐是他生活的常態，在行役中也是如此，像《日暮》：「日暮辭前渚，天寒宿遠汀。青燈同寂寞，濁酒慰飄零。痛飲無人共，高歌反自聽。終宵惟此興，日戰破愁亭。」〔註125〕又如《途中奉寄》：「水涉山行岐路長，思親一夜鬢毛霜。……活計一行隨夢幻，生涯好去老耕桑。」〔註126〕

　　回到家鄉所作的詩，他常回顧自己的羈旅生涯的勞苦辛酸，又有擔負家

〔註118〕見《全宋詩》，北京大學出版社，1995 年，第 896 卷，第 10482 頁。
〔註119〕同上，第 10489 頁。
〔註120〕同上，第 10484 頁。
〔註121〕同上，第 895 卷，第 10471 頁。
〔註122〕同上，第 895 卷，第 10475 頁。
〔註123〕同上，第 896 卷，第 10487 頁。
〔註124〕同上，第 10489 頁。
〔註125〕同上，第 895 卷，第 10486 頁。
〔註126〕同上，第 897 卷，第 10507 頁。

庭重任的悲壯，像《和叔宜弟》：「悠悠白雲飛，戚戚感我情。白雲行四方，顧我豈憚行。投袂起番水，荷擔指宜城。所懷再踰秋，計以頃刻成。遠裝有書帙，貧囊無金籯。馬羸半徒步，僕瘦復兼程。天寒雪頻飛，山阻路少平。林端虎豹迹，驛後豺狼聲。我行有所懷，雖壯如孩嬰。入門旅愁破，侍席春風生。丁寧道懷感，惻怛一坐傾。……乃兄久衰矣，山川倦遐徵。歸與治爾田，我歸耦而耕。」〔註127〕而相對於行役的艱苦，他更畏懼世道的艱難，而他最強烈的又難以達成的心願，是歸園田居，他在《小徑》中曰：「南北通官道，東西隘亂山。無時輪迹道，經雨蘚痕斑。世路同欹側，人心共險艱。亟由平易去，寧苦險巇間。」〔註128〕

五、士不遇——窮困命運的離騷

彭汝礪處於太平之時，卻屢屢發出憂生之歎，他的憂生，與現實難以解決的自身問題聯繫緊密，而在仕途上，他處事極度正直審慎的態度雖有時能得到當政者的賞識，為士論所壯，卻難免有孤立難行之時。在早年，他也有樹立功名的志向，但在直言極諫的道路上越走越遠，他也漸漸力不能支。像他《寄子直友兄秘書》裏說：「碧水青山一萬尋，不量無力強登臨。辛勤亦覬功名就，痛惜長為疾患侵。憔悴已成今日態，英豪不復舊時心。歸期未遂家千里，空對秋風淚滿襟。」〔註129〕

志趣的高潔，使他與時難合，他有時雖能相信世道公正，像《和濟叔兄書齋言志》其二所說那樣：「常因多病泣途窮，性命於今亦少通。貴賤固宜常厥德，死生豈足動吾中。遊心自有詩書學，扶病須憑藥石功。否剝亦留歸泰復，天時安得久屯蒙。」〔註130〕但是，大部分時候世俗污濁、正道不行使他否定功業、否定有作為、否定塵世，像《遊硯首》感歎羊祜的名聲曰：「幽亭一杯酒，不用千載名。」〔註131〕敢於在眾論喧囂中堅持公正，他雖未被逐棄，卻常感覺到屈原獨醒的悲哀，並希望遠離塵世保持自身的潔淨，「滄浪之水」是他寄望之所在，像《再呈通判承議》：「終世果能著幾屐，此時聊可濯吾纓。」

〔註127〕見《全宋詩》，北京大學出版社，1995年，第896卷，第10489頁。
〔註128〕同上。
〔註129〕同上，第899卷，第10515頁。
〔註130〕同上，第10517頁。
〔註131〕同上，第895卷，第10475頁。

〔註 132〕又《致政侍郎知郡學士虞和詩凡數篇謹用元韻寄呈知郡學士》:「塵纓遠濯滄浪水,燕幾深居畏疊山。俗眼漫譏身察察,人情方喜知間間。」〔註 133〕《漁艇》:「物物非吾事,飄飄寄此生。江湖萬古樂,簪紱一毫輕。醉舞秋風靜,酣歌夜月明。滄浪有餘地,應許濯吾纓。」〔註 134〕《舟中暮雨》:「吏情轉覺塵埃醜,歎息滄浪屬釣磯。」〔註 135〕

應對世態的炎涼,應對仕途的不如意,他選擇了疏離、病懶,醉飲,像《和十二法曹》:「貧如原憲元非病,懶比嵇康老更疏。」〔註 136〕《山林》:「山林誰識謝公意,風月獨高梁甫吟。……懶隨塵土趨時態,欲就絲桐丐古音。」〔註 137〕《醉極有感》:「飲極人之樂,餘心反自傷。氣因人憤激,情與酒飛揚。淚落侵雙鬢,愁多鬱寸腸。空贏山簡醉,不似樂天狂。」〔註 138〕但是即便如此,他的清節、高吟還是帶給他深沉的寂寞,他的醉也是像山濤一樣窮愁鬱結。

而在現實中,他是渴望得到理解認可的,他的好友雖能給予他理解寬慰,但能理解他的畢竟只是少數人,在他困窘的時期,他常抒發牢騷,激憤、自嘲、抑鬱、哀傷是這些詩的基調,像《寄鄒廣道》:「直從前哲評高下,羞與時人較是非。」〔註 139〕又如《感懷》:「浪計尋思直徑歸,太疏不與世情宜。吟成白雪無人問,歌盡清風只自知。是否不能尋物議,窮通渾欲付天時。軻雄已矣吾誰適,猶有塵編舊訓辭。」〔註 140〕對世事並無過多的描述,作者側重的是內心的志向與情感,像他在《寄伯兄兼問子文》其一曰:「聖門一室相從易,世路多岐欲合難。……臨風願聽王陽仕,洗手思彈貢禹冠。」其二曰:「壯志當年欲請纓,孤蹤今日尚飄萍。塵埃易染羈容黑,氣義難邀俗眼青。馮客劍寒長自擊,伯牙弦古欲誰聽。……」〔註 141〕他心中有公義準則,難以迎合世態做出改變,不爲時所用,而黯然傷神,所以發爲牢騷。他的與世無爭、高潔忠直的志向也只有親友能夠理解,這是他繼續奔波、抵抗流俗的動

〔註 132〕見《全宋詩》,北京大學出版社,1995 年,第 897 卷,第 10499 頁。
〔註 133〕同上,第 899 卷,第 10509 頁。
〔註 134〕同上,第 903 卷,第 10609 頁。
〔註 135〕同上,第 10608 頁。
〔註 136〕同上,第 10609 頁。
〔註 137〕同上,第 899 卷,第 10531 頁。
〔註 138〕同上,第 901 卷,第 10569 頁。
〔註 139〕同上,第 900 卷,第 10540 頁。
〔註 140〕同上,第 901 卷,第 10559 頁。
〔註 141〕同上,第 900 卷,第 10543 頁。

力，像《夜泊睦州桐江》：「嘔啞殊俗語，慘淡異鄉情。途旅淹時月，羈窮獨弟兄。剛腸雙古劍，蕩迹一流萍。道路人皆厭，風波我亦驚。胡爲甘險阻，所得喜豪英。俗眼無相笑，吾非逐利名。」〔註142〕

此外，有一段時間他集中寫了一系列題目跟與家人朋友唱和的詩歌很容易辨別開來的詩歌。詩歌以尋常場景尋常事物起興，以寫意爲主，傾訴了自己的心志與愁悶，像《西湖》一詩曰：「篇章蕪漫不中看，誤得先生一解顏。明月何爲投暗室，陽春不意在窮山。平時藉以齒牙論，今日見之眉睫間。自笑鷦鳩爲計拙，誰知鴻雁及時還。」（自注：公詩云君行方在急流間）〔註143〕。從他的自注看，應當是與行途中朋友的唱和之作，詩中所寫內容與西湖關係也不大，用西湖這樣籠統的詞作題，與他詩集中大多清楚交代了事由的詩題大相徑庭，有可能是錯題，但是也可能不便書寫唱和因由。又如《古木》一詩曰：「雨濕路岐泥滑滑，風吹江海水茫茫。壯心弦直值吾道，孤宦蓬飛各異鄉。詩句好吟江上碧。酒巵已負菊邊香。豐年誰及農家樂。老稚歡謳自滌場。」〔註144〕內容與他寫給親人的其他詩歌毫無兩樣，但卻沒有明確指事的題目。又如《讀書》一詩，詩曰：「讀書雖苦亦何知，仕宦紛紛強此時。舊學望君眞短短，新詩愛我已枝枝。清生野檻晨風遠，暖度山窗晝日遲。出處從今能自卜，不庸蓍蔡已無疑。」〔註145〕從內容看似是贈答詩，但一般這類詩，彭汝礪會加上詳細的題目，諸如此類的還有《浩歌》、《壯心》、《步入》、《大笑》、《師言》、《暮雨》、《扁舟》、《古廟》、《欲寄》、《楚野》等詩。這些詩歌是否存在後來的編者取詩中一詞爲題的可能，尚待考證。

六、歸去來兮——生計與自由的矛盾

彭汝礪常常發出回歸園田的浩歎，但始終從未如他所願的瀟灑歸去，歸耕田園對他而言既是一種延續陶潛精神的文人理想，在某些時候也是憤世之言。實際上，他是清楚地認識到自己並不能歸去的，他出身清貧的農家，靠科舉入仕養家，贍養父母兄弟，還有支出給恩師倪天隱、同年、家鄉義莊等的費用，決定了他不可能放棄俸祿，而置辦田園對他來說還不是易事，他自

〔註142〕見《全宋詩》，北京大學出版社，1995年，第902卷，第10591頁。
〔註143〕同上，第897卷，第10506頁。
〔註144〕同上，第898卷，第10516頁。
〔註145〕同上，第899卷，第10535頁。

已在《病起》中說道：「身病他何欲，家貧去不能。」〔註146〕出遊看到好山水
又曰：「使我有以食，甘於此山老。」(《內鄉山中》)〔註147〕尤其在不堪公務、
行役、離鄉等種種苦累時，生計與自由的矛盾常常令他更加痛苦，「吾衰況多
病，冉冉鬢已雪。田園苟可飯，聲利非所屑。」(《行西城》)〔註148〕《有感》：
「往復何爲者，功名安在哉。茅心迷簿領，蓬鬢老塵埃。魚蠹生書帙，蛛絲
在酒杯。淵明緣底事，苦死賦歸來。」〔註149〕他的感慨不是虛歎而是表達眞
實的困苦，通過與困於公事對比，他充分肯定了隱逸回歸對於人生的意義，
但作爲家中的支柱，他嚮往之卻無法付諸行動。

　　他發出不如歸去的浩歎，一方面是現實緣於多病不堪勞累，另一方面則
是感覺生命受羈於官場的不自由，前者如《再呈通判承議》其二曰：「少日激
昂投耒耜，老年辛苦畏簪纓。」〔註150〕後者像《城東行事去李簡夫甚邇可以
卜見而俱有往返之禁因戲爲歌馳寄》：「我今鬢髮已絲志已偷，力不能前鈍如
牛。泡浪亦悟吾生浮，尚壯欲以華簪投。日月逐逐同傳郵，何用自與身爲矛。」
〔註151〕而他本來就是耿直的文人，清貧的學官對他來說反倒是美差，像《詩
呈季友殿丞因寄正父兄》：「寂寂門無車馬塵，故人相過覺情親。焉知軒冕金
朱貴，不笑虀鹽藜莧貧。……白頭想歡童兒事，渾屬溪邊自在身。」〔註152〕
但願與世無爭，而俗事擾擾，在遭受挫折、心灰意冷之後，他歸隱的願望更
加強烈，像《道中時有山水之遇因用林字韻》：「我今倦塵土，邂逅得幽林。……
還憎俗吏態，稍快野夫心。」〔註153〕

　　田園在他筆下充滿文人審美意味，不是純粹的農家農事，是與名利塵俗
形成對比的心靈棲息地，像他《擬田園樂》六首其五：「霜寒禾黍初熟，日落
牛羊自歸。樂事須還田舍，浮名不入柴扉。」其六：「稚子騎牛橫笛，老翁置
酒高歌。算來人生有幾，莫問世事如何。」〔註154〕在他筆下，田園是棄絕浮

〔註146〕見《全宋詩》，北京大學出版社，1995 年，第 901 卷，第 10569 頁。
〔註147〕同上，第 894 卷，第 10452 頁。
〔註148〕同上，第 894 卷，第 10459 頁。
〔註149〕同上，第 901 卷，第 10568 頁。
〔註150〕同上，第 897 卷，第 10499 頁。
〔註151〕同上，第 896 卷，第 10478 頁。
〔註152〕同上，第 897 卷，第 10499 頁。
〔註153〕同上，第 10497 頁。
〔註154〕同上，第 896 卷，第 10486 頁。

躁虛偽的，是無爲自得的，他的描寫，是放在欣賞者的角度，帶著想像的色彩，寄託去掉塵俗勞累污濁的願望。

生計是他不能歸隱的現實原因，《梁溪集》「書杜祁公事」條曰：「彭器資尙書初擢第，爲天下第一，東歸道南都謁杜祁公，語既久，祁公教之治生事，器資退而思之，不曉其意來，日復見問其故，祁公徐曰：『無他，觀公志氣，欲立名節，夫欲立名節者，非有主事，使無顧念妻孥之憂則不可。』於是器資深服其言。」〔註155〕雖然覺得杜衍說的很有道理，彭汝礪一生家庭負累都很重，清貧度日，還是堅持正直立朝，重視名節。他生活的清貧，這從他詩歌中所寫出行的馬匹、僮僕，甚至資費、糧食等就可以看出來。想要歸耕田園，置辦田廬也成了一件重要的事，他在詩歌中也寫到了謀劃置辦的情況，像《將行季自鄱陽來》嚮往：「細雨濕萱草，高風吹雁行。幾時生事足，相看老耕桑。」〔註156〕在《得書並簡仔仲二侄》講到歸隱又說：「從事先生老，謀生仲叔疏。爲君歸不惜，稍更治田廬。」〔註157〕又如《途中》：「暮棲烏反哺，春去雁隨陽。亦有一廛宅，能無十畝桑。」〔註158〕隨著年歲增長，置田在他看來就成了一件迫切的事，他在《寄庭佐弟》中催促：「願我今黃髮，嗟君亦白頭。讀書少不競，從士老堪羞。陋巷曷其樂，首陽何所求。一廛如好在，聊欲與君謀。又幸免魚腹，更難騎虎頭。少狂眞忍恥，老退似包羞。蓬蓽徑非遠，桑麻田可求。浮生一箭速，火急爲兄謀。」〔註159〕他有詩《河東橋亭久廢置不用欲移萊畦以爲老之遊息之地因以詩就公權乞之》，可見置辦田園對他而言確非易事。

心懷返歸自然的願望，現實條件卻難以滿足，所以彭汝礪對仕進的心態是很複雜的，在不堪勞累的時候，他會回憶少年求進養親的艱苦經歷來激勵自己，像《有感》曰：「吾身本山林，艱難知備嘗。天寒負書橐，萬里冒雪霜。山川風借力，道路泥爲漿。瘦馬鞭不前，悲歌自慨慷。今也偶得祿，雖勞庸何傷。念爾草野夫，百輩勤送將。不惟風雪勤，無乃田疇妨。素餐煩爾徒，心顏兩愧惶。作詩書諸紳，庶幾久無忘。」〔註160〕時時要提醒自己的出身，

〔註155〕見《全宋詩》，北京大學出版社，1995年，第896卷，第10485頁。
〔註156〕同上，第903卷，第10599頁。
〔註157〕同上，第903卷，第10600頁。
〔註158〕同上。
〔註159〕同上，第903卷，第10601頁。
〔註160〕同上，第903卷，第10602頁。

正說明雖身處官場，詩人身心未嘗舒適。他也以苦學入仕期望自己的兄弟，像《試諸葛生筆因書所懷寄諸弟》其三曰：「後生戒輕侮，初學慎嬉遊。親膝今霜鬢，家風秖布裘。詩書起門戶，文字取公侯。十上才猶拙，知音爲汝憂。」〔註161〕顧念家庭寒素，出仕是他負擔生計的重要途徑，也是讀書必經的道路，但又從自身經歷感慨仕途對人生的消耗摧殘，所以他在得到親人中舉的喜訊後，喜中有悲，像《喜文淵登第因寄二篇》其二曰：「十年共力詩書學，萬里相期將相科。白屋自知難掩抑，青衫聊得慰蹉跎。寵榮未有如君早，衰病爭加若我何。燈下無人知此意，獨鳴寒劍一悲歌。」〔註162〕

彭汝礪的詩，以古風見長，律詩五言勝七言，與他主題的簡單質樸緊密相關，因爲大部分詩都是作於行途、用以贈答，他的詩多寫景言志，語言平白散淡。

其寫景，多關注滄浪、歸帆、秋風、明月、燕雀、魚兒，偏愛水邊風光、山林幽勝，與他生長在鄱陽湖畔農耕之家，熟悉山野有關，也出於他的返歸自然之志。他筆下的景物，多清幽高遠，與他的涓涓君子、忠臣孝子之心相映襯，像《夜泊睦州桐江》：「一水連銀漢，千山擁古城。客乘清夜息。舟倚碧溪橫。皓月危峰影，清風細浪聲。嘔啞殊俗語，慘淡異鄉情。……」〔註163〕明晰的景色與簡遠的五言詩句相映襯，平淡幽遠。七言如《晚晴》：「萬里無雲雨意醒，江湖滿載夕陽明。老翁暮釣扁舟去，稚子歸樵一笛橫。溪月悠悠含夜意，林風細細作秋聲。詩魂散落無羈束，試效樊川賦晚晴。」〔註164〕畫面也是清晰高遠，沒有過多的修飾，只是作爲七言句，意味反不如五言簡單悠長。

其言志寫意，則離不開愁緒、疲憊、醉酒之樂、浩歌長嘯之歎，像感慨「迂愚未盡田竇學，庸賤空收鮑叔知」(《斷編》)〔註165〕、「迂愚未盡田竇學，庸賤空收鮑叔知」(《高議》)〔註166〕、抒發牢騷的《牢落》等詩，抒發鬱悶兼雜議論，委婉含蓄。而寫意融入意中之境，疏放隨意，則如《浩歌》、《壯心》、《步入》、《大笑》數詩，像「歌盡綠洲千古意，陶然初到性情眞。試臨華嶽

〔註161〕見《全宋詩》，北京大學出版社，1995年，第902卷，第10584頁。
〔註162〕同上。
〔註163〕同上，第902卷，第10591頁。
〔註164〕同上，第900卷，第10548頁。
〔註165〕同上，第901卷，第10561頁。
〔註166〕同上。

題詩筆，欲走滄浪買釣綸。苔潤一瓢貧氣味，草荒三徑久埃塵。我心自有青雲在，安得羈留濁水濱。」(《浩歌》)〔註167〕清高平淡，可見詩人超越塵俗的志趣，與現實中受拘束壓抑的狀態映襯，不忘山林的吟唱有明確的抵抗流俗的意味，像《大笑》:「大笑花開傾屈巵，狂來不惜典春衣。飄浮世態知惟我，淡泊天眞得者稀。……」〔註168〕作者狂放的姿態，是欲與無奈、失落，與世俗、勢利對抗。

　　他集中少有長詩，《六月自西城歸》是一首賦體詩，寫的是使遼歸來路上的見聞和複雜情感，將他對家人的感情、政事的責任、對自然的嚮往、故土的思念，還有對命運、性靈的參悟，揉進生平的敘事，遊歷的見聞中，像寫與病妻訣別，「是時寡妻病，吾計或可止。君曰無妾私，促裝勉行矣。妾病雖云危，姑慈有足恃。是身如浮雲，永訣或此始。一馬才登途，渠魁頭掛市。猶虞未寧歸，走訃忽在耳。羈棲二十年，梁肉飽有幾。單車行四方，歲月幾萬里。私居乃如寄，方此還之彼。愛君能知分，嗜苦同甘旨。誓欲相厥成，完百無一毀。中流即我棄，我恨無涯涘。家貧未能去，顧惜尚壯齒。含愁復於行，嗜祿祇自鄙。」〔註169〕充滿對親人的愧疚，記出行，自注「自均州入金州山名自外朝始，其略可記……」、「至襄灘名可記者九百九十五」，議論天道、記載民俗，而對行途的艱險刻畫更爲詳細，轉而又回到對自身問題的關注，像:「奔馳浪南北，僂俛慚祿仕。紛紛昨夜夢，慈母倚門竢。」其主題兼雜，但不出平常歌詠範圍。

　　綜上所述，歎息歲月流逝、身體的老病，徘徊於生計無著、歸隱田園的矛盾，困苦於行役的奔波、調整自我，思念故園雙親、時常憂愁，身爲君子，難與世俗苟合，是彭汝礪詩歌關鍵的主題。而這些愁緒時常困擾著他，他的筆下不斷地重複陶潛、屈原、嵇康、杜甫這些文人歌詠過的主題，雖有時能以禪道排遣，以世間萬事爲虛空，但他的詩歌境界與宋代士大夫那種「不以物喜、不以己悲」的境界不同，而是帶有濃郁的古風色彩，傳唱純粹、簡單、切實的憂愁。

〔註167〕見《全宋詩》，北京大學出版社，1995年，第899卷，第10531頁。
〔註168〕同上，第989卷，第10531頁。
〔註169〕同上，第895卷，第10471頁。

－210－

第四節 「詞命雅正，有古人風」的文章

彭汝礪保存下來的散文，多為奏章。「詞命雅正，有古人風」〔註 170〕，其學重視性命之本，以立「誠」處世論事；其議論審慎公允，善於推本經典，剖析合乎情理；其文字詳細明白，不以詞藻、氣勢取勝，含蓄敦厚的學者筆墨，又不失詞臣正大規範的風格，柔中見剛。部分章奏在前文考察其直諫事蹟已列引，已可見其文風範，近於歐陽修含蓄紆徐，又不若其風神蘊含，有曾鞏明白暢達之風，又不像其簡樸無華。

一、有補於世的文道觀與本於「誠」的議論

彭汝礪的散文，以議論見長，其立論，以道德為要，不以機智、才學、詞採為重，以經書之言為據，再輔以對歷史的參照，見出深厚的經史學養，在內容上雅正充實。而在文體結構上，也是見出深刻用心，他不就事論事，也不過分拔高、特作宏論，而是緊扣主題，能加以深化，情理兼備，高下相宜，體制雅正，格調自不顯得卑弱。像《乞學校選舉一用元豐條例奏》：

> 臣伏念自井田之法壞，學校之教廢弛，鄉舉里選之法不行，朝廷取士非古，其陋至於用詩賦極矣。……夫六經之說，更伏羲、堯、舜、禹、湯、文武周公、孔子十數聖人而後備，大窮天地之變，微盡萬物之理，其要則人心而已。古之君子所以治身，所以治天下國家，未有出不由戶，何莫由斯道也。周衰，典籍棄而不用。漢興，訪遺書、立博士、置弟子員，公卿大夫以儒雅緣飾吏事。雖已非古。而文章溫厚。號令爾雅。猶有三代之遺風焉、其流至於桓、靈。士以節義自高，不為死生禍福屈。漢亡而後，猶更數世。自晉逮唐，又不能及漢。治亂之本，推原可知，詩賦不經，可以無辨，是猶滑稽俳優之戲，門巷謳唱之辭而已。〔註 171〕

從高遠處立論，發抉出斯文的脈絡，將經術與士風、道德緊密結合起來，宏博而莊重，正符合他稱讚曾鞏「學問有根本，識慮通古今」的特點（《言曾鞏事奏》）〔註 172〕，但下文又能緊扣科舉取士法論事，能放能收，詳略得宜。

〔註 170〕永瑢等《四庫全書總目提要‧鄱陽集》，《影印文淵閣四庫全書》，上海古籍出版社，1987 年，第 4 冊第 129 頁。
〔註 171〕見《全宋文》，巴蜀書社，2006 年，第 2197 卷，第 216 頁。
〔註 172〕同上，第 2198 卷，第 41 頁。

在具體的語言上，他雖不作洋洋灑灑的宏論，但善於發明大義，總結一些警句，典雅深刻，取孟子、荀子的風格，這與他善於治經、嚴謹處世的風格分不開。像他在元祐初被召，問及時政，直言：「政無彼此之辨，一於是而已。」又如說：「凡人莫難於爭臣，為人臣則不得有己，為爭臣則不得有隱，人君，我之所天也，能制禍福，能制貴賤，而有過則必正之；人臣，我所委也，非能輕重之，非能榮辱之，而有姦惡則必言之。以至賤應至貴，而言其所惡聞之過失，以至孤敵至眾，而發其所隱之姦惡，則危辱怨禍之至如歸焉。……是非在於眾人，則眾人共之；利害繫於天下，當與天下共之，蓋雖人主有不得專也。」（《論聽言之道未至者三奏》）〔註173〕義正詞嚴，延續了孟子的浩然正氣，充分體現了宋代士大夫與君主共治天下的意識與擔當，道理雖明白而歸納精鍊得體。又如反對輕率征稅治理黃河，他指出：「天無心而萬物生，聖人無心而天下治，是非並至，惟無心者能定。……夫財力非出於天，出於民而已，……使之有道，用之有名，民雖死不怨，或非其時，或非其義，怨疾且並作。」（《孫村回河事奏》）〔註174〕深刻中肯，有充實的思想也有有力的總結。

二、諫諍的骨氣與平實的散筆

彭汝礪的文章，並不像蘇軾一樣以氣取勝，酣暢淋漓，凸顯個性，其行文大致以意為主，析理透徹明白，論事清楚慎重，並沒有大肆鋪排渲染的筆墨，但是他力求「有補」於時政，以一己之身擔負道義的態度表現在文章中，提高了文章的格調，雖然有時只是隻言片語，但在一篇嚴謹周正的文章中，建立起了氣勢。

彭汝礪的許多奏章，都是違抗統治者的意思上書，這就決定了他的措辭在謹慎嚴密之外還須委婉含蓄、講究技巧。文人進諫一般都會極力歌頌統治者乃仁君、明君，能明察秋毫、仁厚愛物，以引導人君遵循大義、借鑒歷史，並刻畫剖明自己的忠誠，以打動君主。彭汝礪也採取了這些以退為進的勸諫方式，但是除了講清楚道理外，他一再重申堅持自己的觀點立場，絲毫沒有折中，甚至不惜請求統治者降罪。像《論所言俞充事不當問得之何人奏》是在之前彈劾俞充、神宗質疑言事的基礎上上書，「夫廢一官吏，非足為朝廷輕

〔註173〕見《全宋文》，巴蜀書社，2006年，第2197卷，第21頁。
〔註174〕同上，第27頁。

重也，然官吏以漏言於臺諫而廢，則眾皆以前車爲戒，而外之是非得失，無復至於臣輩矣。以臣之昏弱不肖，而使憲臣盡不得聞知外之是非得失，將無以照燭幽暗而彌縫其空缺，臣之罪莫大焉。臣寧自劾，不敢奉明詔。……凡臣所居官職，皆陛下所予，願並禠奪，以警狂易，若猶未也，願益察之，……如有不實，則臣爲誣善、爲殄行，竄流荒遠，其又何辭。」〔註175〕作爲諫官，他堅決捍衛言事者不爲朝廷喜好所左右的權力，寧可損害自己的利益也不退讓妥協，言辭委婉而堅決剛直，是人格力量的外化。

　　彭汝礪的這種言事方式雖然令他遭受挫折，但是參照他的詩歌，這些話語是在他自己個人百般憂慮的情況下，深思公義道德，作出的一種選擇。堅韌地固守自己的立場，這種獨立的精神無疑是傳統知識分子品格中最寶貴的一面，這也使得他的文章呈現出獨特的光芒，像《再言蔡確詩奏》在勸導君主不宜以文字獄治大臣罪後，受到舊黨文人的攻擊，他仍上書曰：「今日之患，順從之人眾，違拂之人少，或恐將迎，遂使陛下有過舉，其令既出，雖悔不逮。臣言一出，口攻之者已至，臣不敢復自保，日惟誅殛之俟而已。然臣所言，反之於心，考之先王，稽之天地，質之鬼神，實無所疑惑，臣雖可廢，臣言不可奪。」〔註176〕參諸經書，闡發仁厚之道，結合具體的事理分析，本已完成了文章的內容，但他表態的骨鯁之氣，讓這一篇論事說理的文章更加富有精神內蘊。

　　自歐陽修倡導古文運動，平易暢達的文風已成趨勢，彭汝礪的散文也受到這種文風的深刻影響。去掉駢文的過分鋪飾，以散筆寫出精神，去掉韓柳的過分峭厲，寫出明白清楚的文字，彭汝礪的散文處理得相當得當。

　　運用散筆，並不是完全避免用駢句，而是以散筆之氣駕馭全文，即使運用駢句，也是流暢明白，承接自如，不以虛文害意，這才是散筆的精神。彭汝礪的散文，行文流暢，有意注意運用散筆，避用駢句，許多本可以用整飭句式的地方都用了散語，而如上文舉例的較爲整齊的警句，也是出於文意對稱所必須，句式的對仗並不十分齊整。其現存散文最長的整飭句式像：「鄱陽城北土湖，西南連大江，東北枕平陸。山阜重複，稻田上下，土厚水深，菱荇肥美，有蒲有藻，有芹有茆，魚鱉生之，若大若小，若浮若沈，充牣眺躍，食息有所。鸕鶿鷗鷺，鴻雁梟鷗，亦得其養。……水春而聚，菱夏而生，秋

〔註175〕見《全宋文》，巴蜀書社，2006年，第2197卷，第19頁。
〔註176〕同上，第2198卷，第38頁。

采其實，既冬而漁」（《土湖記》）〔註177〕，篇幅也相當簡短，雖間插用了駢句，但用詞簡樸，避免大肆鋪張；除了句子字數較相近以外，句式間隔奇句或偶句，則有所變化，且變化不一，避免過於整齊僵硬；內容排列，實無對仗的安排，而是以散筆的精神駕馭，使文氣貫通，增添了描寫的生趣。

　　不追求文字的整飭、高古，則避免了遷就形式拉伸或壓縮文字帶來的閱讀困難，彭汝礪的散文達到了平易暢達的效果。除了語言形式上的平實，他對行文內容的詳略、高低處理也很適宜，像《論聽言之道未至者三奏》先表明自己陳言的用意，論述為臣之道，接著指出為君聽言之道所未至者：有所疑、有所易、有所專，引經據典、高屋建瓴地談論君臣之道，並在其中穿插了臺諫力爭的兩個實際事件——周尹言王正中事、彭汝礪自己彈劾呂嘉問事，論事說理，明白詳切，既不放言空談，也不拘泥於事件的細枝末節；陳論紆徐不迫，雖然實在，但有委婉之筆，事、情、理交融，而不會顯得平鋪直敘。本於「誠」的諫諍和平穩暢達的表述，這才是彭汝礪文章「詞命雅正，有古人風」的筆力所在。

〔註177〕見《全宋文》，巴蜀書社，2006 年，第 2201 卷，第 81 頁。

第八章　「安石鷹犬」──張商英

張商英，字天覺，蜀州新津人，中治平二年進士第，於大觀四年除中書侍郎拜右僕射。作為政治家的張商英身上籠罩著濃鬱的傳說色彩，他豪爽大氣、長於言辭，有經世之才，襟懷曠達，篤信禪道，為踐行政治理想終生尋求機會。他的詩歌豪放疏散，氣象闊大；散文慷慨縱橫，文采絢爛，略近三蘇，帶有蜀地文人的特質。

第一節　仕履與變法

一、辯論縱橫與事功精神

張商英身上，帶有明顯的縱橫家個性，他耿直敢言，善於論辯，犀利動聽；處事機智，膽識過人，有強烈的事功傾向；慷慨豪放，超脫放曠，不拘小節。其性格有近於章惇的大膽果決處，也有近於蘇軾的豪放曠達處，生活上都是豪氣不除，喜好戲謔。

其善言辭，除了論佛極富機鋒外，在政事上，慷慨敢言事，雄辯事蹟甚多，如《宋史》記載：「調通州主簿，渝州蠻叛，說降其酋，辟知南川縣。」〔註1〕轉運使張詵討伐渝州地區的夷人，先後消滅了梁承秀和李光吉兩股勢力，只剩下王袞沒能歸附，張商英向張詵獻策：「夷亦人也，諭以禍福宜聽。」〔註2〕

〔註1〕脫脫等《宋史》卷351《張商英傳》，中華書局，1977年，第11096頁。
〔註2〕李燾《續資治通鑑長編》卷228，熙寧四年十二月乙亥條，中華書局，1986年，第5560頁。

於是張詵派他前去說服王衮歸順，張商英因功被任命爲渝州南川縣的知縣。

而他爲章惇所賞識的經歷，則與縱橫家的風采相近。章惇爲夔、峽、湖北路查訪相度蠻事夷，「狉侮郡縣，吏無敢與共語，部使者念獨商英足抗之。檄至夔，惇詢人才，使者以商英告，即呼入同食，商英著道士服，長揖就坐，惇肆意大言，商英隨機折之，落落出其上。惇大喜，延爲上客，歸薦諸王安石，因召對，以檢正中書禮房擢監察御史臺」〔註3〕，章惇此舉帶有爲新興的變法事業尋找人材的目的，張商英其實也是應徵選而來，面對章惇的刁難，他的著裝、姿態、談吐的獨特，無疑是延續了縱橫家積極進取而追求士人尊嚴的精神。〔註4〕能賞識其特點的章惇，也是膽識才幹過人的人物，而他舉薦的人物，亦有膽識才俊，如舒亶，都是史書記載中勇於決斷的典型。

張商英的不畏權貴，除了政治與舊黨鬥爭的需要外，也有士的意識張揚在裏頭。熙寧五年他任御史，敢於揭露舊黨過失，強化御史言事的職能，敢於挑戰士大夫勢力，尤其是跟文彥博這樣根基深厚的大臣抗衡，「神宗爲置不治，商英遂言奉世庇博州失入囚，因摭院吏徇私十二事，語侵樞臣，於是文彥博等上印求去」〔註5〕，換來了「詔責商英監荊南稅，更十年，乃得館閣校勘檢正刑房」。在對臣工實行制衡之術的集權制下，張商英此次被貶就是一次犧牲，與皇家宗室有千絲萬縷關係的文彥博、富弼等大臣是神宗皇帝依賴的臂膀，實行新法必須排除他們的干擾又需利用他們對新黨進行制衡，於是張商英攻擊文彥博等，強調了君權，待到這些大臣惶恐不安於位時，神宗又黜落張商英對文彥博等施恩，換取他們的妥協與感激。

張商英的豪放慷慨，不拘小節，正體現在他仕途的幾次受黜落和舊黨對其人品反復的攻擊上，《宋史》形容他：「長身偉然，姿採如岸玉，負氣俶儻，豪視一世。」〔註6〕元豐三年四月，他方回朝，九月便因自己推薦的新黨言官舒亶論他事涉干請，貶監江陵府江陵縣稅，干請內容見《女夫帖》，帖書簡要，但含糊其辭，求請之事不明確。

〔註3〕晁公武《郡齋讀書志》卷4下記載：「章惇查訪巴蜀風采，傾動西南」；「因求辯博之士以備燕談」；「杯酒間果以人材爲問」。阮元輯編《宛委別藏》，江蘇古籍出版社，1988年。

〔註4〕傅劍平《縱橫家與中國文化》，文津出版社，1994年，第170～171頁，第186～188頁。

〔註5〕脫脫等《宋史》卷351《張商英傳》，中華書局，1977年，第11096頁。

〔註6〕同上，第11905頁。

　　紹聖二年，他彈劾來之邵失敗，謫監襄陽酒稅，改監江寧府稅。來之邵其人無行，偏激極端，得黃履所推薦，反復阿諛，與楊畏不相上下，陽翟民蓋漸乃蓋氏養子，來之邵二子皆娶蓋氏女，遂誣蓋漸非蓋氏子，謀其家產，但案件審理一值得到干預，張商英上奏《乞委不干礙官司推究蓋漸案》伸張正義，侵犯了有權勢的無行文人，《宋史》認爲張商英是欲助章惇攻擊安燾才稟奏此事，對他的外貶原因歸結爲「哲宗不直」〔註7〕，可見張商英確實受冤枉。但張商英所劾乃來之邵，這與他痛恨小人作祟有關。他今所存文章，光紹聖元年上言就有十五篇，大多針對人事而發，而在《乞降詔懲戒薄俗奏》裏，他表示了對阿諛附會、趨炎附勢的群體的深惡痛絕，這個群體在熙寧附熙寧，在元祐和元祐，攻擊迎合，挑撥離間，無所不施，不爲君國謀利益，而是爲個人求名利，張商英列舉了他們的種種醜行，並加以類分，「學士大夫平日不素講聞，師儒先生之高誼不自慎重，身披譏議，亦足有悲者。若滋長不已，則憎愛恩怨，未易改也」〔註8〕，可見深受其害的他對這一批害群之馬在黨爭中落井下石、加深矛盾的行爲具有深刻認識，但他最終還是爲小人攻擊而遭貶謫。

　　元祐元年九月司馬光卒，張商英作《代開封府尹祭司馬公文》，元祐二年提點河東刑獄案，爲河東守臣李昭敘作《嘉禾篇》，成爲他崇寧二年與蔡京議政不合，被打擊的把柄。《嘉禾篇》案爲北宋著名文字獄。其實這兩篇文章都是代作，但《宋史》則以此論張商英反復，「元祐時獻嘉禾，以文彥博、呂公著比周公上，紹聖間乃極言其短，嘗作祭司馬光文」〔註9〕，張商英並沒有將文彥博、呂公著等比作周公，相反，他抨擊了當時阿諛吹捧文彥博等人的勢利風氣。他對司馬光的品格還是給予肯定的，他在元祐二年《乞先帝政事不可輕改奏》中說道「司馬光在先帝時，與王安石議論，閒廢幾十五年，其意必欲自行己學，此爲有理。若他人，在熙、豐則附熙、豐，在元祐則附元祐，此乃反復射利之人，不可不察。」〔註10〕不同意司馬光的政見，但仍非常尊敬他的爲人。他的祭文，也是突出司馬光的性格特點，沒有溢美之詞，《代開封府尹祭司馬公文》：「介特眞淳，無易公者，公來秉鈞，久詘而伸，五害變法，十科取人，孰敢弗良，孰敢弗正，有傾其議，必以死爭，日月徂徵，思

〔註7〕 脫脫等《宋史》卷351《張商英傳》，中華書局，1977年，第11907頁。
〔註8〕 見《全宋文》，巴蜀書社，2006年，第2228卷，第120頁。
〔註9〕 脫脫等《宋史》卷351《張商英傳》，中華書局，1977年，第11097頁。
〔註10〕 見《全宋文》，巴蜀書社，2006年，第2228卷，第119頁。

速用成，」「有傾其議，必以死爭，日月徂徵，思速用成」，甚至突出了他偏激滅裂的一面，並無褒揚，其它列舉他的事蹟「久詘而伸，五害變法，十科取人」〔註11〕，也是司馬光失敗的政治主張，也無溢美之詞。岳珂《桯史》卷七指出其被貶原因：「溫公夫何憾焉，如此而已，雖違時論，亦非大溢美者，蓋五害等字，乃當時之所深諱，是以亟黜而不留也。」〔註12〕也指出張商英並沒有讚美司馬光。

在舊黨主政的情況下，詩人應嘉禾祥瑞上文，本是臣子以文學歌頌的職責，其實與蘇軾烏臺詩案以詩歌諷諫各有其用，無可厚非，卻被別有用心者利用為政治交爭的工具，正是詩人不拘小節的結果，《嘉禾篇》《桯史》有存，編者：「余家舊有石刻，正其所著《嘉禾篇》者，文既爾雅，論亦醇正。」〔註13〕崇寧二年八月，御史中丞石豫、殿中侍御史朱紱、余深奏：

> 尚書左丞張商英與元祐丁卯嘗為河東守臣李昭敘作《嘉禾篇》，謂「神宗既登遐，嗣皇帝沖幼，中外震懼，罔知社稷攸託。」方是時，哲宗即位之後，尚曰「罔知攸託」，可乎？又曰：「成王沖幼，周公居攝，誅伐讒慝，卒以天下聽於周公，時則唐叔得禾，推古驗今，迹雖不同，理或胥近。」方是時，文彥博、司馬光等來自洛陽，方掌機務，比之周公，可乎？〔註14〕

可以說，「罔知社稷攸託」是無意中透露出張商英之前對元祐政局大變、新法前途的擔憂，但他下文曾無一字提及司馬光、文彥博等人，而是全篇都在強調高太后的德政，指出她「克莊克明，克仁克簡，肆膺顧命，保祐神孫，以總大政」的維護安定之功勞，對具體的改廢，只含糊言皇太后主張「其弛利源與民共，之所不欲，一切蠲罷」，突出她在「新故相刑，愛惡相反，議論乘隙紛綸」之際，主持大局「斷以不惑，去留用捨，不歸於偏」。在以周公作比喻時也突出「近則召公不悅，遠則四國流言」，整篇文章溫文爾雅，但比喻不類，並無張商英意旨鮮明的風格，足見作者要尊重事實又不得不勉強作文的生硬之處。而且從內容看，明顯作於這一時期的《孤憤吟》二首其一曰：「平津諛武帝，堯舜未為聰。歸來東閣士，稱頌比周公。勢利變人心，上下交相

〔註11〕見《全宋文》，巴蜀書社，2006年，第2234卷，第247頁。
〔註12〕岳珂《桯史》卷7，中華書局，1981年，第81頁。
〔註13〕同上。
〔註14〕楊仲良《宋皇通鑑長編紀事本末》卷131《張商英事蹟》，《續修四庫全書》上海古籍出版社，2002年，第387冊，第413頁。

蒙。」〔註15〕直接抨擊舊黨尤其是司馬光罷盡新法，自以為秉持正道，反被勢利小人比喻成周公，對這種世道，作者是飽含憤慨。此前，張商英以上表力乞外任，到提舉河東刑獄任上也是瀟灑自由，《嘉禾篇》不是所謂的奴顏媚骨、期望擢升之筆。

張商英為蔡京拜相製詞也歷來為史書詬病，「蔡京拜相，商英雅與之善，適當制，過為褒美，尋拜尚書右丞，轉左丞，復與京議政不合，數詆京身為輔相，志在逢君。」〔註16〕看崇寧元年《蔡京授尚書右僕射制》，全文基本在稱頌熙寧變法的政績「慨念熙寧之盛際，闢開指拔之宏基。弛役休農，尊經造士，明親疏之制，定郊廟之儀，修義和之利，聯比閭之政。國馬蕃乎汧、渭，洛舟尾乎江、淮。周卿率屬以阜民，禹迹播河而入海。經綸有序，威德無邊。」〔註17〕對熙寧的變法立制、開闢疆域、富民強兵充分肯定，接著他寫道「而曲士陋儒，罔知本末；強宗巨黨，相與變更。凡情狃於尋常，美意從而蠹壞。賴遺俗故家之未遠，有孝思公議之尚存。慎圖厥終，政在今日。」重在批評元祐因循守舊的文人和強宗巨黨破壞新法，足以見出張商英對蔡京恢復新法的期望，而曾無一言論及其品格，史書不看褒美對象，而輕易定論，論人何偏。

此後，他發現蔡京借新法之名義行政，滿足徽宗驕奢的要求，穩固自己尊寵的位置，則直言敢諫，即便蔡京是權臣，與他原本相處融洽。在特殊形勢下，張商英與蔡京立異主要在於行新法見解有異，史書卻認為他與蔡京「向背離合，視利所在，亦何有於公議哉？商英以傾詖之行，竊忠直之名，沒齒猶見褒稱，其欺世如此。」〔註18〕忽略了人的認識過程，純粹以爭權謀私利來曲解張商英的行為。他此後飽受蔡京打擊，大觀二年，他自歸州安置移峽州居住，有詔可任便居住，歸居荊南，便寫《謝蔡京書》、《謝蔡京狀》肯定蔡京的幫助，向他道謝。大觀四年，蔡京罷政，張商英除尚書，則不顧念蔡京的幫助，積極改革弊政，反對內侍楊戩除節度使，於是很快受到蔡京集團的攻擊，謫汝州團練副使，衡州安置，蔡京又幫他求情，可見他與蔡京的關係不是一般的權臣爭權爭名所能形容，而是政見上的對頭，但又能肯定對方的某些長處。

〔註15〕《全宋詩》北京大學出版社，1995 年，第 933 卷，第 10991 頁。
〔註16〕脫脫等《宋史》卷 351《張商英傳》，中華書局，1977 年，第 11097 頁。
〔註17〕見《全宋文》，巴蜀書社，2006 年，第 2228 卷，第 112 頁。
〔註18〕脫脫等《宋史》卷 351《張商英傳》，中華書局，1977 年，第 11097 頁。

　　張商英一生仕途沉浮，尤其是在徽宗朝，遷謫頻驟，眞正在朝廷的時間並不長，但貶謫外任期間他也並沒有過多的惶恐憂患，而是靜心參禪，而躋身高位，也沒有畏禍全身的憂慮，屢屢作不合時宜的言論，坦然無懼，正如他在《護法論》中所說：

　　　　余觀歐陽修之書尺，諜諜以憂煎老病自悲，雖居富貴之地，戚
　　戚然若無容者，觀其所由，皆眞情也，其不通理性之明驗矣。〔註19〕

他對苦厄能以參禪的曠達化解，襟懷開闊，豪氣至老不除，他在列入元祐黨籍，經歸州、衡州安置後，歸居荊南寫給章惇的兒子章援的書信曰：

　　　　老夫行年七十有四，日閱佛書四五卷，早晚食米一升，面五兩，
　　肉八兩，魚、酒佐之，以此爲常，亦不服暖藥，唯以呼吸氣，晝夜
　　合天度而已。數數夢見先相公，語論如平生。豈其在天仙間，而老
　　夫定中神遊或遇之乎？嗟乎，安得奇男子如先相公，一快吾胸中哉！
　　〔註20〕

隨順自處，雖然幾經磨難，仍不改豁達本色，其自言「老夫行年七十有四，日閱佛書四五卷，早晚食米一升，面五兩，肉八兩，魚、酒佐之，以此爲常，……」俗白可愛，豪邁有自得之情。相對於蘇軾《自題金山畫像》「問汝平生功業，黃州惠州儋州」，以反語調侃，雖輕鬆超脫而不免寄寓辛酸感慨；「日閱佛書四五卷」的張商英樂觀實在，尙有飽滿的精神氣慨，他稱銳意進取、大膽機智章惇爲「奇男子」，而他自身幾經沉浮磊落瀟灑，餐餐飽食，無憂無懼，也不失爲奇男子。

二、長期外放的仕履與執著改革的態度

　　蕭慶偉《北宋新舊黨爭與文學》採擷史書材料，爲張商英做了年表，梳理其仕途及一些詩文繫年，其中元豐五年，張商英在監江陵縣稅任，他的《送蹇道士遊廬山序》曰：「時元豐辛酉八月，赤岸竹館序」〔註21〕，《宋史》謂張商英「責監赤岸鹽稅」〔註22〕，蕭文稱不知江陵與赤岸是何關係，今檢《江陵縣志》，赤岸乃江陵一處地名。

〔註19〕見《全宋文》，巴蜀書社，2006 年，第 2230 卷，第 154 頁。
〔註20〕《全宋文》題目作《與章致平書》，引自洪邁撰《容齋四筆》卷二「張天覺小
　　　　簡」，中華書局，2005 年，第 647 頁。
〔註21〕見《全宋文》，巴蜀書社，2006 年，第 2229 卷，第 184 頁。
〔註22〕脫脫等《宋史》卷 351《張商英傳》，中華書局，1977 年，第 11905 頁。

　　關於張商英的仕途與新法的關係，除了史書有不實或曲解外，尚有可辨析的地方。有人認為「張商英與變法派頗有淵源，且比較傾向於變法，但與變法派是有一定距離的。」〔註23〕其實，張商英是真誠的新法擁護者，他之所以看來與新黨有距離主要緣於以下因素：

　　首先，他的仕途沉浮與其他新黨不在大致同樣的曲線上，熙寧四年，為章惇賞識，推薦給王安石。熙寧五年三月，僅有知縣資歷的他就以檢正中書禮房擢太子中允、權監察御史裏行，可見他變革的銳氣和論辯的能力是深受王安石賞識的，八月，唐坰求進挾私報復的彈劾就形容「臺官張商英乃安石鷹犬」，十一月，張商英就因「語侵權臣」文彥博等，被貶為光祿寺丞監荊南稅，此後七年悉居荊南，他在臺諫的時間只有八個月。元豐二年，他又調回京師，除館閣校勘，元豐三年四月，自權發遣司農寺丞、太子中允、館閣校勘徙檢正中書刑房公事，九月庚午，落館閣校勘，貶監江陵府江陵縣稅，熙豐間，可以說絕大部分時間一直沉淪下僚。元祐元年，他一度返回朝廷，但元祐二年便上書阻廢新法，並乞求外任，元祐年間，歷提點河東刑獄、河北西路刑獄、江南西路轉運副使等職，也是郁郁不得志，但不至於如蔡確等人受打擊慘重。紹聖元年召為右正言，又積極上言，排抑舊黨尤其是趨炎附勢的小人，但紹聖二年便為小人攻擊而去。此後，新黨內部攻訐激烈，他並未捲入章惇與曾布、曾布與蔡京的鬥爭中，但沉浮亦不可規測，他數度回朝，元符二年權工部侍郎、遷中書舍人，崇寧元年為翰林學士，崇寧二年遷尚書左丞，並於大觀四年拜相，但在中央時間都很短，並因與蔡京謀事不合，入元祐黨籍。從他的經歷看，在朝廷的時間確實都比較短暫，但是他與舊黨對立的態度卻自始至終都很堅決。

　　其次，他不是新法激進建設推行者，更不是投機者，而是有著堅定穩妥的主張的擁護者，對新法的支持是有自身深刻的理解的，他斷是非大體以新法為去取，但不因黨派偏廢論人，而是將公私、將人品、政事、文學分開理智分析，像他論司馬光、論蔡京就是典型的例子。

　　熙寧五年他僅做了五個月權監察御史裏行，就被稱作王安石的鷹犬，可想見他在臺諫期間的建設。但今天可見他的諫奏只有八篇，篇篇針對具體的問題提出見解，如《不宜開永國渠灌田奏》、《論刑部立捕蝗法不當奏》針對民生實際，對當時新法的建設提出建議，並不是一味迎合制策者以邀政績，

〔註23〕蔡暢《論張商英早期的政治活動》，《滄桑》，2007年第5期。

又像《乞安靜休息擇人以行政事奏》可見他在變法上並非急功近利者，而是支持穩健周密的方法，惟其如此，更可見他對新法的嚴謹態度，並非趨利投機者。對新法有不便處，他能看到，但堅持新法方向不變，相對於呂惠卿等人，不躁進而且看到推行新法速度控制的重要，「陛下即位以來，更張改造者數十百事，其最大者三事也，一曰免役，二曰保甲，三曰市易，三者得其人，緩之講之則爲利，非其人，急而成之則爲害。臣願陛下與大臣宜安靜休息，擇人而行之。苟一事不已，一事復興，雖使禆諶適野而謀，墨翟持籌而算，終莫見其成也。昔舜用禹治水，稷播穀，皐陶典刑，益掌山澤，契敷五教，垂共百工，若多事，然舜行此數事，而靜以終之，故曰：「夫何爲哉。」今朝廷行舜之所以有爲，而未行其所以無爲，此臣所以拳拳爲陛下道也。」（《乞安靜休息擇人以行政事奏》）〔註24〕切中了新法推行激進、未能用人皆善而爲舊黨攻擊的弊病，肯定新法之當行，又對其制定、推行提出建議。他的《乞擇詞臣奏》指點詞臣，言辭大膽，充滿破舊立新的自信，《乞牽復李復圭奏》、《乞懲治周永懿奏》、《樞密院黨庇官吏奏》、《李則從輕定罪不當奏》也是大膽敢言，但是毫無片面擁護新法之詞，新法建設推進中的不足提出了中肯的意見，這可能也是這些諫奏得以流傳的原因。

在元豐八年，他被召爲太常丞，元祐元年，改開封府推官，又回到朝廷，但朝廷變更新法，長期沉淪下僚的他不顧個人前程，上書勸阻，《乞除外任差遣奏》謂：「今先帝陵土未乾，即議更變，以理言之，得爲孝乎？今群臣砥斥者，實繁有徒；使先帝政事倘有不善，當先帝時何不盡言指陳，上書極諫，而今乃迎合時好，妄肆莠言也？臣乃先帝識擢之人，難以改節立朝，乞除臣外任差遣。」〔註25〕以不維護新法爲改節，而駁斥反復小人，理正詞嚴，氣勢昂然，捍衛新法。《乞先帝政事不可輕改奏》雖然肯定司馬光人格，也知道勸阻只會影響仕途，但仍堅持乞求不要輕易推翻變革。相對於蔡京爲司馬光賞識，五日盡復差役法，謂之爲新法之鷹犬卻也不差。

由上述兩點可以看出，張商英非但不是與新法保持距離，而是熱切的參與者，他一生執著於切實改革，雖屢遭外貶，至老而未改。而且，他對新法的這份熱情包括了對理財、民生建設的熱衷，他不是放言空談者，而是有務實的主張，有經世之才。

〔註24〕見《全宋文》，巴蜀書社，2006年，第2228卷，第117頁。

〔註25〕同上，第119頁。

最後，張商英至老並未離開官場，從他政治的信念看，也是希望有一番大作爲，飽含改革當世的熱情。元豐二年他《上神宗皇帝書》曰：「臣向因言事，久冒常邢。去國七年，儀矩山野，銜哀萬里，肝膽墮摧。蹤跡無似於江湖之間，形影僅有於日月之下。每欲退耕農畝，虛老聖時，而血氣方剛，志節猶在。臣伏觀史傳，自堯舜至於今日數千百歲，期間好賢立治之主，不過二十許君。士之處世六七十年之間，其耳目聰明，志力強盛，如臣之棄置七年者，不過於再於三，而老且憊矣。」〔註26〕感歎政治生命已去掉了三分之一乃至一半，所以至老不甘放棄，「而切恐馬周壽短於貞觀之世也」。

正如上文所列舉，張商英在朝時間都不長，但每次在職位上他都會圍繞變革的精神，積極進言，絲毫不放棄堅持抱負，元祐八年他呈《上釐定官制書奏》曰：「熙寧五年任監察御史裏行日，曾乞釐定本朝官制。臣輒推原先帝之意，著之於篇。」〔註27〕在舊黨盡廢新法後，他仍念念不忘熙寧間的設想，並經過多年醞釀，規劃成書上呈。紹聖元年，他返朝的奏章，除論司馬光、呂大防、呂公著、劉摯結朋黨並責呂大防一派臺諫外，多有改革的建樹，他上《乞選官會記監牧虧盈及熟講馬政奏》、《乞遣使按驗回河虛實及所費錢糧梢草奏》、《論河事宜議經久法奏》，欲於實事有所作爲。元符二年，他又上《乞指揮河北選官相度黃河厲害奏》、《乞令進回河以來諸路所費錢物都數奏》、《乞差勾仲甫措置東西川鹽井奏》，對河事、鹽務等關係國計民生的事務十分關心。

受蔡京排擠後，賜對奏曰：「神宗修建法度，務以去大害興大利，今誠一一舉行，則盡紹述之美，法若有弊，不可不變，但不失其意，足矣。」〔註28〕言下之意，認爲徽宗時政雖打著新法旗號而未能眞正實行王安石新法，勸導徽宗要堅持變革的內容，難能可貴。

張商英到老都滿懷抱負，力圖通過改革補益財政民生，他對自己的經世之才幹是很有自信的，而事實也證明他善於經世，即便《宋史》力尋其短處，但仍肯定「商英爲政持平，謂京雖明紹述，但藉以劫制人主，禁錮士大夫爾。於是大革弊事，改當大錢以平泉，貨復轉般倉以罷直達，行鈔法以通商旅，蠲橫斂以寬民力。勸徽宗節華侈、息土木、抑僥倖。」〔註29〕大觀四年，他上《論當十錢宜改鑄奏》、《論當十錢改鑄當三宜令山必行奏》都是針對時弊

〔註26〕見《全宋文》，巴蜀書社，2006年，第117頁。
〔註27〕同上，第2228卷，第120頁。
〔註28〕脫脫等《宋史》卷351《張商英傳》，中華書局，1977年，第11905頁。
〔註29〕同上，第11907頁。

提出，力去當十錢給貨幣物資流通帶來的危害，《論湖北產金宜置司提舉奏》對將採礦納入國家財政的前瞻意識，可見他是有經濟之才，貫徹新法精神，所以得天下所望，在遭誣陷時太學生也爲其鳴冤。他的《乞以桑景詢充陝西路轉運司幹當公事奏》模仿姚崇宋璟整理混亂的貨幣制度，部署分明，充分顯示了他調配的才幹：

> 臣昨奉聖旨，元豐庫椿小平錢一千五百萬貫外，餘聽出入，以平錢、鈔、物三者之價。臣不量力，願任其責。今欲先給鈔五百萬貫付陝西轉運司令，分孹於五路沿邊收糴斛斗，充代近里州軍等第戶久來支移租賦之數，卻令近里等第戶依數送納價錢。假如每名支移歲費一百貫，今三分損一以惠之，則其利有三：京庫出鈔以飛當十錢，其利一也；以實鈔糴斛斗，則商旅不擡虛價以合鈔面，其利二也；等第戶免支移陪費，而鐵錢輸官，以待移用，其利三也。臣既在此，則須是遣一腹心人往計會孫琦算，密令通知供具五路每年支移若干斛斗於某州寨，實計地裏遠近，民間每石並腳乘實出若干錢，急速回報。〔註30〕

投身改革的熱切、務實的主張、經世致用的才幹以及他與舊黨堅決對立的態度，證明了張商英非常鮮明的新黨人物特徵，而且，到了北宋後期，隨著新黨文人逐漸離世，他在新政隊伍乃至民間的號召力也更爲突出。

第二節　學術與地緣的關係

一、張商英與蜀地文人的交往

　　張商英與蜀地人聯繫密切，他向朝廷推薦的蜀人唐介，是文苑英才，「爲宗學博士張商英薦，除提舉京畿常平，後坐爲商英賦內前行，謫居惠州」。〔註31〕彭汝礪則是因爲學禪與張商英交往，《答張天覺學士》曰：「龐蘊襄陽老精怪，辛勤欲挾山超海。破除枉被馬師瞞，扶起賴存靈照在。最上一機終不傳，喃喃謾自費羅千。晚年遭值張居士，冷火寒灰更熾然。」〔註32〕

〔註30〕　見《全宋文》，巴蜀書社，2006年，第2229卷，第140頁。
〔註31〕　永瑢等《四庫全書總目提要・三國雜事》，《影印文淵閣四庫全書》，上海古籍出版社，1987年，第2冊第811頁。
〔註32〕　見《全宋詩》，北京大學出版社，1995年，第896卷，第10480頁。

　　張商英推薦的人才，如蔡肇，從王安石問學，又從蘇軾遊，也是特立獨行，「張商英入相，召爲起居郎」。其結交賞識者，如惠洪，與蘇黃及其後學也親近，也是特立獨行，謝逸等人對其稱道不已，但後人僅以其親附張商英，又行爲狂蕩，遂不免譏諷，《四庫全書總目提要‧石門文字禪》就說惠洪「蓋其牽連鉤黨與道潛之累於蘇軾同，而商英人品非軾比，惠洪人品亦非道潛之比」。

　　此外，《清江三孔集》收有孔平仲唱和送別張商英的詩歌《和劉江寧韻送張天覺同年三首》〔註33〕，今全宋詩未見收錄，詩曰：

　　　　傾蓋逢吾喜，開樽爲子斟，笑談天下事，忠義古人心。

　　　　戢翼丹霄遠，藏鱗赤壁深。彈冠行且起，朝列遲華簪。

　　　　酒可平孤悶，無辭滿滿斟。劍橫牛斗氣，松抱雪霜心。

　　　　澤國波濤壯，春天霧雨深。清哀記風采，白筆舊曾簪。

　　　　戲挹東溟水，期將北斗斟。大鵬誰折翼，老鶴未償心，

　　　　卷箔江天靜，停檣野岸深。晨羞聊一飽，荻筍正如簪。

孔平仲在《送張天覺》稱讚他「車輕戴笠愛，君清如王立。愛君直朱弦，急膽肝磊落。貯星斗意氣，軒騰脫羈縶。」「況君屢薄青雲飛，暫爾低回豈長蟄。」〔註34〕《戲張天覺》又讚美他：「踔躒英才比孟陽，……屢選青錢文足羨，嘗乘白馬諫何強。知君每厲霜崖操，未怕朱雲請尙方。當路埋輪氣慨慷，身長几尺貌堂堂。高吟當似封侯祐，巧詆寧同小吏湯。……」〔註35〕皆用張姓，其中對張商英直言敢諫十分佩服。他的《寄張天覺》：「手弄毛錐擲釣簑，衰年遠使尙婆娑。女緣被妬多閨怨，心欲安禪學鳥窠。果有壯圖希劍履，復何高論隱松蘿。維摩弟子張天覺，見說平生事揣摩。」〔註36〕對張商英的不得志表示理解惋惜。

〔註33〕　《清江三孔集》卷23，此數詩亦收錄入郭祥正《青山續集》卷6。《四庫全書總目提要》說：「《青山續集》七卷晁氏陳氏均不載，宋史藝文志亦不著錄，前後無序跋，莫審誰所編次，然覈其詩格實出祥正，非後人所能依託其中。」《四庫全書總目提要‧清江三孔集》：「南渡後遺文散佚，……平仲郎中集中古律詩外別出戲集三卷，皆人名藥名迴文集句之類。……惜其已非慶元之舊。」此三詩不在此多出卷數之列，因孔還有其它與張商英唱和的詩歌，本書將三詩繫孔平仲名下。《影印文淵閣四庫全書》，上海古籍出版社，1987年，第5冊，第22頁。

〔註34〕　孔平仲《清江三孔集》，《影印文淵閣四庫全書》，上海古籍出版社，1987年，第1345冊，第483頁。

〔註35〕　同上。

〔註36〕　同上，第497頁。

　　張商英與蘇軾同爲蜀人，乃文字之交，相與唱和論佛，其《挽老蘇先生》一詩，對胸懷大志、未能聞達的蘇洵十分推崇，盛讚其文章，「近來天下文章格，今是之人咳唾餘」〔註37〕，充滿變革理想的張商英也能理解蘇洵的學術與際遇，「一生自抱蕭張術，萬古空傳楊孟書」。他在《四賢堂》中稱讚「能詩只有東坡老，到處唯尋六一翁」〔註38〕，以蘇軾和歐陽修並提。

　　《宋史》謂張商英元祐初：「且移書蘇軾求入臺，其廋詞有老僧欲住烏寺呵佛罵祖之語。」〔註39〕關於此事，《曲洧舊聞》記載，元祐元年，張商英以書致時在翰林的蘇軾曰：「覺老（自稱）今來見解與往時不同，若得一把茅蓋頭，必能爲公呵佛罵祖。」〔註40〕期蘇軾薦爲言官，司馬光有意用之，特以蘇軾阻而止。李燾《續資治通鑒長編》記載此事則言：「緣於上書阻廢新法及嘗致書蘇軾欲作言事官。」〔註41〕章定《名賢氏族言行類稿》則曰：「始公著在相位時，商英爲開封府推官，欲居言路，嘗云：『老僧欲住烏寺，呵佛罵祖。』希純以商英語白公著，不悅，出商英爲河東提點刑獄。」〔註42〕把阻攔他升遷的人物換成呂公著，時間變成開封府推官後，這些記載前後涉及人物、時間不相同，但都拿張商英的一段文字來附會曲解。

　　「呵佛罵祖」這段話，向來被後人解釋爲，張商英沉淪下僚、改變對新法支持態度或者假裝改弦易轍想博得舊黨的信任，以圖進用，所謂呵佛罵祖只是比喻，隱晦其詞。但如果不作政治上的發揮，從張商英與蘇軾同爲蜀人，素有交往，並且喜論禪的角度看，此段文字本來就是張商英與蘇軾參禪論道的話語。而且同年，張商英就上書力阻改變新法，元祐二年七月，張商英又有《乞除外任差遣奏》將自己絕不附會改變新法的態度堅決的表現出來，並主動要求外任，說他改變立場討好蘇軾以求得官職，並不符合事實。

　　從事實分析，張商英被貶不是因爲致書蘇軾事，而是因爲阻止廢除新法，所謂蘇軾阻而不用云云實屬無稽之談。司馬光欲在極短時間內盡廢新法，甚至連卓有成效的免役法也在五日內盡罷，蘇軾對這種一刀切的做法也是反對

〔註37〕見《全宋詩》，北京大學出版社，1995年，第934卷，第11008頁。
〔註38〕同上，第933卷，第10990頁。
〔註39〕脫脫等《宋史》卷351《張商英傳》，中華書局，1977年，第11905頁。
〔註40〕朱弁《曲洧舊聞》卷8，中華書局，2002年。
〔註41〕李燾《續資治通鑒長編》元祐二年七月乙卯條，中華書局，1986年第403卷，第9803頁。
〔註42〕章定《名賢氏族言行類稿》卷25《影印文淵閣四庫全書》，上海古籍出版社，1987年，第933冊第83頁。

的，並與司馬光爭論，可以說他跟張商英抱有部分相同意見。而且，此次張商英外任，蘇軾、黃庭堅、張耒都來爲其餞行，有詩相贈，蘇軾《次韻孔常父送張天覺河東提刑》:「送君應典鷫鸘裘，憑仗千鍾洗別愁。脫帽風流餘長史，埋輪家世本留侯。子河駿馬方爭出，昭義疲兵亦少休。定向秋山得佳句，故關黃葉滿行輈。」〔註 43〕充滿朋友間的關懷、調笑、期望，如「脫帽風流餘長史」，東坡自注:「君喜草書而不工，故以此爲戲。」輕鬆活潑，倘若之前檢舉了張商英，不能如此自然。《席上送張天覺得山字》:「西登太行嶺，北望清涼山。晴空浮五髻，晻靄卿雲間。餘光入岩石，神草出茅菅。何人相指示，稍稍落人間。能令墮指兒，勯髯茁氷顏。祝君同此草，爲民已痌瘝。」〔註 44〕詩中所謂「稍稍落人間」乃況張商英從中央到地方的處境，並期望他能「爲民已痌瘝」，可見蘇軾是認可張商英的才幹的。再看黃庭堅《送張天覺得登字》:「張侯起巴渝，翼若垂天鵬。歷詆漢諸公，霜風拂觚稜。去國行萬里，淡如雲水僧。歸來頭益白，小試不盡能。湖海尙豪氣，有人議陳登。持節上三晉，典刑寄哀矜。公家有閒日，禪窟問香燈。因來敘行李，斬寄老崖藤。」〔註 45〕形容張商英識見才氣過人，而「歷詆漢諸公」,「湖海尙豪氣」，則寫出張商英睥睨流俗，慷慨敢言，特立獨行的特點，在指出他積極參政耿直無畏之外，又讚賞他能能自我調整超然物外，遇到挫折「淡如雲水僧」，保持平常心，並囑咐他「公家有閒日，禪窟問香燈」。張商英參政時棱角分明，日常參禪超脫曠達，其秉性行止、人生志趣與蘇黃相近，所以在仕途的波折上，他們能互相理解，惺惺相惜，曰「典刑寄哀矜」，期望他「斬寄老崖藤」。張耒《柯山集》《送張天覺使河東席上分題得將字》「張侯蜀都秀，玉立身堂堂。手持明光節，六月登太行。三晉雄中夏，朔方臨大荒。傳聲賢使者，父老相扶將。控弦百萬戶，十年廢耕桑。但使把鋤犁，自然息桁楊。主人延閣老，別酒泛蘭觴。寄聲梁諫議，欲試紫參方。」〔註 46〕也是寫及張商英偉岸磊落的形象，此詩已提及元祐三年六月張商英的任務，督捕清涼山群盜，並給張商英提出建議「控弦百萬戶，十年廢耕桑。但使把鋤犁，自然息桁楊」。

元祐三年六月，張商英以職事督捕五臺山群盜，至清涼山，作《續清涼

〔註 43〕蘇軾《蘇軾詩集》，中華書局，1982 年，第 1530 頁。
〔註 44〕同上，第 1532 頁。
〔註 45〕黃庭堅《黃庭堅詩集》，中華書局，2003 年，第 1683 頁。
〔註 46〕張耒《柯山集》,《影印文淵閣四庫全書》，上海古籍出版社，1987 年，第 1115 卷，第 34 頁。

傳》、《清涼山賦》等，多論佛語，可能有論佛的書信寄東坡，東坡有《次韻答張天覺二首》：

> 車輕馬穩轡銜堅，但有蚊蟲喜撲緣，
> 截斷口前君莫怪，人間差樂勝巢仙。

> 馭風騎氣我何勞，且要長松作土毛，
> 亦如訶佛丹霞老，卻向清涼禮白毫。〔註47〕

提及上文所論訶佛語，從詩句看，純粹是論道抒情，可見元祐元年張商英給蘇軾的書信也是同理，所謂求官攀附，是後人深文周納，曲加附會。張商英的外任，在帶著畏禍心理返朝的蘇軾看來，未嘗不是好事，所以即使真有阻其為官事，未嘗不是出自好意，而非黨派之傾軋。此詩中，蘇軾欣賞甚至羨慕張商英能遠離朝廷是非，去到仙家勝景，同年，蘇軾已上書乞「得歸丘壑以養餘年」〔註48〕，他的《謝王澤州寄長松兼簡張天覺》二首：「莫道長松浪得名，能教覆額兩眉青。便將徑寸同千尺，知有奇功似茯苓。憑君說與埋輪使，速寄長松作解嘲。無復青黏和漆葉，枉將鍾乳敵仙茅。」〔註49〕也寫於此前後，長松有藥用，張商英在清涼山發現了這一植物，於是推薦給蘇軾，可見二人交情。

二、兼容雜學近蘇洵

張商英乃蜀州新津人，蜀地交通不便，延至宋代，諸子百家尤其是縱橫家思想還有影響，而作為道教發祥地，文化上向有援道入儒傳統，典籍中尤重《易》學，呈現出駁雜、獨立、主體意識強烈的學風，像三蘇的蜀學就帶有明顯的蜀地文化色彩，張商英的個性、學術及文學上，也與三蘇相近，帶縱橫之風。他自負進取、磊落不拘的個性近於蘇洵。《上府倅吳職方書》指出，渥饒險固的地形滋養出的不受羈束的民風，張商英善於推行經世之術，又對黃老之學有深刻的研究，也帶有蜀學兼容駁雜的特色。

張商英治學從其兄長張唐英，唐英自號黃松子，擅史，著《蜀檮杌》二卷，四庫館臣評論：「其書本前蜀開國記，後蜀實錄，仿荀悅漢紀體編年排

〔註47〕蘇軾《蘇軾詩集》，中華書局，1982年，第1566頁。
〔註48〕蘇軾《蘇軾文集》卷28《乞罷學士除閑慢差遣箚子》，中華書局，1986年，第817頁。
〔註49〕蘇軾《蘇軾詩集》，中華書局，1982年，第1544頁。

次，於王建孟知祥據蜀事蹟頗為詳備。」〔註50〕可見他對蜀地文化歷史的自覺探尋。《宋史》神宗「勵精圖治，急於用人，唐英言知江寧府王安石經術道德宜在陛下左右。又論宗室祿多費巨，宜以服為差殺天下苦差役不均，盍思所以寬民力代民勞者，其後略施行。」〔註51〕帝方欲用之，以父憂去，未幾卒，推薦王安石、有免役法雛形的提出可見張唐英是改革的先行者。張商英《寧魂辭》稱其兄「十歲通五經，善綴文」〔註52〕，從號稱碩儒的鄉先生讀書一年，就說：「才有餘而道不足，不可以為吾學。」調南平決曹掾，又感歎：「大丈夫進無竹素之功，退無千古之名，何以出人？」發奮窮道，而其進取事功的精神，也近於縱橫，其致力方向，在於「時之理亂，民之利病」，「而計謀識慮，常在人意之表」，可見有志於改變北宋積弱的局面，有具體的革新方針，擢為殿中侍御史，「正色言事，不顧時忌」。因唐英早逝，所以史書對其比較客氣，「唐英有清才而寡失德，獨薦王安石為可咎，然安石未相，正人端士，孰不與之，又何責乎唐英？」史書論人是以是否親近王安石，尤其是推行新法後的王安石為褒貶標準，有失偏頗，如此分辨，正是為早年極力推薦王安石的舊黨人士開脫。

張商英的思想與行為，與他的兄長是一致的，可惜流傳下來文章很少，難以見到他學術的面貌，根據他的個性、政事等推斷，他的學術是以縱橫家的精神治經，於《易》、《禮》、兵學有見解，好禪道，而能取其中積極濟世的精神。新黨在經濟上代表新力量，而在禮法上較舊黨更為復古，因復古以改制。張商英亦通禮，在《五禮通考》稱言神宗朝復古禮「言甚正，然人主以親祠為難，古禮亦無復可說。」

張商英現存《素書》一卷，後世認定為偽書。但認定的過程純粹出於猜度，沒有充分依據，今人羅淩《〈素書〉非張商英偽撰考述》〔註53〕已經證明了《素書》成書於中古，不同於《太公兵法》，與《三略》、《周易口訣義》、《素履子》、《長短經》諸書有文字相近處，而張方平也記載過《素書》，呂惠卿也為《素書》作注，可見當時有《素書》幾個版本流傳。

〔註50〕 永瑢等《四庫全書總目提要·蜀檮杌》，《影印文淵閣四庫全書》，上海古籍出版社，1987年，第2、434頁。

〔註51〕 脫脫等《宋史》卷351《張唐英傳》，中華書局，1977年，第11097～11909頁。

〔註52〕 見《全宋文》，巴蜀書社，2006年，第2228卷，第108頁。

〔註53〕 羅淩《〈素書〉非張商英偽撰考述》，《圖書館理論與實踐》，2008年5期。

　　張商英的佛學修養深厚，他自號無盡居士，外任期間登臨佛教勝景、拜訪禪師、推薦住持、參與佛事並撰寫文章，在北宋士大夫中是公開為佛學張目的典型。他學佛有學理深度，不僅僅是審美體驗式，而是以禪悅與山水獲得心靈的調適，或者是以佛家的空幻觀照去化解人生的苦厄。他學佛，有慧有定，深入佛學理論，辯證推理，並且日習為之，並以佛家的大願力支撐儒家經國濟世的抱負，這使得他獨善其身、隨緣自適，參破空幻而不流於消極，兼濟天下能積極面對挫折，雖屢遭貶逐為未改初衷。他的《護法論》，層層推進，假設論辯，嚴密深刻，論佛而言語毫不散淡空玄，而是極具鋒芒，精彩跌宕，在當時佛界儒林罕有文能出其右。

　　張商英突出的訪禪論道事蹟，如元祐六年四月，作《東林善法堂記》，與照覺禪師論學〔註 54〕，並作偈、頌、詩各一，十一月，過臨川為《撫州永安禪院僧堂記》，紹聖二年又為其作《撫州永安禪院法堂記》，紹聖四年，往江西救災，為黃龍崇恩禪院物色住持，助其復興。崇寧元年，作《隨州大洪山靈峰禪寺記》。他真正熱衷禪學的開始，看來是元祐年間，其《臨終偈》、《青原七祖塔》也深得禪悅。張商英談禪的水平，《明儒學案》稱讚他：「如蘇子瞻張無垢皆然，其於禪學皆淺也，若是張天覺，純以機鋒運用，便無所不至矣。」

　　因為近禪道，在張商英身上有濃厚的傳言色彩，而部分傳說其實寄託了民間對於新黨正人重振朝綱、關注民生的期望，像大觀四年，「除中書侍郎拜右僕射，時久旱，彗出天心，是夕大雨，彗不見，上喜，親書商霖一尺字賜之」〔註 55〕。他在五臺山雲霧中見到海市蜃樓的佛像的經歷，見其自撰《太原府壽陽方山李長者造論所昭化院記》，也為佛門所久傳；又《入蜀記》：「魏泰道輔跋雲天覺修黃籙醮法成，浮玉山人謂之曰：上天錄公之功為須彌山八瓊洞主，宜刻印謝帝而佩之。天覺不以為信，故浮玉又出鍾離公書為證，後丹元子又為天覺求書，卷末又有徐注者跋云：天覺舟過真州，方出謁，有布

〔註 54〕釋曉瑩《羅湖野錄》卷三：「保寧璣道者，元祐間住洪州翠巖時，無盡居士張公漕江西，絕江訪之，璣逆於途，公遽問曰：『如何是翠巖境？』對曰：『門近洪崖千尺井，石橋分水繞松杉。』公曰：『尋常只聞師道者之名，何能如是祗對乎？』璣曰：『適然耳。』公笑而長哦曰：『野僧迎客下煙嵐，試問如何是翠巖，門近洪崖千尺井，石橋分水繞松杉。』遂題於妙高臺，今有石刻存焉。」中華書局，1985 年，第 42 頁。
〔註 55〕脫脫等《宋史》卷 351《張商英傳》，中華書局，1977 年，第 11097 頁。

衣幅巾者徑入舟中，索筆大書『閒人呂洞賓來謁張天覺』十字，擲筆即去，而天覺適歸，墨猶未乾。」〔註 56〕這麼多傳說集中在張商英身上，除了他喜歡訪禪論道之外，也跟他行事瀟灑不類俗人的風格有關。

第三節　超脫的禪道思維與詩歌

張商英有《無盡居士集》一百卷，久佚，現存詩近一百首，有於外任途中，圖寫山水；有參禪禮佛，題寫寺院；有佳節良時，親朋唱和；也有閒暇起興，詠物戲言。有賴釋家文獻、石刻、地方史志對其詩歌的保留，像佔了很大比例的節令詩就是保存在《歲時雜詠》類書裏。就這一小部分詩歌看，取材廣泛，多即興賦詩，輕鬆自如，文思筆墨的自由通達正如其秉性，氣象開闊，善應對，有機鋒，靈活而富有個性。

王明清《揮塵前錄》認為他的詩「每聞回列進，不覺寸心忙」〔註 57〕，表達了急進的心聲，但其詩全貌今不可見，其解讀也應客觀考慮，倘若詩人是寫自己的心聲，如此直切的道出，也是性情直露，俗白可愛，與新黨坦言「利」去掉虛文偽飾有一致之處；如果詩人描寫的是一種世態，那麼也寫出了他所處時代士大夫積極求進的心態，從這兩句詩看不出褒貶的意味，在今天看來並無不妥，但是在倡導士大夫恬退淡泊、重義輕利的風尚下，詩人的態度則顯得非常重要，在王明清等的引用看來，無疑是認為張商英也是急切求進的一份子，或者認可這種態度，那麼他的行為或者態度也有了挑戰傳統思想的意味。

古代文人詩文與政治結合緊密，張商英一生抱負遠大，力行經世濟民，保留下的這部分詩歌與他的仕履密不可分，其仕進、貶謫心態，其窮達、君國意識及去取、褒貶的對象在詩歌中也得到體現，他的性格既鮮明，胸懷亦開闊，詩文呈現出多面的精神境界，窮愁慘淡、空幻寂寞、論辯激切、閒情盎然可以同時集中在他身上，而其積極曠達的思想心態在新黨文人中較為鮮明。

〔註 56〕陸游《入蜀記》卷 5，《影印文淵閣四庫全書》，上海古籍出版社，1987 年，第 460 冊第 942 頁。
〔註 57〕王明清《揮塵前錄》，上海古籍出版社，2012 年，第 6 頁。

一、屢挫不敗的淩雲之志

　　文人與政治的密切關係，使得我們分析大部分詩文時都離不開探討他們面對政治的心態，以及與志向、仕途等息息相關的感慨吟唱。張商英渴望經世致用，遭受挫折又曠達自適、不失高昂的氣格可用他的詩歌《淩雲行》來概括，「我本耕釣夫，素嗜山水樂。補吏來盱江，潛解組綬縛。獨上淩雲行，青梯入寥廓。萬象富觀覽，四面峻岩壑。天風襲衣襟，斷霞半空落。仙家雞犬鳴，驚起巢松鶴。勝遊最後時，萍梗念漂泊。回首顧人間，佳景滿城郭。」〔註58〕面對人生的不得志，詩人返璞尋找山水之樂，在遊仙的基調上，併入身世之感，寫景氣象闊大，胸懷磊落，而結句對人間、對政事仍抱有期望，可以說是他一生汲汲於改革圖強又往往只有短暫的施展機會、處於等待中心態的寫照。而他的詩歌也因爲心態上的特點而具有獨特的格調，同爲蜀地文學家，相對於蘇軾，張商英的文學才華略遜，而政治能力則過之，他同樣具有豪氣縱橫、曠達自適的特點，但歷經沉浮後，對政治仍抱有熱情，使得他的詩歌保持了直切慷慨的特點，而不是走向沖淡簡遠。

　　張商英有一類詩歌是針對政治局面、仕途遭遇直接發抒的，基調大體上是積極進取，在外任上盼望歸朝闕，有所作爲。熙寧四年的外任，他還對改革的局面歡欣，並樂觀等待回朝，但是，元祐二年主動要求外任的張商英則是帶著強烈的憤慨，他寄寓期望、已收穫成果的新法遭到推翻，而他對於自己能否繼續堅持，再次挽回局面，實現政治理想也充滿疑問。他的《蛇谷道中聞杜宇》寫於任提點河東刑獄途中：

> 高杉何亭亭，北接岢嵐山。如何蜀杜宇，飛鳴來此間。
>
> 羽翼誤爾身，浩蕩迷鄉關。日長岩谷迥，口角流朱殷。
>
> 我亦有先廬，三畝出塵寰。別來二十年，仕宦髮欲斑。
>
> 豈不懷西歸，青蒽映潺湲。有翼尚飄泊，無翼何時還。〔註59〕

在困境中，詩人又聽到了杜鵑的叫聲，聯想起蜀地的杜宇，發出了不如歸去的浩歎，並在眼看自己堅持的變革遭到否定時，強烈地否定了自己出仕的意義，「羽翼誤爾身，浩蕩迷鄉關「，回憶當初的雄心壯志，「我亦有先廬，三畝出塵寰」，以濟世才自任，不忍離去，但又不由自主發問「無翼何時還」。劉源《次蛇谷道中聞杜宇》就接緒了詩人這種心曲，指出關鍵「懷哉感今昔，

〔註58〕見《全宋詩》，北京大學出版社，1995年，第933卷，第10990頁。
〔註59〕同上，第934卷，第11006頁。

世事川湲湲」，勸導詩人「田園賦歸去」。同一年，有《題介公廟》、《遊綿山》、《五臺山》諸詩，詠史翻案犀利獨特，記遊心境隨緣自適，寫景氣象開闊奇幻，可見出詩人一路調整心態，以佛學開解憤懣的變化，也呈現了他豐富多面的精神狀態和筆墨手法。

他的《孤憤吟》二首從內容看，也是寫於這個時期：

> 平津諛武帝，堯舜未為聰。歸來東閣士，稱頌比周公。勢利變人心，
> 上下交相蒙。低顏望眉睫，一喜生春風。優游卒茲歲，安知朝野空。
>
> 青青一本桑，下可百夫息。泠泠一井泉，上有千人汲。千里以為郡，
> 百里以為邑。生齒豈不繁，教化繫爾力。何事北窗人，歎此徒勞職。

〔註60〕

結合張商英的生平及新舊黨人的主張，可以看出這兩首詩表達意旨方式非常直接。上一首直接抨擊舊黨人迷惑當朝者，尤其是指出司馬光必欲行一己之學，不問民生真實情況，罷盡新法，自以為秉持正道，反被比喻成周公，而勢利小人投機附和，排斥新黨人，稱頌政德，掩蓋反復變動給社會治理帶來的混亂。下一首具體針對舊黨人的議論而發，舊黨反對變革，認為社會的財富是一定的，新黨實行的理財政策變革並無實效，並因此徹底否定許多有意義的建設，張商英指出新黨許多建設的實際作用，直指舊黨的偏見。

張商英寫政事的詩雖也參用比興，但多直切慷慨，豪氣不除，像曾慥《高齋漫錄》記載：「張公天覺政和初召還，俄拜右相，薦引所知，布列要路，未幾為讒譖所擠，斥逐殆盡。公尋亦罷相，再貶峽州，中途至於僧寺，有千手眼大悲觀音塑像，公題長韻於壁，其略曰：『靈山會上別世尊，各以願力濟群生。子勿誚我徒經營，手眼太少難支撐。』蓋言立朝寡助故也。」〔註61〕時值六十八歲的張商英仍抱著兼濟天下的使命感，苦於局勢不由自身掌握，感慨真切。

當詩人在貶途中，調整心態，堅持等待機會，渴望回歸朝闕，實踐理想，抒寫行路多艱，對君主的眷戀，也毫不隱晦曲折，展現了濃郁的政治情結，像《進賀冬至》當作於進清涼山督捕盜任上，他遙想京城盛況，感慨：「五貴籲謨除盜賊，一朝新事劾風霜。」〔註62〕對新法盡罷、新黨被逐仍然心痛不

〔註60〕見《全宋詩》，北京大學出版社，1995年，第933卷，第10991頁。
〔註61〕曾慥《高齋漫錄》，《影印文淵閣四庫全書》，上海古籍出版社，1987年，第1038冊第338頁。
〔註62〕見《全宋詩》，北京大學出版社，1995年，第934卷，第10998頁。

已，又傳達了臣子的委屈與忠誠：「堯天咫尺橫雲霧，遙慶南山萬壽觴」。又如《和孫右司沅州道上過元夕》遙想君主的形象，「月滿九衢聞舜樂，雲開雙闕見堯顏」〔註63〕，直言逐臣辛酸「自憐風雨新城道，陟彼崔嵬我馬艱」，並未超出傳統的臣子感言的範圍，但是直切慷慨的風格，則與他本身積極的政治態度分不開。

在等待的過程中，雖然詩人襟懷豁達，但是窮居野處，不得志的幽怨與等待的寂寥則凝練出一種氣韻悠長的筆調。

像《護國寺》「薄宦區區可歎嗟，寂寥寒館過村家。神錐豈向囊中出，寶劍聊憑醉後誇。就祿勉持毛義檄，讀書空滿惠生車。掩關不識青春好，一夜狂風已落花。」〔註64〕以寫意爲主，詩人因經世的才略無從施展而無奈，自嘲，首句已點出處境，但結句「掩關」既是對現實處境的迴避，也是對年華易逝無地施才的痛惜，而餘韻不絕。

又如《和劉尉赤岸上巳》二首其二：「採蘭時節近清明，朝野歡娛值太平。坦率從來如庾亮，窮愁素不學虞卿。三年陽渚成何事，一覺邯鄲悟此生。把酒花前須醉倒，肯教風雨落繁英。」〔註65〕在元豐三年短暫回朝，詩人本來對朝政改革充滿肯定，但很快理想幻滅，詩人在再次的貶謫中發出人生如夢的感歎，並在喝酒賞花中化解悠長的心曲。

《端午同子宣平嵐榭晚酌望南山而有作》當作於元祐年間，與同道曾布同遭遇，詩人的感慨也是深婉綿長，爲詩歌增添了澹泊的氣味。「相見長嗟相聚稀，平嵐色榭對清暉。牛羊遍野草初綠，槐柳成陰春已歸。頂上茹生麋角解，嘴邊黃盡燕雛飛。白頭共作天涯客，幾向南山詠式微。」〔註66〕寫景平淡寧靜，情境有餘味。

二、鋒芒畢露的翻案詩

張商英的另一類詩，充分展現了他個性和思維的特點，特立獨行，犀利奇崛寄託了內心的孤憤。他的詠史詩，擅於翻案，從嶄新的角度去看待事物，提出人生的反諷，而不在文字、典故上作文章，見解奇特，而又帶有他個性高揚、敢於直言的特點，書寫特有生新奮發之氣。

〔註63〕見《全宋詩》，北京大學出版社，1995 年，第 934 卷，第 10996 頁。
〔註64〕同上，第 933 卷，第 10992 頁。
〔註65〕同上，第 934 卷，第 10996 頁。
〔註66〕同上，第 10997 頁。

從詩人今存詩看，他最欣賞那些堅貞剛直的人物，像他《題關公像》曰：「月缺不改光，劍折不改鋩。月缺白易滿，劍折尙帶霜。勢利尋常事，難屈志士腸。男兒有死節，可殺不可量。」〔註67〕熟知辯證變易之理的詩人通過闡述過剛易折的道理，更進一步激賞關公的剛直，肯定了堅貞不易節的意義，這也是詩人通過否定之否定表明的心志，將附和舊黨做法視爲變節。而《宋老生殉難詩》則更是詩人對堅貞的人格的禮贊，他發掘了這名史學家並未突出的隋朝將領的品格，而且不以戰爭的順應歷史性去評價人物，也了寄託自身孤憤的情感：「血戰保孤城，嗟哉宋老生。身甘殉隋難，義不屈唐兵。骨已塵埃盡，光猶日月爭。裴劉等死耳，誰重複誰輕。」〔註68〕

《題介公廟》則是針對世人評價介子推的庸俗之論，一出己見，他最讚賞介子推的還是剛直不回的品格。其序曰：「介之推不忍舅犯之要君，攜母以去，求仁者也。世傳龍蛇章，厚誣義士，故有詩以辨之。」〔註69〕其詩曰：「十九年從晉重耳，艱棘憂危同踐履。田中乞食桑下謀，繭足周旋垂萬里。一心奉事不自欺，逆知天意開公子。及河忽聞舅犯言，如以朝衣蹈泥滓。鄙夫豈可與同行，攜母入山甘隱藏。公子歸來霸業強，築壇踐土尊天王。大夫卿士環佩鏘，斬袪寺人紛頡頏。念子昔者皆奔亡，舍我長逝情怛傷。大搜縱火焚山岡，烈焰不肯回剛腸。嗟乎義士不可量，何人謬作龍蛇章。」此詩亦併入時事之感，對元祐間投機文人曲解誣陷新黨賢良充滿憤慨，而獨宣剛直的人格。

堅持君子當剛直坦蕩的詩人登臨硯山，則批評了歷來被稱美的羊祜處心積慮、不夠坦蕩，像《湞陰亭》曰：「不似峴山羊叔子，心隨漢水欲吞吳。」〔註70〕《擬硯山》又曰：「學取山翁醉似泥，不同羊祜謀人國。」〔註71〕

當遇及寡陋之見、不平之事，詩人翻案的詩歌寫得鋒芒畢露，論辯超然，凸顯了他心中高絕不平之氣。像《端午偶題》曰：「孤忠不屈赴湘流，甘與龍逢地下游。若共蛟龍爭口食，何如附會楚王休。」〔註72〕是高潔自傲者的反問，而《歸州》則直接是諷刺，表達了對人才難用，庸才塞途的嗟歎，其詩

〔註67〕見《全宋詩》，北京大學出版社，1995年，第933卷，第10992頁。

〔註68〕同上，第994卷，第10995頁。

〔註69〕同上，第11006頁。

〔註70〕同上，第993卷，第10993頁。

〔註71〕同上，第994卷，第11001頁。

〔註72〕同上，第10997頁。

曰：「歸州男子屈靈均，歸鄉女兒王昭君。山窮林薄不肥沃，生爾才貌空絕群。
男爲逐臣沈湘水，女嫁穹廬夫萬里。漢宮無色楚無人，醜陋險邪君自喜。」〔註
73〕與流俗抵抗的姿態充分呈現出來，角度獨特雖來自於詩人的人生體驗，也
是其思維富含機鋒、超乎流俗的體現。而詩人開闊的胸襟使他在抒發用世之
志，議論不平的政治詩、詠史詩外，能傳達超然達觀的境界。

三、心無掛礙的遊歷

張商英寫景大體氣象開闊，蒼莽澹泊，如留下來的殘詩：「天連遠水三吳
闊，人倚危樓萬象低。」〔註 74〕視野廣闊，有高遠氣勢，又如「湖上青山一
抹高，煙中草木細如毫」〔註 75〕，觀察入微，仍有深遠之致。詩人在感覺既
憤懣又沉重的元祐二年，爲五臺山寫下一組詩，在極力描寫山川的神異巍峨
的同時也融入了對禪道的體會，像寫《西臺》：「五色雲中游上界，九重天外
看西方。三時雨灑龍宮冷，一夜風飄月桂香。」〔註 76〕奇幻恢弘，而詩人的
襟懷也在山水中得到滌蕩，同一時期的《遊綿山》，澹泊明淨，可見出詩人回
復了平常心的境界。

> 夕陽返照影流東，點點寒鴉過遠峰。
> 漁叟罷竿收釣餌，牧童吹笛弄西風。
> 日光隱隱沉滄海，山色青青聳碧空。
> 萬壑千崖增秀麗，往來人在畫圖中。〔註77〕

結句雖餘韻不足，字句也無巧構，但在散淡的筆墨中寫出了在夕照下蜀中山
水風物的畫意，寧靜開闊，可見詩人恬淡美好的心境。

正如上文所分析，詩人能寫出在政治上不得志的寂寥心曲，也能在山水、
禪道中排遣，而這些詩歌因爲心境歸於閒淡清淨，也有悠遠的深味。如《題
風水洞》遊歷了「嶺頭松竹自生寒，兩穴茫茫徹鬼關」的寒泉〔註 78〕，擺脫
了俗世的困擾，進入一種清涼無塵的境界，「窗外月高湘簟冷，更無閒夢到人

〔註73〕見《全宋詩》，北京大學出版社，1995 年，第 934 卷，第 11001 頁。
〔註74〕同上，第 11008 頁。
〔註75〕同上，第 11008 頁。
〔註76〕同上，第 10994 頁。
〔註77〕同上，第 11007 頁。
〔註78〕同上，第 11003 頁。

間」。又如《濮公山》:「野陂衰草接荒城,千里浮光點太清。」〔註79〕荒涼寂寞,但也因此有了接引靈魂的虛靜,詩人「偶因仕宦身來到,漸遠塵埃眼更明」,而悟得禪道的澄明之境就是「問道膝行無處所,渡頭新月小舟橫」。其中,抒寫一種空寂情境的《香林院》在詩集中顯得情愫較為深細,詩曰:「瑟瑟松上風,冥冥竹間露。窗虛簟色寒,石側蒼苔古。長廊寂無人,殿閣下鈴語。此意兩蕭然,徘徊不能去。」〔註80〕

還有一類詩歌,與仕途理想、道理議論、精神修養關係不大,更多是感悟生活之作,它貼近詩人的日常,飽含細節,帶有隨意性,充滿情趣,如今保留下來的這一類詩歌題材主要集中在詠物、節令、民俗等物事上,它們展現了心靈的憩息,雖然細小,但卻富有生活文化氣息,而詩人也在這些詩中用了細膩輕鬆的筆墨。

像《和前韻》(和唐庚《重陽後一日從無盡泛舟遊處士臺故詩人秦龜從所居》)應當作於蜀中,充滿村行的鄉土氣息,又有文人雅客的瀟灑風度:

> 東湖水落露堤沙,舟過湖心藻荇斜。
> 野徑小橋穿竹巷,煙村疏柳間蘆花。
> 新粳炊熟胭脂白,活鯽珍於丙穴嘉。
> 飲散肩輿乘皓月,燭籠何用兩行紗。〔註81〕

景色鮮明,而貼近生活實際,尤其寫行道、飲食,充滿真實體驗的熱情與活力,行筆也靈活自然。更加深入直接地去抒寫民俗風土的詩大多涉及節令,如《平陽道中過上元》寫村民過上元節的情景,詩人觀察到民間集會的細節「樂棚垂葦席,燈燭縛松梢」〔註82〕,極簡樸可愛,而感染了村民的快樂的詩人以直白的語言描寫他們的神態,「村婦朱雙臉,村夫赤兩骸。春田誇積雪,酒膽醉仍耖」,俚俗活潑。又如歡慶佳節的舞樂,有《上元秭歸溪西社火點燈》其一「草花灼灼迎新福,腰鼓鼕鼕踏舊歌」〔註83〕,充滿民俗風情,言及少數民族的禮節的如「土氓尊使者,再拜饋酥茶」(《高光堡道中》)〔註84〕。在《秭歸》二首其一,詩人在險灘渡船,也融入了民間的氛圍中,「亂石烏牛伏,

---

〔註79〕見《全宋詩》,北京大學出版社,1995年,第11003頁。

〔註80〕同上,第933卷,第10991頁。

〔註81〕同上,第934第10995頁。

〔註82〕同上,第10996頁。

〔註83〕同上,第11007頁。

〔註84〕同上,第11001頁。

驚濤白馬奔。大家齊拭目，看我過龍門」〔註85〕，直白如話，比喻毫不精巧而鮮明生動，整個畫面生氣勃發。

與此相對，詩人的詠物詩，又特有一種生活的品味，較多文人化的氣息，但不像黃庭堅等的詠物詩，吟詠典故，發掘出深遠的文化內涵，張商英的詠物，描寫生動，充滿生活的親切感，以《貓》為代表：

> 白玉狻猊藉錦茵，寫經湖上淨名軒。
>
> 吾方大謬求前定，爾亦何知不少喧。
>
> 出沒任由倉內鼠，鑽窺寧似檻中猿。
>
> 高眠永日長相對，更約冬裘共足溫。〔註86〕

寫出了家養白貓的獨特個性，它慵懶貪睡，甚至不捉老鼠，但詩人跟它的親昵溢於言表，把它當做一個善解人意的夥伴，欣賞它的安靜、無為，把貓身上透露出來的舒適狀態、靈性刻畫得親切可感。又如寫《讀書燈》是「自小共寒熱，相親如友朋」〔註87〕，「幾為吟詩苦，留光到夙興」，充滿感情。《筍》二首其一「臥病十餘日，不見西軒竹。稚子忽報言，新筍抽五六」〔註88〕，洋溢著喜悅，富有生活情趣。

而《牡丹》、《龍眼》、《銀杏》數詩則是「禁體物詩」，比喻有文人詠物的風雅，像寫龍眼是「玉潤滿苞甘露浥，文綃團蹙絳紗丸」〔註89〕，富貴人家敲開銀杏是「玉纖雪椀白相照，爛銀殼破玻璃明」〔註90〕，以惠山泉烹茶的過程，「置茶適自建安到，青杯石臼相爭先。碾羅萬過玉泥膩，小瓶蟹眼湯正煎。乳頭雲腳蓋盞面，吸嗅入鼻消睡眠」（《留題惠山泉》）〔註91〕，描寫生動又充滿精緻細膩的情調。

張商英現存的詩歌，整體上文詞直白靈活，沒有刻意雕琢的痕跡，可以見出詩人通達的心態，以及對待詩歌隨意自然的態度。即便是在志向不得伸、世道不公平的環境下，他的貶謫詩、詠史詩也是直切慷慨，而不是沉鬱頓挫，詩人一生積極尋求變革，至老未改的銳志以及參禪悟道假以大願力都使得他

〔註85〕見《全宋詩》，北京大學出版社，1995 年，第 11001 頁。

〔註86〕同上，第 934 卷，第 11002 頁。

〔註87〕同上。

〔註88〕同上。

〔註89〕同上。

〔註90〕同上。

〔註91〕同上，第 11003 頁。

的詩歌有昂藏之氣，有開闊的境界；而作爲重視經世之用的政治家，熟悉禪宗話頭的居士，他不拘泥於文字，在詩中呈現一種直觀、平淡的效果，他寫得的文辭工整、韻味悠長詩歌，如《秋興亭》「風送片帆來北客，霜凋萬木見東州。湖光碧湛郎官水，葦岸黃深鸚鵡洲」〔註92〕，也是輕快平穩，沒有藻飾，這使得他的詩歌有澹泊的面目而無深婉之致，較少涵詠的餘味。

第四節　「浩蕩」、「曠達」的宗旨與散文

張商英的散文，今《全宋文》輯得多爲章奏、論佛文及敘事文，數量雖不多，但可見與三蘇文相近的風格，思想自由、立論高遠，文氣縱橫，善論列而氣長，體制靈活，伸縮自如，與歐陽修、曾鞏的紆徐委備、平易明晰不同。

一、「憤」、「思」、「情」、「氣」的創作要素

張商英在熙寧五年作的《乞擇詞臣奏》對當朝詞臣作出大膽的評價：

> 蓋自近世，文館寂寥。向者所謂有文者，歐陽修已老，劉敞已死，王珪、王安石已登兩府。……近日典掌誥命，多不得其人，曰陳繹，曰王益柔，曰許將，臣嘗評之，陳繹之文，如款段老驥，筋力雖勞而不成步驟；王益柔之文，如野嫗織機，雖能成幅而終非錦繡；許將之文，如稚子吹塤，終日暗鳴而不合律呂。此三人恐不足以發揮帝憲、號令四海，乞精擇名臣，俾司誥命。〔註93〕

可見他對王言之體的要求，他指出的三個詞臣的不足都是缺乏見識、文才、氣勢，難以駕馭典雅莊嚴的篇章，而比喻精闢，顯示了對詔書書寫的獨到見解。

他爲亡兄做的《寧魂辭》中描述作文的文字可視爲他對文章的看法，「益發憤而大窮古人之道，胸中所蘊，沄淪潏渤，而不能自禁，於是溢爲文采，頃刻千字，感概以吐其憤，浩蕩以快其思，曠達以疏其情，清苦以斂其氣。至於時之理亂，民之利病，曉然洞見其本末，而計謀識慮，常在人意之表」〔註94〕，發憤窮經，胸中蘊藏不能自禁發而爲文的自然方式，與蘇洵自敘年長讀

〔註92〕　見《全宋詩》，北京大學出版社，1995 年，第 11001 頁。
〔註93〕　見《全宋文》，巴蜀書社，2006 年，第 2228 卷，第 115 頁。
〔註94〕　同上，第 108 頁。

書著文相似，而推究爲文，突出「憤」、「思」、「情」、「氣」四要素，其中情感的成分還是佔了大部分，特別是以「浩蕩」言「思」，以「曠達」言「情」，可見出作者崇尚汪洋縱橫的才思文氣，開闊通達的筆墨境界。

二、高遠的主旨與犀利的鋒芒

張商英的記體文，發揮了宋人愛高屋建瓴發表議論的長處，而將敘事、抒情、議論融於一體，擅於虛構，行文有抑揚俯仰之態，文詞華茂，生動可觀。

作者爲寺院、廟堂作記往往追溯歷史、議論道理，又雜糅進虛構的筆墨，傳達出神秘的意味。像《重建當陽武廟記》將關公神靈從智顗禪師受戒的過程寫得具體生動，描寫其對話如臨親境，自然不可能是作者親歷，但經過一番刻畫描摹，傳道的氛圍更爲眞切、說理更爲透徹。而《仰山廟記》則將仰山廟肇建至今的歷史寫得曲折生動，將其間發生的故事情景、對話寫得如同親臨。《送淩戩歸蜀記》以蜀人爲蜀地向作者求記，作者避謗推辭，夜夢青城丈人爲作者陳說蜀地物產人物之盛，作者幡然醒悟，並找到鼓舞的力量。察其原意，是爲蜀人遭謗辯解，突出蜀人多忠臣義士，同時，也開解自己恐遭誤解的心態，但以這一曲折的心理變化，輔以夢中辯論，生動感人而道理昭然若揭。

張商英文氣俊爽，走筆俯仰，體現在敘事則是曲折動人，像《太原府壽陽方山李長者造論所昭化院記》將自己於五臺山秘魔岩金色光中見文殊師利菩薩，畢恭學佛，又不解《華嚴經》，於破屋中得李長者《華嚴經修行決疑論》的經歷簡練而形象地道出，波瀾起伏。狀物形容精彩跌宕的文章如描寫古之學道者的《福州永安禪院僧堂記》等，多不勝數，如《醉經堂記》形容經書之醉人，「古之人常醉於斯矣，其始也，其色灑然以恭，其性陶然以和。及其沉湎也，靜聽而不聞讀讀之音，熟視而不見外物之華。杳然忘家，則三歲不窺仲舒之圃；嗒然遺形，則累旬不櫛世南之髮。忿而爭則樂詳擊地，肆而狂則接輿歌鳳，悲則賈生慟哭，喜則買臣行謳，蓋六經之醉人也如此。」〔註95〕

他在說理上則是酣暢淋漓，渲染生動。他說理多近禪道，以形象化的語言呈現，神妙錦繡，引人入勝，像《東林善法堂記》爲說禪宗意旨，曰：「月

〔註95〕見《全宋文》，巴蜀書社，2006 年，第 2232 卷，第 201 頁。

裏麒麟。溪邊白筍，寒松庭柏，日裏看山，雨聲鳩聲，迷逢達磨，撥塵見佛，漁父棲巢，吐舌退身，擡眸一瞬，舉拳豎指，擊拂敲床，叉手當胸，展開雙掌，……」〔註96〕以詩爲文，詞句跳躍騰挪，境界奇幻縱橫，充分表現了禪意的的神秘高妙，而見出作者胸中開闊奇幻的境界。

張商英的政論文充分體現了他思維的鋒芒和論辯的精當。張商英的才略與膽識，前文在論及其仕途和個性已有所涉及，這些特點體現在文章中，則是立論高遠。

今存張商英的奏章多簡短或不全，但是他發現問題的敏銳眼光、清晰的思維，仍可見出一二。像《論刑部立捕蝗法不當奏》就是針對刑部立法矯枉過正，反而影響全局的穩定而論，短短數句，假設反問，事態明瞭。而《乞遣使按驗回河虛實及所費錢糧稍草奏》僅二百餘字，就將元豐以來治理黃河的方式交代清楚，並暴露其弊端，指出當務之急是不爲水官蒙蔽，應探明虛實，做好結算及預算，緊接著《論河事宜議經久法奏》在黃河回道的喜訊中，清楚地看到天時之利與水官的推諉弊端，指出應對黃河水患不能被動守舊，而應積極準備，作長遠的規劃，治理泄洪處的淤塞，於立春早做謀劃，取前人經驗、去水官蒙蔽、考察周詳，「免見年年遇漲水則乞俟霜降水落，遇霜降水落則乞俟漲水，以有限之財，事無涯之功」〔註97〕。《乞降詔懲戒薄俗奏》則是見到熙豐新黨、元祐舊黨的正人君子的意氣之爭中，勢利小人推波助瀾、加深雙方誤解矛盾之害，於是列舉種種小人的行徑，警示當朝，指出「若滋長不已，則憎愛恩怨，未易改也」〔註98〕，力圖遏止挑撥「川、洛異黨，涇、汾分明」的風氣。

其言辭的犀利，議論的嚴密，也是獨具色彩。像世傳其在謝表中辛辣諷刺世態炎涼，曰：「十年去國，門前之雀可羅；一日還朝，屋上之烏亦好。」〔註99〕鋒芒畢露。元祐舊臣罷廢新法，無行文人極力附會，他直接指斥：「今群臣詆斥者，實繁有徒；使先帝政事倘有不善，當先帝時何不盡言指陳，上書極諫，而今乃迎合時好，妄肆謗言也？」（《乞除外任差遣奏》）〔註100〕而義正詞嚴，合理嚴謹。他在《論七臣疏》裏頭，論述了七種臣子的特點，辯證

〔註96〕見《全宋文》，巴蜀書社，2006年，第2231卷，第186頁。
〔註97〕同上，第2228卷，第128頁。
〔註98〕同上，第120頁。
〔註99〕見《全宋詩》，北京大學出版社，1995年，第934卷，第11008頁。
〔註100〕見《全宋文》，巴蜀書社，2006年，第2228卷，第119頁。

分析，而非像大多數黨爭的奏章一樣，含糊的諜諜不休辨忠姦、分君子小人，而能作出清晰精鍊的分析，像論幹臣，「治財則峻勃而速富，使民則督迫而速從，集事則峭刻而速成」〔註101〕，無疑是帶有批判部分熙豐新黨行事急於求成的傾向，與其熙寧間《論安靜休息擇人以行政事奏》一以貫之，不隨大流，見解鮮明。

三、鋪排列論的文氣──蘇洵文風的繼承者

張商英的文章，最突出的一個特點就是對賦法的運用，文章體制雖不龐大，但是以宏大的氣勢馭筆，描敘善於鋪排，議論擅長論列。

這種宏篇的氣勢，首先來自於作者自由的思想、開闊的襟懷。其自薦求進的說辭，積極自信，與蘇洵的自薦書信相似，「臣前此遭際盛時，猥被拔擢，然胸中所有，不過先儒事業，時輩議論而已。自得罪之後，窮愁憤惋，慮沒世而無聞，益自刻苦，潛心博學，窮天地之所以始終，究日月之所以出入，探鬼神之所以茫昧者，今昔所以淳漓，而後笑他日之局促淺陋也。蓋其說有三焉：一曰眞壽者不死，二曰眞樂者不憂，三曰眞治者不亂。……」（《上神宗皇帝書》）〔註102〕以「大言」以動聖聽，侃侃放言，有飽滿的感情流注。

又像《護法論》煌煌萬言，雄辯滔滔，自不用說，而其間論述，有破有立，層層推進，詰問剖析，廣博而又嚴密，犀利而不失圓通。他以儒、道、釋三家對比，「儒者治外，而佛者治內；儒者該博，而佛者簡易……」一段〔註103〕，不偏抑一方，而是指出各種思想存在的合理性，引用列舉，紛紜廣博，見出作者整個思想體系架構的開闊清晰。其好佛而不拘於形式，也與蘇氏父子一樣，尊重「權變」，「但聖人創法，本爲天下後世，豈爲一人而設也。孔子曰：『仁者壽。』而力稱顏回爲仁，而回且夭矣，豈孔子之言無驗與？蓋非爲一人而言也。梁武帝之奉佛，其類回之爲仁乎？侯景兵至，而集沙門念《摩訶般若波羅蜜》者，過信泥迹，而不能權宜適變」。而像將排佛理與排僞浮屠區別開來一段，「古之出世如青銅錢，萬選萬中……」，語言排比鋪敘，極盡陳說之能事。

因爲他胸中境界開闊，即使短篇小賦的《清涼山賦》和騷體賦《東湖賦》，

〔註101〕見《全宋文》，巴蜀書社，2006年，第2229卷，第142頁。
〔註102〕同上，第2228卷，第117頁。
〔註103〕同上，第2230卷，第154頁。

也是開闔自如，氣象宏偉。前者開篇一句，「夫清涼山者，大唐東北，燕、趙西南，山名紫府，地號清涼」〔註104〕，敘歷史接地理，營造了博大的時空感，而短短的篇章內，排比構造，融四時風光、名剎典故、玄妙禪理於一體，精鍊整飭而氣勢浩蕩，雖摹寫俗態，而能發抉奇幻的境界。「文殊現老相之中，羅睺化嬰孩之內。閒僧貧道，多藏五百龍王；病患殘，每隱十千菩薩。歌樓茶店，恒轉回諦法輪；酒肆屠沽，普現色身三昧。飛蠅蠓蟻，皆談解說之門；走獸熊羆，盡演無生之法。」作者於寒冬乘醉登莽川，極目四望，由近及遠舉場圃、大木、鸛鶴、積水、葭葦、陰風、星昴、飛霜，在蕭條苦寒中極寫湖灣的蒼茫，「弔材落之柴荊兮，哀淮夷之陋荒」，悲憫而氣格高遠。

賦體手法的運用，如鋪敘、論列，則比比皆是，像《蒙軒記》推卦象析軒名，洋洋灑灑，「山下出泉，受之以蒙。於物為穉，於人為童。始乎初筮，卒乎聖功。若知夫泉之所以出於山乎，涓涓以生，源源以行，行之不息，包載無極，沛乎為江河，洋乎為渤澥，湛乎其為陂澤沼沚，紆乎其為溝洫川澮。風波不能撓其靜，泥垢不能污其清。炎之以火，不能變其冽；堙之以山，不能激其平。雨雪沾濡而不益，魚龍噴吸而不腥。順方圓以應物，隨鉅細以授器。澤九州島而不謂之功，駕萬航而不謂之利。」〔註105〕將「蒙」、泉、本的特質描述得十分生動完備，崇尚的是自然自由的道理，而鋪寫的語言也是自然遊走，增強了說理的力量。

〔註104〕見《全宋文》，巴蜀書社，2006年，第2228卷，第117頁。
〔註105〕同上，第2232卷，第202頁。

第九章 「壬人」沈括

　　沈括，字存中，錢塘人。作爲古代科技史上突出的里程碑式人物，沈括的生平、家世以及他在變法過程中的事蹟，在現代已有充分的研究。他有詩文集《長興集》四十一卷，散佚嚴重。南宋時高布曾將這個集子與沈遘《西溪集》、沈遼《雲巢集》合刻爲《吳興沈氏三先生集》，到明中葉重刻時，《長興集》已散佚大半，清康熙年間吳允嘉重刻《長興集》，於殘存的十九卷本，輯補了三卷，成爲現在通行的二十二卷本，即《四庫全書》所收版本。四庫館臣稱此書：「闕卷一至卷十二，又闕卷三十一，又闕卷三十三至四十一，共二十二卷。勘驗諸本，亦皆相同，知斷爛蠹蝕，已非一日。《宋义鑒》及《侯鯖錄》諸書載括詩什頗多，而集中乃無一首。又史稱括爲河北西路察訪使，條上三十一事，皆報可，其它建白甚眾，而集中亦無奏箚一門，蓋皆在闕卷之中矣。」〔註1〕今人胡道靜輯有《沈括詩詞輯存》，對沈括的文學成就，今人也有簡略的分析〔註2〕。

　　在沈括這位技術型的文官，儒家的能吏良將，博物洽聞的文人身上，充分的體現了宋代文人復合型的思想世界、知識結構及技藝才能。在他所處的時代，他的博學機敏已罕有其匹；在後世，學人在考證名物、注疏經書、議論典故、收藏鑒賞時，也難以繞開他的建樹。可惜的是，他的發明創作，爲其它著述所重複引用只是幾十條瑣碎的記載。逮至現代，他被認爲是「中國整部科學史中最卓越的人物」〔註3〕。沈括是文人「學」與「才」結合得恰到

〔註1〕　永瑢等《四庫全書總目提要‧長興集》，《影印文淵閣四庫全書》，上海古籍出版社，1987年，第4冊第154頁。
〔註2〕　楊渭生《略論沈括的文學成就》，《杭州大學學報》，1984年12月。
〔註3〕　李約瑟《中國科學技術史》第1卷總論，科學出版社，1975年，第289頁。

好處的典範，他「博學善文，於天文、方志、律曆、音樂、醫藥、卜算，無所不通，皆有所論著」〔註4〕，既能專注於具體的科技研究，又能不拘泥於具象，而對抽象的儒釋道思理，也能闡發高妙，所謂「博物洽聞，貫乎幽深」。其知識結構博而能通，自身的創造力也高，「措諸政事，又極開敏」〔註5〕，著述文章，也是淵雅風流。沈括的精神世界、心志情懷以及絢爛才思，在僅存的這些詩文中得到了較爲充分的體現。

第一節　心志與仕途變化的關係

對於沈括與變法的關係，尤其是沈括被王安石斥爲「壬人」的原因，今人研究已很充分〔註6〕。作爲變法派的重要成員，對新法的一些不當做法如實反映或者作出糾正，確實會對新法實行的大局產生負面影響，進而因此而受到執政者的排斥，這樣的例子，在熙豐變法中並不少見，像曾布論市易法，熊本論治河，沈括論戶馬法〔註7〕，爲鹽法、免役法作出修正，被視爲「陰沮新法」，正是當時政治環境下的必然。

作爲一位從中下層超次提拔上來的官員，沈括在政事上兢兢業業、小心謹慎，充分體現了他長於實務的特點，也展現了他作爲學者求眞的精神。在他的仕途上，最爲關鍵的兩個節點是熙寧四年起爲神宗重用和元豐五年的永樂之役。

〔註4〕 脫脫等《宋史》卷331《沈括傳》，中華書局，1977年，第10660～10664頁。

〔註5〕 同上。

〔註6〕 20世紀60年代有關王沈兩人隔閡的記載都被視作別有用心者的嫁禍，80年代林岑在《略論沈括與王安石的關係》一文中認爲沈括被指爲王安石親黨，「主要是因爲永樂兵敗的責任引來的」。《北京師院學報》，1980年第4期；李裕民在《沈括的親屬、交遊及佚著》一文中認爲王沈經歷了由相識到相知再到疏離的過程，認爲兩人隔閡的主要原因在於對某些新法的看法上存在分歧。《山西大學學報》，1987年第4期；祖慧《沈括與王安石關係研究》認爲王沈由親到疏的原因一是兩人在新法態度上的差異，二是變法派內部的矛盾鬥爭，三是沈括懦弱的性格。《學術研究》，2003年10月。

〔註7〕 沈括《自志》云：「翁察訪河北西邊，講修邊備，易其舊政者數十事。」見《夢溪筆談校證》，中華書局，1975年，第783頁。李燾：「察訪河北凡三十一事，奏可。」見《續資治通鑑長編》，中華書局，1986年，第6350頁。沈括對戶馬法的奏書：「時賊近嵌，時賊近畿戶畜馬以備邊，不可得，民以爲病。括以爲契丹馬所生，而民習騎戰，此天地之產也。中國利強弩，猶契丹之上騎也。舍我之長技，勉強所不能，以敵其天產，未聞可以勝人也。」見《夢溪筆談校證》，中華書局，1975年，第814頁。

一、從「十年試吏」、進士及第到為神宗賞識

至和元年，沈括以父任為沭陽主簿，此後擔任下層官吏。嘉祐八年王安石同知貢舉，沈括進士及第〔註8〕，熙寧四年，他因詳定《南郊式》，節省費用為神宗賞識，遷太子中允、檢正中書刑房、提舉司天監。此後，熙寧六年察訪兩浙水利，熙寧七年為河北西路察訪使，熙寧八年為翰林學士、權三司使，回謝遼國，都充分展現了博學治辦的能力。而論戰車、鹽事、銀治、戶馬、邊界數事〔註9〕，慎重科學，盡量避免與倡議者發生衝突，既出於學者實事求是的真誠，也出於他隨順求全的考慮。熙寧八年他為蔡確參劾，出知宣州，但元豐二年復龍圖閣侍制，三年又被起用知延州，加任鄜延路經略安撫使，深得神宗倚重〔註10〕，從西夏收復米脂、浮圖、葭蘆、安疆四寨。

從以門蔭為下層官吏到進士及第，間隔十年，從及第到為統治者賞識又有八年，早年身為下層官吏的甘苦、應舉的艱難以及在此環境中堅持下來的志向，在其生命中的影響如此深刻，以致被擢用之後，沈括在發奮從政的同時也保持了一份如履薄冰的小心謹慎，柔順處世，希望能溫和地調和矛盾，保全自身而不是像章惇、張商英等人一樣豪氣不除，或者像彭汝礪、陸佃一樣堅守原則。而其父沈周「廉靜寬慎」〔註11〕，其母許氏「惇行孝謹」〔註12〕，對他的處世方式無疑起到重要影響，正如王安石舉薦他曰：「性亦謹密」〔註13〕，沈括能機敏審慎地處理政務，但也缺乏決斷大氣的魄力。

沈括在不少詩文中回顧了自己早年進身的經歷，而有為於當世之志也在這些回顧中得到肯定，沈括在《除翰林學士謝宣召表》說：「十年試吏，鄰於三黜而偶全，未能摔茹苟生，歸老壙埌之下，尚將釁浴自勵，起觀禮樂之興。固嘗疾沒世而無聞，況當大有為之盛際？日懼危微之易失，未能肯綮之不嘗。」

〔註8〕 徐松《宋會要輯稿》第107冊選舉1之11，中華書局，1957年。

〔註9〕 沈括的《自志》記載了當時提出的觀點，見《全宋文》，巴蜀書社，2006年，第1693卷，第369～376頁。

〔註10〕 經略鄜延路間，神宗寫給沈括的密詔就有273件，見樓鑰《攻媿集》卷69《恭題神宗賜沈括御箚》，《影印文淵閣四庫全書》，上海古籍出版社，1987年，第1152冊第927頁。

〔註11〕 王安石《王文公文集》卷93《太常少卿分司南京沈公墓誌銘》，上海人民出版社，1974年，第967頁。

〔註12〕 曾鞏《壽昌縣太君許氏墓誌銘》，見陳杏珍、晁繼周點校《曾鞏集》，中華書局，1984年，第611頁。

〔註13〕 李燾《續資治通鑑長編》，中華書局，1986年，第263卷，第6417頁。

〔註14〕像《答崔肇書》回顧爲學致道之難曰：「然某少之時，其志於爲學，雖專亦不能使外物不至也。復不幸家貧，亟於祿仕。仕之最賤且勞，無若爲主簿。沂海淮沐地環數百里，苟獸蹄鳥迹之所及，主簿之職皆在焉。然既已出身爲吏，不得復若平時之高視闊步，擇可爲而後爲，固宜少善其職矣。所職如是，皆善固不能也。欲其粗善，必稍刪其多岐，專心致意，畢力於其事而後可也。而又間有往還弔問，歲時腰臘，公私百役，十常兼其八九。乍而上下，乍而南北，其心懵懵踈踈，不知天地之爲天地，而雪霜風雨之爲晦明燠涼也。」〔註15〕從他謙厚實在的敘述看，並無蘇洵中年發奮欲致帝王師的浪漫志趣，也無陸佃千里從王安石問學的熱血沸騰，他是安守本分併從所處的現實去學習解決問題的方法，耐心等待可以施展才華的時機。面對環境的壓力，沈括能隨順地去適應調和，謹慎勤勉，這是沈括在長期基層擔任官吏的經歷中形成的處理政事的特點。

即使長期沉淪下僚，但是從沈括的許多行爲看，他的當世之志並未被煩冗瑣碎的公務所磨滅，他早年進獻《樂論》，希望得到歐陽修的汲引（《上歐陽參政書》）；幫助兄長沈披及謝景溫等人建設萬春圩，因爲有司不直，下層官員提出的良方不能行於世，而「悲乎作者之意」（《萬春圩圖記》）〔註16〕，沈括始終以一種堅韌的態度希望得以進用，實踐經世之志。但是這一等待的過程是如此漫長，所以熙寧初得以在變法中施展才幹，他異常歡欣，並謹慎地對待。像他在《謝江寧府王相公啓》一文中致謝王安石：「顧無可致之善，以蒙不次之知。所以養育教載，使之成人，提攜假借，至於此日。一出鼓舞之至造，豈復形容之可言。……雖然齒髮之向衰，尚期忠義之可奮，誓堅螻蟻之志，仰酬陶冶之恩。」〔註17〕雖出於謝啓的詞體，但其感激涕零之意也溢於言外。元豐年間的起用，他的欣喜也是超出惶恐的，在《謝復起居舍人充龍圖閣待制錄》中曰：「爲一身之計躓沈，豈望於再生，惟許國之心灰朽，未忘於自奮。」〔註18〕《延州謝到任表》則曰得到寬赦的心情是：「猶疑卻步，履侍臣之署，驟若再生，身驚飄葉之輕，心劇臨淵之栗。」〔註19〕但在《到

〔註14〕見《全宋文》，巴蜀書社，2006年，第1684卷，第228頁。
〔註15〕同上，第1688卷，第290頁。
〔註16〕同上，第1690卷，第326頁。
〔註17〕同上，第1687卷，第276頁。
〔註18〕同上，第231頁。
〔註19〕同上，第232頁。

延州謝兩府啓》則有發奮之志：「伏念某愚無所長，暗不逮事，趨貢籍者殆三四上，隸銓筦者幾二十年，幸齒髮之未衰，偶聖賢之盛際，驟化塵泥之賤。……向自掛于丹書，分永沈於散地，未更歲月，遽被湔收，望屬車之塵，出生平之意，外忝名城之寄，寧此日之敢懷？燃灰卒荷於鈞陶，朽株再沐於雨露，……誓堅螻蟻之志，知酬陶冶之恩。」〔註20〕並無片言爭辯對錯，一再地譴責自己，表達效忠的心志，正是他委曲求全個性的體現。

二、永樂之役後的自閉

元豐五年，永樂兵敗，沈括雖然長期備戰，對地形戰略有深刻見解，但在關鍵時刻不敢堅持己見，與朝廷派來節制的徐禧力爭，是戰敗重要的原因。徐禧力主築城永樂，沈括認為永樂「路險而遠，勝不能相維，敗不足相救，非戰守之利也」，「議之三月，諸將皆樂成功之速，卒然禧議」〔註21〕。雖作為鄜延路主帥，他未能排除眾議，加上朝廷信賴徐禧，「謀畫進止，禧實專決，括與同而已」〔註22〕。永樂城兵敗，沈括因受襲不能救，以「措置乖方」，責授均州團練副使，隨州安置，元祐初徙秀州，後移居潤州。在築城、治兵、平亂甚至製墨等具體事情上，沈括以其才智應付有餘，但在決策上，與呂惠卿、徐禧等強勢的人物共事，沈括卻只能委曲求全。官場的形勢固然是影響他處事的重要因素，而他溫和個性中軟弱慎微的一面也起到了影響。

從深得統治者賞識褒揚的能臣到罪臣，只有兩年時間，此時沈括年過半百，而仕途已經結束。這一心理適應的過程，沈括以他柔順的個性和理性的態度面對，並不太困難，他雖未如蘇轍在紹述後完全頹放幽閉，但也是只求遠離人事，遠離是非、功利，默對自然，與筆墨為友，以一種無求於外物的態度來處世。而從朱彧記載他晚年受繼室虐待的情況看〔註23〕，仕途的受挫，不和諧

〔註20〕 見《全宋文》，巴蜀書社，2006年，第1684卷，第1687卷，第279頁。
〔註21〕 李燾《續資治通鑑長編》卷328，中華書局，1986年，第7896頁。
〔註22〕 李燾《續資治通鑑長編》卷329，中華書局，1986年，第7921頁。
〔註23〕 朱彧《萍洲可談》卷三：「沈括存中入翰苑出諫垣，為聞人，晚娶張氏悍虐，存中不能制，時被棰罵，捽鬚墮地，兒女號泣而拾之，鬚上有血肉者，又相與號慟，張終不恕。余仲姊嫁其子清直，張出也。存中長子博毅，前妻兒，張逐出之，存中時往餉給，張知，輒怒，因誣長子凶逆暗昧事。存中責安置秀州，張時時步入府中，訴其夫子家人輩，徒跣從勸於道。先公聞之，頗憐仲姊，乃奪之歸宗。存中投閒十餘年，紹聖初復官領宮祠，張忽病死，人皆為存中賀，而存中恍惚不安，船過揚子江，遂欲投水，左右挽持之，得無患。

的家庭生活，使他性格軟弱的一面得到了進一步的發展。他在《隨州謝表》中涕零自責：「才微識暗，誤被寵升，任過力窮，卒招敗覆。……才薄趣卑，心勤事謬，措一身而無地，宜萬死之難逃……。」〔註24〕移居秀州使他得以濱江南風物，他連上四表，不勝惶恐，《謝謫授秀州團練副使表》表示：「恩出非望，兢營自念，感懼交深。」〔註25〕又曰：「上負任使，客祭已決於此身；下念孤忠，生還特出於聖造。復濱江吳之路，尚疑夢寐之遊。感極心驚，屑然涕落」（《秀州謝表》）〔註26〕。《謝分司南京表》回顧用兵：「比臣在任之時，適當用兵之際。始罷靈州之役，誤蒙手敕之褒。逮邊議之再興，鑒遠攻之非利，請完近塞，欲以救屬僚客戰之輕；孤論中移，無以回王人，專制之銳。由臣不職，竟累偏師。效力無門……」〔註27〕不勝悔恨，而此後他進入完全避世自娛的狀態，為自己造庭院，安身其中慰藉心靈。他所尊敬的的遠宗長輩沈興宗，「放棄十餘年，而畏整嚴愼，口未嘗議人過，言不及官府間事，惟以經史著述自修」（《故天章閣待制沈興宗墓誌銘》）〔註28〕，對他而言是很好的榜樣。他在《自志》之一敘述了修築退居地的經過，能無意中購得早年夢中一再出現的樂土，精心經營，不論是出於自我心理安慰還是機緣巧合，都足以表明在貶謫後沈括能適應現實，並安然投入到閒居的生活中，他為歸所設計了夢溪、百花堆、憩殼軒、岸老堂、藏峽亭、竹塢、蕭蕭堂、深齋、遠亭，自言：「居在城邑，而荒蕪古木，與鹿豚雜處。客有至者，皆頓遏而去，而翁獨樂焉。漁於泉，舫於淵，俯仰於茂水美蔭之間。所慕於古人者陶潛、白居易、李約，謂之三悅。與之酬酢於心目之所寓者，琴、棋、禪、墨、丹、茶、吟、談、酒，謂之九客。」陶潛歸隱，白居易閒適，李約以金石、琴棋、飲茶自娛，沈括在幽居獲得平靜，是他博觀理性的學養所致，也是柔順溫和的天性使然。

第二節　親近晚唐的詩論與詩歌

　　沈括的詩歌，大部分胡道靜先生已考證了創作的時間段。從他不同時期

未幾不祿，或疑平日為張所苦，又在患難，方幸相脫，乃爾何耶？余以為此婦妬暴，非碌碌者，雖死，魂魄猶有憑藉。」中華書局，2007 年，第 168 頁。
〔註24〕見《全宋文》，巴蜀書社，2006 年，第 1685 卷，第 243 頁。
〔註25〕同上，第 245 頁。
〔註26〕同上，第 244 頁。
〔註27〕同上，第 249 頁。
〔註28〕同上，第 1696 卷，第 51 頁。

的詩歌內容看，言爲心聲，這些詩都如實呈現了他不同階段的心跡。從整體上看，現存沈括的詩歌多以寫景爲主，取象偏於江南水鄉的風物，心緒平靜恬淡。早、晚期的風格變化微小，前期多道幽人之趣，後期兼有歷史之感，多絕句小詩，清整圓活，有晚唐風韻。

以學者而論，沈括的詩歌無枯澀之病，可謂淵雅；以詩人論之，雖氣象不大，而情韻悠長，可謂精於詩藝。胡應麟認爲：「學問一道，且不能該其二，以及其三兼四者而悉備之也，而欲以其餘而肆力於文。」〔註29〕覺得沈括爲學者，必不精於詩，這種看法並不公允。其實沈括在詩歌鑒賞和創作上都有獨到之處，他偏好韻味悠長的晚唐小詩，在北宋中後期的詩壇中也是較爲少見。

一、注重「涵詠餘味」的詩論

沈括詩藝的精湛，與其博觀積學、自有心得不無關係。他對音樂、書畫等藝術都有獨到見解，論詩也自有根砥。像《臨漢隱居詩話》記載：

> 沈括存中、呂惠卿吉甫、王存正仲、李常公擇，治平中，同在館下談詩。存中曰：「韓退之詩，乃押韻之文耳，雖健美富贍，而終不近古。」吉甫曰：「詩正當如是。我謂詩人以來，未有如退之也。」正仲是存中，公擇是吉甫，四人者交相詰難，久而不決。公擇忽正色而謂正仲曰：「君子群而不黨，君何黨存中也？」正仲勃然曰：「我所見如是耳，顧豈黨耶，以我偶同存中，遂謂之黨，然則君非吉甫之黨乎？」一坐皆大笑。余每評詩，亦多與存中合，〔註30〕

魏泰論詩也有獨到見解，他「每評詩，亦多與存中合」，可見沈括也跟他一樣，以唐音爲準的，以涵詠餘味爲評價詩歌的重要標準〔註31〕，而不贊成以文爲詩。沈括的詩歌創作，也充分體現了這種主張，他的詩歌少發揮議論、表現才學，也不像韓愈、梅堯臣等發掘審醜的內涵，作奇峭語，以文爲詩，而是

〔註29〕 胡應麟《少室山房集》卷100，《影印文淵閣四庫全書》，上海古籍出版社，1987年，第1290冊第1562頁。

〔註30〕 魏泰《臨漢隱居詩話》，中華書局，1985年，第5頁。此條又被《冷齋夜話》所引。

〔註31〕 魏泰論詩主唐音，其筆記中多有論述，像「頃年嘗與王莉公評詩，予謂：『凡爲詩，當使挹之而源不窮，咀之而味愈長。至於永叔之詩，才力敏邁，句亦清健，『清健』一作『雄健』，一作『新美』。但恨其少餘味爾。」見《臨漢隱居詩話》，中華書局，1985年，第6頁。

含蓄風雅，頗有餘味。正如他在《江州攬秀亭記》指出：「古之人欲盡其所言者，必有詩以繫之。詩生於言之不足，事有不能以言宣，而見於聲辭窈吵曲折之際者，蓋有待於詩也。」〔註32〕他重視詩能道不盡之意見於言外的特點。

狀難言之景如在目前，也是沈括尤爲注意的，他的《夢溪筆談》有「藝文」三卷，論詩文得失，對取景用意頗有心得，像論「鸛雀樓詩」：

> 河中府鸛雀樓，三層。前瞻中條，下瞰大河。唐人留詩者甚多，唯李益、王之渙、暢諸三篇能狀其景。李益詩曰：「鸛雀樓西百尺牆，汀洲雲樹共茫茫。漢家蕭鼓隨流水，魏國山河半夕陽。事去千年猶恨速，愁來一日即知長。風煙並在思歸處，遠目非春亦自傷。」王之渙詩曰：「白日依山盡，黃河入海流。欲窮千里目，更上一層樓。」暢諸詩曰：「迴臨飛鳥上，高出世塵間。天勢圍平野，河流入斷山。」
> 〔註33〕

沈括的詩歌也是筆墨鮮明，擅長狀景。爲達到狀景的精妙準確，他在文字上非常注重研煉，力求意全語工，達到傳神的效果，而不片面追求文字生新，以文害意。他論唐人詩曰：

> 唐人以詩主人物，故雖小詩，莫不埏蹂極工而後已，所謂句鍛月煉者，信非虛言。小說崔護《題城南》詩，其始曰：「去年今日此門中，人面桃花相映紅，人面不知何處去，桃花依舊笑春風。」後以其意未全，語未工，改第三句曰：「人面祇今何處在。」至今所傳此兩本，唯《本事詩》作「祇今何處在」。唐人工詩，大率多如此。雖有兩今字，不恤也，取語意爲主耳。後人以其有兩「今」字，只多行前篇。〔註34〕

他所認爲的「工詩」，是語言能恰如其分地傳達出詩意，而不是單單注重形式，當然沈括不是不重視形式，對於語言形式上細微變化對傳情達意的影響，他深有心得，像《續筆談》評論「語情與詩意」：

> 歐陽文忠《奉使回寄劉原甫詩》詩云：「老我倦鞍馬，誰能事吟嘲？」，王荊公《贈弟和甫詩》云「老我銜主恩，結草以爲期」，言「老我」，則語有情，上下句皆有惜老之意。若作「我老」，與「老

〔註32〕見《全宋文》，巴蜀書社，2006年，第1691卷，第341頁。
〔註33〕沈括《夢溪筆談》卷15，《夢溪筆談校證》，中華書局，1975年，第133頁。
〔註34〕沈括《夢溪筆談》卷14，《夢溪筆談校證》，中華書局，1975年，第124頁。

我」雖同，而語無情，詩意遂頽惰。此文章佳語，獨可心喻。〔註35〕
對於「我老」、「老我」兩個語序不同、意思相同的詞語，沈括仔細掂量了其
中的情意，品讀細膩。在語言的錘鍊上，他再次強調了詩歌含不盡的情意這
一關鍵。

二、婉麗精工的小詩

　　沈括現存的詩歌，與他的秉性才學、詩歌主張一致。他的詩歌有晚唐風
韻，善於擇取富有意味的瞬間畫面，格局小巧，以繪秀美之色見長；情致閒
淡，造語含蓄風雅，淺唱輕吟，餘味悠長；體察入微，筆墨精工。既與其生
長的地域有關，也符合其謹慎溫和的個性。

　　他的詩歌以小見長，取景隨目所寓，而多江南水鄉之潮水明月、青綠粉
黛，清新幽雅，善於傳達基調柔和、格局小巧的意境，不見雄奇崔嵬的場面、
豪放激烈的言辭。現存集中三首長詩，爲《遊山門》、《浩燕歌》和《畫圖歌》
〔註36〕，前者描寫「四壁斬絕」的山門，但造語殊不奇崛，像「又疑猛將血
戰還，斬此欲守規爲門」，雖有想像之辭，但筆墨平緩，不能傳達宏偉奇觀，
又感慨「生平所更了可記，怪特若此殆未觀」，不如其序言議論士人出處更爲
超逸；《浩燕歌》鋪敍應酬，在此不贅述；後者點評了家藏的唐宋的畫作，猶
如一部繪畫史，充分體現了沈括的博學，語言靈活，但惜未能傳達神妙，相
對於岑參的奇語，見聞廣博的沈括有如實的筆錄，並無「好奇」驚歎。從僅
存的詩歌看，駕馭較大的篇章、狀寫宏大瑰奇的境界並非其所長，而小詩則
精麗獨絕。

　　沈括天性溫和，又具理性，擇取熟悉的風物，傳諸筆端，他筆下多小景、
近景，景色秀美、平靜、疏淡，正是心境的折射。像《姑熟溪》其一：「新晴
渡口百花香，石子池頭鴨弄黃。卷幔夕陽留不住，好風將雨過梅塘」〔註37〕，
色彩明淨和諧，意境平和優美，與邵雍等理學家的詩風有相近之處，而情韻
過之。他寫應製詩也是取景以小見大，意象優美，色彩輕柔，高雅勝於富貴，
像「寒食輕煙薄霧，滿城明月梨花」，「玉笛一天明月，翠華滿陌東風」（《開

〔註35〕沈括《夢溪筆談・續筆談》，《夢溪筆談校證》，中華書局，1975 年，第 288
　　　　頁。
〔註36〕見《全宋詩》，北京大學出版社，1995 年，卷 686 第 8011、8018、8015 頁。
〔註37〕同上，卷 686 第 8009 頁。

元樂詞》）〔註38〕。到了邊塞，他關注的也是與家鄉風物相近的秀麗景色，如寫柳湖：「社後寒猶峭，春殘草木濃。花前江國興，並覺此時同。」（《延州柳湖》其二）〔註39〕。他起懷古之思，寫《丹陽樓》：「碧城西轉拂蒼煙，日繞闌干一握天。青草暮山歌扇底，美人瑤瑟暝鴻邊。吹聲隱隱江都月，弄影翩翩建業船。……」〔註40〕，後四句雖是想像，也道出水鄉精緻絕妙之處。

以一個簡單而富有情致的場景傳達出畫外餘味，與小詩的篇幅相得益彰，而不是反復吟詠或挖掘出生新意味，是沈括詩歌的長處，像「艇子隔溪語，水光冰玉壺」（《江南春意》）〔註41〕，抓住了一個微妙的細節，而水鄉的氛圍、靜謐的情懷、澄澈的境界全出。又如「睡熟不知潮信過，船頭晚雨打菰蔣」（《姑熟溪》其二）〔註42〕，以日常的情景，寫出了閒適之態，而且實寫聲音、虛寫畫面，傳神凝練。他的詩歌往往以這樣簡單的畫面作結語，而餘韻不絕，像「南陌無人但垂楊」、「古壘水中月茫茫」（《幽人篇》）〔註43〕，殊有意味。

情致閒淡，有溫柔之意，是沈括前期詩歌的重要基調，而在情感的展現上也意味悠長、溫和節制；後期的詩歌，多了因命運變化而感時空浩渺的喟歎，感慨直接，稍為闊大，但不減溫和之色。像他早年作的《海州觀放鶻搏兔不中而飛去》歌詠舒緩，不側重描寫場面，而是感歎：「此心竟可憐，得失未宜病。」〔註44〕又當塗作《慈姥磯》其二：「朝發銅陵暮揚子，年年白浪江中歸。江人收身苦宜早，一生卻向江中老。」〔註45〕都是以旁觀者的身份，發出溫厚的感慨，合乎風雅之旨，而不是提出生新的卓見異論。受神宗賞識期間，他仍不改平淡的心境，在家鄉風物中更能得閒適趣致，像《雨中過臨平湖》：「敗蓬半漏野更好，斷纜數段遲轉間。溪翁此日乘浩渺，搔首坐哨煙雲間。」〔註46〕歎賞「敗蓬半漏」，而溪翁「搔首坐哨」在詩人看來有水墨畫效果，能於雨中過湖得此意境，富有文人的雅興，而以畫面傳達內心的逸趣，

〔註38〕見《全宋詩》，北京大學出版社，1995年，卷686第8011頁。
〔註39〕同上，第8012頁。
〔註40〕同上，第8015頁。
〔註41〕同上，第8009頁。
〔註42〕同上。
〔註43〕同上，第8016頁。
〔註44〕同上，第8009頁。
〔註45〕同上。
〔註46〕同上，第8010頁。

正是詩人所長。離開朝廷的一段時間，他雖有遺憾，但對著古松，「歡然相對默終日，意得那須言強多」（《十松亭》）〔註47〕，也是一種靜觀平澹的心態。被起用守延州，他雖有凱歌助興，但觸景感懷，仍然滿懷幽人心緒，「日暖閒園草半熏，不堪春興蝶紛紛。山煙夢松成微雨，關月簾纖出斷雲。三弄倚樓暗晚操，六花分隊駐新軍。終年不見江淮信，吟向胡笳永夜聞。」（《延州柳湖》其三）〔註48〕，此詩中的閒乃是心閒，愁也近於閒愁，不似邊將語；練兵思親的日子，沒有兵戈殺伐之氣，沒有悲愴蒼涼之色，而是籠罩江南溫柔的水氣，在沈括的筆下具有文人的氣息、平靜的美感，正是心境使然。

他遭貶廢之後，在隨州阻雨，環境惡劣加上心情沉痛，發出哀傷之詞，在《光化道中遇雨》感歎：「煙波千里去，誰識魏牟心。」〔註49〕並以《幽命》描繪了豪雨汪洋的情景，折射出面對命運茫然的心境。隨後轉秀州，地近江南，使他能以較為平和的心態接受自身的處境，並排遣鬱悶，像「暫來林下問棲遲，已覺脩然悟昨非，……佳士要當憐寂寞，不應全為折腰歸。」（《佚老堂為江州陶宣德題》）〔註50〕，以出世的想法放開自己的懷抱，也委婉傳達自己並非沉淪下僚不得志而歸的心結；他在明媚的自然景色中獨品一腔幽情，如《遊秀州東湖》：「猶喜亂花時入眼，可能萬事頓忘情。無端景物相料理，屢欲癲狂興不成。」〔註51〕詩人觀察自身情緒變化，而以理性態度進行調節。在退居潤州後，在遊歷古蹟的過程中，詩人也平復了心境，像「心隨潮水漫漫去，流徧煙村半日來」（《潤州甘露寺》）〔註52〕，「流盡古來東去水，又將秋色過樓前，」（《丹陽樓》）〔註53〕，以靜觀流逝不盡的潮水淡化心跡。沈括的襟懷雖不至於豁達，但平澹自處是其主調，為他的詩歌帶來了閒淡之趣。

沈括詩歌，抒情或者間有議論，都較為含蓄、溫和，節奏舒緩，遣詞節制。像本該用強烈詞氣表達的《鄜延凱歌》〔註54〕，雖較為簡練直白，不失爽氣，但加入「漸見」、「猶有」、「待向」等虛詞，使文氣顯得舒緩，像「回

〔註47〕 見《全宋詩》，北京大學出版社，1995年，卷686第8010頁。
〔註48〕 同上。
〔註49〕 同上，第8012頁。
〔註50〕 同上，第8013頁。
〔註51〕 同上。
〔註52〕 同上。
〔註53〕 同上，第8015頁。
〔註54〕 同上，第8012頁。

看秦塞低如馬，漸見黃河直北流」，「先教淨掃安西路，待向河源飲馬來」，志氣可謂雄壯，而吟詠起來節奏舒緩，少了力度，還是柔弱的文人之聲。他最深痛的感歎莫過於隨州遇雨所寫的《漢東樓》：「野草黏天雨未休，客心自冷不關秋。塞西便是猿啼處，滿目傷心悔上樓。」〔註 55〕傳寫瞬間情景交融的畫面，獨處寂寞，登樓遣懷，更添愁緒。以我觀物，而物皆染感傷色彩，千萬般思緒只凝結在一「悔」字上，戛然而止，餘味不絕，可見詩人咀嚼傷痛又不失節制。他的《幽人篇》蘊含古風，情致綿長而含蓄委婉，其一：「幽人步影囀春陽，情多無那不成章。恨樓未高著鞭望，南陌無人但垂楊。」〔註 56〕以情境、動作細節呈現內心的活動，而其三則以比興傳情，淡語悠長，含蓄而沒有走向朦朧隱晦，「蜘蛛做網著屠蘇，蜻蜓故來暈羅襦。釃君柏酒情莫疏，無情可能學哺鴣。」而《蘇小小墓》借代抒情，結尾「水如香篆船如葉，咫尺西陵不見郎」〔註 57〕，婉約微妙，餘味不絕，正是沈括抒情所長。

　　沈括的詩歌審美上傾向於優美清秀的風格，筆端景物的傳神緣於他體物的精工，用語的恰當。在宋人的筆下，醜怪纖微的物事都得以入詩，物理也得以發掘，而生造雕刻、窮形盡相的本事也得以發揮，沈括的詩歌卻沒有順應這種潮流，他的體物，出於對物候心境的正常敏感，而造語也是恰如其分，不求新奇，而在於以常用的言語、勻稱的結構篇章，傳達優美的意境。其觀察入微處，像《慈姥磯》其一：「西風隔江動高樹，山前過帆如鳥飛」〔註 58〕，寫動態不忘點出距離「隔江」，又如：「地從日月生時見，天到江山盡處回」（《潤州甘露寺》）〔註 59〕，寫出視覺觀物的參照。沈括愛好研究物理，但是他的詩歌卻沒有說理的毛病，這些體物精細的詩句都是自然融入篇章文意，毫無突出之意。他用語的恰當，在於自然，他批評韓愈以文為詩，稱讚唐人做小詩研煉。他自己作詩也向注重研煉的晚唐人學習，極少使用典故，也不使用生僻字，語調舒緩而不同於作文，不求對仗工整而重寓居妥帖，篇章圓融，像《江南曲》：「高樓索寞臨長陌，黃竹一聲無北客。時平田苦少人耕，唯有蘆花滿江白。」〔註 60〕隨意寫出江南的特色，而並未使用特殊的技巧、字眼，

〔註 55〕見《全宋詩》，北京大學出版社，1995 年，卷 686 第 8013 頁。
〔註 56〕同上，第 8016 頁。
〔註 57〕同上，第 8014 頁。
〔註 58〕同上，第 8009 頁。
〔註 59〕同上，第 8014 頁。
〔註 60〕同上，第 8009 頁。

篇章自然妥帖。而像「茵連細草才容藉，澱染濃嵐欲墮衣」（《佚老堂爲江州陶宣德題》）〔註61〕，「潮上孤城帶月回」（《秀州秋日》）〔註62〕，想像靈活，雖不新奇，但遣詞恰到好處，傳達出空靈之致；其《望海樓》寫獨處寂寞，「好風疑有意，墮葉故爭簾。爲問樓中客，胡爲盡日淹。」〔註63〕毫無特殊的字眼，平淡如話，但又不失詩意，寫活了落葉，也道出了心跡。又如《金山》：「蘆管玉簫齊送夜，一聲飛斷月如煙」〔註64〕，使用通感，字面並無雕琢，而境界全出。

沈括的詩歌，與當時宋詩的風尚並不同，他能在唐人的基礎上，寫出婉麗精工的小詩，雖沒有太多的獨創性，但勝在狀物傳情，富有詩味，詩如其人，他筆下的意象、審美趣旨偏於優美風格，比較單一，並未呈現較爲多樣的境界，與其博學相比，確實缺乏豐富性。但他對於詩歌有明確的主張，他的詩風，也是在博觀基礎上的自覺選擇，符合秉性，不入俗態，在新黨文人各家中可謂獨造。

第三節　博學研煉與自鑄新語

一、遠離「議論爭煌煌」的態度和鑽研文字

在作文上，無論是四六賦體還是經歐陽修倡導的平易古文，沈括都認眞進行鑽研，形成了自己的一套見解，作文也有根砥，將他的才學洋溢體現在文章的字裏行間，四六淵雅典麗而不失暢達，散文俯仰溫文而不過於直白，四庫館臣評論他：「而在當時乃不甚以文章著，然學有根柢，所作亦宏贍淹雅，具有典則，其四六表啓，尤凝重不佻，有古作者之遺範。」〔註65〕黃庭堅也以沈括爲榜樣鼓勵後生多讀書，他在《題王觀復所作文後》曰：「王觀復作書，語似沈存中，他日或當類其文。然存中博極群書，至於《左氏春秋傳》、班固《漢書》，取之左右逢其原，眞篤學之士也。觀復下筆不凡，但恐讀書少耳。」

〔註61〕見《全宋詩》，北京大學出版社，1995 年，卷 686 第 8013 頁。
〔註62〕同上。
〔註63〕同上，第 8014 頁。
〔註64〕同上。
〔註65〕永瑢等《四庫全書總目提要·長興集》，《影印文淵閣四庫全書》，上海古籍出版社，1987 年，第 4 冊第 154 頁。

〔註66〕《四六話》也稱讚他能自鑄新語，不沿襲套式：「沈存中緣永樂陷沒，
謫官久之，元祐中復官分司，以表謝曰：『洪造與物，難回霜霰之餘；聖恩及
臣，更過天地之力。』又曰：『雖奮竭之心，難伸於已廢之日；惟忠孝之志，
敢忘於未死之前？』皆新語也。」〔註67〕可見沈括作文能在博觀基礎上琢磨
創作，形成自身風格。

他對於賦體造語工麗的評論見《夢溪筆談》卷十五：

> 晚唐五代間，士人作賦，用事亦有甚工者。如江文澔《天窗賦》：
> 「一竅初啓，如鑿開混沌之時；百瓦欹飛，類化作鴛鴦之後。」又
> 《土牛賦》：「飲諸俄臨，訝盟津之捧塞；度關倘許，疑函谷之丸封。」
> 〔註68〕

沈括對於宋初詩文革新的發展也有探討，《夢溪筆談》卷十四：

> 往歲士人，多尚對偶爲文。穆修、張景輩始爲平文，當時謂之
> 「古文」。穆、張嘗同造朝，待旦於東華門外，方論文次，適見有奔
> 馬踐死一犬，二人各記其事，以較工拙。穆修曰：「馬逸，有黃犬遇
> 蹄而斃。」張景曰：「有犬死奔馬之下」。時文體新變，二人之語皆
> 拙澀，當時已謂之工，傳之至今。〔註69〕

可見他對平易文風的掌握，他的散文，雖然有古奧之詞，但無拙澀之病；他
的四六，敷陳明白，而不失典則雅麗。

沈括在詩歌中側重表現短暫時間特定空間內的所見所感，「詩虛」而「文
實」，他的求學之道、處世態度更完整地呈現在文章中。從學術上看，較之陸
佃解釋經書，注疏名物，他的才學更加博達活泛；較之張商英的大言論禪，
開闔縱橫，他的議論審慎而不流於空疏；從策論上看，像李清臣一樣深入經
典、切中時弊，系統探討經世致用之道，卻不是切於實務的沈括所長。

求學致道，對於沈括來說並非易事，他早年作下層官吏，未投入名師門
下，科舉也是三試方舉，在儒學上，他沒有系統的學術理論，不敢肆發宏論，
始終以非常謙遜的態度對待學問，與當時士大夫論道的自信張揚不同。他的
《孟子解》都是紮實的讀孟心得，並無大言；而對於疑經之風，他也深爲不

〔註66〕黃庭堅《山谷集》卷26，《影印文淵閣四庫全書》，上海古籍出版社，1987年，
　　　第1113卷，第227頁。
〔註67〕王銍《四六話》中華書局，1985年，第12頁。
〔註68〕胡道靜《夢溪筆談校證》，中華書局，1975年，第499頁。
〔註69〕同上，第522頁。

－258－

然，不敢懷疑典籍，必以爲自身治學未深，他在《答李彥輔秀才書》中曰：

> 某始未得柳子厚之書，聞其有《非國語》、《夫子廟碑》、《對賀
> 者》之說，固知宗元文不足與已矣。其學如是，而語之以聖人之取
> 捨，宜不知也。道爲知者傳，其所不知，君子無憾焉。學者於其所
> 未濱，吾不知其可不可也，則於書而求知。求欲得吾之決，不求得
> 吾之疑。〔註70〕

他對學問始終保持審慎的態度，認爲自己遠未得道，現存的文章，多紮實討論
實務，甚少縱橫捭闔之詞，這與他的經歷有密切關係，他在《答李解元書》曰：

> 觀足下之文辭，卷舒抑揚，馳騖淡洽，雖然，則謂之足矣，未
> 見其不可也。當其議論出沒之際，猶曰未敢決然自信，如某者固可
> 以自信耶？……某不幸，少更艱難，憂離轉側，出入十餘年之間，
> 平居所以朝夕託而生者，一出於其身思慮。幸而不忘者，皆非出於
> 精明強力之心。雖其氣耗而意索，今日得從諸君之遊，不至於遂泯
> 而已者，於某計不爲不厚矣。〔註71〕

正是早年的經歷，使沈括深感治學之不易，對於學問不敢自滿，「某嘗以謂禮
義可爲，古人可求也，……及今爲吏，則與鄉人之爲吏者校能挈藝，不能有
以異也，而筋力謀慮先之而衰。雖年日加長，氣日加折，未至耄悖如此之速
也。豈非學不益進，勞苦耗其思慮，無善友以琢磨其心，未至於浩乎其沛然
也。」(《答同人書》)〔註72〕沈括坦認自身治學氣象較小，常常聯繫自身生存
求學的局限，而他作文不高調張揚，沒有當時士大夫「議論爭煌煌」的宏肆
之言，在爲人處世上也是謙退溫和，不敢自我標舉，他在《答陳闢秀才書》
自陳：「某少時，之於天下士大夫，無所不願交，然其爲吏，則求完於一官；
其爲家，則求盡於一身。過此，未嘗敢加毫末於其外。至於鋒芒圭觚發見於
人者，過以取之，非素心敢願也。不顧氣力有分，而欲強自標置，豈不嗔悖
流離以取戮笑耶？」〔註73〕何其謙遜，他指出了爲吏十年的經歷對於決然自
信的士氣的損耗，但是也形成了一套出處行藏的原則。他在《答同人書》中
剖白自己退而不進並非拘泥效倣古人，而是有自身的衡量：

〔註70〕 見《全宋文》，巴蜀書社，2006年，第1691卷，第341頁。
〔註71〕 同上，第1688卷，第289頁。
〔註72〕 同上，第288頁。
〔註73〕 同上，第297頁。

　　　　君子之退固有道，又況其進也！度於心而安者則爲之，不安者
而去之。未必皆是也，蓋可以進焉。心則不安而身行之，雖幸中於
義，其爲自賊則一也。至於衣服米鹽，一日不得則無聊，某何以異
於人？四年於茲，豈心之所欲？蓋貧賤者固如是，不敢不安耳。大
凡有爲而爲者，其心皆勞，況天之賦才，固皆有限，不可以勉強。
某尚且不以得先世之職爲憂，亦何暇捨此而改圖？足下苟察之，凡
此之勢皆可知。〔註74〕

這些考慮都是出自於多年的人生經驗積累，而非埋首書本的空言，當然也少
了宋人崇尚的那種立論高遠的筆調。

二、「未敢決然自信」的議論筆談

　　沈括的說理，能由具體的物事上昇到一定的理論高度，不作無根之談，
也不拘泥於跡象。而他大部分的道理，皆由自己觀察思考得來，所謂「得於
心」。他在《答同人書》就指出：「理之所在，某不知也。彼說焉，此說焉，
審別其是非而取之。以吾子之心信其是，無信其多。雖失之，某猶必謂得之。
范曄之稱張楷曰：『學者隨之，所居成市。』隨者成市，曄遽何以知楷爲賢耶？
揚子雲曰：『後世復有揚雄，必好之矣。』其自取之明而無信於多者如此。使
楷而在，隨之雖萬人，吾猶與雄也。」〔註75〕強調推求道理要從自身的經驗
出發、不從流俗的重要，這種得於心的微妙判斷實際上還是建立在自身通過
讀書、做事、閱世而明白道理、通習技藝的基礎上。道可自致，道由心得，
就是在博觀事物、體驗生活的基礎上形成自身的去取標準、人生信念，是學
識生活積累到一定程度使然，難以用清晰的方法論表述。這種經驗論，雖不
高妙，但在沈括身上取得了良好的效果。而他除了科學原理的發明之外，在
一些點到即止的道理上也表現了積學之上的獨到見解，或者是通達的理解。
像《秀州崇德縣建學記》開篇則指出韓愈的《處州孔子廟碑》「自天子而下得
通祀而徧天下者，惟社稷與孔子。然其祀事皆無如孔子之盛。所謂生民以來
未有如孔子者，此其效歟」〔註76〕，議論不當，而正色言：「祀事之盛衰，其
得失在後世，孔子何與焉？使孔子無一豚肩之享於墟墉之間，何損其爲聖

〔註74〕見《全宋文》，巴蜀書社，2006 年，第 1688 卷，第 291 頁。
〔註75〕同上。
〔註76〕同上，第 1691 卷，第 347 頁。

人？」認爲孔子之尊不待祀事，與上文《答同人書》論揚雄同轍，頗有獨立精神的意味，自身有清楚的判斷，而作爲一個切於實務的儒者，他並未因此自矜，而是更能體察世務的難處，以理解的態度的去看待所謂的流俗。他的《杭州新作州學記》應州學的主旨，申述了禮教對於治亂的重要意義，但也指出儒家的理想需要長久的時間去實現，而教化的推行也有賴於法令對實務的保障，明辨審思而不爲空言。這些觀點在倡導宏大理想的舊黨看來未免流於瑣屑，但卻切合人事實際，像他說州學的維持，「然誅罰期會，米鹽之細務，一事不至則知有所閒廢」，又曰：「儒者履仁蹈信不救急，故其效乃在數十年之後。急近而忽遠，此人情之常。至於任政教之本原，以身先士民，此大儒公卿之事，未可以他長吏比也。」〔註77〕較之道學家的理想主義教條，多了一份深解人事複雜的理解。

治學、處世上的謙遜慎微，反映在文氣上的紆徐委備，在上述列舉的文章中也得到了體現。沈括的散文，若以北宋文章大家比較論之，則近於歐陽修而略差情韻，長於審思，而筆墨沒有乾枯之弊，不發宏論，篇章沒有平乏之態。表明觀點時正如上文的自述，「未敢決然自信」，詞意含蓄，語氣溫和，像《答李彥輔秀才書》將意思層層遞進，《答李解元書》以設問將意旨徐徐道來，《答同人書》轉折反復辨明心跡，並未提出鮮明觀點，條分縷析加以證明，而是夾敘夾議，在俯仰曲折的陳論過程中，將意思完整而又委婉地表達出來。措辭溫和，句中調節語氣的詞語如「宜」、「當」等令文意更加委婉，而句末的語氣詞如「也」、「已矣」、「耳」，兼以轉折、遞進、假設等關聯詞的使用，則使篇章節奏舒緩而有俯仰之態，避免了慎微帶來的拘謹平板。他的《富春圩圖記》條駁有司反對建圩的理由，明白詳當，也是詞和色溫，毫無雄辯鋒芒。他的四六文「凝重不佻」，如謝表類，事無鉅細，自事由、自述到答謝皆無省略之詞，陳述詳備而體式工整，措辭典雅，也是非常審慎，像《奉敕撰奉元曆序進表》在當時主管部門充斥庸才，又質疑沈括校訂精準的律曆的情況下，從律曆失治的原因情況、修訂的意義至頌君德、謙己功，用精鍊典重的語言表達出來，所謂「正元失紀、坎漏出表而不以聞；有司具存、畔官離次而莫之省。……求斑駁於迎日推策之際，消忽微於連珠合璧之間。蔑希南正之工，僅免西流之失」〔註78〕，既符合修律曆的事體，也將意旨陳述明白。

〔註77〕見《全宋文》，巴蜀書社，2006年，第1691卷，第349頁。
〔註78〕同上，第1684卷，第226頁。

治學處世謙虛審慎，說理論事委婉紆徐，氣象雖不闊大，但沈括精於事物、長於思辨，敘述明白詳盡，繁而不亂，說理求「得於心」，富有卓見。《朱子語類》稱讚：「東萊《文鑒》編得泛，然亦見得近代之文，如沈存中《律曆》一篇，說渾天亦好。」〔註 79〕說律曆、說渾天，條理分明，定義清晰，將理論與實物結合起來，說得如在目前。此外篇章短小如《論日月》確定日月形狀，設問比喻將日月有形無質，月光反射日光的道理講得清楚，內容浩繁如《熙寧使虜圖抄》以使遼行程爲序，列舉概括一路上的地理風物人情，皆非常詳盡明白，足見作者思維之清晰縝密。他的《夢溪筆談》除了討論科技本身帶來的理性色彩外，較諸其它的筆記，表述更加嚴謹清晰，正緣於他博學洽聞又能沉潛高明的學術精神。

三、「典而不佻」的四六

沈括的四六「典而不佻」，散文也是典奧而不顯得做作生硬，很大程度上取決於他的學識淵博，以及對語言的駕馭能力。他的遣詞能力很值得探討。雖然經過古文運動，平易的文風已成爲主流，而詔策章表的文辭也趨於明白靈活，但是，相對於詩歌的避免用生僻字，沈括的文章，無論是賦體還是散體，均運用了大量少見的字詞，大多出於形容描繪，但是文氣並無拙澀之病，而且避免了在比詩歌大得多的文章篇幅裏重複用詞，靈活得當，虛實相生映，在描述傳達上非常準確貼切。

在語言的運用上，沈括還是尋求一種獨創性，其突出之處就是將生僻字用在尋常處。像他的《江州攬秀亭記》在描繪山川地理上，構圖清晰，用詞精鍊，概括不至於簡略，而毫無臃腫之詞，「江州據吳郡之麓，垂踵江澨，虹騫螭絡，貫城皆山，而庶民列館會市於其下。臺觀廛廬高下隱見於茂陰篁竹之間。西有荷芰之池，南屬羌廬，連嶂紺天，挾以溢、浦、甘棠之水。北漸九江之醨流。隱然幕植於百里之外者，淮南群舒之諸山。四時之景，變化吐吸，類無常物，非語言繪素之所能一。」〔註 80〕開篇連用幾個動詞，未有重複，而敘景無一冗字，何其簡練而筆墨生動。《蕭蕭堂記》更爲了闡發自身悟得的玄理，創造新詞，有莊子的新奇之語，像：「物之於人，相爲鄒楚久矣。方其木草茂暢，獸跟鳥迹之道交於中國，中國之民窟居縣釜，而資鳥獸之餘。

〔註79〕黎靖德《朱子語類》卷 122，中華書局，1986 年，第 2908 頁。
〔註80〕見《全宋文》，巴蜀書社，2006 年，第 1691 卷，第 341 頁。

及其驅虎犀，放龍蛇，胥山林而童藝之，丘壑爲邙畢，江湖爲大眾，而冒格之智殫焉。故人之所棄，魚鳥之所牧，魚鳥之所樂。人之所樂，人之所棄也。屑人之所棄，而攘魚鳥之所樂，謬於人情。吾自此遠矣，奚待矚空谷，斁車馬之力，傖囊瞑目而教丈跬之遠哉？岸老於此也，峨而醉，蕭而興，曼然而笑。」〔註81〕在前人一片山水魚鳥與人和諧的隱逸情懷中，沈括獨寫出人類與鳥獸爭奪領地的自然歷程，並更進一步，以鳥獸所樂即人之所遠，寫自己自棄自疏的心境，雖濱勒出怡然之態，但畢竟沈括不能像莊子一樣完全忘我，這樣精心琢磨的古奧文字，更突出他自遠於世的寂寥。與《蕭蕭堂記》近似的《岸老堂記》也是這樣一篇精心構造的闡發玄遠自然之理、自造深奧生僻詞語的文章，在詞語間，作者力圖將他所領悟到的哲理更貼切地表達出來，這種努力其實跟他在《夢溪筆談》中將事理闡釋得更爲明晰貼切的語言功底是相通的，而作爲一篇抒寫一種悟道境界的文字，他在文字上的推敲賦予了哲理一定想像力上的美感，避免了空洞晦澀。像說「老」態：「老不在堂，而老者之發茁其以白，其心若頹雲之淡太虛也。蝝鵠其形，支木杌草之與居也。臂交於上，不私其祿，而休予以茆丘之美陰也。瀰淡虛納，物來不辭，而濯予以靈溪之浩浸也。非步非驚，胡胡然循垳而鳴者，堨予以澗崖之冷風也。仰之在顏，顧則在幾，圭擁而繪張者，望予以四旅之群峰也。」〔註82〕將一種頹然老去，隨任自然的狀態寫得神乎其神，發掘出「老」之深邃的美感。在他新造詞語的筆墨下，小小居室超然世外的境界之神妙得以凸現，所謂泯是非、去功利、遠物欲，其中的疆域在他隨意驅遣的筆墨中得到了釋放，而沈括也在這樣的文字抒發中從被世所棄的心結中解放出來。而在這些古奧的文字背後，傾注的是一個敏感謙遜的文人在自我的天地中的張揚，在兢兢業業從政的時期，他扮演的更多的是順從配合的角色，但在個人的世界裏，他以這樣的方式肯定了自己的價值，而完全捨棄了他人肯定。

四、自閉後的莊屈之「夢」

　　長期在下層作吏的特殊經歷，琢去了沈括身上的意氣鋒芒，使他在變法派和反變法派間都足以成爲一個異數，他的處世態度，本屬於調整自身去適應環境的謙退之士，並非反復功利的「壬人」，也非高傲棄世的人物，但正是

〔註81〕見《全宋文》，巴蜀書社，2006年，第1691卷，第352頁。
〔註82〕同上，第342頁。

他的柔弱折中，使他容易遭人誤解。像《遊山門詩序》他就很委婉地表達了山林之志的擇取，「今之人必至於乖謬齟齬，材智不合於時，去無田疇山林百工之事以歸其身，而後逶遲偃蹇，肆傲於山林水石之間，悠然遐觀，思古人而終身焉。然於進退之決，予未能如彼其果也。要無所用其身而寓之外物，登臨而望遠，激流泉之清波，翳茂樹之繁蔭，則予將有遇焉」〔註83〕，將一種徘徊在進退間的折中心態緩緩道來。退居林下之後，沈括才是徹底地遠離世事、遠離是非，甚至遠離道理，而全身心投入到山林之樂、趣事雜談中，他的《夢溪筆談自序》完全是柔弱以處世的自白：

> 予退處林下，深居絕過從，思平日與客言者，時紀一事於筆，
> 則若有所晤言，蕭然移日。所與談者，唯筆硯而已，故謂之《筆談》。
> 聖謨國政及事近宮省，皆不敢私紀。至於係當日士大夫毀譽者，雖
> 善亦不欲書，非止不言人惡而已。所錄惟山間木蔭，率意談噱，不
> 係人之利害者，下至閭巷之言，靡所不有。亦有得於傳聞者，其間
> 不能無闕謬。以之為言則甚卑，以予為無意於言可也。〔註84〕

深居以筆墨自娛，而筆下不涉及政治人事，決意以遠離是非，甚至「無意於言」，其中有不盡蕭然寂寞之意，也可見自棄於世之志。

他退居後為自己的居所做的幾篇文章，更是將屈原的心志、莊子的逍遙結合起來，以形象的語言描述玄奧的境界，像上文所引《岸老堂記》闡發「老」的境界，有騷人的幽怨清高，也有道家的虛靜空靈，〔註85〕在這種境界中「向之者不瞻，背之者不顧，作焉者不變，策而過者，趣與人謬也」，自嘲也是自得。而與世俗相比，超然世外，不以世俗觀感為是，「苟足於是而無所羨，故吾謂之乘參昴而躡飛景，則彼且以為揚粃為虻味也；吾謂之坐泰山以浮勃澥，則彼且以為一蓬之梗與鷦鷯之觳也。」作者將自身泯是非、去功利，獨處高堂的狀態描繪得十分神奇，「微陽始陞至於斂陳而畢，歲物隨之盛衰變化，無一息之停，一以為梟，一以為雉，是非相捽於前，是老也，岸然坐而視之。維通都甲觀，望之如蒸霞霧，履之若乘雲氣。」，「方其晦陽風雨、霜雪霧露相與遇於無所祈、無所厭之時，蟲魚草木相與遇於緣延蓊毿、不機不藝之地，飛者相與遇於翔伴勾輈之和，走者相與遇於決擲角腳之樂，客相與遇於相邇

〔註83〕見《全宋文》，巴蜀書社，2006年，第1689卷，第304頁。
〔註84〕同上，第305頁。
〔註85〕同上，第1691卷，第343～344頁。

而相忘、相安而不相器之適,五者不待否而至,與之爲澶漫,與之爲無間,雖有其餘,無所受之。」將自身從自然與人事的變幻中完全抽離出來,甚至進一步否定了知覺才智,「雞不才於飛,而羽生於跖。累然之贅,無補於齲齒,方且睢盱鐘鼓之侈,而忘眩視之悲,何哉?」可見在冷然獨處中,作者完全存在於內心創造那個泯滅一切差異的世界中,渾然忘記生活中被貶廢,被虐待的不如意,心跡進一步走向淡漠蕭索。

第十章　蘇軾的友人——蒲宗孟、蔣之奇

第一節　蒲宗孟的「侈汰」和與蘇軾的交往

　　蒲宗孟，字傳正，閬州新井人。作為蜀地的文人，他的詩風、文風跟蘇軾、張商英一樣，有鮮明的個性色彩，詩語生新靈活、文氣縱橫自如，實堪作為探討蜀地文人文學地域色彩的典型人物。蒲宗孟深得神宗皇帝賞識信賴，與蘇軾私交也不錯，但史書筆記對其評價不高。《宋史‧藝文志》稱其有文集五十卷、奏議二十卷，今僅存文三卷、詩二十二首、詞一首，數量不多，但論質量在新黨文人中亦足稱道。

　　蒲宗孟的擢用，與神宗特殊的賞識分不開，他治平中曾上書論水災地震，給神宗留下深刻印象，熙寧元年便召試學士院，為館閣校勘、檢正中書戶房兼修條例，三司新置提舉帳司官，祿豐地要，神宗又授命於他，熙寧六年進集賢校理，同修起居注、直舍人院、知制誥，神宗又稱其史才，命同修兩朝國史，為翰林學士兼侍讀。按照舊制，學士只佩金帶，神宗為他加佩魚，以示恩寵，從此學士佩魚才成為慣例。元豐五年又拜尚書左丞，雖然此後因奢荒被劾罷職，但歷居要府，又不經歷黨錮，仕途可謂坦達。

　　他深為史書所詬病的，就是元豐間對神宗說：「人才半為司馬光邪說所壞。」〔註1〕如此言論，可見他鮮明的新黨政治立場，以及黨派之見，為史書筆記所痛糾，此外就是酷、奢二病，據《宋史》記載他嚴酷痛治鄆州盜，「雖小偷微罪，亦斷其足筋，盜雖為衰止，而所殺亦不可勝計矣」〔註2〕，他日常

〔註 1〕脫脫等《宋史》卷 328《蒲宗孟傳》，中華書局，1977 年，第 10571 頁。
〔註 2〕同上，第 10571～10574 頁。

生活要求極爲講究，「趣尙嚴整而性侈汰，藏帑豐，每旦刲羊十、豕十，然燭三百入郡舍。……常日盥潔，有小洗面、大洗面、小濯足、大濯足、小大澡浴之別。每用婢子數人，一浴至湯五斛。」又稱他嘗以書抵蘇軾云：「晚年學道有所得。」軾答之曰：「聞所得甚高，然有二事相勸：一曰慈，二曰儉也。」蓋針其失云。但蒲宗孟元豐中知汝州，甚得人心，治盜有方，郡界寧靜，並無人參劾，甚至鄒浩有《上鄆師蒲左丞書》一文稱讚他的治理，史書的評價值得商確。

　　蒲宗孟家族乃西蜀大族，「曾祖穎士聚書百餘家以訓子弟」，蒲宗孟的趣向，史書亦稱讚他「嚴整」〔註3〕，即是在優渥基礎上有自身的高要求，富貴而不俗，蒲宗孟「家多書，廠閣曰清風以藏之，嘗作訓戒諸子弟曰：寒可無衣，饑可無食，至於書，不可一日失。」他對藏書讀書非常執著，藏品也很豐富，像傳入宋地的遼國著作《龍龕手鑒》〔註4〕，他有財力可以版刻。蘇頌有《寄題蒲傳正學士清風閣》稱：「閣倚青山書滿堂，門齊通德里高陽。傳家載世惟清白，教子何人似義方。班嗣一丘雖道卷，劉商七業已名彰。他年駙馬充闈貴，須信文儒澤施長。」〔註5〕對其家族詩書傳家很讚賞，蘇轍《寄題蒲傳正學士閬中藏書閣》曰：「朱欄碧瓦照山隈，竹簡牙籤次第開。讀破文章隨意得，學成富貴逼身來。詩書教子眞田宅，金玉傳家定糞灰。更把遺編觀得失，君家舊物豈須猜。」〔註6〕也是肯定他的家族收藏與教育，而從上述詩句描寫可見其藏書閣的精美。在這樣優越環境下成長，蒲宗孟的文化修養高雅不俗，所謂「一世高材，器宇英邁」〔註7〕，他的手跡、收藏也深爲後世收藏家寶貴〔註8〕。

〔註3〕　脱脱等《宋史》卷328《蒲宗孟傳》，中華書局，1977年，第10571頁。

〔註4〕　《龍龕手鑒》四卷，遼僧行均撰，沈括《夢溪筆談》記載「此書熙寧中有人自契丹得此書入傅欽之家，蒲傳正取以刻版，契丹書禁至嚴，傳入別國者，法皆死，此書均集佛書字爲切韻訓詁凡十六萬字，分四卷，號《龍龕手鑒》，燕僧智光爲之序。」，《夢溪筆談校證》，中華書局，1975年，第513頁。

〔註5〕　蘇頌，《蘇魏公文集》，中華書局，1988年，第289頁。

〔註6〕　蘇轍《欒城集》，上海古籍出版社，1987年，第107頁。

〔註7〕　程文海《雪樓集》卷25《題蒲傳正墨迹》：「……傳正一世高材，器宇英邁，觀其心畫，所謂但恨二王無臣法得之，文獻風流，政爾似績伯長尙友之誼，侑以黨言，皆所謂使君於此不凡者耶。」《影印文淵閣四庫全書》，上海古籍出版社，1987年，第1202冊第283頁。

〔註8〕　袁桷《清容居士集》卷五十《書蒲傳正左丞帖》：「左丞蒲公文學政事，熙寧元豐之時，號爲名流，後出爲亳州，未幾以揚易杭，皆東南要郡，此手帖蓋

　　現存蘇軾與他的書信唱和，未見上文史書所言相勸書信，但蘇軾有《寄
蘄簟與蒲傳正》一詩曰：

　　　　蘭溪美箭不成笛，離離玉箸排霜脊。千溝萬縷自生風，入手未
　　開先慘慄。公家列屋閒蛾眉，珠簾不動花陰移。霧帳銀床初破睡，
　　牙籤玉局坐彈棋。東坡病叟長羈旅，凍臥饑吟似饑鼠。倚賴春風洗
　　破裘，一夜雪寒披故絮。火冷燈青誰復知，孤舟兒女自嘔咿。聖天
　　何時反炎燠，愧此八尺黃琉璃。願公盡掃清香閣，臥聽風漪聲滿榻。
　　習習還從兩腋生，請公乘此朝閶闔。〔註9〕

其中「公家列屋閒蛾眉，珠簾不動花陰移。霧帳銀床初破睡，牙籤玉局坐彈
棋」二聯，《全宋詩》誤列為蒲宗孟的作品。後人多據史書解詩，認為蘇軾在
規諫朋友，如：「蒲性奢靡，故因寄簟，而特作饑寒之語以諷之，古人之誼也。」
〔註10〕從此詩描寫的內容看，雖有誇張之語，蒲宗孟的生活環境確實奢華，
而蘇軾以蘄簟相贈，雖有調侃之語，也是以分享稀物為樂。像劉將孫《五寶
熙齋記》：「東坡銘龍尾黼硯，謂是章聖之所嘗御，以賜外戚，而坡得之以遺
蒲傳正，其辭以為雲蒸霧瀜祥。」〔註11〕，在收藏和一些物質享受上，蘇軾
與蒲宗孟應當有不少分享，蘇軾有書《與蒲傳正》曰：

　　　　千乘任屢言大舅全不作活計，多買書畫奇物，常典錢使，欲老
　　弟若勸公，卑意亦以為然，歸老之計，不可不及，今辦治退居之後，
　　決不能食淡衣粗、杜門謝客，貧親知相干，決不能不應副。此數事
　　豈可無備不可，但言我有好兒子，不消與營產業也。書畫奇物，老
　　弟近年視之，不啻如糞土土也。縱不以鄙言為然，且看公亡，甥面
　　少留意也。〔註12〕

　　縡亳入覲時所作也。蜀縡孟氏以來，無兵革鬥爭，文士迭出，至元豐時為翰
　　林學士者十餘人，公其一也，宋世仁英正史，皆公纂修，今藏史院可考。皇
　　慶癸丑，梢得與其裔孫道源同為史屬於，蒲為西蜀大族，三卯之變，徙與元
　　者，獨能保其宗，家譜整備，遂以先越公所藏左丞公手澤歸歸之，以永其傳。
　　憶，綸言汗簡，皆家世舊物，梢無以進議，厥今理學宏闡，是始於舂陵周元
　　公，元公之道之學，是蒲公紀其事，立賢無方願於諸孫有以廣之，會稽袁梢
　　書。」中華書局，1985年。
〔註9〕蘇軾《蘇軾詩集》，中華書局，1982年，第1327頁。
〔註10〕《御選唐宋詩醇》卷38，《影印文淵閣四庫全書》，上海古籍出版社，1987年，
　　　　第1148冊第636頁。
〔註11〕劉將孫《養吾齋集》卷19，《影印文淵閣四庫全書》，上海古籍出版社，1987
　　　　年，第1199冊第371頁。
〔註12〕蘇軾《蘇軾文集》第60卷，中華書局，1986年，第1819頁。

從蘇軾的敘述看，蒲宗孟爲了收藏書畫奇物，甚至要「常典錢使」，連蘇軾也要勸他要辦置產業，爲兒孫計，從這個角度看，蒲氏應當是個癡迷收藏的文人，不至於是窮奢極欲之人。王世貞跋蘇軾的書信《跋蘇子瞻簡》曰：

> 蘇長公此簡，家人語耳，而中餘病，如描寫蒲傳正，不知作何
> 許狀，想亦是好奇落魄，不問產業者，數百年中乃亦有此兩人也。
> 記以自規且自笑也。〔註13〕

從文字上看，王世貞應當有不少與蘇軾、蒲宗孟相關的收藏，而對他們「好奇落魄，不問產業」的行狀也是相當瞭解，可見蒲宗孟的侈汰並非汲汲於名利，他不畏他人批評，不甘「食淡衣粗」，追求生活物質上的快意舒適，較蘇軾表現得更爲直接，據《墨客揮犀》載：「蒲傳正知杭州，有術士請謁，蓋年踰九十而猶有嬰兒之色，傳正接之甚歡，因訪以長年之術，答曰：『其術甚簡而易行，他無所忌，惟當絕色欲耳。』傳正俛思良久曰：『若然，則壽雖千歲，何益。』」〔註14〕可見其隨任性情一面，這便深爲倡導禁欲的道學家所詬病，像他元豐六年被參劾「荒於酒色及繕治府舍過制」〔註15〕。在追求物質上，蒲宗孟並非虛僞庸俗之輩，這當中也有家族的因素。

　　蒲宗孟在物質、文化生活上追求高標準，務快心暢意，在處世爲人上也是不隨流俗，特立獨行，他將最出色的妹妹嫁給周敦頤的行爲便很具浪漫色彩。他在《濂溪先生墓碣銘》開頭講到：「始，予有女弟，明爽端淑，欲求配而未之得。嘉祐己亥，泛蜀江，道合陽，與周君語三日三夜。退而歎之曰：『世有斯人歟，眞吾妹之敵也。』明年，以吾妹歸之。」〔註16〕蒲宗孟有二姊五妹，這個妹妹排第六，蒲宗孟在《別黎郎十娘詩》中云：「六娘周家婦，晚方偶良姻，乃是我手娉，不見五六春」〔註17〕，蒲宗孟的六妹因爲非常出色，等到二十六歲方出嫁，在當時是很罕見的。而作爲兄長，蒲宗孟也毫不苟且，爲妹妹找到才識足以匹配的周敦頤才放心讓她出嫁，在生活、在人生問題上，蒲宗孟堅持高標準是一以貫之的。而在他的筆下，我們可以看到一個積極入

〔註13〕王世貞《跋蘇子瞻簡》，見《弇州四部稿‧續稿》卷161，《影印文淵閣四庫全書》，上海古籍出版社，1987年，第1284冊第329頁。

〔註14〕彭乘《墨客揮犀》，中華書局，2002年，第347頁。

〔註15〕脫脫等《宋史》卷328《蒲宗孟傳》，中華書局，1977年，第10571頁。

〔註16〕見《全宋文》，巴蜀書社，2006年，第1631卷，第36頁。

〔註17〕3 此詩未見《全宋詩》收錄，見度正《濂溪先生周元公年表》，見《元公周先生濂溪集》，嶽麓書社，2006年，第7頁。

世、斷獄嚴明又能沉醉玄道、徜徉山水的周敦頤，血肉豐滿，兼有深邃的理性與熾熱的感性，與後世理學家抽象空泛的神化不同。蒲宗孟有《乙巳歲除收周茂叔虞曹武昌惠書知己赴官零陵丙午正月內成十詩奉寄》，遙念親人，其九：「知君憂國甚，搔首只吟哦。」〔註18〕他提及熙寧後周敦頤受提擢，病危寫信給蒲宗孟曰：「上方興起數百年無有難能之事，將圖太平天下，微才小智苟有所長者，莫不皆獲自盡。吾獨不能補助萬分，又不得竊須臾之生，以見堯舜禮樂之盛，今死矣，命也！」說周敦頤嚮往參與神宗變革，更難為理學家所接受，像朱熹《再定太極通書後序》就大量刪去蒲宗孟的一些記載〔註19〕。周敦頤一生寂寂無名，僅有好友潘興嗣和蒲宗孟為他分別作了墓誌和墓碣銘，蒲宗孟對他的賞識可謂獨具慧眼，從這些高遠的議論看，蒲宗孟也是才識過人之輩，絕非僅貪圖享樂之人。

第二節　蒲宗孟的性情與詩文

蒲宗孟在生活上任真隨性、不肯苟且，在作文表現上也是飽含性情，筆勢浩蕩、靈活自如，自有高出流輩處。他最為讚賞蘇洵縱橫慷慨的文風，在《祭老泉先生文》一文中，對蘇洵學術、文章推崇備至，而行文汪洋肆恣，大有蘇氏之風，可見敬愛景仰之至。他稱讚蘇洵為人、為文「凌厲勃鬱，駕空鑿密，超後無前兮自為紀律」〔註20〕，「健縶遒壯，排山走浪，談笑睥睨兮若無巧匠」，不受繩墨拘束，而以氣御文，高超妙絕，他用了一連串比喻來形容蘇氏的風格，「峭華絕頂，長松孤勁，拔俗掀崖兮，未足方先生之行。泰山飛雲，溶洩繽紛，盤空繞日兮，未足方先生之文。……出入馳驟兮千態萬變，縱橫上下兮窮幽淶顯」，語言也是縱橫奇崛。而他自言「知先生為深」，是建

〔註18〕見《全宋詩》，北京大學出版社，1995 年，第 618 卷，第 7336 頁。

〔註19〕朱熹《晦庵集》：「故建安本特據潘志置圖篇，端而書之，序次名章，亦後其舊。又即潘志及蒲左丞孔司封黃太史所記先生行事之實，刪去重複參互考訂合為事狀一端，其大者如蒲碣云：屠奸剪弊，如快刀健斧，而潘志云：精密嚴恕，務盡道理，蒲碣但雲母未葬，而潘公所為鄭夫人志乃為水齧其墓而改窆，若此之類，皆從潘志，而蒲碣又云：慨然欲有所施，以見於世，又云：益思以奇自名，又云：朝廷躐等見用，奮發感屬，皆非知先生者之言，又載先生稱頌新政反復數十言，恐亦非實，若此之類，皆削去。」《影印文淵閣四庫全書》，上海古籍出版社，1987 年，第 1146 冊第 13 頁。

〔註20〕見《全宋文》，巴蜀書社，2006 年，第 1631 卷，第 39 頁。

立在對其學術文風的深刻認同上，包涵百家而能貫通自由、個性鮮明而氣勢高揚，是他稱道蘇洵的特點，也是他本身追求的風格，而他也用了不無誇張的比較鋪陳、絢爛文詞來形容這種境界，包含了他自身的獨特體驗：

> 舉世之賢，單窮窘促。觀其尋常，有一而足。
>
> 獨吾先生，兼包廣蓄，溢和滿橐，所求唯欲。
>
> 如發寶藏，精金瑩玉。無所不備兮，驚心駭目。
>
> 舉世之人，孱筋弱力。觀其尋常，徐行已踣。
>
> 獨吾先生，快勇健特。攘袂奮氣，萬里頃刻。
>
> 左趨右旋，不肆其逼。遂窺其奧兮，蹈閫入域。

以氣御文，洋洋灑灑，而他其他的文章，大體也頗有蘇洵之風，獨有創見，毫不拘束，氣盛言宜，流走自如。像他的《兩朝國史論樂》就是從自然歷史的發展解釋樂「變」的需要〔註 21〕，毫無刻板之態，厚古而不薄今，自出己見，可見他通達靈活的學術思維，他指出，今人將太常樂與教坊樂嚴格區別，但只在樂器上斤斤計較，舍本逐末，在創作音樂上則枯燥乏味，未能使人「悅豫和平」，而是使聽者不知為樂，觀者厭。他開篇就質問：「世號太常為雅樂，而未嘗施於宴享，豈以正聲為不美聽哉？」並引經據典，質問今人所制古樂不能達到悅人效果，不能融貫古今。進而考訂古今樂器的傳承演變，指出八音相承之處，不拘於古物，指出上古「質」的特點，也肯定「變」的必要，他以類比設問：「大輅起於椎輪，龍艘生於落葉，其變則然也。古者以俎豆食，後世易之以杯盂；古者簟席以為安，後世更之以榻案，雖使聖人復生，不能捨杯盂榻案，而復俎豆簟席之質也，然則八音之器豈異於此哉！孔子曰：『放鄭聲』，鄭聲淫者，豈以其器不若古哉？亦疾其聲之變耳。試使知樂者由今之器，寄古之聲，去其愮懘靡曼，而歸之中和雅正，則感人心，導和氣，不曰治世之音乎？」犀利大膽，相對於刻板復古的道學家，有新變的銳氣，也合乎蒲宗孟重視耳目之娛、追求盡善盡美的本性。

他《論神》、《論誠》、《論仁》、《論義》、《論周制》等數篇，也是自成體系，帶有蜀地學術好援道入儒的特點，融會貫通，對基本的倫理道德概念等做出獨到的闡釋。其現存文章包含獨特個性色彩的莫過於他嘉祐年間為自己居所作的《迂堂記》、《晦齋記》，雖在夔州觀察推官等任上多年，但他毫不焦躁，而是悠然自我，標舉不同流俗、晦養待光之志，並無抑鬱謙遜之辭，而

〔註21〕 見《全宋文》，巴蜀書社，2006 年，第 1631 卷，第 27 頁。

是豪氣不除，言語間陶然自得、精神飽滿、氣勢動人。他在《迂堂記》中開篇便標舉「迂」的獨特之處，「迂非適時之稱，背眾忤俗，闊不與世合，天下所共笑者」〔註22〕，並以一種理想主義的口吻強調：「道在身棄，雖有萬戮，不捨死以邀一時之安；枉己諛人，雖有萬幸，不苟生以求一日之福。」在他看來，「迂」是不合時勢，堅持自身信奉的觀念，更是不違背自我的意志，不屈己意。所以他論揚雄「迂己以悅人也，不知迂人以求悅己」，而他則追求甘心遂願，在描繪了「飲水飯蔬、含嗅哺糒」，「古圖名像、環列壁間」的「迂」人心境後慷慨放言：「人之笑迂叟，而不知迂叟之笑人也。一日之迂，終身之榮；一時之迂，萬世之光。……」得意之態溢於言外。抒與世不合的迂闊之志，毫不刻板，高爽放曠。而《晦齋記》更是抒發了未聞達時的自信自負，將待時的心態寫得十分美好，這緣於作者優裕的家境，也與他瀟灑的襟懷有關。其中抒寫環境、心境一段洋洋灑灑，足見他自由不拘的文風：

> 明窗淨扉，澄澈虛爽，波光日輝，影射簷角，嘉花美果，下陰地碧，左右景物，皆有可愛。予終日來此，盤桓徜徉，灑然自得，不知身之窮窘困挫，而其心油油，以樂夫貧賤而自晦也。夫自昔處窮養晦，非特一人。方其沉湮下流，蟠縮未振之際，藏照匿光，蓄德隱耀，不競撓，不屑志，不淩獵於聲名，無它也，自處者有所恃也。……人之不知，我無自育也，是所謂自處者有所恃也。故愚以晦其智，狂以晦其聖。予於斯人之徒，學乎晦，以求安處。夫晦以求明，所以自養，而有待其發矣。噫！志在天民，予非晦其心；遙懷本朝，予非晦其用。身晦而心愈明，迹晦而用愈光，此予之所以終日無悶也。〔註23〕

雖抒發養晦之志，但列舉伊尹、太公、傅悅勵志，與蘇洵一樣期待非常之舉，張揚自信，心無掛礙，反見其明處。在遠大抱負上，在政事要務前，自許非常人俗吏，不畏凡俗眼光。而性情直露，言語活潑，雖還不及蘇洵文氣縱橫、愈出愈奇，但也以氣馭文，生動通達。

　　蒲宗孟的詩歌，雖現存不多，但在新黨眾人中，他的詩工巧而不俗，多以寫意為主，不乏才學議論，而氣格爽直，生新靈活，較有宋詩風味。

　　蒲宗孟現存詩寫得較為新奇的有《虎丘》中間二聯：「瘦石千層開碧玉，

〔註22〕見《全宋文》，巴蜀書社，2006年，第1631卷，第30頁。
〔註23〕同上，第31頁。

疏園十里裏青山。壁從地上嶄岩起，雲出門前自在閒。」〔註 24〕工整新巧，
幾個動詞用得新警活潑，足見人工之妙。而像《錦屏山》第二聯「水色照人
清見膽，嵐光著霧翠成斑」，體物真切，想像新奇，狀難狀之景如在目前。但
因為處境優裕，懷抱疏闊，其詩雖有新警之詞，卻無拗硬之氣，而是較為爽
直，像《遊虎丘因書錢塘舊遊》雖作於被罷職遠離中央朝政後，處境是每況
愈下，但詩風清爽自然，有不如歸去的感傷，而無奇崛不平之筆：

> 失卻湖山恨去州，新年無意作春遊。
>
> 東風昨夜思龍井，曉雨全家入虎丘。
>
> 望見遠峰疑石衛，誤尋歸路認花樓。
>
> 明朝一出閶門去，清夢遙知在兩州。〔註25〕

全詩以寫意為主，散淡有味。第二聯工整而又貼合實情，平白如話，巧構而
不見雕琢。作為一個生活條件要求較高的人，他的詩歌也是琢磨出工巧而韻
味不俗。他尋訪韓愈二十一詠的北湖未得，便開鑿南湖代之，並抒發賞遊之
意，《新開湖》組詩中就將高雅的趣味與工整而不失清新的文字結合得較好。
其一《將廢西園開南湖先論老圃》：「長夏便應浮藻荇，高亭行看走龜魚。秋
風一棹荷花裏，醉臥煙波欲自如」〔註 26〕，將想像中開湖後的景象寫得閒適
美好，其三《論甄何二君於南湖諸亭築孤嶼》：「孤嶼莫教閒草占，諸亭還向
四邊開。涼天我欲攜樽酒，同與清風白月來」〔註 27〕，也是瀟灑風流，自與
詩人胸中的丘壑、賞玩的高趣分不開。

　　雖與蘇軾、蘇洵相比尚有距離，但蒲宗孟詩歌工巧而不俗，文章瀟灑而
不拘；他處身優渥，群觀博覽，見識不凡，深得統治者信賴，卻不像另一以
辭章聞名的蜀人王珪一樣，完全沉浸在典則華貴的臺閣氣象中，其個性突出、
言辭活泛，在當時聞名文壇的蜀人十數輩中，也稱得上自成一家。

第三節　蔣之奇與歐陽修、蘇軾關係

　　蔣之奇，字穎叔，常州宜興人。他一生歷仕英、神、哲、徽宗四朝，文
才、政績非常出眾，他因為才識文學優異，《宋史》稱他：「舉賢良方正，試

〔註24〕見《全宋詩》，北京大學出版社，1995 年，第 618 卷，第 7335 頁。
〔註25〕同上，第 7335～7336 頁。
〔註26〕同上，第 7337 頁。
〔註27〕同上，第 7338 頁。

六論中選，及對策，失書問目，報罷。英宗覽而善之，擢監察御史。神宗立，轉殿中侍御史」〔註28〕，可見在論事監察上深得統治者信賴。他生平「爲部使者十二任，六曲會府，以治辦稱」，有經世實用的才幹。他個性爽直，志在當世，樂於獎掖後進，「孜孜以人物爲己任」，但因爲濮議之爭中風聞言事，參劾歐陽修私事，而爲舊黨人物排擊，受史書非議，兼以推行新法，《宋史》對他的論定是「在始慫恿濮議，晚摭飛語，擊舉主以自文，小人之魁傑者也」。

作爲一個思維清晰、治理有方的文人，蔣之奇在濮議之爭中攻擊歐陽修，放到當時的諫諍風氣中，並不出格，何況對他影響最爲深刻的師長是陳舜俞，陳氏也是以直言極諫登科〔註29〕。北宋臺諫合一，御史作爲帝皇的耳目，有風聞言事、無需查實的特權，對傳聞材料，不必追求彈劾事實的眞僞、也不必書告事人姓名，便可彈劾，臺諫官員習於攻訐詆毀是這種制度使然。「濮議之爭」，韓琦、歐陽修遵仁宗遺旨，尊英宗生父濮安懿王趙允爲皇親，臺諫司馬光、王珪、范純仁等眾人則認爲應當稱皇伯，交相爭論，臺諫官員甚至拋出韓琦交中官、歐陽修盜甥女的言論，最後因爲過於干預皇族內事，臺諫官員大部分被貶。誣人私德，不甚光彩，而司馬光等人爲臺諫之首，意氣用事，也負有主要責任，而史書獨責蔣之奇對歐陽修前後反復，則未免失之偏頗，「初，之奇爲歐陽修所厚，制科既黜，乃詣修盛言濮議之善，以得御史。復懼不爲眾所容，因修妻弟薛良孺得罪怨修，誣修及婦吳氏事，遂劾修。神宗批付中書，問狀無實。」〔註30〕說蔣之奇媚事歐陽修，以期得到監察御史的職位，本是無稽之談，也附帶貶低了歐陽修的人格；又說蔣之奇擔心支持歐陽修受人非議，反過來污蔑歐陽修，更無實證，況且歐陽修當時是得到統治者支持的，蔣之奇若是投機小人，應當知道這樣彈劾歐陽修沒有好處；至於神宗批覆，濮議之爭在英宗治平四年三月已經結束，可見史書之謬。

在北宋的諫諍風氣中，舉劾師長、揭發私事，是新黨文人、更是倡導道德的舊黨文人都曾習之，蓋當時的事君至誠、博忠直名的風氣如此，像屢作人身攻訐的呂誨在史書中尚且聲名昭著。從蔣之奇的交遊看，也可見彈劾歐

〔註28〕脫脫等《宋史》卷 343《蔣之奇傳》，中華書局，1977 年，第 10917～10919 頁。

〔註29〕蔣之奇《都官集序》：「少時舉進士於有司，而令舉（陳舜俞）適當文衡，見擢爲第一，於知蔣爲最深者。」《全宋文》，巴蜀書社，2006 年，第 1706 卷，第 227 頁。

〔註30〕脫脫等《宋史》卷 343《蔣之奇傳》，中華書局，1977 年，第 10917 頁。

陽修一事並不影響時人對其品格的肯定，同出歐門，蘇軾與蔣之奇交情頗深，又曾卜居蔣之奇的故鄉陽羨，他並未因彈劾一事而鄙薄蔣之奇，而是與他保持如常的交往，像他到元祐年間還有《次韻蔣穎叔二首》，注曰：「時穎叔新除熙河帥，時高麗使在都下，每至勝境，輒圖畫以歸。」〔註 31〕突出他們對遊覽山川景色的共同愛好，蔣之奇擅書法，登臨喜歡留題，明代書法家曹函光稱其眞跡「草法老勁，似王荊公」〔註 32〕，楷書據今人研究石刻稱「有蘇黃風」〔註 33〕，又有《王晉卿示詩欲奪海石，錢穆父、王仲至、蔣穎叔皆次韻，穆至，二公以爲不可許，獨穎叔不然，今日穎叔見訪，親睹此石之妙，遂悔前語，軾以謂晉卿豈可終閉不予者，若能以韓幹二散馬易之者，蓋可許也，復次前韻》，從詩題就可以看出他們平日賞玩交流的生動場面。此外，蘇軾還有《送蔣穎叔帥熙河》、《再送蔣穎叔帥熙河二首》、《次韻錢穆父馬上寄蔣穎叔二首》、《次韻蔣穎叔錢穆父從駕景靈宮二首》、《次韻奉和錢穆父蔣穎叔王仲至詩四首見和》等詩，筆墨調笑輕鬆，可見交遊甚歡。其他的文人，像持身嚴謹的陸佃、彭汝礪也跟蔣之奇爲至交，與他唱和頻繁，又如陳舜俞，他的文集《都官集》也是請蔣之奇作序。與蔣之奇唱和的文人數量更是可觀，像蘇頌有《和蔣穎叔亳州矮檜》、《次韻蔣穎叔同遊南屛見惠長篇》等篇章，曾鞏有《酬江西運使蔣穎叔》、《庭檜呈蔣穎叔》等詩。

第四節　蔣之奇的遊歷與詩歌

蔣之奇一生宦迹廣闊，他喜歡登臨山水，遊歷各方。即使在廣東、熙河等任上，也不以環境惡劣爲苦，徜徉於山水之樂，興致盎然，題詠留念，與彭汝礪不堪舟車勞頓、哀歎老病恰成對比。他的著述豐富，《宋史·藝文志》記載他有「荊溪前後集八十九卷、別集九卷、北扉集九卷、西樞集四卷、卮言集五卷、芻言集五十篇、蔣之奇集一卷（別集）」〔註 34〕，其它書目罕見他

〔註 31〕蘇軾《蘇軾詩集》中華書局，1982 年，第 1943 頁。

〔註 32〕汪砢玉《珊瑚網》卷 6 收錄曹函光對《宋賢十七箚》的評論，《影印文淵閣四庫全書》，上海古籍出版社，1987 年，第 818 冊第 100 頁。

〔註 33〕張宏明、譚慶龍《北宋蔣之奇五言律詩題刻研究》，《東南文化》，1993 年第 5 期。石刻詩《琅琊東峰》「摽揖鶯德碑，僧房絕頂邊。窗外□綠野，林近日昇天。鳥道雲長逝，□秋丹牟園。長夫《闕字》彌見，金玉有遺篇。」可補《全宋詩》之闕。

〔註 34〕脫脫等《宋史》卷《藝文志》七，中華書局，1977 年，第 208 卷，第 5360 頁。

的著述記載，只有《兩宋名賢小集》提及他有《三徑集》一卷，至清光緒盛宣懷才輯有他的作品爲《春卿遺稿》一卷。這一卷現存的詩文，也多是在各地的留題，所以我們今天從詩文裏所能看到的，是蔣之奇徜徉於山水之間的一面。他專注於登遊覽勝，寫純粹的山水詩篇，能超脫於廟堂、羈旅之外；而爲文則融入地理歷史考證，完全沉浸在所身處的世界，特有一番簡明輕快的筆墨。

蔣之奇一生治辦多方，每到一處，必有出色的建設，充分體現了他經世濟用的才能，六年間，據《宋史》記載，「其所經度，皆爲一司故事」〔註35〕。新法推行初期，他爲福建轉運判官，推動免役法「約儆庸費，隨算錢高下均取之，民以爲便」，避免了別的地方出現的不公混亂，後遷淮東轉運副使，逢饑年，他以興修水利養活了流民，「揚之天長三十六陂，宿之臨渙橫斜三溝，尤其大也，用工至百萬，漑田九千頃，活民八萬四千」，在陝西副使任上，「經賦入以給用度，公私用足。比其去，庫緡八十餘萬，邊粟皆支二年」。「移淮南，擢江、淮、荊、浙發運副使。元豐六年，漕粟至京，比常歲溢六百二十萬石」。在新黨優秀的經濟人才中，也算得上是非常出色。他對於文治武功也頗有方法，像在廣州任上，鑒於前任官員多貪污，便取其清廉者畫像建十賢堂，以樹風氣，在瀛洲任上，堅持奠而不拜遼國去世的使者，在熙州，嚴格守備，不爲西夏論和所動，鞏固了邊防。治理明辨形勢，有理有節。

蔣之奇的詩歌，大部分是遊覽山水的留題，可見即興揮毫的輕快爽直。其襟懷開闊、心態樂觀，加上山川勝景的感染，筆端靈活，兼有奇警與俗白的趣味。

他的許多詩，輕快如道口語，沒有精思錘鍊，卻有靈感閃爍，別具風味。像《和鮑娘題兌溪驛》：「盡日行荒徑，全家出障嵐。鮑娘詩句好，今夜宿江南。」〔註36〕《清波雜志》：「信間驛名兌溪，謂其水作三道來，作兌字形，鮑娘有詩云：『溪驛舊名兌，煙光滿翠嵐。須知今夜好，宿處是江南。』後蔣穎叔和之云……穎叔豈固欲和婦人女子之詩，特北歸讀此句有當於心，戲次其韻，以誌喜耳。」〔註37〕單從字面上看，平俗可愛，短短數句，已點出路

〔註35〕脫脫等《宋史》卷 343《蔣之奇傳》，中華書局，1977 年，第 10917～10919頁。

〔註36〕見《全宋詩》，北京大學出版社，1995 年，第 687 卷，第 8021 頁。

〔註37〕周煇《清波雜志》，中華書局，1994 年，第 129 頁。

經障嵐的艱辛和回歸的欣喜，語氣輕快，而詩人瀟灑的風度也躍然紙上。因
為旅途風光的逗引，心情的變換，詩人常有神來之筆，像《重湖閣》：「宮亭
彭蠡接揚瀾，浩蕩橫空六月寒。試問風波何似險，老僧只管倚闌干。」〔註38〕
筆墨洗練老到，短短數語而意味不盡，結語可謂詩人超脫恬淡心境的寫照，
而擇取了倚闌干這一動作，「只管」一語的心無掛礙，蘊含了宋代士大夫特殊
的審美意蘊。又如《嘉禾驛》：「盱江清淺見遊鱗，百尺飛橋跨碧津。行過水
南看更好，風光駘蕩百花春。」〔註39〕平白如話，自然成篇，詩意活泛，又
不失於纖巧。

　　閱遍南北山水，使他能夠點出各處風光的妙處，而想像奇妙，使他能以
平常的詩語寫出新意，突破熟調，這是他輕快淺近的詩歌的不平乏處。像他
開篇直道：「最愛仙人臥白雲，一竿來此釣紅鱗。」（《劉遺民釣臺》）〔註40〕
紅白相映，雖然是尋常景物，但在詩人想像中生趣無限，在《蒼玉洞》一詩
中他又想像：「鄞江一丈水，清可照人心」。他形容惠山泉：「迸溜冷噴雙沼雪，
煮茶香透一杯雲。」（《題慧山寺》）不過以雪、雲比喻山泉，但與冷、香的觸
覺和味覺結合，別開生面，格外神妙。而他一生念念要「功成乞身去，於此
老吾生」的南莊，在他筆下也是帶著想像中的美好意境，「耕春煙一壟，釣月
水千尋」，充滿文人化的畫意。而他的《望海歌》，是夜半起身觀滄海，在等
待日出過程中的暢想，想像與現實景色交織，奇幻瑰麗，引人入勝。

　　他酷嗜山水，特別留意人文地理的掌故勝景，像在家鄉特意尋訪六朝舊姓
的遺址（《題到氏田舍》），在池州感慨「難尋荀鶴舊遊宅，尚有昭明古釣臺」（《白
面山》）〔註41〕。他到廣東便遊歷了浮丘山、石門山，在南雄昌樂，他回顧楊樸
樓船的事蹟，興致勃發，「我亦編蓬今下瀨，擬尋韶石上崔嵬」（《南雄昌樂驛》）
〔註42〕；在武溪一帶，又懷想漢代治水的周煜，作曲的馬援，貶謫潮陽的韓愈，
並寫自己前來治理「事與昌黎殊不類」，雖「但憐歲晚毛鬢侵，故園一別至於今」，
但面對美好景色，詩人樂在其中，「布宣條教勤官箴，有佳山水亦出尋」（《續武
溪深》）〔註43〕；而在《陝山》一詩中，他感慨先時逢寇坐船不能盡覽風光的遺

〔註38〕見《全宋詩》，北京大學出版社，1995年，第687卷，第8023頁。
〔註39〕同上，第688卷，第8032頁。
〔註40〕同上。
〔註41〕同上。
〔註42〕同上，第8024頁。
〔註43〕同上。

憾，對山水癡迷的情態畢露，「雖經絕妙境，已負清幽意。捲簾坐船舷，極目望蒼翠。有如逢珍寶，不暇貯篋笥。又如過屠門，大嚼涎垂喙」〔註44〕，在他的筆下，被視為蠻荒之地的廣東人文地理格外神奇迷人，「犀去金鎖沉，猿歸玉環墜。趙胡垂釣石，歸然出江際。穆王雙車轍，想像常按轡。漢晉五仙人，曾騎五羊至……梁間許渾詩，壁上李翱記。但知考事蹟，何暇評文字……」輕鬆的筆墨也映襯出詩人在山水間恬然舒適的心境。

治平四年九月後，蔣之奇被貶監道州酒稅，這是他一生重大的挫折，在當地，他探訪了元結命名、柳宗元遊覽過的朝陽岩，並考證岩頂的亭閣正是柳宗元詩中的西亭，復其名，雖然詩人懷念故鄉「秋風隔湖白，春色頤山青」〔註45〕，哀歎「謫棄分所宜，醜惡顏已盈」，但在面對開闊勝景時，從愁苦中得到了釋放和解脫，「寧居召魂魄，恬養休性情。紛華屏外慕，沖淡岩中扄」（《遊朝陽岩遂登西亭》）。在遊覽澹岩後，他更沉浸在奇幻的自然景觀中，將它與朝陽岩比較，認為勝之許多，並為元結、柳宗元沒有發現這個奇觀而遺憾不已，「朝陽迫迮若就猰，石角禿鬝如遭髡。豪篇矜誇過其實，稱譽瑉石為璵璠」〔註46〕，「恨無雄文壓奇怪」，在奇景中，詩人已經超脫出個人得失之外了，澹岩離朝陽岩很近，《澹岩》一詩，就是緊接在登朝陽岩後寫的，《全宋詩》收錄此詩時引用《零陵志》注明創作時間是熙寧九年正月二十二日，但與他被貶謫的時間不符，而《全宋文》引自《蔣之翰之奇遺稿》、《古今遊名山記》、《零陵縣志》等七種文獻的《澹山岩題名》一文，與《澹岩》內容一致，皆注明時間是治平四年，應以此時間為準，治平四年後即是熙寧元年，從字體上看，《全宋詩》注的時間「熙寧九年」很可能是「熙寧元年」的筆誤。此文曰：

> 澹山岩，零陵之絕境，蓋非朝陽之比。次山往來湘中為最熟，
> 子厚居永十年為最久，二人者之於山水，未有聞而不觀，觀而不記
> 者，而茲岩獨無傳焉，何也？豈當時隱而未發耶？不然，使二人者
> 見之，顧肯誇其尋常而遺其卓犖者哉？物之顯晦固有時，何可知也？
> 〔註47〕

〔註44〕見《全宋詩》，北京大學出版社，1995年，第688卷，第8025頁。

〔註45〕同上，第687卷，第8022頁。

〔註46〕同上。

〔註47〕見《全宋文》，巴蜀書社，2006年，第1706卷，第240頁。

蔣之奇推導了柳宗元、元結沒有寫到澹山的原因，與詩歌內容可一一印證，並且在物理的顯晦中，詩人也寄寓了人生窮通的道理。

　　蔣之奇詩歌雖俊爽輕快，但並非輕率膚廓，他襟懷開闊，筆墨自然瀟灑，他現存幾首寫意的詩歌也是老到隨意，氣格不俗，像《寄米元章》詢問友人：「京城汩沒興如何，歸棹翩翩返薜蘿。盡室生涯寄京口，滿床圖籍鎖岩阿。六朝人物風流盡，千古江山北固多。爲借文殊方丈地，中間容個病維摩。」〔註48〕開篇即發問，突出朋友與京師喧囂凡俗格格不入的氣質，而在「薜蘿」、「圖籍」、「病維摩」等意象的烘託下，超脫的格調已在不言中。又如感歎複雜又不顯得過於拗硬的《即事》一篇，「渭水岐山不出兵，卻攜琴劍錦官城。醉來身外窮通小，老去人間毀譽輕。捫虱雄豪空自許，屠龍工巧竟何成。雅聞岷下多區芋，聊試寒爐玉糝羹。」〔註49〕詩人否定了事功追求，自嘲之餘毫不頹唐，而是在飲食娛樂中尋求樂趣，雖是無奈之語，但格調不俗。

第五節　事功精神與考據文章

　　蔣之奇對於詩文的見解，與當時古文運動的載道言志、反對雕飾的風氣一致，但是他更重視當世之務，也強調文章「經世務、極時變」之用，他在爲陳舜俞作的《都官集序》中說：

> 傳曰：「辭達而已矣。」此言文者所以傳道，而辭非所尚也。自天子王侯，中國言六藝者折衷於夫子，其文章可謂至矣。然豈尚辭哉！自建武以還，迄於梁陳之閒，綴文之士，刻雕纂組，甚者至繡其鞶悅，則辭非不華也，然體制衰落，質幹不完，缺然於道，何取焉？今舉（陳舜俞）之文，大者則以經世務、極時變，小者猶足以詠情性、暢幽鬱……〔註50〕

蔣之奇經世務的文章現存不多，而遊記題詞較多。在他的奏疏中，請改官制、勘事實、開運河等論事，明白曉暢，釐定制度、考證典故，可見經濟上的作爲；他的制舉議論，考證古今，有切實的體悟施行，也是質幹充實；在他所謂的小文中，詠志抒懷，兼雜考證，他閱歷極廣，收藏豐富，對人文地理掌

〔註48〕見《全宋詩》，北京大學出版社，1995 年，第 687 卷，第 8021 頁。
〔註49〕同上。
〔註50〕見《全宋文》，巴蜀書社，2006 年，第 1706 卷，第 227 頁。

故極富興趣，使得小文也是充滿學者風味，有「義理、考據、辭章」的結合。

蔣之奇的考據，與引經據典，發揮高論的時人不同，他不常引用經典的語句去闡發新見，而是論及問題，則以自身所掌握的掌故加以論證，不作發揮，有漢學的風格。像他的《請釐改官制去試爲守奏》認爲新官制設立以「試」定等級不當，在分辨官制中階卑職尊爲守時，他引用了唐代的制度，並以史書的記載證明「守」的涵義：

> 按《李固傳》注：「漢故事，先守一歲，然後爲眞。」又《馬援傳》注曰：「守者一歲乃爲眞，食其全俸。」故薛宣入守左馮翊，滿歲稱職爲眞；張敞守太原，滿歲爲眞；王尊守京兆尹，後爲眞。又「茂陵守令尹公」，注云：「守茂陵令，未眞爲之。」以此考之，則階卑職尊者謂之守足矣，是不必試也。〔註51〕

以充分的文獻說話，制度自明。而他在遊記題詞中信手拈來的典故考證，更不是爲炫耀才學，而是興趣所致，出於對他熱愛的山水人物的深度關注，對關注對象歷史掌故也務求搜羅詳盡，考證清楚。而這種愛好，使他的文章多了一份學術的趣味，與抒情寫景交融，耐人尋味。像他的《遊碧山賦》在寫山川風物的同時，融入了李白的生平、自身的感慨，詞採搖曳，而複雜的內容也充分展現了這篇小賦的表現力，拓寬了意境。又如《武溪深詩跋》、《孝女饒娥碑考》、《杯渡山紀略》等文，是作者在山川地理典籍收藏上的探索，都是紮實針對具體問題，以考據爲整體，徵引充分的文獻，加以地理自然的實證，饒有趣味，體現了與當時宋學好發揮新論、探討性理不同的方向。像《書黃陵廟碑陰》認爲韓愈作《黃陵廟碑》稱舜「陟方乃死」不取胡安國的說法，而用《竹書紀年》的說法「帝王之沒皆日陟」，並證以《書》曰「殷禮陟配天」，言以道終，其德協天也，並不恰當。蔣之奇博引詳證，去韓愈穿鑿之說，可見紮實的小學功底與縝密的推理：

> 安國謂升道南方巡守，死於蒼梧之野，是說爲不可易矣。若以帝王之沒皆云陟，堯曰「殂落」，湯曰「沒」，武王曰「崩」，不皆言「陟」也。《書》惟「禮陟配天」與「新陟王」言「陟」而已，其它不言「陟」。由是言之，則舜亦日死爾。且謂方乃死者，所以釋陟爲死，其說益非。六經惟《書》辭最約，蓋有互文以見意者矣。未有陳詞於上，而下自爲訓解也，聖人之言不應若是其繁。若以爲地勢

〔註51〕見《全宋文》，巴蜀書社，2006 年，第 1705 卷，第 213 頁。

東南下，如言舜南巡而死，宜言下方，不得言陟方者，是又不然。
地之勢信東南下矣，若蒼梧之野則不全在東南，其勢蓋近於西。夫
水流卑者也，地益高，其流益駛。江之尾遭於吳，而後入海，則吳
於最卑。自九江而上至於西江，而水益悍者，地愈上故也。洞庭瀟
湘之水皆下而入於西者，蓋其地又高於西江也。況其衡山、九疑，
天下之高山在焉，則蒼梧之野亦不得爲下矣。《書》謂之陟方，而傳
以爲升道南方，其言爲不謬矣。〔註52〕

其論證建立在對《書》注疏熟悉的基礎上，並仔細推敲語境，結合地理上的
特點，給出更爲紮實的解釋。在文獻上，既準確把握了《書》用語簡約的特
點，也引用了足夠的例證，足見作者功底，地理上的解釋，則更來自他的博
聞通識。他對韓愈的議論，不在於出新論異見，而在於對事物地理的專注認
真，所以雖然在碑記上沒有時人所好的倜儻大言，但精闢簡練，也能引人入
勝。

蔣之奇有經濟之才，歷任多方，政績斐然；他個性俊爽，酷嗜山水，專
注考證，才識通達；爲詩則即興揮灑，不雕琢文字，也不賣弄才學，自然爲
詩，而兼有俗白與奇警的趣味，超出俗調之外；爲文則專注事實，參政之文
能紮實經世務，散記小文發揮考據之長，特有學者風味。

〔註52〕見《全宋文》，巴蜀書社，2006年，第 1707 卷，第 254 頁。

結　語

　　本書考察了長期被文學史忽略的北宋新黨文人文學，擇取既在熙豐變法中有突出表現、又有較多文學作品流傳下來的上層文官爲主要研究就對象。剖析了他們在地域、階層、家族與黨爭等問題上的表現，論述了他們被歷史貶抑的原因、在所處時代的文名、文學著述流傳和唱和情況，並通過文人個案研究，將文本與歷史結合，呈現新黨文人的仕途心跡及詩文創作特點。本書的論述主要有：

　　新黨多南人，新舊黨的對立表現在出南北文化政治實用主義與道德理想主義的對立、南北方人才的競爭上；相對舊黨，新黨文人代表了新進的階層，強調公平、反對特權，在聯姻、用人等重大的家族事務上，較少考慮家族利益。宋室南渡後，統治者、舊黨後人和理學家的合力貶抑，爲新黨文人長期被忽略定下了基調。

　　不少新黨文人在他們身處時代的文名顯赫，與舊黨的文學家水平不相上下，因爲政治因素，他們的文名被湮沒、文學著述沒有得到應有的保護，是今天研究的困境所在。新黨文人較大的唱和，現有存詩的有「送程師孟知越州」及「題王維《江干初雪圖》」。

　　新黨文人作爲一個政治群體，當中又有不少師生親友關係，他們的文學理論、藝術評論，詩、文、詞的創作並未因政治因素而具有群體特徵，形成流派，因而考察新黨文人的文學，更須深入到各個個案中，隨研究對象的豐富性去盡量還原這些文人的生活、心態、才識、精神，給予他們客觀的評價。

　　政治，或者確切地稱「倫理政治」，是古代文人們生命中的重要主題，作爲沒有「純文學」觀念的文人，他們的理想、節操、出處、命運甚至審美、

情感都與政治有千絲萬縷的關係，適當重視政治與文學的關係，是文人文學個案研究中的重要內容。經世變革，是大部分新黨文人政治立場，他們在熙豐間積極改革、元祐間受挫放逐、紹聖後主持報復，他們的堅持與幻滅、進退窮通、形役憂勞與返歸自然、參政的熱情與江湖之思，無疑對文學風格起到了影響。像彭汝礪耿直的理想主義姿態與內心不如歸去的矛盾，在詩歌的古風中得到體現；張商英在積極變革受挫後，參禪悟道，超脫曠達，而筆勢縱橫；陸佃鬱結的逐臣心結和戀闕心跡，導致詩語隱晦；沈括早年爲小吏的柔弱謹慎、晚年的自棄虛無，與他詩文的婉約工巧的風格呼應；章惇豪邁率直的秉性與詩文中的調笑不平的契合……爲我們呈現了新黨文人在政治與文學上的密切聯繫。

王安石作爲新黨的領袖，是研究每個文人的師友交遊或詩文創作繞不開的相關人物，也是探討文人個性、命運、交遊等與文學創作的「新黨」特徵的最佳參照，所以個案研究雖沒有單論王安石的筆墨，卻處處論及與王安石的關係，也藉此從其他角度充實對王安石的認識。王安石對彭汝礪、陸佃學術的影響、對曾肇、陸佃詩風的啓發，與張商英、章惇參政精神的相近，展現了新黨文人群體在精神、文藝上微妙聯繫。

新黨文人在政治上銳意變革，各人在文學理念上卻兼有新變與保守。張商英犀利地評論當時的詞臣，推崇歐陽修、王安石、王珪，重視筆力；曾肇謹守曾氏家法，能爲絢爛之文而堅持平實簡易的文風；沈括認眞研究散文文字的簡縮、駢文對仗的精工；蔣之奇則更重視文章的經世務的實用功能，與當時的主流思想無異。總的而言，新黨文人現存的文學理論不多，只有從具體的文學創作中去把握他們的觀念、法度。

在歐陽修等引領平易暢達的文風已經成爲主流趨勢後，大部分新黨文人的文章風格都趨於平淡明白，只有沈括較爲特出，他的篇章暢達，只是在文字上格外留意，書表淵雅，散文多古奧生僻字詞。其他文人，李清臣的才識、文采、筆勢出眾，尤其擅長駕馭宏大的策論體制、史書傳記的書寫；章惇直率豪邁，有不平之氣；舒亶筆勢深刻峻潔；龔原紀事簡明扼要；王珪詞章典雅穩重。就學術淵源而言，篤守儒道、處世中庸的彭汝礪、陸佃、曾肇等人在文風上都較爲平實散淡；就地域色彩而言，蜀地的張商英、蒲宗孟等人，則是筆墨縱橫。

嚴羽「元祐諸公」的概括，沈曾植、陳衍「三元說」獨稱「元祐」，其實

都烙上了南宋官方歷史乃至筆記詩話對元祐揄揚的印跡，今人有充實的論證指出「詩盛元祐」不成立〔註1〕，而在熙豐時期，詩壇的繁榮超過了元祐。繼慶曆時期梅堯臣等開創平淡自然的詩風后，舊黨文人代表蘇黃已經達到創作的高峰，新黨黨魁王安石也鍛鍊成「王荊公體」。在他們水平之下的文人，舊黨的司馬光、文彥博等在洛陽興舉耆舊詩會，新黨文人有和程師孟出守會稽的盛況；彭汝礪擇取了質樸的古風吟唱悲白髮、行路難的永恒主題；沈括捕捉瞬間的情境，鎔鑄晚唐風格；陸佃模仿李商隱的朦朧詩，訴說逐臣的委曲；蔣之奇將考證遊歷寫進淺近詩歌裏，俗白而有新奇；曾肇詩思深密，造景近似「王荊公體」；王珪與師長並肩，把自己徹底地固定在富麗不俗的臺閣體上；蔡確的平淡閒適；李定的細膩筆觸；曾布的數字對仗；王雱的直切犀利。他們的嘗試都有敗筆，也未必能自成一家，爲人師法，但是在我們所熟知的宋詩發展脈絡上，確實有過這些值得關注的創作，爲當時的詩壇注入駁雜多元的氣息，以才學、議論、文字爲詩不是唯一趨勢。

〔註1〕蕭瑞峰、劉成國的《「詩盛元祐」說考辨》指出從創作群體、作品數量和藝術質量等方面考察，「詩盛元祐」說難以成立。《文學遺產》，2006年第2期。

主要參考文獻

1. 《北宋文化史述論》，陳植鍔，中國社會科學出版社 1992 年。

2. 《北宋文人與黨爭》，沈松勤，人民文學出版社 1998 年。

3. 《北宋新舊黨爭與文學》，蕭慶偉，人民文學出版社 2001 年。

4. 《北宋新學與文學——以王安石爲中心》，方笑一，上海古籍出版社 2008 年。

5. 《北宋政治改革家王安石》，鄧廣銘，河北教育出版社 2000 年。

6. 《北宋中期儒學復興運動》，劉復生，臺灣文津出版社 1991 年。

7. 《碧雞漫志》，（宋）王灼，《詞話叢編》本，中華書局 1986 年。

8. 《滄浪詩話》，（宋）嚴羽，《歷代詩話》本，中華書局 1982 年。

9. 《誠齋詩話》，（宋）楊萬里，《歷代詩話續編》本，中華書局 1983 年。

10. 《鄧廣銘治史叢稿》，鄧廣銘，北京大學出版社 1997 年。

11. 《地域文化與唐代詩歌》，戴偉華師，中華書局 2006 年。

12. 《東都事略》，（宋）王稱，影印文淵閣四庫全書本。

13. 《東坡志林》，（宋）蘇軾，中華書局 1981 年。

14. 《東軒筆錄》，（宋）魏泰，中華書局 1983 年。

15. 《二程集》，（宋）程顥、程頤，中華書局 2004 年。

16. 《庚溪詩話》，（宋）陳岩肖，四庫全書本。

17. 《觀林詩話》，（宋）吳聿，《歷代詩話續編》本，中華書局 1983 年。

18. 《國史大綱》（修訂本）錢穆，商務印書館 1996 年。

19. 《赫遜河畔談中國歷史》，黃仁宇，三聯書店 1992 年。

20. 《鶴林玉露》，（宋）羅大經，中華書局 1983 年。

21. 《後村詩話》，（宋）劉克莊，中華書局 1983 年。

22. 《後山詩話》，（宋）陳師道，《歷代詩話》本，中華書局 1982 年。

23. 《華陽集》，（宋）王珪，中華書局 1985 年。

24. 《黃庭堅全集》，（宋）黃庭堅，四川大學出版社 2001 年。

25. 《黃庭堅與江西詩派卷》，傅璇琮，中華書局 1978 年。

26. 《家世舊聞》，（宋）陸游，中華書局 1997 年。

27. 《建炎以來繫年‧要錄》，（宋）李心傳，上海古籍出版社 1992 年。

28. 《江西詩派研究》，莫礪鋒，齊魯書社 1986 年。

29. 《薑齋詩話》，（清）王夫之，《清詩話》本，上海古籍出版社 1978 年。

30. 《郡齋讀書志校證》，（宋）晁公武撰、孫孟校證，上海古籍出版社 1990 年。

31. 《老學庵筆記》，（宋）陸游，中華書局 1979 年。

32. 《冷齋夜話》，（宋）惠洪，張伯偉《稀見本宋人詩話四種》，江蘇古籍出版社 2002 年。

33. 《歷代名臣奏議》，（明）黃淮等，影印文淵閣四庫全書本。

34. 《兩宋名賢小集》，（宋）陳思，影印文淵閣四庫全書本。

35. 《兩宋文學史》，程千帆、吳新雷，上海古籍出版社 1991 年。

36. 《臨漢隱居詩話》，（宋）魏泰，《歷代詩話》本，中華書局 1982 年。

37. 《墨莊漫錄》，（宋）張邦基，中華書局 2002 年。

38. 《能改齋漫錄》，（宋）吳曾，上海古籍出版社 1984 年。

39. 《廿二史札記校證》，（清）趙翼撰、王樹民校正，中華書局 1984 年。

40. 《朋黨之爭與北宋政治》，羅家祥，華中師範大學出版社 2002 年。

41. 《鄱陽集》，（宋）彭汝礪，影印文淵閣四庫全書。

42. 《齊東野語》，（宋）周密，中華書局 1983 年。

43. 《清波雜誌校注》，（宋）周輝撰，劉永翔校注，中華書局 1994 年。

44. 《曲阜集》，（宋）曾肇，影印文淵閣四庫全書本。

45. 《全宋詞》，唐圭璋等，中華書局，1986 年。

46. 《全宋詩》，北京大學古文獻研究所，北京大學出版社 1995 年。

47. 《全宋詩訂補》，陳新等，大象出版社 2005 年。

48. 《全宋文》，曾棗莊等，巴蜀書社 2006 年。

49. 《容齋隨筆》，（宋）洪邁，上海古籍出版社 1978 年。

50. 《三朝名臣言行錄》，（宋）朱熹，四部叢刊初編本。

51. 《苕溪漁隱叢話》，（宋）胡仔，人民文學出版社 1984 年。

52. 《邵氏聞見後錄》，（宋）邵博，中華書局 1997 年。

53.《邵氏聞見錄》，（宋）邵伯溫，中華書局 1983 年。

54.《沈括詩詞輯存》，（宋）沈括，上海書店 1985 年。

55.《澠水燕談錄》，（宋）汪辟之，中華書局 1981 年。

56.《詩話總龜》，（宋）阮閱，人民文學出版社 1987 年。

57.《詩集傳》，（宋）朱熹，上海古籍出版社 1980 年。

58.《詩人玉屑》，（宋）魏慶之，上海古籍出版社 1978 年。

59.《詩藪》，（明）胡應麟，上海古籍出版社 1978 年。

60.《石林詩話》，（宋）葉夢得，《歷代詩話》本，中華書局 1982 年。

61.《石林燕語》，（宋）葉夢得，中華書局 1997 年。

62.《士與中國文化》，余英時，上海人民出版社，1987 年。

63.《司馬溫公文集》，（宋）司馬光，叢書集成初編本。

64.《四朝聞見錄》，（宋）葉紹翁，中華書局 1997 年。

65.《四庫全書總目》，（清）永瑢等，中華書局 1965 年。

66.《宋朝諸臣奏議》（宋）趙汝愚，上海古籍出版社 1999 年。

67.《宋代婚姻家族史論》張邦煒，人民出版社 2003 年。

68.《宋代科舉與文學考論》，祝尚書，大象出版社 2006 年。

69.《宋代詩學通論》，周裕鍇，巴蜀書社 1997 年。

70.《宋代文學通論》，王水照主編，河南大學出版社 1997 年。

71.《宋皇通鑒長編紀事本末》（宋）楊仲良，阮元編輯《宛委別藏》，江蘇古籍出版社 1988 年。

72.《宋會要輯稿》，（清）徐松，中華書局 1957 年。

73.《宋論》，（清）王夫之，中華書局 1995 年。

74.《宋人軼事彙編》，（清）丁傳靖，中華書局 2003 年。

75.《宋詩鈔》，（清）吳之振，中華書局 1986 年。

76.《宋詩話輯佚》，郭紹虞，中華書局 1980 年。

77.《宋詩話考》，郭紹虞，中華書局 1985 年。

78.《宋詩紀事》，（清）厲鶚，上海古籍出版社 1983 年。

79.《宋詩選注》，錢鍾書，人民文學出版社 1982 年。

80.《宋史》，（元）脫脫等，中華書局 1977 年。

81.《宋史紀事本末》，（明）馮琦原編，陳邦瞻增訂，中華書局，1977 年。

82.《宋史研究論文集》，鄧廣銘，浙江古籍出版社 1987 年。

83.《宋史翼》，（清）陸心源，中華書局 1991 年。

84.《宋文鑒》，（宋）呂祖謙，中華書局 1992 年。

85.《宋元學案》，（清）黃宗羲撰、全祖望補，中華書局 1986 年。

86.《宋宰輔編年·錄校補》（宋）徐自明撰、王瑞來校補，中華書局 1986 年。

87.《蘇軾詩集》，（宋）蘇軾，中華書局 1987 年。

88.《蘇軾文集》，（宋）蘇軾，中華書局 1986 年。

89.《蘇軾研究資料彙編》，四川大學中文系編，中華書局 1994 年。

90.《涑水記聞》，（宋）司馬光，中華書局 1989 年。

91.《太倉稊米集》，（宋）周紫芝，影印文淵閣四庫全書本

92.《談藝錄》，錢鍾書，中華書局 1984 年。

93.《唐代科舉與文學》，傅璇琮，陝西人民出版社 1986 年。

94.《唐宋八大家文鈔》，（清）張伯行編，浙江古籍出版社 1994 年。

95.《唐宋詞史論》，王兆鵬，人民文學出版社 2003 年。

96.《唐宋詞通論》，吳熊和，浙江古籍出版社 1985 年。

97.《陶山集》，（宋）陸佃，影印文淵閣四庫全書本。

98.《鐵圍山叢談》，（宋）蔡絛，中華書局 1997 年。

99.《艇齋詩話》，（宋）曾季狸，《歷代詩話續編》本，中華書局 1983 年。

100.《童蒙詩訓》，（宋）呂本中，《宋詩話輯佚》本，中華書局 1980 年。

101.《王安石變法》，漆俠，河北人民出版社 2001 年。

102.《王安石傳》，梁啓超，東方出版社 2009 年。

103.《王荊文公詩李壁注》，（宋）王安石撰、李壁注，上海古籍出版社 1993 年。

104.《王荊公年·譜考略》，（清）蔡上翔，中華書局 1959 年。

105.《王荊公文集箋注》，（宋）王安石撰，李之亮箋注，巴蜀書社 2005 年。

106.《王文公文集》，（宋）王安石，上海人民出版社 1997 年。

107.《文獻通考》，（宋）馬端臨，中華書局 1965 年。

108.《續資治通鑒》，（清）畢沅，上海古籍出版社 1987 年。

109.《續資治通鑒長編》，（宋）李燾，中華書局 1986 年。

110.《續資治通鑒長編·拾補》，（宋）李燾撰、（清）黃以周等輯補，上海古籍出版社 1986 年。

111.《燕翼詒謀錄》，（宋）王栐，中華書局 1981 年。

112.《瀛奎律髓彙評》，（元）方回撰、李慶甲集評校點，上海古籍出版社 1986 年。

113.《玉海》，（宋）王應麟，影印文淵閣四庫全書本。

114.《玉照新志》，（宋）王明清，中華書局 1985 年。

115.《元祐黨人傳》，（清）陸心源，江蘇廣陵古籍出版社影印本。

116.《雲麓漫鈔》，（宋）趙彥衛，中華書局 1996 年。

117.《曾鞏集》，（宋）曾鞏，中華書局 1984 年。

118.《直齋書錄解題》，（宋）陳振孫，上海古籍出版社 1987 年。

119.《中國古代文體形態研究》，吳承學，中山大學出版社 2000 年。

120.《中國古代文學批評方法研究》，張伯偉，中華書局 2006 年。

121.《中國歷史地圖集》，譚其驤，地圖出版社 1982 年。

122.《中國思想史》葛兆光，復旦大學出版社 2002 年。

123.《中山詩話》，（宋）劉攽，《歷代詩話》本，中華書局 1982 年。

124.《朱熹的歷史世界——宋代士大夫政治文化的研究》，余英時，三聯書店 2004 年。

125.《朱子語類》，（宋）黎靖德編，中華書局 1986 年。

126.《莊子義集校》，（宋）呂惠卿撰、湯君集校，中華書局 2009 年。

127.《資治通鑒》，（宋）司馬光撰，胡三省注，中華書局 1956 年。

128.《紫微詩話》，（宋）呂本中《歷代詩話》本，中華書局 1982 年。